Unser Service: Doppelmord

ECON **Krimi**

Im ECON Taschenbuch Verlag sind folgende Titel
von Janet Laurence lieferbar:

Vorspeise Mord (TB 25078)
Gift für liebe Gäste (TB 25079)

Zum Buch

Darina Lisle wird Mitbesitzerin eines Hotels auf dem Lande. Doch bevor aus der Mischung von angestaubtem Prunk und Häßlichkeit ihr Traum von einem Hotel wird, ist sie mit Planen und Umgestalten beschäftigt. Viel zu beschäftigt für den Geschmack ihres Freundes Inspektor Pigram, der in der Nähe des Hotels in einem Mordfall ermittelt. Das ändert sich erst, als ein zweiter Toter sämtliche Bewohner und Gäste des Hotels zu Verdächtigen macht. Darinas kriminalistischer Spürsinn ist erwacht: Gemeinsam mit William stellt sie dem Doppelmörder nach.
Der vierte Darina Lisle-Krimi wird gerade ins Deutsche übersetzt.

Die Autorin

Janet Laurence begann ihre berufliche Karriere in der Öffentlichkeitsarbeit. 1980 zog sie mit ihrem Mann in die Grafschaft Somerset und leitete dort Kochkurse. Nebenbei schrieb sie regelmäßig für den *Daily Telegraph* und verfaßte eine wöchentliche Kolumne zum Thema Kochen. Heute schreibt sie sowohl Kochbücher als auch Kriminalromane. »Unser Service: Doppelmord« ist ihr dritter Krimi, in dem die Köchin mit der kriminalistischen Ader, Darina Lisle, die Hauptperson ist.

Janet Laurence

Unser Service: Doppelmord

Ein Darina Lisle-Krimi

Aus dem Englischen
von Karin Haag

ECON Taschenbuch Verlag

Veröffentlicht im ECON Taschenbuch Verlag
Deutsche Erstausgabe

First published by MacMillan London Limited
Titel des englischen Originals: HOTEL MORGUE
Aus dem Englischen übersetzt von Karin Haag
Umschlaggestaltung: Init GmbH, Bielefeld
Titelabbildung: Reiner Tintel
Lektorat: Ines Bergfort
Gesetzt aus der Baskerville
Satz: ECON Verlag
Druck und Bindearbeiten: Elsnerdruck, Berlin
Printed in Germany
ISBN 3-612-25080-9

Für meinen Bruder, Michael Duffel,
einen der besten Hoteliers der Welt

Danksagung

Mein Dank gilt einer Reihe von Personen, die mir alle sehr großzügig mit Rat und Informationen geholfen haben: Tony Elliott, Besitzer und Geschäftsführer des reizenden und luxuriösen Hotels The Greenway Shurdington in Cheltenham; Kit Chapman, Geschäftsführer und Miteigentümer des Familienhotels The Castle in Taunton; David Ward, ehemaliger Geschäftsführer des Stafford in London, und meinem Bruder, Michael Duffell, der viele Jahre lang Geschäftsführer in den Hotels The Ritz und The Stafford war. Außerdem Detective Inspector Neil Thompson und Detective Sergeant James Mallon von der Avon und Somerset Constabulary, die geduldig all meine Fragen über polizeiliche Ermittlungsarbeit beantworteten; und meinem Mann Keith, der die ganze Mühsal des Schreibens mit viel Geduld und Humor auf sich nahm, selbst während unseres Urlaubs. Für eine namentliche Erwähnung zu zahlreich waren die anderen, die verschiedene Details beitrugen und mir damit beim Verfassen dieser Geschichte behilflich waren. Alle eventuellen Irrtümer und Fehler gehen dabei zu meinen Lasten, nicht zu ihren. Das Greenway Hotel hat mich zu meiner Beschreibung des Manor Park Hotels inspiriert, dessen Eigentümer und Personal stimmen mit den im Buch beschriebenen Personen natürlich nicht überein. Das Hotel Morgan ist rein fiktiv. Mit Ausnahme der Orte, die mit ihrem wirklichen Namen benannt wurden, wird man die in diesem Buch erwähnten Plätze vergeblich suchen, weiterhin sind sämtliche Personen, deren Namen und Handlungen frei erfunden. Jede Ähnlichkeit mit tatsächlich lebenden oder bereits verstorbenen Personen wäre rein zufällig.

Der Fisch war unschuldig. Sein festes weißes Fleisch lag frisch und appetitlich auf dem Teller. Schuld war die Sauce. »Glattbutt in Champagner, mit Zitrone und Thymian – klang irgendwie interessant und kreativ«, meinte Darina kläglich. Sie probierte einen weiteren Bissen, als könne sie nicht glauben, daß der erste so gräßlich geschmeckt hatte.

Ihr Begleiter stocherte mit der Gabel in der fragwürdigen Komposition herum. »So zu tun, als hätte das hier irgendwas mit Sekt gemeinsam, ist eine Beleidigung für jede halbwegs anständige Flasche Schampus. Und warum ist die Sauce so merkwürdig zähflüssig?«

»Wahrscheinlich wurde sie mit Stärkemehl eingedickt, und davon reichlich. Genauso großzügig ist man mit dem Thymian gewesen – hier, das ist ja praktisch ein ganzer Zweig!« Darina hielt mit der Gabel einen Stengel in die Höhe, der mit winzig kleinen grünen Blättchen bedeckt war, ließ ihn wieder auf den Teller sinken und nahm eine geringelte Zitronenschale auf. »Sieh dir das mal an! Mehr Mark als Schale, dick genug, um Marmelade daraus zu machen – und außerdem noch unblanchiert, deshalb schmeckt sie so bitter. Der Champagner, falls es überhaupt welcher ist, hat gar keine Chance dagegen. Schade, denn der Fisch selbst ist hervorragend; es ist wirklich eine Schande!«

Ihr Blick wanderte unruhig durch den Speisesaal, über runde Eßtische unter langen, zartrosafarbenen Tischdecken und bequeme Stühle mit einer Polsterung aus karierter Shantungseide, farblich genau abgestimmt auf die gerafften Vorhänge mit Fransenbesatz, Quasten und einem kontrastierenden Futterstoff. Dieses mit sicherem Geschmack gewählte Dekor stand in keinem Verhältnis zum Rest des Hotels oder zu den Speisen, die ihnen serviert wurden und die zu den schlechtesten gehörten, die man Darina je vorgesetzt hatte.

Sie hatten das Tagesmenü gewählt, nachdem der erste Eindruck so vielversprechend gewesen war. Für die Feinschmecker-Szene mußte es ein Ereignis sein, wenn ein kleines Hotel im Herzen des ländlichen Somerset sich die Mühe machte, sein Restaurant so stilvoll einzurichten und so einfallsreiche Speisen anzubieten.

Leider hatte der Einfallsreichtum das Können jedoch weit hinter sich gelassen. Das wurde bereits bei der Vorspeise offenkundig: Avocado und Mango auf Estragoncreme – zwei dicke Fruchtscheiben mit einem Klecks Frischkäse und ein paar getrockneten Kräutern.

Darina hatte bald ihren Versuch aufgegeben, diese Kreation zu verspeisen, und resigniert die Gabel sinken lassen. »Es gehört ein anständiges Dressing dazu«, klagte sie. »So, wie es ist, ist es ziemlich..., ziemlich ...« Sie zögerte und warf dem Mann, der sie zu diesem Essen eingeladen hatte, einen schrägen Blick zu.

»Widerlich?« schlug dieser mit undurchdringlicher Miene vor.

»Vielen Dank, Liebling, das ist genau das Wort, das ich gesucht habe.«

»Wenn ein miserables Essen bewirkt, daß du mich ›Liebling‹ nennst, sollte ich dich öfter hierher einladen.«

»Wenn ich dich richtig verstanden habe, möchtest du doch, daß ich mich an diesem Hotel beteilige – in dem Fall wäre ich immer hier.«

»Das hieße ja, ich bekäme jeden Tag das reinste Menü aus Koseworten!« Er grinste sie fröhlich an.

»Nicht ganz, denn wenn *ich* hier wäre, würdest du nicht so ein miserables Essen serviert bekommen.«

»Sind Sie fertig?« fragte die Bedienung mit einem Blick auf ihre nicht einmal halbleeren Teller. »Ich hab' dem Koch gesagt, es würde nicht funktionieren. Ich meine, Avocado und Garnelen sind eine Sache, aber so ein ausgefallenes Zeug *wie das da* will doch hier keiner.« Sie hatte die Vorspeise abgeräumt, das Hauptgericht gebracht und war dann, lässig an eine der schönen Anrichten gelehnt, stehengeblieben, wo sie begann, sich die Fingernägel zu säubern.

Es waren noch drei weitere Tische besetzt. Zwei Geschäftsleute hatten das Tagesmenü mit Steak gewählt, das als Alternative zum Fisch angeboten wurde, wobei sie mehr mit Reden als mit Essen beschäftigt waren. Einer der Männer war groß und stämmig und hatte ein Geschwür hinter dem Ohr; sein Begleiter war kleiner, sah aus wie ein Wiesel und hatte die Angewohnheit, nervös mit den Augen zu zwinkern und wild mit der Gabel herumzufuchteln, um seinen Worten Nachdruck zu verleihen.

An den beiden anderen Tischen saß jeweils ein einzelner Gast. Der eine, ein dünner Mann, aß sein Menü mit großer Hingabe, während seine Blicke den Raum durchmaßen und die Einrichtung sowie die anderen Gäste mit Forscherblick studierten. Der andere war klein und untersetzt, hatte eine auffällig zarte Haut und ein freundliches Gesicht. Um seinen ansonsten fast kahlen und glänzenden Schädel kringelten sich ein paar Büschel mausgrauer Haare. Darina registrierte mit Interesse, daß ihm eine Suppe und ein Hackfleischauflauf serviert worden waren, was beides nicht auf ihrer Speisekarte stand; und entweder waren diese Gerichte so viel besser als das, was sie bekommen hatten, oder seine Toleranz so viel größer – jedenfalls aß er mit offensichtlichem Genuß und nahm zum Schluß sogar noch ein Stück Brot, um damit den letzten Rest der Sauce vom Teller zu tunken.

»Hat es Ihnen nicht geschmeckt?« fragte die Bedienung, während sie Darinas kaum angerührtes Fischgericht abräumte.

»Nein, tut mir leid, das kann ich wirklich nicht behaupten«, gab sie zu.

»Der Herr dort drüben hat auch nicht aufgegessen«, meinte die junge Frau und zeigte auf den dünnen Mann. »Der Koch wird furchtbar enttäuscht sein.« Das schien sie jedoch nicht allzu sehr zu bekümmern, denn ihr volles Gesicht unter dem gelbblonden Haarschopf strahlte fröhlich.

»Pudding oder Käseplatte? Es gibt auch noch Eiscreme oder die Spezialität des Hauses, Feigentorte mit Johannisbeer-Coo... Coo... ooh... Ich wußte, daß ich mir nie merken würde, wie das Zeug heißt.«

»Coulis?« half Darina.

»Genau! Das ist es, Feigentorte mit Johannisbeer-Coulis.« Sie warf ihnen ein besonders strahlendes Lächeln zu und blieb wartend an ihrem Tisch stehen, die schmutzigen Teller auf einem Arm balancierend.

»William?« Darina sah ihren Begleiter fragend an.

»Ich werde auf Nummer Sicher gehen und die Käseplatte nehmen.«

»Feigling! Ich probier' die Torte.«

»Ja, trau' dich nur!«

Aus den Augenwinkeln sah Darina, wie der ältere, dickliche Mann der Serviererin hinterherschaute, die mit wiegenden Hüften durch den Raum ging, wobei sich der kurze, schwarze Rock bedenklich über ihrem ausladenen Hinterteil spannte. Als sie hinter der Tür zur Küche verschwunden war, wandte er seine Aufmerksamkeit wieder seinem Teller zu, auf dem etwas lag, das aussah wie Apfelstreusel.

Die Käseplatte war mehr als annehmbar. Sie bestand aus einem ausgezeichneten Cheddar, einem Coleford und einem mild-würzigen Schimmelkäse aus Schafsmilch.

Mit der Feigentorte sah es allerdings etwas anders aus.

»Also wirklich, William«, meinte Darina nach dem ersten

Bissen. »Du kannst doch nicht allen Ernstes glauben, ich sei daran interessiert, mich an einem Unternehmen zu beteiligen, das so etwas hier als ›Spezialität des Hauses‹ anbietet.« Angewidert schob sie den Teller von sich, auf dem ein flaches, mit geschnittenen Feigen belegtes Teigstück lag, über das eine lilafarbene, klebrig-süße Masse gegossen war.

»Das sieht nicht nur aus wie Pappe, es hat auch die Konsistenz und den Geschmack von Pappe, und das Johannisbeeraroma schlägt die Feigen restlos tot.«

Ihr Begleiter war ein hochgewachsener junger Mann Anfang dreißig mit dunklen Locken, silbrig-grauen Augen, die manchmal eher grün oder blau schimmerten, und einem gewinnenden Lächeln.

»Du kannst ein Hotel nicht ausschließlich nach seinem Essen beurteilen.«

»Für mich gehört das zu den wichtigsten Kriterien überhaupt. Essen ist etwas ganz Elementares, eine Lebensnotwendigkeit sozusagen. Wenn es ungenießbar ist, werden sich die Leute auch nicht weiter für das schöne Dekor interessieren, und wenn es wirklich gut ist, nehmen sie dafür unbequeme Stühle und eine weniger stilvolle Einrichtung in Kauf. Wieso haben wir hier eigentlich einen so wunderbar ausgestatteten Speisesaal, wenn die Bedienung keine Ahnung von Gastronomie hat? Wir haben ein Mineralwasser mit Kohlensäure bestellt, und sie hat eins ohne gebracht, außerdem das falsche Besteck, und die Gäste dort drüben hat sie völlig ignoriert. Und warum sieht das Hotel – diesen Raum einmal ausgenommen – aus, als befänden wir uns immer noch in den Fünfzigern?«

»Jetzt hör aber auf, zu der Zeit hattest du ja noch nicht einmal das Licht der Welt erblickt!«

»Trotzdem weiß ich, wie es damals ausgesehen hat. Gib zu, daß ich recht habe!«

»Tony Mason hat das Haus vor ungefähr einem Jahr gekauft. Da war es noch ein Seniorenheim voller alter Leute – findest du nicht auch, daß der französische Begriff *trois-*

ième age viel netter klingt? –, die dann nach Südwestengland gezogen sind. Er hat geglaubt, daß man es in ein luxuriöses Landhotel umwandeln könne – und mit dem Speisesaal und der Küche hat er eben angefangen.«

Darina sah sich noch einmal in dem geschmackvollen Raum um. »Die Einrichtung wird seinem Anspruch ja durchaus gerecht, nur – was, bitte schön, ist mit dem Essen passiert?«

»Ulla sagt, ...«, begann William.

»Wer ist Ulla?«

»La patronne. Während einer Unterhaltung mit ihr kam mir die Idee mit deiner Beteiligung.«

»Erklär mir doch bitte mal genau, weshalb ich daran interessiert sein könnte, mein Geld in dieses Unternehmen zu stecken.« Darinas Ton war nicht gerade ermutigend.

William warf ihr ein flüchtiges Lächeln zu. »Hast du nicht, seit wir uns kennen, ständig davon geredet, daß es dein großer Traum sei, ein Hotel auf dem Land zu besitzen? Und versuchst du nicht gerade, dein wertvolles Haus in Chelsea zu verkaufen, um das Kapital dafür zu bekommen? Und hast du nicht neulich erst gesagt, daß dir der Verkauf wahrscheinlich doch nicht genug Geld einbringen wird, um ein Hotel zu kaufen, das deinen Vorstellungen entspricht? Als ich hörte, daß man im Hotel Morgan nach einem Partner Ausschau hält, der bereit ist, etwas Kapital in das Geschäft zu investieren, habe ich jedenfalls sofort an dich gedacht.« Nach diesen Worten sah er aus wie ein kleiner Hund, der seinem Besitzer stolz einen Hausschuh vor die Füße legt, ungeachtet dessen, daß er ihn vorher schon ausgiebig zernagt hat.

»Du meinst also«, Darina betrachtete ihn nachdenklich, »daß du meinen beruflichen Ehrgeiz ernst nimmst?«

»Zweifelst du etwa daran?«

»Wenn du mich in diesem Ton fragst, ja.«

»Wieso, was stimmt nicht mit meinem Ton?«

»Er klingt so nach ›wenn ich ihr ihren Willen lasse, begreift sie vielleicht, was für eine idiotische Idee das Ganze ist‹.«

Ihre grauen Augen blickten direkt in die seinen, und sein Grinsen verschwand. Er nahm ihre Hand und hielt sie fest umschlossen, obwohl sie gar keine Anstalten machte, sie ihm zu entziehen. »Hör zu, Liebes, ich nehme dich wirklich ernst. Schließlich habe ich dich oft genug in Aktion erlebt, um zu wissen, daß du enorm talentiert und äußerst zielstrebig bist. Du hast aus deinem Catering-Service einen Riesenerfolg gemacht, und ich bin sicher, du bist eine der Besten in deinem Fach. Aber du kannst kaum Begeisterung von mir erwarten, wenn du ein Projekt starten würdest, das dich total in Anspruch nimmt – noch dazu an einem Ort, an dem ich dich möglicherweise nicht regelmäßig sehen könnte. Also schien mir die Sache mit dem Hotel Morgan ein guter Kompromiß zu sein.«

»Ein Kompromiß?«

»Es ist ein schönes Hotel, du hättest eine Partnerin, mit der du die Verantwortung teilen könntest, und es ist in meiner Nähe, so daß wir uns nach Dienstschluß immer treffen könnten.«

»Das heißt wohl, ich müßte alles stehen und liegen lassen, wenn du gerade Zeit hast?«

Er stöhnte und ließ ihre Hand los. »Das ist doch Unsinn. Du weißt genau, daß ich es so nicht gemeint habe.«

»Es hat aber ganz so geklungen. Und jetzt hör du mir mal zu. Ich verstehe und akzeptiere, daß du als Polizeibeamter keinen geregelten Acht-Stunden-Tag hast, und daß dein Privatleben da oft in den Hintergrund treten muß. Warum kannst du dann nicht auch akzeptieren, daß ein Beruf im Hotel- oder Gastronomiegewerbe nach ganz ähnlichen Prinzipien funktioniert?«

Seine Finger schlossen sich wieder um ihre Hand. »Darina, Liebling, heirate mich und gib die Idee mit dem Hotel auf.«

Ihre Augen weiteten sich, und einen Moment lang saß sie nur ganz still da.

»Das kommt ein bißchen plötzlich.«

»Jetzt sag nur noch, damit hättest du nicht gerechnet. Du weißt doch, was ich für dich empfinde, und während der letzten Wochen habe ich den Eindruck bekommen, daß du das gleiche fühlst. Wäre eine Heirat da nicht die logische Konsequenz?«

»Und das würde bedeuten, daß ich meinen Beruf aufgebe, um mich den Rest meiner Tage als Hausfrau zu betätigen?«

»Du bräuchtest ja nicht ganz mit der Arbeit aufzuhören – du könntest doch zum Beispiel nebenbei Parties und Festessen organisieren.«

»Nebenbei Parties und Festessen!«

»Na ja, ich meine, wäre es denn nicht wichtiger, meine Frau zu sein? Und außerdem hätten wir ja noch Kinder.«

»Kinder«, wiederholte sie tonlos.

»Willst du denn keine Kinder?«

Darina dachte eine Weile über diese Frage nach. Was für eine Mutter würde sie wohl abgeben? Sie sah die kleinen, süßen Babys vor sich, die Williams Augen hatten, dann die schrecklich ungezogenen Kinder, die kein Gemüse essen wollten, schließlich die schwierigen Teenager, die gegen ihre Eltern rebellierten. Danach blickte sie sich noch einmal in dem eleganten Raum um.

»Ich nehme an, ein Hotel zu führen, darin die richtige Atmosphäre zu schaffen, in der sich die Gäste wohlfühlen, für ihr Essen zu sorgen und sich um all ihre Bedürfnisse zu kümmern ist sowas Ähnliches, wie Hausfrau und Mutter zu sein.«

»Und ich wette, die Gäste sind mindestens ebenso schwierig wie ein Kleinkind und genauso undankbar. Aber glaubst du denn im Ernst, daß ein Hotel eine wirkliche Familie ersetzen kann?«

Sie fühlte sich unbehaglich angesichts der Intensität seiner Blicke, die in seinen Worten nicht mitschwang.

»William, ich bin noch nicht so weit, mich auf diese Art zu binden. Ich kann mir nicht vorstellen, jemand anderen als dich zu lieben, aber wenn ich nicht versuche, das Ziel zu erreichen, das ich mir gesteckt habe, auch wenn es etwas ist, das dir unbedeutend erscheinen mag, würde ich es immer bereuen.«

»Du würdest es bereuen, mich geheiratet zu haben?«

»Das habe ich eigentlich nicht gemeint, aber du hast recht, das könnte passieren. Ich habe es schon bei Freunden erlebt.«

Sie beugte sich vor und sprach eindringlich weiter: »Versteh' doch, ich muß jetzt meine Chance ergreifen. Uns beiden bleibt noch jede Menge Zeit füreinander. Ich bin erst achtundzwanzig, da brauchen wir uns mit dem Nachwuchs doch nicht so zu beeilen. Aber wenn ich jetzt nicht versuche, meinen Traum vom eigenen Hotel zu verwirklichen, ist es zu spät. Der Konkurrenzdruck wird immer größer, das notwendige Startkapital auch. Schau dir doch an, was die neuen Hotels jetzt schon alles bieten müssen: Fitneßräume, Swimmingpools, eine spektakuläre Umgebung. Vielleicht ist es sogar schon zu spät für Leute wie mich, aber ich muß es einfach versuchen, begreifst du das denn nicht?«

Er sagte nichts.

»Kann zwischen uns nicht alles so bleiben, wie es war?« fragte sie bittend.

»Du meinst, du willst weiterhin eine Affäre mit mir haben, aber du willst mich nicht heiraten?«

»Ist das heutzutage nicht so üblich?« Sie versuchte, einen leichteren Ton anzuschlagen.

»Dann bin ich wohl nicht so aktuell, wie ich dachte, sondern gehöre mit meinen Vorstellungen eher zu den Ewiggestrigen.« Er schob seinen Teller von sich, rief nach der Bedienung und bestellte Kaffee.

»Wie geht es denn Inspektor Grant?« Darina wollte das Thema wechseln, aber es schien, daß ihre Wahl keine besonders gute war, denn Williams Gesicht verdüsterte sich noch mehr.

»Er ist ganz begeistert von dem neuen Kollegen in unserem Team.«

»Und der taugt nichts?«

»Er ist eine Frau.«

»Du verdammter Chauvinist!« Darina war ehrlich empört.

»Aber nein, das verstehst du völlig falsch. Ich habe nichts gegen Frauen, wirklich nicht. Es ist nur so, daß wir bis jetzt ein großartiges Team waren; wenn nun eine Frau dazukommt, heißt das, daß sich die Arbeitsatmosphäre total verändern wird.«

Darina sagte nichts, sie sah ihren Begleiter nur an. Sie wußte, daß er im Grunde seines Herzens ziemlich konservativ war, aber sie hatte nicht realisiert, daß es solche Formen annehmen könnte.

»Und wie ist sie, eure neue Kollegin?«

»Ich habe sie erst heute morgen kennengelernt. Eher ruhig, wirkt kompetent, keine strahlende Schönheit, aber sie sieht nett aus.«

»Kopf hoch! Wenn Grant diese Frau mit so viel Begeisterung aufgenommen hat, wird sie bestimmt ein würdiges Mitglied eures Teams. Außerdem wette ich um meine letzte Flasche Haselnußöl, daß auch dein hervorragender Inspektor mal ein aktives Mitglied im *Club der Frauenfeinde* war.«

William grinste breit und war plötzlich wieder ganz der Mann, den sie liebte. »Wie scharfsinnig du bist. Aber jetzt laß uns nicht weiter darüber reden. Was ich dir nämlich noch über dieses Hotel erzählen wollte, ist ...« In diesem Moment trat die Bedienung an ihren Tisch, um ihm zu sagen, daß er am Telefon verlangt werde.

Während Darina ihren Kaffee trank und auf ihn wartete, sann sie darüber nach, wie wohl die Ablehnung seines Heiratsantrags ihre Beziehung verändern würde. Warum konnte er die Dinge nicht so lassen, wie sie waren?

Es war erst ein paar Wochen her, daß sie endlich begriffen hatte, wie tief ihre Gefühle füreinander waren. Dann hatte William sie kurzerhand zu einem Urlaub im Lake District entführt, wo sie den Luxus und das wunderbare Essen des Miller Howe Hotels genossen hatten. Keine Flitterwochen hätten schöner sein können. Die herrliche Landschaft, in der es im November fast keine Touristen gab, hatte ihrer romantischen Stimmung genau entsprochen. Zusammen waren sie über die Hügel gewandert, die seit den Zeiten der Römer unverändert geblieben waren, hatten Dörfer besucht, deren Häuser aus dunklen, vom Regen ausgewaschenen Steinen erbaut waren, hatten die Gedichte der Lakeland-Poeten gelesen, über alle möglichen Themen diskutiert, zuviel gegessen und zuviel Wein getrunken, was ihnen aber keineswegs schlecht bekommen war. Und Darina hatte eine Sinnlichkeit entdeckt, die über die Tafelfreuden hinausging...

Am zweiten Abend ihres Aufenthalts hatten sie sich vor dem Abendessen auf ein Glas Wein in die Hotelhalle gesetzt. Am Morgen waren sie zu einer Wanderung aufgebrochen, hatten in einem Pub zu Mittag gegessen und waren am Nachmittag auf ihr Zimmer mit Blick auf den Lake Windermere zurückgekehrt, der zu Tagesbeginn noch blauschimmernd unter einem wolkenlosen Himmel gelegen hatte, sich aber mittlerweile hinter einem Schleier aus Nebel und Regen verbarg. Während sie nun an ihrem australischen Chardonnay nippte, der, wohltemperiert, sein unvergleichliches Aroma entfaltete, gab sich Darina einem ganz ungewohnt intensiven Bewußtsein ihres Körpers hin – betäubt und aufs äußerste belebt zugleich, wie ein Bündel nackter Drähte in einer Samtumhüllung. Sie spürte jeden Atemzug des Mannes neben ihr. Seine linke Hand lag auf der Sessellehne; sie betrachtete die langen, knochigen Finger mit den flachen Nägeln, deren weiße Ränder sorgfältig geschnitten waren. Mit überaus großer Deutlichkeit erinnerte sie sich daran, wie diese Finger ihren nackten Körper berührt hatten, als sie der Umrißlinie ihrer Brüste und Hüften folgten; an den verschleierten Blick seiner nunmehr tiefdunklen Augen, und ebenso deutlich spürte sie jetzt an dem veränderten Rhythmus seiner Atemzüge, daß er in diesem Moment den gleichen Gedanken hatte.

Sie nahm diese Erkenntnis mit jeder Nervenfaser ihres Körpers auf, erhob ihr Glas, sah ihn mit einer Selbstsicherheit, die sie vorher nicht gekannt hatte, direkt an und brachte einen stillen Toast aus auf alles, was sie heute genossen hatten und in den folgenden Tagen noch genießen würden. Er erwiderte den Toast, sie lachten, redeten dann von etwas Belanglosem, ihr Wissen um zukünftige Freuden für sich behaltend, nicht wie ein Geizhals, der ängstlich seine Schätze hütet, sondern mehr wie ein Musikliebhaber, der seine liebste Schallplatte eine Weile ruhen läßt und statt dessen ein anderes Stück desselben Komponisten auflegt. Es war die Wahrheit, als sie sagte, sie könne sich nicht vorstellen, jemand anderen als William zu lieben. Er war ihr Freund und Gefährte ebenso wie ihr Geliebter; ein Mann, von dem sie sich gut vorstellen konnte, mit ihm alt zu werden. Doch derlei Pläne schienen ihr augenblicklich ein wenig verfrüht. So viel war geschehen, seit sie sich zum ersten Mal begegnet waren, und ihr Leben hatte sich so sehr verändert. Damals hatte sie noch ihren eigenen Catering-Service gehabt, war ständig damit beschäftigt gewesen, neue Kunden zu werben und immer in Sorge, ob das Geld reichen würde. Jetzt war sie finanziell unabhängig und hatte damit die Gelegenheit, sich einen langgehegten Wunsch zu erfüllen. Und da war noch etwas. Seit sie Detective Sergeant William Pigram kannte, hatte sie bereits zwei Mordfälle gelöst. Obwohl er schließlich beide Male sehr großmütig gewesen war, wußte Darina, daß es ihm eigentlich lieber gewesen wäre, wenn sie sich nicht in etwas eingemischt hätte, was er, zweifellos zurecht, als *seine* Angelegenheit betrachtete.

Dabei hatte sie im Grunde gar keine andere Wahl gehabt. Jedenfalls nicht beim ersten Mal, als es darum ging, daß sie einfach ihre Unschuld beweisen mußte. Beim zweiten Mal vielleicht schon eher, aber für sie war es eine Frage der Loyalität gewesen, und dann hatte sie festgestellt, daß es ihr Spaß machte, analytisch und mit der notwendigen Distanz zu denken, bis sie alle Hinweise so zusammengefügt hatte, daß sie die richtige Lösung ergaben. Darina schüttelte den Gedanken ab. Schließlich war es wohl ziemlich unwahrscheinlich, daß sie noch einmal in einen Mordfall verwickelt werden würde. Aber was wäre, wenn es William passieren würde? Würde sie es schaffen, ihre natürliche Neugier zu bezähmen und solche Fragen zu vermeiden, die ihm vorkommen könnten, als wolle sie sich einmischen oder gar – Gott behüte! – die Sache selbst in die Hand nehmen? William sah in ihr offensichtlich die Ehefrau und Mutter, nicht die Amateurdetektivin oder Hotelbesitzerin, wenn er jetzt auch das Gegenteil beteuerte. Und sie war noch nicht so weit, sich niederzulassen, ein Nest zu bauen und Kinder großzuziehen. Darina fühlte ihren Ehrgeiz wachsen wie Hefe in einem gut durchgekneteten Teig. Sie war wie eine Athletin, die lange und hart für ein bestimmtes Rennen trainiert hatte und jetzt, jeder einzelne Muskel vor Erwartung bebend, auf den Startschuß horchte. Sie hatte so viele Ideen und wußte genau, was sie erreichen wollte. Sie mußte nur noch das richtige Objekt finden. War das Hotel Morgan das Richtige für sie? Und was genau waren Williams Motive, sie hierher zu bringen? Darina blickte sich ein letztes Mal im Speisesaal um. Wenn es auf diesem Niveau mit den Renovierungsarbeiten weitergehen sollte, konnte sie verstehen, warum sich die Besitzer nach einem neuen Geldgeber umsahen. Sie war beinahe entschlossen. Wenn nur das Essen nicht so gewollt originell und dabei so miserabel gewesen wäre. »Ich muß gehen.« Ihr Freund war an den Tisch zurückgekehrt, warf einen flüchtigen Blick auf die Rechnung, die in seiner Abwesenheit gebracht worden war, und entnahm seiner Brieftasche ein paar Geldscheine. »Man hat eine Leiche gefunden – es sieht aus wie Mord.«

William nahm hastig Abschied. »Unterhalte dich doch mal mit Ulla, und dann bitte Alex, dich nach Hause zu fahren«, rief er, während er in seinen Mantel schlüpfte und zu seinem Auto lief. »Ach ja, und entschuldige mich bitte bei ihr.« Darina winkte ihm nach, als er mit quietschenden Reifen davonbrauste und fragte sich, wann sie ihn wohl wiedersehen würde. Wenn er mit der Untersuchung eines Mordfalles beschäftigt war, könnte es einige Zeit dauern. Sie drehte sich um und betrachtete die Fassade des Hotels. Es war im viktorianischen Stil erbaut. Die hohen Erkerfenster, die zu beiden Seiten des reichverzierten Portals hervorsprangen, schienen ursprünglich zu einem älteren Gebäude gehört zu haben. Hinter der spitzgiebligen Front bot sich dem Betrachter ein Durcheinander von niedrigeren Dächern, auf denen sich zahlreiche Tudor-Kamine erhoben. Der graue Stein, der das Licht der Wintersonne schluckte, ohne es zu reflektieren, war nackt, kein Efeubewuchs milderte seine Strenge. Darina nahm die Einzelheiten des Gebäudes genauer in Augenschein. Das Dach schien in Ordnung zu sein, aber ein paar der Dachrinnen waren arg verrostet, und auch die Fugenmasse zwischen den Ziegeln mußte ausgebessert werden. Und – war es Einbildung, oder neigte sich das Portal wirklich leicht nach einer Seite? Die Kiesauffahrt vor dem Haus war gepflegt, aber der Rasen mit seinen kümmerlichen Sträuchern ließ sehr zu wünschen übrig. Darina entdeckte ein paar tote Zweige, die von den Bäumen hingen, wahrscheinlich die Opfer der letzten Serie von Stürmen. Das Ganze sah aus wie die Kulisse zu einer Verfilmung von Dornröschen, aber ohne den märchenhaften Charme. Sie fröstelte, als sich ein kalter Wind erhob, und ging rasch wieder hinein. Die Eingangshalle des Hotels war ebenfalls völlig ungeeignet, den Gästen ein fröhliches Willkommen zu bereiten. Der dunkle, holzgetäfelte Raum war nur schwach beleuchtet, und das Mobiliar war ohne jeden Sinn für Stil zusammengestellt worden. Auf einem schweren Eichentisch mit gedrechselten Beinen war ein Sortiment von Prospekten für Touristen ausgelegt, und mehrere unförmige Plüschsessel mit hölzernen Armlehnen standen wenig einladend auf dem gefliesten Fußboden. In einem riesigen steinernen Kamin glomm schwach ein einsamer Holzscheit, der kaum dazu beitrug, die Raumtemperatur, die man nur als lausig kalt bezeichnen konnte, anzuheben. Die Rezeption aus fleckigem Sperrholz hatte man in einer Ecke versteckt – Personal suchte man hier vergeblich. Das einzig Ansehnliche an diesem Raum war ein phantastisches Arrangement aus getrockneten Blumen in einer antiken chinesischen Schale, die von einem runden, zentral plazierten Tisch aus ihre Schönheit verströmte. Die blauen und cremefarbenen Blüten, um deren lange Stiele sich wilder Wein rankte, waren mit viel Kunstfertigkeit und Geschmack angeordnet. Bewundernd betrachtete Darina eine Weile die Komposition. Sie fragte sich gerade, wo sie wohl die Besitzer dieses ungastlichen Etablissements finden könne, als sie Stimmen hörte – besser gesagt eine Stimme, weiblich und sehr ärgerlich.

»Und glaub' nicht, du könntest mich nochmal so versetzen! Nicht einmal entschuldigt hast du dich! Ich hab' gestern den ganzen Tag auf deinen Anruf gewartet; und heute morgen ebenfalls.« Aus einer Tür an der Rückseite des Raumes trat eine junge Frau, die gerade in eine braune Wildlederjacke schlüpfte und ihre Bemerkungen über die Schulter zurückwarf, während sie energisch durch die Empfangshalle schritt. Das Auffälligste an ihr war eine wunderbar üppige, kupferrot schimmernde Lockenpracht, die ein recht hübsches Gesicht mit dunkelbernsteinfarbenen, leicht schrägstehenden Augen und einem Schmollmund umrahmte. Ihr kleiner, zierlicher Körper bewegte sich mit der Geschmeidigkeit einer Katze, aber sie strahlte eine solche Unzufriedenheit aus, daß sie weit weniger attraktiv wirkte, als sie es eigentlich hätte sein können. In der Tür drehte sie sich noch einmal um, warf Darina einen gleichgültigen Blick zu und lächelte zu dem Mann auf, der ihr gefolgt war. In diesem Augenblick entfaltete sich plötzlich ihre zuvor nur angedeutete Anziehungskraft. »Wie wär's mit heute abend?« fragte sie mit süßer, unwiderstehlicher Stimme. Der Mann schien unbeeindruckt. »Ich ruf' dich später an, Olivia. Ich kann dir keine Zusage machen, weil wir wahrscheinlich viel zu tun haben werden.« Der kleine Schmollmund verlor rasch wieder seinen Reiz. »Erzähl mir bloß nicht, daß ihr Gäste habt. Wenn du glaubst, daß ich wieder bloß rumsitze und auf dich warte, hast du dich getäuscht!« Mit diesen Worten verschwand sie und knallte die Tür hinter sich zu. Ohne die junge Frau auch nur eines weiteren Blickes zu würdigen, kam der Mann auf Darina zu. »Kann ich Ihnen helfen?« Darina blickte in Augen von der Schönheit eines in Eis gespiegelten, strahlendblauen Himmels und verstand augenblicklich den Groll des Mädchens. Der Mann war etwa in ihrem Alter, langgliedrig und schlaksig, salopp gekleidet in Jeans und Sweatshirt.

Sein flachsblondes Haar fiel ihm in die breite Stirn, und seine bemerkenswerten Augen lagen unter Brauen, die so hell waren, daß man sie kaum sah. Seine Wimpern waren von der gleichen Farblosigkeit. War dies der Grund, daß er wie jemand wirkte, der in den Anblick ferner Horizonte versunken war? Oder war es nur so, daß er an seiner näheren Umgebung einfach nicht interessiert war? »Ich suche den bzw. die Inhaber dieses Hotels: Tony und Ulla Mason.«

Er runzelte die Stirn. »Mein Vater ist tot. Wo Ulla ist, weiß ich nicht; und ich bin Alex Mason. Ich schätze, Sie können mich als den Miteigentümer betrachten. Worum geht's denn?« Wie unaufmerksam von William, einfach zu verschwinden, bevor er sie über diese Tatsache unterrichtet oder ihr erzählt hatte, was genau er mit Ulla Mason besprochen hatte – falls er überhaupt irgend etwas mit ihr besprochen hatte. Während Darina noch überlegte, wie sie beginnen sollte, trat eine zierliche blonde Frau, nicht viel älter als sie selbst, durch die Eingangstür. »Was hast du denn mit Olivia Brownsword gemacht, Alex? Sie ist wie eine Furie an mir vorbeigerannt, ohne mich zu grüßen.«

»Sie wird schon drüber wegkommen. Anscheinend glaubt sie, sie hätte Anspruch auf meine Zeit. Hier ist übrigens jemand, der dich sprechen möchte.« Mit diesen Worten wies er mit einer lässigen Handbewegung in Darinas Richtung und verschwand in den hinteren Regionen des Hotels. »Vergiß nicht, daß du heute abend Dienst hast«, rief die junge Frau ihm nach und seufzte tief. »Es ist mir ein Rätsel, warum dieses Mädchen so hartnäckig ist, er behandelt sie wie ein Stück Dreck. Also, was kann ich für Sie tun?« Ihre Stimme hatte einen leicht fremdartigen Tonfall, eine Art Singsang, der, ebenso wie die ungewöhnliche Helligkeit ihrer Haare und ihrer Haut, Darina an Skandinavien denken ließ.

»Ich bin Darina Lisle. William Pigram hat mich zum Mittagessen hierher gebracht«, begann sie.

»Oh ja natürlich, William. Es tut mir schrecklich leid, daß ich nicht hier war. Ich mußte einkaufen, und das hat viel länger gedauert, als ich dachte. Für einen Montagmorgen war bei Yeovil ein unglaublicher Betrieb. War das Essen gut?« Die Frage klang wirklich interessiert.

Darina zögerte. »Wir haben diese Woche mit unserem neuen Menü begonnen. Der Küchenchef hat die Rezepte speziell für uns kreiert. Wir hoffen auf ein lebhaftes Weihnachtsgeschäft. Die Leute müssen den Truthahn doch langsam satt haben. Ah, Mr. Nicholls, wie schön, Sie zu sehen. Und wie nett von Ihnen, daß Sie uns so bald besucht haben. Haben Ihnen die Speisen zugesagt?«

Der Gast, der seine Mahlzeit mit solcher Konzentration verzehrt hatte, hielt auf seinem Weg zum Ausgang inne, als Ulla Mason auf ihn zuging, um ihn zu begrüßen. Er ergriff ihre Hand und sah sie an wie der Weihnachtsmann, dem gerade einfällt, daß er seinen Sack mit Geschenken vergessen hat. »Meine liebe Mrs. Mason, es tut mir leid, aber ich kann nichts für Sie tun. Ich kann unmöglich einen Artikel über Sie im *Western Chronicle* schreiben, denn das würde bedeuten, daß Sie überhaupt keine Gäste mehr hätten.« Er tätschelte tröstend ihre Hand. »Stellen Sie einen anderen Küchenchef ein, und lassen Sie mich wissen, wenn es soweit ist. Dann werde ich's nochmal versuchen.« Er nahm seinen Mantel von einem altmodischen Kleiderständer und verließ das Hotel. Ulla Mason starrte ihm fassungslos nach. Dann drehte sie sich zu Darina um. »Was meint er denn damit? Das Essen kann doch wohl nicht so schlecht gewesen sein!?«

»Ich fürchte, doch.« In diesem Augenblick kamen die beiden Geschäftsleute unter lautem Gelächter aus Richtung des Speisesaals. Die Inhaberin lächelte ihnen nervös zu. »Du liebe Zeit, Ulla«, rief der größere von beiden mit dem Geschwür hinterm Ohr, »was haben Sie denn mit dem Essen angestellt? Und was spricht gegen Truthahn? Dieses vornehme Zeug hätten wir eher im Manor Park Hotel erwartet, mit dem Unterschied, daß man es dort auch hätte genießen können – warum bekommt man denn hier keine ordentlichen Pommes frites mehr und einen anständigen Pudding? Jetzt gibt's noch nicht mal Hammelpastete, und wir haben schon Mitte Dezember!«

»Es tut mir wirklich leid, aber wir haben einen neuen Küchenchef und probieren mal ein anderes Menü. Kommen Sie doch nächste Woche wieder vorbei – ich werde sehen, was sich machen läßt. Das Mittagessen heute geht natürlich auf Kosten des Hauses.«

»Aber nein, das Steak war ganz in Ordnung.« Der große

Mann schlug sich seinen ausladenden Bauch. »Geben Sie uns einen Drink aus, wenn wir das nächste Mal kommen, und damit ist die Sache erledigt. So, und jetzt komm, Derek, wir müssen wieder an die Arbeit.« Ulla Mason blickte ihnen nach, und Darina hatte das Gefühl, sie würde gleich in Tränen ausbrechen. »Das waren zwei der einflußreichsten Männer aus dem Gemeinderat. Derek ist Vorsitzender der Baubehörde, und der Himmel weiß, ob die beiden jemals wiederkommen. Tony wußte immer, wie er mit ihnen umgehen mußte. Sie haben ihm förmlich aus der Hand gefressen. Na ja, es sieht ja ohnehin nicht so aus, als müßten wir in der nächsten Zukunft eine Baugenehmigung beantragen.« Sie strich sich über die Stirn. »Aber ich verstehe es trotzdem nicht. Sie müssen mir sagen, was passiert ist. William hat mir erzählt, daß Sie sich in der Gastronomie bestens auskennen.«

Ulla hakte sich bei Darina ein und führte sie durch die hintere Tür in ein kleines Büro am Ende eines dunklen Korridors. Durch das Fenster, das so schmutzig war, daß kaum das Tageslicht hindurchdrang, erkannte man einen schmuddeligen Hinterhof. Eine Lampe mit grünem Schirm bemühte sich, ein wenig Licht zu verbreiten; dennoch wirkte der mit Möbeln und Büromaterial vollgestopfte Raum nur wenig heller als die Eingangshalle. In der einen Ecke standen ein Computer und ein Kopiergerät und in der anderen ein mit Akten und Broschüren bedeckter großer Schreibtisch. Dahinter saß Alex und studierte einen Atlas. Ulla funkelte ihn wütend an. »Hast du in der Bar alles vorbereitet für heute abend?« Er sah nicht einmal auf. »Dafür ist noch reichlich Zeit. Wir werden kaum ins Schwitzen geraten von dem Ansturm der Gäste. Die einzige Reservierung für heute abend ist ein Tisch für vier Personen.« Ulla wies auf einen kleinen Sessel. »Bitte setzen Sie sich.« Dann rieb sie sich die Hände. »Ist es nicht schrecklich kalt hier drin? Vielleicht sollten wir die Heizung anmachen.« Sie beugte sich vor und schaltete einen kleinen elektrischen Heizstrahler ein. »Alex, das ist Darina Lisle. Sie ist möglicherweise daran interessiert, unsere

Geschäftspartnerin zu werden.« Die durchdringenden Augen wandten den Blick vom Atlas und fixierten ihr Gegenüber. »Verkauf den alten Kasten, Ulla, und werd diesen verdammten Alptraum endlich los. Du kämpfst hier eine verlorene Schlacht.« Der junge Mann stand auf und klemmte sich den Atlas unter den Arm. »Man hat dir ein gutes Angebot gemacht, und ich kann dir nur raten, es anzunehmen.« Er schlenderte zur Tür.

»Du weißt, daß ich das nicht tun werde, Alex, obwohl ich manchmal in Versuchung komme; schließlich würde das bedeuten, daß ich dich nie wiedersehen müßte.« Er drehte sich noch einmal um. »Mäßige dich, sonst könnte es passieren, daß ich auf der Stelle verschwinde, was würdest du dann machen, liebes Mütterchen?« Mit den letzten Worten schloß er langsam die Tür hinter sich. Ulla machte ein Geräusch, das sich anhörte wie eine Mischung aus Knurren und Schreien und schlug sich mit der Faust an den Kopf. »Dieser verdammte Alex! Manchmal könnte ich ihn erwürgen. Wie kommt es eigentlich, daß bestimmte Leute so genau wissen, wie sie einen zur Weißglut bringen können?« Sie erwartete offensichtlich keine Antwort auf diese Frage. Während sie sich in dem Stuhl niederließ, den Alex geräumt hatte, betrachtete Darina sie interessiert. Ulla war höchstens dreißig Jahre alt. Ein paar Fältchen hatten begonnen, sich in die zarte Haut zu prägen, aber ihre Figur, deren volle Brüste und schmale Hüften unter einem Strickkleid mit passender Jacke bestens zur Geltung kamen, war jugendlich und sexy. Diese Mischung aus provokativer Sinnlichkeit und androgyner Unschuld mußte umwerfend attraktiv auf Männer wirken, besonders in Verbindung mit diesem Gesicht, das so lieblich war wie das einer Märchenprinzessin, und diesem wunderbar flachsblonden Haar, das von natürlichen honig- und goldfarbenen Strähnchen durchzogen war.

»Ich nehme an, Alex ist ihr Stiefsohn?« Ulla nickte. »Er ist eigentlich kein Hotelier. Nachdem Tony starb, ist er hergekommen, um auszuhelfen. Aber lassen Sie uns nicht weiter über Alex reden, das macht mich immer so wütend. Sagen Sie mir lieber, was mit dem Mittagessen war. Ich dachte, die neuen Gerichte würden ein großer Erfolg werden.«

»Haben Sie den Küchenchef schon lange?«

»Nein, Ken Farthing hat erst vor ein paar Wochen bei uns angefangen. Ich war sehr zufrieden mit ihm, denn er schien wirklich gut zu sein. Das Angebot an Speisen, das wir vorher hatten, war sehr einfach und unkompliziert: Steak, Kotelett, Huhn – alles mit Pommes frites und anschließend ein paar traditionelle Desserts. Das hat er alles prima gemacht, aber ich hatte ihn eingestellt, damit er das Essen verändert und dem Niveau unseres Speisesaals anpaßt. Als er sagte, er hätte neue Rezepte für ein paar stilvolle und erstklassige Menüs, habe ich ihm geantwortet, er solle gleich damit anfangen.«

»Sie haben die Gerichte nicht einmal vorher probiert?«

Ulla sah geknickt aus. »Ich habe es nicht für nötig gehalten, weil ich dachte, er verstünde etwas von seinem Beruf. Es klang alles so köstlich. Was also ist schiefgelaufen?«

»Ich fürchte, er hat es geschafft, jedes Gericht zu ruinieren.« Darina beschrieb kurz ihr katastrophales Mittagessen. Ulla sah daraufhin noch niedergeschlagener aus. »Was soll ich denn jetzt machen? Wir können doch nicht wieder das gleiche wie vorher servieren, das paßt einfach nicht mehr zum Stil des Restaurants.«

»Ich denke, Sie sollten lieber mal mit Ihrem Küchenchef reden.« Ulla erhob sich. »Würden Sie mit mir kommen? Sie sind doch eine Expertin auf dem Gebiet, und ich habe Angst, daß er mich nur wieder unsicher macht.« Widerwillig folgte Darina der Hotelbesitzerin durch den schlecht beleuchteten Flur, dessen Winkel und Ecken mit Toilettenpapierrollen und Cornflakes-Schachteln vollgestopft waren. Sie fragte sich, was genau wohl Ullas Qualifikationen für die Leitung eines Hotels waren; der Rat ihres Stiefsohns Alex kam ihr immer vernünftiger vor. Außerdem war ihr nicht ganz klar, warum sie eigentlich eingewilligt hatte, als Rückendeckung in einer Auseinandersetzung zu dienen, die zweifellos ziemlich unangenehm werden würde. Der Grund war wohl, daß Ulla eine gewisse Hilflosigkeit ausstrahlte, die direkt an ihren Beschützerinstinkt appellierte.

Das war vielleicht ein entscheidender Vorteil im Geschäftsleben. Darina seufzte. Ihr war seit langem klar, daß sie in niemandem einen Beschützerinstinkt weckte. Was sie ausstrahlte, war vielmehr Effizienz und Selbständigkeit. Sogar William, der ihre Größe von annähernd einem Meter achtzig noch um etliche Zentimeter übertraf, behandelte sie kaum wie ein ›kleines Fräulein‹. Aber das war schließlich auch das letzte, was sie wollte, oder?

Die Küche unterschied sich ebenso radikal vom Rest des Hotels wie das Restaurant. Sie sah aus wie ein Kraftwerk aus Edelstahl, nagelneuen Öfen und schimmernden Fliesen.

Der Fußboden wurde gerade von einem jungen Mädchen in schmuddelig-weißem Arbeitskittel gewischt. Eine große, massige Gestalt in ebenso schmuddeliger Arbeitskleidung, aber mit einer eindrucksvollen Kochmütze schrieb etwas mit einem stumpfen Bleistift auf die Rückseite eines alten Briefumschlags.

»Farthing!« Ulla bemühte sich tapfer, ihrer Stimme Autorität zu verleihen.

»Ja?« Ken Farthing hob den Kopf und präsentierte ein Gesicht, das aussah, als habe es einmal unsanfte Bekanntschaft mit dem Huf eines Pferdes gemacht. Die flache Nase und das stumpfe Kinn, die pockennarbige Haut und die kleinen Augen fügten sich zu einer Erscheinung zusammen, der man nicht unbedingt nach Einbruch der Dunkelheit begegnen wollte – ebensowenig wie in dieser mit scharfen Messern und Hackbeilen gespickten Küche. Darina sah sich mit ungewohnter Nervosität in dem Raum um; dabei war es, wie sie feststellte, nicht so sehr der Anblick, den Ken bot, als vielmehr die Art und Weise, wie er es geschafft hatte, in dieses einzige Wort eine unbestimmte Drohung zu legen, während sich seine Schweinsäuglein zuerst auf Ulla Mason und dann auf sie selbst richteten.

Ulla blickte kurz auf das Mädchen, das immer noch den Fußboden säuberte, dann sah sie wieder den Koch an. »Ich hätte Sie gern kurz in meinem Büro gesprochen.« Ohne eine Antwort abzuwarten, ging sie voran in das Zimmer, aus dem sie und Darina eben gekommen waren.

Psychologisch sehr geschickt, dachte Darina, ihn von seinem Terrain zu locken – weg von diesen furchterregenden Messern. Sie hatte schon etliche Geschichten gehört von Köchen, die in ihren Küchen Amok gelaufen waren, aber bis zu diesem Augenblick hatte sie ihren Wahrheitsgehalt eher bezweifelt.

Ulla setzte sich hinter den Schreibtisch; Darina trat ein wenig zur Seite, als die riesige Gestalt des Kochs eintrat.

»Farthing, ich möchte mit Ihnen über das Mittagessen reden.«

Erstaunlicherweise verzog sich das grobe Gesicht des Riesen zu einem breiten, strahlenden Lächeln. »Haben Sie es probiert? Es war phantastisch, nicht wahr?«

»Nun ja, eigentlich nicht. Es haben sich etliche Gäste darüber beschwert.«

Das Lächeln verblaßte ein wenig, doch dann faßte er sich rasch wieder. »Pah, die meisten von denen verstehen doch nichts vom Essen. Sie wissen meine Kochkünste einfach nicht zu schätzen.«

Ulla sah hilfesuchend in Darinas Richtung. »Aber Miß Lisle hier versteht eine ganze Menge davon, und ich fürchte, ihr hat es auch nicht geschmeckt.«

Der baumlange Kerl wirbelte herum, um seine neue Gegnerin ins Auge zu fassen. »Hat Ihnen meine Art zu kochen nicht zugesagt?«

Diplomatie und Ehrlichkeit fochten einen Kampf in ihr aus. Aber bei Darina war dieser Kampf schnell entschieden. »Das Essen war grauenhaft.«

Die breiten, muskulösen Schultern strafften sich. »Grauenhaft!« wiederholte der Mann in einer Lautstärke, daß man es wahrscheinlich noch ein paar Kilometer weit hören konnte.

Darina nahm all ihren Mut zusammen, denn offensichtlich half in dieser Situation nur schonungslose Offenheit. »Getrockneten Estragon auf den Frischkäse zu geben, ist schon an sich eine Todsünde; dann war der Frischkäse selbst unpassend für dieses Gericht; Avocado und Mango hätten ein richtiges Dressing gebraucht; die Fischsoße war bitter und hatte die Konsistenz von Tapetenkleister – und was Sie mit der Torte für den Nachtisch angestellt haben, ist mir völlig schleierhaft. Der Fisch selbst jedoch war sehr gut gekocht«, fügte sie hastig hinzu.

Die winzigen Augen starrten sie ungläubig an; dann schien es, als würde sein Körper noch mehr anschwellen. Er hob seine riesige Faust. Darina zuckte zusammen, aber sie wich nicht von der Stelle, bereit, den erwarteten Schlag zu parieren. Statt dessen hieb er jedoch auf den Schreibtisch ein.

»Sie haben doch keine Ahnung vom Kochen«, brüllte er. »Niemand hat eine Ahnung davon. Ich kreiere Gerichte, neue Gerichte. Ich mache nicht das, was alle machen, mein Essen ist originell. Bloß weil ich keinen bekannten Namen hab', glaubt ihr alle, es tauge nichts. Sie verdienen es gar nicht, einen Koch wie mich zu haben«, schrie er Ulla an, die die Armlehnen ihres Stuhls umklammert hielt, aber nichts sagte.

Der Koch sah sie immer noch drohend an. Eine schreckliche Stille folgte. Wer zuerst redet, hat verloren, dachte Darina und beobachtete, wie der Zorn allmählich aus der hünenhaften Gestalt des Mannes entwich. Seine Stirn legte sich in Falten, während Ulla seinen Blick ruhig und sicher erwiderte.

»Wenn Ihnen nicht gefällt, was ich heute gekocht habe, kann ich doch vielleicht morgen was anderes probieren? Ich wüßte ein Rezept für Moorhuhn mit Granatapfel, das müßte der totale Knüller werden.« Aber sein Selbstbewußtsein war erschüttert, und er wirkte nun ziemlich unsicher.

Ulla sah rasch zu Darina, die ganz leicht den Kopf schüttelte. Unter strengster Aufsicht war dieser Möchtegernstarkoch wahrscheinlich sogar imstande, ein erstklassiges Gericht zu zaubern, aber wenn er sich selbst überlassen blieb, konnte es nur in einer Katastrophe enden.

»Es tut mir leid«, sagte die Besitzerin des Hotel Morgan, »aber was ich brauche, ist ein kompetenter und kreativer Koch – und seit heute weiß ich, daß Sie für diesen Job nicht geeignet sind.« Sie griff hinter sich und zog ein Kassenbuch aus dem Regal. »Ich gebe Ihnen den Lohn für zwei Wochen, und Sie gehen jetzt gleich.« Sie öffnete das Buch mit einem entschlossenen Schwung.

Der Koch schob seine Mütze nach hinten und kratzte sich am Kopf. Ken Farthing schien vollends verwirrt. »Sie meinen, ich kann nicht bleiben?«

Ulla sah von ihrer Buchhaltung auf. Das Kräfteverhältnis zwischen den beiden hatte sich merklich verlagert. »Es ist das beste, wenn Sie sofort gehen. Sie müssen sich einen neuen Job suchen. Packen Sie Ihre Sachen, ich bringe Ihnen gleich Ihr Geld.«

Der Koch warf ihr noch einen schrägen Blick zu, aber Darina spürte, daß er sich in das Unvermeidliche gefügt hatte; kurz darauf verließ er wortlos das Büro. Sie war ein wenig überrascht, daß er so leicht aufgegeben hatte. Zuerst hatte es den Anschein gehabt, als würde er in seiner Wut die beiden Frauen niederschlagen und zu Hackfleisch für einen seiner originellen Aufläufe verarbeiten, doch im nächsten Augenblick war er wie ein Kind, das einen Erwachsenen anfleht, ihm noch eine Chance zu geben.

Ulla öffnete einen kleinen Safe, nahm eine Stahlkassette heraus, steckte das Geld für den Koch in einen Umschlag, versiegelte ihn, stellte die Kassette wieder zurück und verschloß den Safe. Dann wandte sie sich an Darina. »Kommen Sie mit in die Küche?«

Darina nickte und folgte ihr durch den langen Flur.

In der Küche fanden sie den Koch, der inzwischen seine Arbeitskleidung abgelegt hatte, in Jeans und einem dicken Pullover vor. Er wirkte nun plötzlich kleiner und nicht mehr im geringsten bedrohlich. Ohne die Kochmütze sah man sein dünnes, fettiges Haar. Er nahm den Umschlag von Ulla entgegen, drehte ihn mehrmals in seinen großen Händen, hob dann den Kopf und sah Darina direkt an. »Es hat also wirklich nichts getaugt, mein Essen, mh?«

Sie ließ sich nicht erweichen. »Nein. Bleiben Sie bei den einfachen Gerichten, die scheinen Sie gut zu können.«

»Das sagen alle.«

Ulla streckte die Hand aus. »Auf Wiedersehen, Farthing, und viel Glück.«

Er wischte sich die Hand an seinen Jeans ab, bevor er die ihre ergriff. Ulla blinzelte, während er ihren Arm auf und nieder pumpte und massierte sich die Finger, sobald er sie losgelassen hatte. Dann blieb sie stehen und sah zu, wie er den Umschlag ungeöffnet in seine Hosentasche steckte, eine Reisetasche nahm und durch die Hintertür verschwand.

»Das wäre erledigt«, sagte sie. »Ich bin froh, daß er keine Schwierigkeiten gemacht hat. Einen Moment lang habe ich geglaubt, er würde sich auf uns stürzen. Und was mache ich nun? Kein Küchenchef, und es ist bald Weihnachten. Wer soll jetzt das Essen kochen?«

Es war kalt geworden am Nachmittag, als William zum Rastplatz fuhr. Das Licht der tiefstehenden Sonne war noch kraftvoll, aber die langen Schatten kündeten bereits von der hereinbrechenden Abenddämmerung.

Auf dem Gipfelpunkt einer ziemlich steilen Anhöhe lag ein von Buschwerk umstandener, halbkreisförmiger Parkplatz an der verkehrsreichen A37, die von Jeovil nach Bristol führt. Hinter den dichten Hecken erstreckten sich ausgedehnte Felder. Eine Reihe von Polizeifahrzeugen säumte die Fahrbahn, der Parkplatz selbst war mit einem weißen Plastikband abgesperrt, dessen blaue Signalstreifen dem Ganzen einen Anstrich heiterer Meerespromenadenatmosphäre gaben. William stellte seinen Wagen hinter dem letzten Fahrzeug in der Reihe ab. Während er ausstieg, näherte sich ein Polizist.

»Entschuldigen Sie, Sir, aber Sie können hier nicht parken ... Oh, Sergeant Pigram, ich habe Sie gar nicht erkannt, Sie haben wohl die Automarke gewechselt.« Er trat zu dem Wagen und bewunderte die klassische Silhouette des 1950er Bentley.

»Was ist mit dem Chevvy?«

»Die Kurbelwelle war hin. Und heutzutage kriegen Sie ja auch keine Ersatzteile mehr dafür.«

»Schade, das Auto war ein richtiger Meilenfresser.«

»Ja, aber der hier ist auch nicht gerade lahm, und er ist unglaublich bequem und angenehm zu fahren. Sie müssen mal eine Probefahrt machen. So, und was haben wir hier?«

Bevor Sie sich umdrehten und zusammen zum Parkplatz gingen, gab William dem Bentley einen liebevollen Klaps auf die Motorhaube.

»Eine junge Frau hat die Leiche gefunden, Sir, vor ein paar Stunden. Sie war mit ihrem Hund in den Feldern dort spazieren.« Er wies auf das sanft geschwungene, grüne Land, das man hinter einem Durchgang in der Hecke sehen konnte. »Der Hund hat irgendwas im Graben aufgestöbert und sich darüber hergemacht, und da ist sie hingegangen, um zu sehen, was es ist. Sie hat einen ziemlichen Schock bekommen. Dann ist sie zu diesem Haus am Fuß des Hügels gelaufen«, dabei wies er mit dem Finger die Straße hinunter »und hat uns von dort aus angerufen. Ich hab's mir kurz angesehen und dann sofort Ihre Abteilung verständigt.«

»Wo ist die Frau jetzt?«

»Detective Constable James hat ihre Aussage zu Protokoll genommen und sie dann weiterfahren lassen. Sie war auf der Durchreise nach Devon.«

»War Inspektor Grant nicht hier?«

»Nein, Sir. Er ist erst später gekommen.«

»Ach ja, ich erinnere mich, er hatte heute morgen irgendeinen Termin. Ich wünschte nur, man hätte die Zeugin hierbehalten, bis er oder ich gekommen wäre.«

»Die junge Frau hatte es ziemlich eilig, Sir.«

»Ich nehme an, Constable James hat sich ihre Adresse geben lassen? ... Gut.«

Inzwischen hatten sie den Parkplatz erreicht. »Der örtliche Arzt war hier und hat den Tod des Opfers festgestellt«, meldete der Constable, während er die Uhrzeit von Williams Ankunft in sein Protokoll schrieb. »Sie warten jetzt noch auf den Pathologen.«

Durch die blattlose Hecke konnte William sehen, wie einer seiner Beamten zusammen mit Detective Constable

James eingehend den Graben untersuchte. Er folgte einer mit Plastikstreifen markierten Route, die neben einem schmalen Pfad durch das dichte Gras führte, und warf einen ersten Blick auf die Leiche.

Sie lag zwischen abgebrochenen Zweigen, Wurzeln und Blättern neben der Hecke. Die unteren, biegsamen Ästchen des Buschwerks hatten bereits wieder ihre ursprüngliche Form gefunden und bedeckten die ausgestreckten Gliedmaßen der toten Frau. Automatisch registrierte William ein paar zarte Knospen an den dünnen Zweigen. Die Natur erneuerte sich ständig, indem sie aus ihrem sterbenden Teil, der in Wurzelnähe verrottete, neue Lebenskraft sog.

»Sieht aus, als hätte Johnny Mörder sie hierher geschleppt.« Das war Grant. Williams Vorgesetzter sah wie immer äußerst elegant aus in seinem makellosen Trenchcoat, und als er sich vorbeugte, um die Leiche näher in Augenschein zu nehmen, blitzten unter seinen Hosenbeinen ein Paar teure Argyle-Socken auf.

»Johnny Mörder, Sir? Sie nehmen also an, daß es ein Mann war?« Die helle Stimme kam von Detective Constable James. William seufzte innerlich. Sie hatte wirklich verdammtes Glück: Gleich am ersten Arbeitstag ein Mord, und sie auch noch als erste am Tatort! Hätte er Darina nicht zum Essen ausgeführt, wäre er im Büro gewesen, als der Anruf kam; dann hätte er die Frau befragen können, als die Entdeckung der Leiche noch ganz frisch in ihrem Gedächtnis war. In der Zeit jedoch, die er brauchen würde, hier wegzukomen und nach Devon zu fahren, um mit ihr zu reden, hatte sie die Geschichte vermutlich bereits in der halben Grafschaft herumerzählt, wobei sich die Einzelheiten mit jeder Wiederholung leicht verändern würden.

Constable Pat James hatte sich umgedreht und William erkannt. Sie grüßte ihn mit einem kleinen Lächeln und wirkte angesichts des Mordopfers völlig ruhig und gefaßt. Er erinnerte sich noch gut, wie beim Anblick seiner ersten Leiche sein Magen revoltiert hatte, und nahm ihr diese Selbstbeherrschung beinahe übel. Doch dann fiel ihm ein, daß er ja gar nicht wissen konnte, ob dies tatsächlich ihr erstes Mordopfer war.

Grant hatte ihm Pat James an diesem Morgen vorgestellt. Sie war in sein winziges Büro getreten, in einen braunen Rock, Bluse und Weste gekleidet und hatte auf die gleiche ruhige Art gelächelt wie jetzt. Bevor er noch Zeit hatte, sich hinter seinem Schreibtisch zu erheben, war sie mit ausgestreckter Hand auf ihn zugekommen und hatte gesagt: »Ich freue mich, mit Ihnen zusammenarbeiten zu dürfen. Sie haben ein erstklassiges Team hier, und ich hoffe, daß ich mich gut einfügen werde.« Ihre Stimme, bis auf einen leichten Somerset-Touch akzentfrei, hatte sehr selbstsicher geklungen. William schüttelte ohne große Begeisterung ihre Hand, während Grant mit aufrichtiger Herzlichkeit bemerkte: »Davon bin ich fest überzeugt. Ich habe noch einen Termin heute morgen, deshalb überlasse ich es Bill, jetzt mit Ihnen die Liste der aktuellen Fälle durchzugehen. Er ist zu Mittag verabredet, aber ich hoffe, bis dahin wieder zurück zu sein, so daß wir zusammen ins Pub gehen und eine Kleinigkeit essen können.«

Sie hatten den Morgen damit verbracht, die anstehenden Fälle durchzuarbeiten, wobei Pat James ab und zu eine sachdienliche Bemerkung machte, die ihre schnelle Auffassungsgabe bewies und zeigte, daß der Aufmerksamkeit ihrer braunen Augen kaum ein Detail entging. Allerdings gelang es ihr trotz dieser Eigenschaften nicht, sich bei William beliebter zu machen.

»Sergeant Pigram, Sir«, rief sie jetzt.

»Wird auch langsam Zeit!« Grant drehte sich um und winkte ihn zu sich heran. »Was halten Sie von der Sache?«

Statt einer Antwort trat William an den Rand des Grabens, ging in die Hocke und wappnete sich für die Untersuchung, die er nun vornehmen mußte. Obwohl er inzwischen mit dem Tod gewissermaßen auf vertrautem Fuße stand, spürte er noch immer, wenn er dem letzten aller

Widersacher von Angesicht zu Angesicht gegenüberstand, tief in seinem Innern dieses schmerzliche Zusammenziehen.

Sie mochte hübsch gewesen sein, bevor ihr tödliches Schicksal sie an diesem Ort ereilte. In ihrem üppigen blonden Haar hatten sich Blätter und kleine Zweige verfangen, und die langen, wohlgeformten Beine, die nur ansatzweise von einem gewagten Minirock bedeckt waren, endeten in Stiefeletten, die gut zu Rotkäppchen gepaßt hätten. Auch ihr Anorak war rot, rot mit weißen Streifen; und ihr geschwollenes Gesicht war von roten Streifen gezeichnet, als ob das Blut unter ihrer Haut herabgeronnen wäre, wie Regen an einer Fensterscheibe. Ihre Lippen und das Ohr – der Kopf war so verdreht, daß man nur die rechte Seite sah – waren blauviolett, und in den weit aufgerissenen Augen waren die winzigen Spuren einer Blutung zu erkennen.

William schluckte mühsam. Er spürte das Bedürfnis, etwas zu sagen. »Sie trägt Strümpfe, keine Strumpfhosen.«

»Meinen Sie, das ist von Bedeutung?« fragte der Inspektor trocken.

Das Sprechen hatte seinen Magen beruhigt, und William bekam wieder einen klaren Kopf. »Ich stelle lediglich eine Tatsache fest, Sir.«

»Richtig, wir werden diesen Hinweis berücksichtigen«, bemerkte Grant mit ironischem Grinsen. »Fällt Ihnen sonst noch was auf, Bill?«

»Sie ist anscheinend erwürgt worden, es gibt deutliche Anzeichen einer Zyanose, und am Hals befinden sich starke Quetschungen – und Kratzspuren. Die könnte sich das Opfer allerdings auch selbst beigebracht haben, als sie versuchte, die Hände des Mörders wegzureißen. Keine offenkundigen Anzeichen einer Vergewaltigung, die Kleidung ist nicht zerrissen, und ich sehe keine Verletzungen an den Oberschenkeln.« Er machte eine Pause. Irgend etwas fehlte, aber er kam nicht drauf, was es war.

In diesem Moment unterbrach eine ruhige Stimme das Schweigen. »Ich sehe keine Handtasche.«

»Richtig, gut beobachtet«, rief Grant. »Natürlich könnte es sein, daß die Leiche drauf liegt.«

Genau das war's! Kaum eine Frau ging doch ohne Handtasche aus dem Haus. Es stimmte zwar, daß der Mörder sie vor dem Opfer in den Graben geworfen haben könnte, aber William wünschte trotzdem, er hätte diese Beobachtung vor Pat James gemacht.

Die drei schauten sich um, als erwarteten sie, die fehlende Handtasche an einem der Zweige baumeln zu sehen. Grant rief einen uniformierten Polizisten herbei und bat ihn, seinen Kollegen, die das Gelände absuchten, zu sagen, daß sie auch nach einer Handtasche Ausschau halten sollten. Dann meinte er: »Ich frage mich, wie lange die Tote hier wohl schon liegt. Der Parkplatz wird häufig von Lastwagenfahrern und Touristen aufgesucht. Wenn die Leiche nicht von dem Hund entdeckt worden wäre, dann sicher bald von einem Fahrer, der mal hätte austreten müssen. Man hat gar nicht ernsthaft versucht, die Leiche zu verbergen. Schauen Sie sich diese vielen Blätter auf dem Boden an – es wäre doch ganz leicht gewesen, das Mädchen darunter zu verstecken.«

»Die Tat wurde vermutlich in der Nacht verübt, und der Mörder konnte gerade noch den Graben erkennen«, antwortete William.

»Gäbe es vielleicht die Möglichkeit, daß er mit dem Mädchen auf eine schnelle Nummer hierhergekommen ist und die Sache dann außer Kontrolle geriet?« schlug Grant vor.

»Bei der Kälte, die wir zur Zeit haben? Ich halte es für wahrscheinlicher, daß der Mord in einem Auto oder Lastwagen verübt wurde. Vielleicht war das Mädchen eine Anhalterin, und sie ist von dem Fahrer vergewaltigt worden – ich meine, nur weil es keine offensichtlichen Anzeichen dafür gibt, heißt das nicht, daß keine Vergewaltigung stattgefunden hat.«

»Aha«, meinte Grant und fuhr fort: »Wir haben hier also

einen Mord durch Erdrosseln. Aufgrund der Tatsache, daß das Opfer Strümpfe trägt, nimmt Sergeant Pigram an, daß sie zunächst vergewaltigt und dann umgebracht wurde, und zwar wahrscheinlich in einem Fahrzeug, das auf dem Rastplatz hinter der Hecke geparkt war. Der Mörder hat die Leiche dann durch diesen Durchgang in der Hecke geschleppt, hat sie in den Graben geworfen, ist zu seinem Wagen zurückgelaufen und davongefahren. Ist das Ihre Theorie?«

Williams Gesicht überzog sich mit einer leichten Röte. »Ich wollte damit nicht sagen, daß ich dieses Szenario für die einzige Möglichkeit halte.« Er war froh, daß Darina nicht da war, denn er wußte ziemlich genau, was sie von Männern hielt, die das Tragen von Strümpfen für eine Einladung zur Vergewaltigung halten. Er warf Constable James einen Blick zu, halb damit rechnend, daß sie eine Bemerkung machen würde, aber sie schien zu sehr mit ihren Eintragungen beschäftigt zu sein, um für das Recht der Frauen einzutreten, anzuziehen, was sie wollten, ohne dafür gleich in irgendwelche Klischeevorstellungen gepreßt zu werden.

Für einen kurzen Moment verließen Williams Gedanken das ermordete Mädchen und wanderten zu seinem Essen mit Darina zurück. Er hatte die Sache völlig falsch angepackt. Eigentlich wollte er ihr ja gar keinen Heiratsantrag machen, jedenfalls noch nicht, denn er wußte, daß es dafür noch zu früh war. Aber dann hatte er einfach Angst bekommen, daß sie ihr Leben in Zukunft so einrichtete, daß es darin keinen Platz mehr für ihn gab. Also war er vorgestürmt und hatte sie dadurch ziemlich enttäuscht. Das wußte er, wenn er auch immer noch nicht ganz verstand, warum. Dann wandte er seine Aufmerksamkeit wieder der Arbeit zu.

»Was glauben Sie, wie schwer die Frau ist, Constable James?« fragte Grant gerade.

»Sechzig Kilo vielleicht?«

»Was meinen Sie, Bill?«

»Sie ist gut gebaut, aber nicht im geringsten übergewichtig. Ich würde sagen, etwas weniger.«

»Jedenfalls ist das kein Gewicht, um es in der Dunkelheit herumzuschleppen. Glauben Sie, der Mörder kannte sich in der Gegend aus?«

Pat James sah zu William, der bei diesem Zeichen von Hochachtung eine merkwürdige Befriedigung verspürte.

»Nicht unbedingt, Sir. Der Rastplatz ist gut ausgeschildert, den Durchgang in der Hecke kann man bei Dunkelheit höchstwahrscheinlich im Scheinwerferlicht eines Autos erkennen, hinter einer Hecke befindet sich auch meistens ein Graben; wenn nicht, hätte das Buschwerk allein die Leiche eine Weile verborgen. Es könnte also durchaus jemand gewesen sein, der nur auf der Durchreise war.«

»Würde man da nicht eher die Autobahn benutzen?«

»Vielleicht ist er von Bath oder Bristol gekommen oder aus Gloucestershire und hat den direkten Weg gewählt, in der Absicht, bei Taunton die M5 zu benutzen.«

»Und Sie glauben, das Opfer war eine Anhalterin?«

»Wäre möglich, Sir. Diese Mädchen scheinen einfach nicht zu begreifen, wie gefährlich das ist.«

»Es könnte aber ebensogut ein Mann aus der Gegend gewesen sein, der abends mit seiner Freundin unterwegs war. Er hält aus irgendeinem Grund an diesem Rastplatz, die beiden geraten aneinander, und der Streit eskaliert dann soweit, daß er sie umbringt.«

»Wir werden sicher mehr wissen, wenn wir herausfinden, wer sie war. Ich hoffe, ihre Handtasche wird noch gefunden oder sie wird bald von irgend jemandem als vermißt gemeldet, denn wir müssen dem Mörder so schnell wie möglich auf die Spur kommen.«

»Sie sagen es, Sergeant«, meinte Grant trocken. »Aha, da kommen die Jungs von der Spurensicherung.«

Die drei traten zur Seite, während die Beamten mit ihrer Untersuchung der Leiche und der Fundstelle begannen, wobei sie alles mit einer Videokamera aufzeichneten.

Bald waren Parkplatz und Umgebung voller Polizisten. Als es dunkel wurde, wurde die Stelle, wo die Tote lag, mit Scheinwerfern ausgeleuchtet und ein Kunststoffzelt zum Schutz gegen den einsetzenden Regen aufgestellt – der Schutz galt dabei der Leiche und ihrem Geheimnis eher als den gewissenhaften Beamten von der Spurensicherung.

Dann erschien der Gerichtsmediziner vom Polizeipräsidium und führte die zweite ärztliche Untersuchung des Leichnams durch.

Schließlich wurde die tote Frau aus dem Graben gehoben, in einen grauen Plastiksack mit Reißverschluß gelegt und für die Autopsie in die Leichenhalle gebracht.

»Hat die Untersuchung schon was Greifbares erbracht?« fragte Grant den Pathologen, der sich die Hände vor den Mund hielt und hineinblies, um sie zu wärmen.

»Wie Sie zweifellos selbst gesehen haben, ist sie erwürgt worden. Der Mörder hat beide Hände benutzt, und das mit beträchtlicher Kraft. Ich würde sagen, es ist unwahrscheinlich, wenn auch nicht unmöglich, daß es eine Frau war. Bei dieser Kälte ist es schwer zu sagen, wie lange sie tot ist, aber ich schätze, mindestens vierundzwanzig Stunden, und wahrscheinlich nicht mehr als sechsunddreißig. Anscheinend hatte sie kurz vor ihrem Tod noch Geschlechtsverkehr.«

Seine drei Zuhörer holten alle gleichzeitig Luft.

»Erzwungen?« fragte Grant.

»Sie meinen, ob es eine Vergewaltigung war? Kaum. Es gibt keinerlei Anzeichen dafür, daß sie sich widersetzt hat. Zu diesem Zeitpunkt kann ich noch nicht sicher sagen, ob eine Penetration stattgefunden hat, aber ich habe Samenspuren auf den Oberschenkeln gefunden, und das Opfer trägt keinen Schlüpfer.«

»Aha«, meinte Grant, »das scheint mir allerdings von Bedeutung zu sein.« Er wandte sich an die Beamten von der Spurensicherung um, die immer noch den Graben untersuchten, und rief: »Haben Sie irgendwelche Spuren von einer Handtasche oder einem Damenslip gefunden?«

»Nein, Sir. Hier gibt es nur alte Papiertüten und die üblichen Abfallreste.«

»Also haben wir jetzt zwei Dinge, nach denen wir suchen müssen: die Handtasche und einen Schlüpfer. Das heißt, wenn sie überhaupt einen getragen hat.«

»Bei dieser Kälte, Sir, wo sie nur den kurzen Rock und Strümpfe anhatte? Sie hätte ja gefroren ohne das Ding.« Pat James sagte es ohne jede Ironie.

Ulla Mason führte Darina auf einen Besichtigungsrundgang durch das Hotel. »Eins der Dinge, die Tony besonders gefallen haben, war der Grundriß vom Erdgeschoß mit der schönen großen Eingangshalle, die auf der einen Seite in den Speisesaal, auf der anderen in diesen Salon und die Bibliothek führt.« Sie ging voran in ein geräumiges Zimmer, das auf der gegenüberliegenden Seite des Speisesaals an die Rezeption grenzte. Die letzten Strahlen der Wintersonne beschienen die gleichen abgewetzten Lehnstühle, mit denen auch die Hotelhalle ausgestattet war. Dazwischen standen kleine Tische aus billigem Furnierholz, auf denen Gläser und heiße Teekannen unschöne Ringe hinterlassen hatten. Ein Feuer glomm in einem marmorverkleideten Kamin, und ein paar riesige altmodische Heizöfen blubberten und gurgelten lautstark, ohne daß die Raumtemperatur auch nur einigermaßen akzeptabel gewesen wäre. Von zwei herrlichen Blumenarrangements abgesehen, die zu beiden Seiten des Kamins auf Podesten standen, war der einzig dekorative Einrichtungsgegenstand eine Serie von kleinformatigen Blumenstilleben, die sich vergeblich bemühten, die Eintönigkeit der mit einer verblaßten Textiltapete beklebten Wände etwas aufzulockern.

Darina betrachtete die altertümlichen Polsterbänke, die in den Fensternischen standen, und fand, daß ihre zerschlissenen Bezüge aus goldenem Damaststoff einen merkwürdigen Kontrast bildeten zu dem blau-orangefarbenen Blümchenmuster der Vorhänge, die schlaff und unförmig an den Fenstern hingen. »Tony hatte so viele Pläne für diesen Raum. Ich weiß, er sieht jetzt natürlich ganz scheußlich aus, aber Tony sagte immer, daß man sehr viel daraus machen könne. Das sollte unser nächstes Projekt werden, nach dem Speisesaal. Diese Vorhänge stammen übrigens noch von dem Vorbesitzer – na ja, wenigstens sind sie einigermaßen neu.«

»Was war dieses Haus eigentlich, bevor Sie und Ihr Mann es gekauft haben?«

»Ein Seniorenwohnsitz. Voller alter Leute, genauer gesagt: eben nicht so voll, das war ja ein Teil des Problems. Die Morgans haben es vor ein paar Jahren gekauft, als es noch ein schlechtgehendes Gasthaus war, weil sie glaubten, sie würden ein Bombengeschäft damit machen, einen Wohnsitz für Pensionäre einzurichten. Ich glaube, die Sache kam gerade richtig ins Rollen, als Mrs. Morgan mit dem örtlichen Tierarzt durchbrannte. Morgan konnte es weder allein weiterführen noch hatte er genug Geld, um eine qualifizierte Kraft einzustellen, deshalb hat er das Haus zum Verkauf angeboten.«

»Was haben Sie mit den Bewohnern gemacht?« Darina folgte Mrs. Mason aus dem Salon über einen breiten Flur in die Bibliothek, deren Bezeichnung durch die paar Bücherregale in den Fensternischen kaum gerechtfertigt wurde. Auch hier gab es einen schönen Marmorkamin, in dem ein kleines Feuer brannte, um die Heizöfen bei dem Versuch zu unterstützen, etwas Wärme in den übergroßen Raum zu bringen. Ein riesiges Erkerfenster bildete den Hintergrund für ein weiteres Blumenarrangement, dessen Wirkung allerdings von den gleichen Vorhängen mit Blümchenstoff, die die Fenster im Salon verunzierten, weitgehend beeinträchtigt wurde. Die restliche Einrichtung bestand aus einer Doppelreihe hölzerner Lehnstühle, die um einen Fernsehapparat aufgestellt waren.

Ulla Mason trat zum Kamin, nahm ein frisch aufgelegtes

Holzscheit heraus und schürte kräftig die verbliebene Glut. »Mr. Prendergast, ich habe Ihnen doch schon mal gesagt, Sie sollen mit dem Brennholz nicht so verschwenderisch sein«, rief sie ärgerlich aus, während sie mit einer Bürste die Asche von der gefliesten Kamineinfassung fegte.

An einem Schreibtisch auf der gegenüberliegenden Seite des Raumes, neben einem der Heizöfen, saß der kleine, untersetzte Mann, den Darina beim Mittagessen bemerkt hatte. Vor sich auf dem Tisch hatte er ordentliche Papierstöße und eine kleine Reiseschreibmaschine. Auf dem Boden stand eine geöffnete Aktentasche. Mr. Prendergast erhob sich und schritt auf den Kamin zu. »Lassen Sie mich das machen, Mrs. Mason.« Im Handumdrehen hatte er ihr die Bürste abgenommen und die Arbeit beendet. »Es tut mir leid, aber es schien heute ein besonders kalter Tag zu werden.«

»Was Sie da machen, sieht nach Arbeit aus«, bemerkte Darina, da Ulla keine Anstalten machte, die Freundlichkeit des Mannes zu erwidern.

»Ich bemühe mich nur, so etwas wie Ordnung in ein paar alte Unterlagen zu bringen. Man sagte mir, ich solle doch mal ein Buch schreiben, eine Art Bericht über meine Zeit im Außenministerium, wissen Sie.«

»Unterliegen Sie da nicht der Geheimhaltungspflicht?«

»Ich versichere Ihnen, mein Buch würde niemanden kompromittieren – was man von anderen nicht behaupten kann. Heutzutage achtet ja kaum noch jemand solch altmodische Werte wie Loyalität und Diskretion. Ich habe so viele faszinierende Politikerpersönlichkeiten gekannt, habe die Ereignisse der Weltpolitik sozusagen vom Rande aus beobachtet. Und jetzt glaubt ein Verleger anscheinend, daß auch andere an meinen bescheidenen Erfahrungen Interesse haben könnten.«

»Wie interessant«, sagte Darina. »Wie hat Ihnen eigentlich das Mittagessen geschmeckt?«

Er sah sie etwas genauer an. »Natürlich, Sie waren doch auch im Speisesaal, mit diesem großen jungen Mann. Ich dachte noch bei mir, was für ein attraktives Paar! Oh, Entschuldigung, ich hoffe, ich habe da keine voreiligen Schlüsse gezogen?« Darina murmelte etwas von guten Freunden, aber er fuhr bereits fort: »Und ich hoffe, Ihr Essen war so köstlich wie meines. Ihr neuer Koch«, er wandte sich an Ulla Mason, »hat sich heute selbst übertroffen. Die Fleischpastete hat mich an die von der Haushälterin meiner lieben Mutter erinnert, die sie uns jeden Montag zubereitet hat. Und gestern, dieser vorzügliche Braten – wirklich, ich freue mich neuerdings immer mehr auf meine Mahlzeiten.«

»Es tut mir leid, Ihnen mitteilen zu müssen, daß ich den Koch heute entlassen habe.« In der Art, wie Ulla ihm die Neuigkeit beibrachte, lag ein unverkennbares Behagen.

Mr. Prendergast blieb abwartend stehen, doch als er keine weiteren Erklärungen bekam, neigte er leicht seinen kahl werdenden Kopf und ging zurück zu seinem Platz, wo er eine altmodische Schreibtischlampe einschaltete. Die Glühbirne flackerte nur kurz auf und erlosch dann wieder, worauf Mr. Prendergast einen Laut des Ärgers ausstieß.

»Ich hole Alex, damit er eine neue Glühbirne einsetzt«, rief Ulla und verschwand schnell aus dem Raum, gefolgt von Darina. In der Eingangshalle rief sie nach Alex, der sich aber nicht blicken ließ. Nachdem sie, ungeduldig von einem Fuß auf den anderen tretend, ein paar Minuten gewartet hatte, öffnete sie eine Tür in der Holztäfelung unter einem der Fenster, fand eine Schachtel mit Glühbirnen, nahm eine heraus und ging mit Darina zurück in die Bibliothek, wo sie die Schreibtischlampe wieder intakt fanden.

»Ich habe mir erlaubt, die Glühbirne aus der Stehlampe auszuborgen«, murmelte Mr. Prendergast entschuldigend. »Ich dachte, es würde sicher eine Weile dauern, bis Alex Zeit fände, sich dieser unbedeutenden Aufgabe zu widmen.«

Schweigend schraubte Ulla die Birne in die Lampe, schaltete sie ein und richtete den Lampenschirm aus Pergament auf den Fernsehapparat am anderen Ende des Raumes.

Nachdem sie die Bibliothek wieder verlassen hatten, wandte sich Ulla nach links und führte Darina eine Treppe, deren schön geschwungene Konstruktion leider von einem Aufzugschacht verschandelt wurde, in den ersten Stock hinauf.

»Morgan hat den Lift einbauen lassen. Er meinte, das sei notwendig für seine Mieter. Tony wollte ihn eigentlich wieder entfernen lassen, aber dann stellte sich heraus, daß man ihn gut für den Transport des Gepäcks gebrauchen kann.«

»Wenn es einer dieser offenen, schmiedeeisernen Aufzüge wäre, würde es sogar noch sehr gut aussehen«, meinte Darina, während sie hinter Ulla die Stufen hinaufging.

»Kann gut sein – aber ich will erst gar nicht wissen, wieviel so etwas kostet.« Ulla blieb bei einem großen Fenster stehen. »Das ist ein sehr schönes Buntglas, die Morgensonne bringt es am besten zur Geltung.«

Darina hatte eigentlich ein paar erklärende Worte zu der kaum verhohlenen Feindseligkeit gegenüber dem Gast in der Bibliothek erwartet. Da sie ausblieben, mußte sie nachfragen. »Wer ist eigentlich dieser Mr. Prendergast?«

»George Prendergast ist der letzte der Senioren, die hier gewohnt haben. Mit den meisten hatten wir keine Schwierigkeiten. Sobald wir die Miete erhöht hatten, sind sie woanders hingezogen. Aber George Prendergast hat nur gelächelt, in dieser provozierenden Art, die er an sich hat, und den höheren Preis gezahlt. Ich kann mir gar nicht vorstellen, warum er unbedingt hierbleiben will; außerdem ist er nur noch lästig. Seine Pension deckt kaum die Ausgaben und Mühen, die wir damit haben, ihn durchzufüttern, und ständig hockt er in der Bibliothek oder im Salon und bringt alles durcheinander mit seinen Papieren. Diesen Sommer war hier ziemlich viel Betrieb, und Tony konnte ihn überreden, in eines der Zimmer im Nebengebäude, in dem einmal die Stallungen waren, überzusiedeln. Wir dachten, der Winter würde ihn dann schon dazu bringen, endgültig auszuziehen. Die einzige Heizquelle dort ist nämlich ein Nachtspeicherofen, und der reicht eigentlich kaum aus. Aber nein, entweder er räuchert sich auf unsere Kosten mit einem elektrischen Heizstrahler ein, oder er verbringt den ganzen Tag hier.«

Wenn Mr. Prendergast die Temperatur im Hotel angenehmer fand als in seinem Zimmer, dann mußte das tatsächlich der reinste Kühlschrank sein.

Ulla öffnete die erste Tür am Ende der Treppe. »Das sollte unser bestes Zimmer werden. Aber, wie Sie sehen, muß noch viel daran gemacht werden.«

Es war geräumig und hatte ein schönes Erkerfenster, das über dem Eingangsportal lag. In einer Ecke war ein Badezimmer abgeteilt worden, was den Raum unproportioniert L-förmig wirken ließ. An den Fenstern hingen die obligaten orange-blauen Vorhänge mit Blumenmuster, und die schweren Möbel waren nur altmodisch, ohne antik zu wirken. Das Badezimmer war, wie in einem Krankenhaus, vollständig mit weißen Kacheln gefliest und sah aus, als sei es vor einigen Jahren möglichst schnell und billig eingebaut worden. Die anderen Zimmer im ersten Stock waren ganz ähnlich, aber durch die Fenster hatte man einen wunderbaren Ausblick auf das lieblich grüne Somerset mit seiner idyllischen Landschaft aus Feldern, Hecken und Bäumen. Man sah einen von Weiden gesäumten Bachlauf, und am Horizont erhoben sich sanfte Hügel. Das kleine Dorf in der Nähe hatte sich so in seine natürliche Umgebung eingefügt, daß man es kaum bemerkte, und es war schwer zu glauben, daß nicht weit vom Hotel eine verkehrsreiche Landstraße verlief.

Die Zimmer im zweiten Stock hatten schräge Wände, und vor ihren Dachfenstern lag dieselbe hinreißende Aussicht. Sie waren alle weiß gestrichen, was viel hübscher wirkte als die verblaßten Streifentapeten der darunterliegenden Räume. Statt der Vorhänge mit Blumenmuster hingen an den Fenstern Stoffbahnen aus Leinen in fröhlichen Farben, die mit bunten Bändern gerafft waren. Die kleinen, aber mit allem Komfort ausgestatteten Badezimmer waren so geschickt eingebaut, daß den Räumen dadurch nichts von ihrer angenehmen Helligkeit verlorenging.

»Diese Zimmer waren in einem schrecklichen Zustand, als wir das Haus kauften. Wir haben sie gleich herrichten lassen, nachdem das Dach repariert war, weil wir mehr Platz brauchten. Man kann kein Hotel von der Art, wie wir es im Sinn hatten, mit nur zehn Zimmern führen. Jetzt haben wir siebzehn und außerdem noch ein paar im Nebengebäude, wenn es wirklich mal hoch hergeht. Im Moment sieht es allerdings nicht so aus, als würden wir die vor dem nächsten Sommer noch brauchen, und wenn es mit dem Geschäft so weitergeht, weiß ich nicht, ob wir dann überhaupt noch hier sind.«

»Bieten Sie auch Räume für Empfänge oder Konferenzen und dergleichen an?« Darina überdachte im stillen die verschiedenen Entwicklungsmöglichkeiten für das Hotel Morgan.

»Tony hatte viele Pläne in dieser Richtung. Es gibt hier im Haus noch einen großen Saal aus der elisabethanischen Zeit. Man glaubt, daß er ursprünglich zu einer kleinen Abtei gehörte und dieses Haus später hinzugebaut wurde, nach dieser Zeit, in der die Klöster aufgelöst wurden – gibt es dafür nicht einen bestimmten Begriff?«

»Meinen Sie die Säkularisation?«

»Ja, genau. Ich finde eure englische Geschichte manchmal etwas verwirrend. Jedenfalls ist dieses Haus zu verschiedenen Zeiten immer wieder erweitert worden. Die derzeitige Fassade ist hauptsächlich viktorianisch, aber der hintere Teil des Hauses, wo die Zimmer, wie Sie sicher bemerkt haben, so viel kleiner sind, ist wesentlich älter. Der alte Saal würde sich also wunderbar für eine Hochzeitsfeier oder ein großes Bankett eignen. Ich schätze, er faßt ungefähr zwei- bis dreihundert Personen. Man könnte also eine Menge daraus machen, aber es würde schrecklich viel kosten, den Raum herzurichten. Er hat keine Heizung, und das Dach ist undicht.«

Sie waren eine enge, gewundene Treppe hinuntergegangen, die vom zweiten Stock in die Räume hinter der Rezeption führte. Während Ulla ein paar Türen öffnete, sprach sie über den Plan ihres Mannes, die dahinterliegenden Vorratskammern zu einer Waschküche, einem Bügelzimmer und einem Lagerraum umzuwandeln. Dann sah sie auf ihre Uhr.

»Es ist Zeit für eine Tasse Tee, und außerdem sollte ich mich besser mal mit Tracey über das Abendessen unterhalten.«

Sie betraten die funkelnde Küche. Nachdem Darina nun auch den Rest des Hotels gesehen hatte, verstand sie besser, welch große Veränderung hier durch den Umbau entstanden war. Die Einrichtung des Raumes war bestens durchdacht, Wände und Fußboden waren aus hygienischen Gründen gefliest und alle Geräte auf dem neuesten Stand. Ulla zeigte Darina den Kühlraum, die Vorratskammer und den großen Einbaukühlschrank. Darina fiel auf, daß die Grundvorräte zur Neige gingen, obwohl die Menge an frischen Lebensmitteln, angesichts des offensichtlichen Mangels an Restaurantgästen, beträchtlich schien.

»Wo ist diese Frau?« Ulla ging in einen kleinen, angrenzenden Raum, der für die Zubereitung von Desserts und Torten eingerichtet war, dann in einen zweiten, in dem ein einfacher Tisch und ein paar Stühle standen sowie ein großes, mit einem Gitter verschlossenes Regal voller Weinflaschen. Tracey war nirgendwo zu finden.

Zurück in der Küche, fiel ihr Blick auf eine Tafel an der Wand, auf der notiert war ›Abendessen, Montag, 4 Gedecke‹. Darunter hatte jemand gekritzelt: ›Traceys freier Abend‹.

»Ach, du meine Güte«, rief Ulla, »das hatte ich vollkommen vergessen! Warum hat sie mir denn nicht Bescheid gesagt? Sie war doch hier, als ich den Koch gefeuert habe!? Diese Leute vom Personal denken einfach nicht mit.« Dann kicherte sie. »Tony hatte einen Freund, der immer sagte, ein Hotel zu führen sei eine phantastische Sache – wenn nur das Personal und die Gäste nicht wären.« Sie wurde wieder ernst. »Ein Ehepaar namens Chamberlain hat für sich und zwei

Freunde einen Tisch reserviert, um zu sehen, ob sie vielleicht die Weihnachtsfeiertage hier verbringen wollen. Es ist also äußerst wichtig, daß alles gut läuft. Wenn nämlich diese Leute zu uns kommen, könnten wir Weihnachten noch einen ganz guten Umsatz machen. Es sind immer die letzten Reservierungen, die das meiste Geld bringen.«

»Wie sieht es denn mit den Vorausbuchungen aus?«

»Lassen Sie uns eine Tasse Tee trinken, dann erzähle ich Ihnen alles über das Geschäft.«

Ulla füllte eine Teekanne, stellte sie zusammen mit zwei Tassen aus der Villeroy & Boch-Serie, die im Restaurant benutzt wurde, auf ein Tablett und ging mit Darina zurück ins Büro.

Alex saß wieder hinter dem Schreibtisch, immer noch in Sweatshirt und Jeans, und studierte diesmal einen Reisekatalog.

Ulla stellte mit lautem Knall das Tablett ab, so daß sich etwas Tee über ein paar Briefe auf dem Schreibtisch ergoß. Wütend riß der junge Mann die Papiere an sich und benutzte seinen Ärmel, um sie abzuwischen.

»Paß doch auf! Jetzt müssen diese Bestätigungen nochmal getippt werden. Das kannst du dann aber gefälligst selber machen.«

Ullas Stimmung schlug sofort um, und sie rief begeistert: »Bestätigungen? Du meinst, wir haben noch mehr Reservierungen bekommen? Warum hast du das denn nicht gleich gesagt?«

»Freu' dich nicht zu früh.« Er hielt die Briefe außerhalb ihrer Reichweite. »Die sind nur für ein paar Nächte im Januar.«

Ihr Gesicht verdüsterte sich. »Im Januar? Aber da haben wir doch geschlossen.«

»Können wir uns das denn leisten? Ich dachte eigentlich, daß in der Zeit weiter am Haus gearbeitet werden sollte, aber daraus wird ja nun wohl nichts. Und da müßtest du doch über jeden einzelnen Gast froh sein. Es sei denn«, seine Stimme bekam einen anderen Klang, »du hast dich schließlich doch dazu entschlossen, das Hotel zu verkaufen. Hast du?«

»Das habe ich *nicht,* wie du sehr wohl weißt. Alex, warum kümmerst du dich nicht um die Bar? Außerdem wird es Zeit, daß du nach dem Kaminfeuer in der Eingangshalle siehst. Du weißt doch, daß die Chamberlains bald kommen. Wenn wir keinen guten Eindruck machen, werden sie bestimmt nicht das Weihnachtsfest hier verbringen.«

»Wo sollen sie denn sonst hingehen? Es gibt ja wohl kaum ein anderes Hotel, das drei Wochen vor den Feiertagen noch Zimmer frei hat.« Dann erhob er sich jedoch langsam zu voller Größe aus dem Stuhl und schlenderte zur Tür. »Mach dir keine Sorgen, sie werden schon buchen.« Seine Stimme klang plötzlich unerwartet sanft.

Ulla starrte ihm wütend nach und rief: »Oh Gott, ich könnte diesen Menschen erwürgen.« Dann setzte sie sich hinter den Schreibtisch, lehnte sich zurück und schloß die Augen.

»Manchmal bin ich alles so leid, daß ich denke, es wäre vielleicht doch das beste, das Hotel zu verkaufen.«

Darina sagte nichts.

Einen Moment später wurde Ulla schlagartig wieder aktiv, goß den Tee ein und meinte: »Aber ich werde es nicht tun! Dieses Hotel war Tonys Traum, und ich kann es nicht einfach so aufgeben. Und überhaupt, was sollte ich dann machen, wo sollte ich hingehen? Wenn von der Verkaufssumme erst einmal alle Schulden und Kredite abbezahlt sind, würde nicht mehr viel Geld übrigbleiben – egal, was Alex denkt.«

Während sie ihren Tee tranken, erfuhr Darina die Geschichte von Ulla Mason und dem Hotel Morgan.

Sie hatte Tony Mason, den Vater von Alex, kennengelernt, als sie einen Blumenladen in einem der großen Londoner Hotels betrieb, in dem er Geschäftsführer war. Seine Frau war kurze Zeit vorher an Krebs gestorben. »Mein Verlobter hatte die gleiche Krankheit, und das hat uns verbunden. Ich komme aus Norwegen und bin ursprünglich als Au-pair-Mädchen nach England gekommen. Dann habe ich mich entschlossen, zu bleiben und eine Ausbildung als Floristin zu machen. Meine Eltern dachten immer, ich würde zurückkommen und ein Geschäft in Oslo eröffnen. Aber ich wollte nicht wieder zurück. Die Winter dort sind so dunkel und so lang. Norwegen ist ein sehr schönes Land, aber die Menschen sind nicht so freundlich und unbeschwert wie hier. Ich bin gerne fröhlich und genieße das Leben. Michael, mein Verlobter, war immer so lustig. Für ihn war alles ein Spaß, sogar sein Tod.« Ulla starrte eine Weile versonnen vor sich hin, dann fuhr sie fort: »Tony war da ganz ähnlich. Aber als wir uns kennenlernten, war er sehr bedrückt, weil seine Frau Trudy gestorben war. Wir verstanden die Trauer des anderen, und irgendwie wußten wir gleich, daß wir eines Tages wieder miteinander lachen würden.«

Als Ulla Darina anlächelte, kräuselte sich ihre Nase und die blauen Augen strahlten plötzlich vor Vergnügen. »Oh, er war so wunderbar. Ich wünschte, Sie hätten ihn kennengelernt. Er war immer fröhlich, immer bemüht, den anderen das Leben leichter zu machen. Deshalb war er auch so gut als Hotelier. Die Leute sind einfach gern gekommen, weil sie sich in seiner Nähe wohlgefühlt haben.«

Tony hatte nach ihrer Heirat noch ein paar Jahre das Londoner Hotel, wo sie sich kennengelernt hatten, weitergeführt, während Ulla sich mit einem kleinen Service-Unternehmen selbständig gemacht hatte, das Blumenarrangements an Hotels und Büros in London lieferte. »Dann sagte Tony eines Tages, daß es, wenn wir nicht jetzt versuchen würden, unser eigenes Hotel zu eröffnen, zu spät dafür sei und wir endgültig die Chance verpaßt hätten. Also haben wir unsere Wohnung in Kensington und mein Geschäft verkauft und dieses Haus erworben. Aber ich glaube, es war bereits zu spät.« Bei diesen Worten war jede Fröhlichkeit aus ihrem Gesicht gewichen.

Während Ulla davon erzählte, wie hart es gewesen war, dieses alte Haus in ein Hotel umzuwandeln, begriff Darina, daß die Ursachen für Tonys tödlichen Herzanfall wohl Streß und Überarbeitung gewesen sein mußten.

»Warum haben Sie sich nicht ein Haus gesucht, dessen Umbau weniger aufwendig gewesen wäre?«

»Das konnten wir uns nicht leisten«, antwortete Ulla einfach. »Wir mußten für dieses hier ja schon eine enorme Hypothek und einen Überziehungskredit aufnehmen. Im Januar wollten wir die Außenwände neu verfugen lassen, eine richtige Zentralheizung einbauen und die Zimmer im ersten Stock einrichten. Tony hatte alles geplant und durchkalkuliert, aber nun will mir die Bank kein Geld mehr leihen. Sie sagen, jetzt, wo Tony nicht mehr ist, würde das Hotel an Wert verlieren, und es wäre keine gute Investition mehr. Mir ist ja selber klar: Daß die Buchungen so dramatisch zurückgegangen sind, liegt nicht nur an der Jahreszeit – ich habe einfach keinen Sinn für gutes Marketing. Ich weiß nicht, wie es jetzt weitergehen soll. Wenn Alex nicht gewesen wäre, hätte ich wahrscheinlich gleich aufgeben müssen.«

Alex, der anscheinend nichts lieber wollte, als daß Ulla das Hotel verkaufte? Warum arbeitete er überhaupt dort?

»Als Tony starb, kam Alex gerade von einer Amerikareise zurück und sagte, er würde mir helfen, bis alles geregelt sei. Ich habe am Anfang nicht realisiert, daß er damit meinte, bis ich das Hotel verkauft hätte. Aber ich werde nicht verkaufen, das schwöre ich!« Zur Bekräftigung schlug Ulla mit der geballten Faust auf die Armlehne ihres Stuhls.

»Also suchen Sie jetzt einen Partner?« Darina sprach langsam, aber die Gedanken in ihrem Kopf überschlugen sich.

»Ja, das scheint mir die Lösung aller Probleme zu sein. Jemand, der etwas Kapital mitbringen würde, der mir helfen könnte, das Hotel zu führen, mit guten Ideen und möglichst mit Erfahrung auf diesem Gebiet.« Ullas eifrige Stimme war bei den letzten Worten etwas leiser geworden.

»Ich habe überhaupt keine Erfahrungen im Hotelfach.«

»Aber Sie kennen sich in der Gastronomie aus. William sagte, sie wären eine hervorragende Köchin und hätten erfolgreich ihren eigenen Catering-Service betrieben.«

»Ja, und ich habe in einem Restaurant gearbeitet. Diese Seite vom Geschäft kenne ich also wirklich ganz gut. Aber ich fürchte, Management und Organisation eines Hotels sind Dinge, die ich erst noch lernen muß.«

»Könnten wir es nicht zusammen lernen? Wenn wir nur etwas mehr Geld hätten, ließe sich aus diesem Hotel bestimmt etwas Phantastisches machen. Warten Sie, ich zeige Ihnen Tonys Pläne.«

»Sie haben recht, das Hotel hat wirklich ein großes Potential«, meinte Darina eine halbe Stunde später. »Und es erfüllt viele der Kriterien, nach denen ich gesucht habe: eine schöne Lage, gute Verkehrsanbindungen und viele Ausbaumöglichkeiten. Ich hatte ursprünglich an ein etwas kleineres Haus gedacht – aber das war unter der Voraussetzung, daß ich es allein führen würde.«

»Ich bin sicher, wir könnten gut zusammenarbeiten.« Ulla saß auf der Kante des Schreibtisches, der inzwischen mit Zeichnungen und Plänen für die Renovierung der Zimmer, des großen Saals und den Umbau der ehemaligen Stallungen bedeckt war.

Darina stimmte ihren Worten in Gedanken zu. In den Stunden, die sie seit dem Mittagessen miteinander verbracht hatten, war ihr die lebhafte Skandinavierin immer sympathischer geworden. Ulla, mit ihrem Temperament, das häufig zwischen Begeisterung und Hoffnungslosigkeit schwankte, war zwar ganz anders als sie selbst, aber sie engagierte sich sehr für das Hotel, hatte viele gute Ideen, einen Sinn für Stil, und sie brauchte jemanden, der ihr half, die richtigen Entscheidungen zu treffen. Darina glaubte, daß sie sich in den wichtigsten Punkten einig sein würden.

»Also gut«, sagte sie schließlich. »Ich kann mich zu diesem Zeitpunkt noch nicht festlegen. Noch habe ich mein Haus in Chelsea nicht verkauft, und bis dahin kann ich mich finanziell nicht beteiligen. Ich biete Ihnen deshalb an, für ein paar Monate hierherzukommen, um im Hotel zu arbeiten – dann können wir weitersehen.«

»Aber ja, das wäre wunderbar!« Ulla beugte sich vor, ihre Augen glänzten.

»Warten Sie. Ich habe noch zwei Bedingungen. Die erste ist, daß ich nicht kochen werde. Ich will versuchen, davon wegzukommen, ständig Essen zu produzieren, ich möchte meinen Erfahrungshorizont erweitern, und ich finde sicher nicht heraus, ob ich imstande bin, ein Hotel zu führen, wenn ich immer nur in der Küche stehe. Wenn Sie wollen, kann ich heute noch das Abendessen zubereiten, aber morgen wird ein neuer Koch eingestellt. Die zweite Bedingung ist, daß ich für meine Arbeit hier bezahlt werde. Es muß nicht viel sein, sagen wir, das Gehalt einer Rezeptionistin vielleicht. Das Hotel braucht jedenfalls mehr Personal, und wenn das Geschäft keine weitere Kraft trägt, hat es auch keinen Zweck, es fortzuführen.«

»Ich hatte seit Monaten kein Gehalt«, bemerkte Ulla und fuhr mit einem Blick auf Darinas schickes Kostüm fort: »Ich weiß gar nicht, wann ich mir das letzte Mal etwas Neues zum Anziehen gekauft habe.«

Darina warf einen schuldbewußten Blick auf das weiche und teure Material ihrer Kleidung. Sie war selbst ein wenig schockiert gewesen, wie sehr sie es genossen hatte, einen Teil des Geldes, das sie geerbt hatte, für Kleider auszugeben, die sie sich vorher niemals hätte leisten können. Jetzt kam sie sich vor wie ein Huhn in Pfauenfedern.

»Ich bin es gewohnt, mit wenig Geld auszukommen«, versicherte sie rasch. »Und wenn ich als Partnerin einsteige, erwarte ich keinen schnellen Profit. Wenn ich aber den Eindruck habe, das Hotel bringt mit der Zeit nicht genug ein, möchte ich mein Geld nicht darin investieren.«

Ulla gab zu, daß das eine faire Einstellung sei. »Möchten Sie hier wohnen?« fragte sie. »Sie könnten eins der Zimmer im Nebengebäude haben.«

Darina dachte eine Weile nach. »Ich wohne zur Zeit bei meiner Mutter; sie lebt zwar nicht weit von hier, aber ich glaube, es wäre tatsächlich besser, wenn ich hierher käme.« Dann fiel ihr plötzlich etwas ein. »Da wir gerade von meiner Mutter sprechen – sie erwartet mich zum Abendessen. Und nicht nur das, ich habe auch noch versprochen, es zuzubereiten! Ich sollte sie rasch anrufen.«

Ulla zog das Telefon unter den Papieren hervor. »Tun Sie's gleich – und sagen Sie ihr, sie könne Sie für die nächsten zwei Monate vergessen.«

Du arbeitest in einem Hotel? Jetzt? Vor Weihnachten? Und wenn ich recht gehört habe, auch während der Feiertage? Ich kann nicht glauben, daß du so bist.« Darina zuckte zusammen.

»Du weißt doch, daß wir so schöne Pläne hatten. Nie denkst du einmal an mich, immer nur an deine Karriere. Was soll ich denn hier machen, so ganz allein?«

Ann Lisles Darbietung als einsame Witwe, die allein und trostlos die Weihnachtstage verbringen mußte, war wenig überzeugend, stand ihr doch ein großer Freundeskreis zur Verfügung für Dinnerparties, Bridge-Abende, Ausflüge und ähnliche Vergnügungen; auf dem Kaminsims in ihrem Wohnzimmer stapelten sich die Einladungen. Nein, das einzige, was Mrs. Lisle wirklich vermissen würde, war das Talent ihrer Tochter, all die köstlichen Leckerbissen aufzutischen, mit denen sie ihre zahlreichen Bekannten beeindrucken konnte.

Die zierliche Dame zupfte ärgerlich an ihrem Spitzenjäckchen und strich die Bettdecke glatt, um dem Blick ihrer Tochter auszuweichen. Statt dessen sah sie sich in ihrem Schlafzimmer um, das mit den geliebten, reichverzierten Antiquitäten und Chintzbezügen eingerichtet war. Auf der Bettdecke lag noch der aufgeschlagene Bestseller, in dem sie gelesen hatte, bevor Darina endlich nach Hause gekommen war und ihr von ihren neuesten Plänen erzählt hatte.

Der ruhelose Blick blieb schließlich auf einem Stilleben über einer kleinen, bauchigen Kommode hängen, und ihr von der reichlich aufgetragenen Nachtcreme glänzendes Gesicht hellte sich plötzlich auf.

»Ich habe eine ganz phantastische Idee!« Darinas Mutter beugte sich vertraulich vor. »Hast du nicht gesagt, das Hotel veranstaltet eine Art Unterhaltungsprogramm über die Feiertage?«

»Wir haben eigentlich nur an eine Weihnachtsfeier gedacht.«

»Na gut, ich bin dabei.« Ann Lisle lehnte sich triumphierend in die Kissen zurück.

Ihre Tochter starrte sie bestürzt an. »Aber Mutter, du würdest es schrecklich finden.«

»Wieso, werden die anderen Gäste es denn auch schrecklich finden?«

»Nein, ich meine, das hoffen wir jedenfalls nicht. Aber es ist irgendwie nicht dein Stil. Ich weiß zwar nicht, welche Gäste kommen, aber ich glaube kaum, daß es die Sorte von Leuten ist, die du gern kennenlernen würdest.«

»Was für ein Unsinn. Du weißt doch, daß ich gern alle möglichen Leute kennenlerne!«

Es stimmte, daß Mrs. Lisle nie um einen Gesprächsstoff verlegen war, ganz gleichgültig, wer ihr Gegenüber war.

Darina dachte an die Chamberlains, die an diesem Abend für einen Probeaufenthalt erschienen waren. Ob dieses nüchterne, etwas wortkarge Mittelklasse-Ehepaar wohl typisch war für die Gäste, die Weihnachten kommen würden?

»Werdet ihr nicht eine Art Unterhaltungsprogramm organisieren?«

»Ja, natürlich. Weihnachtssänger, Tanz und Spiele«, improvisierte Darina wild drauflos. Der Werbeprospekt hatte von ›einem traditionellen Weihnachtsfest in einem traditionellen Hotel mit modernem Komfort‹ gesprochen, aber sie hatte keine Ahnung, was genau das bedeutete. Sie mußte morgen unbedingt mit Ulla darüber reden.

»Das klingt herrlich. Und es wird solchen Spaß machen, meine kluge Tochter in Aktion zu erleben.«

»Mutter, das ist kein Fünf-Sterne-Hotel, es hat noch nicht mal drei Sterne. Ich glaube nicht, daß du es sehr angenehm finden würdest.«

»Ich nehme an, die Zimmer haben alle Bad und Toilette und eine Zentralheizung.« Es war noch nicht einmal als Frage gemeint.

Darina ergriff die schwache Chance. »Die Heizung kannst du vergessen – die Zimmertemperatur steigt kaum über den Gefrierpunkt.«

»Das ist ja wohl reichlich übertrieben, Liebes. Aber danke für den Hinweis, ich werde genug warme Kleidung einpacken. Du hast doch noch ein Zimmer für mich, nicht wahr?«

Darina spielte kurz mit dem Gedanken, zu behaupten, das Hotel sei ausgebucht. Aber ein kurzer Anruf am nächsten Morgen würde ihre Lüge bereits auffliegen lassen. Und Darina kannte ihre Mutter gut genug, um zu wissen, daß sie todsicher anrufen würde. Wenn sie sich einmal etwas in den Kopf gesetzt hatte, gab es nichts, was sie davon abhalten konnte, es auch auszuführen.

Inzwischen war ihrer Mutter eingefallen, wie sie ihr Vorhaben noch etwas verfeinern könnte.

»Ich werde gleich morgen früh Gerry Stocks anrufen und ihn fragen, ob er nicht Lust hat, mich zu begleiten.«

Es war wenig wahrscheinlich, daß er ablehnen würde. General Sir Gerald Stocks, Witwer seit etwa neun Monaten, hatte sich zur Hauptbezugsperson von Ann Lisle ernannt und damit zu dem Mann, an den sie sich in jeder möglichen Krise wenden konnte: Wenn dem Fleischer ein Fehler in seiner Lieferung unterlaufen war; wenn es galt, eine Steckdose zu reparieren; wenn ein vierter Mann zum Bridge benötigt wurde – in all diesen Situationen hatte sich der General als Garant erwiesen, mögliche Katastrophen von ihrem behüteten Leben fernzuhalten. Es war sogar möglich, daß sich seine Anwesenheit als Gewinn für die Weihnachtsfeier erweisen würde; zumindest könnte er als eine Art Puffer zwischen ihrer Mutter und den unangenehmeren Exemplaren der anderen Gäste fungieren. Es war jedenfalls eine Idee, die Darina nur gutheißen konnte, und das sagte sie auch.

»Dann ist ja alles geregelt. Sieh an, auf einmal freue ich mich wieder auf Weihnachten. Ich werde viele neue Leute kennenlernen und das köstliche Essen genießen. Ach, es wird sicher herrlich!« Sie warf ihrer Tochter ein glückliches Lächeln zu.

Darina beugte sich über das Bett und küßte die von Nachtcreme immer noch leicht klebrige Wange. »Ja, Mutter, es wird schön sein, dich dort zu haben.« Sie hatte gelernt, daß diese harmlosen Lügen niemandem schadeten und die Beziehung zu einer Mutter erleichterten, die wenig Verständnis für das Leben ihrer Tochter hatte.

Als Darina zu Bett ging, war sie zu dem Schluß gekommen, daß Mrs. Lisles Anwesenheit bei der Weihnachtsfeier vielleicht gar keine schlechte Sache war. Zumindest würde es ihr ein schlechtes Gewissen ersparen, weil sie ihrer Mutter diesmal keinen Weihnachtstruthahn zubereitete. Dann fragte sie sich, wo sie wohl einen neuen Koch für das Hotel Morgan auftreiben könnte. Sie war entschlossen, diese Arbeit nicht wieder selbst zu übernehmen, obwohl es mit dem Abendessen keine Probleme gegeben hatte.

Der entlassene Küchenchef Ken Farthing hatte eine Menüauswahl von drei verschiedenen Vorspeisen, sechs Hauptgängen und fünf Desserts geplant. Darina hatte die vorbereitete Speisekarte mit Abscheu studiert. Abgesehen von dem grausigen Gedanken, was Kens eigenwillige Kochkünste wohl aus solchen Kompositionen wie Lachsgoujon mit Orangen und Kiwi, Seebarbe mit Vermouthcremesauce, Perlhuhn mit Hühnerleber in Madeira, Tournedos auf Linsen mit Räucherspeck, einem exotischen Früchtesorbet oder einem Parfait aus zwei verschiedenen Schokoladesorten mit Himbeer-Coulis gemacht hätten, versprachen Kosten, Mengen und Verschiedenartigkeit der Zutaten bei einer erwarteten Anzahl von vier Gästen den direkten und schnellsten Weg in den Ruin.

»Ken hat gesagt, wir müßten uns einen Kundenstamm aufbauen und bräuchten ein attraktives und vielseitiges Angebot, das sich herumspricht, und außerdem müßten wir immer auf Gäste vorbereitet sein, die ohne Reservierung kommen«, erklärte Ulla, als Darina sie daraufhin ansprach. »Und dann ist da natürlich immer noch George Prendergast, der versorgt werden muß.«

»Ich dachte, er bekommt kein Menü! Was wird ihm denn normalerweise serviert?«

»Alles, was billig ist und schnell geht, einfache Sachen, die man auch im Pub bekommt. Aber George hat es anscheinend immer hervorragend geschmeckt, was wir ja gar nicht beabsichtigt hatten, weil wir ihn doch eigentlich am liebsten los wären.«

Sie sah noch einmal die Vorräte durch und fand ein Schweinekotelett, das sicher für den ungeliebten Mr. Prendergast bestimmt war, sowie einen Topf voll überraschend wohlschmeckender Fleischbrühe und ein paar Büschel frischer Brunnenkresse.

Darina kochte für den Dauergast eine Kartoffel-Kresse-Suppe, Kotelett in einer Apfel-Wein-Sauce und Eierkuchen mit Orangen. Die Chamberlains und ihre Freunde hatten die Wahl zwischen der Suppe (die sie mit etwas Rahm anreicherte) oder in Haselnußöl und Koriander gedünstetes Lachsfilet mit einem Friséesalat; für den Hauptgang bot sie Perlhuhn mit Madeira und Pilzen, gegrillte Seebarbe oder Lendenschnitten mit geschmorten Schalotten (sie verwarf die Linsen als unpassend für die Art von Gästen, die sie derzeit erwarteten). Zum Nachtisch gab es entweder Crêpes mit Mangoeiscreme (unter den Küchengeräten befand sich auch eine ausgezeichnete Eismaschine) oder einen Salat aus exotischen Früchten. Prendergast und die Chamberlains bekamen die gleichen Beilagen: Kartoffelrösti und eine Platte mit Frühlingsgemüse. Obwohl sie selbst es lieber mochte, wenn es noch knackig war, wußte sie aus ihrer Catering-Erfahrung, daß die Leute vom Land es weichgekocht bevorzugten.

Während der kurzen Pausen zwischen Zubereitung und Anrichten der Speisen machte Darina eine Liste von den frischen Zutaten und einen Plan zu ihrer Verwendung während der nächsten Tage. Sie verpackte die Hälfte des Fleischvorrats in Frischhaltefolie und verstaute ihn in der Tiefkühltruhe, bis zahlende Gäste für den Verzehr in Aussicht waren.

»Die Chamberlains waren begeistert«, berichtete Ulla später erfreut, als Darina in ihr Büro kam.

»Sie haben gesagt, sie hätten seit Monaten nicht so gut gegessen; und das Zimmer gefällt ihnen auch. Ich glaube, wir können darauf zählen, daß sie Weihnachten wiederkommen. Was für eine Erleichterung!«

Sie legte den Stift nieder, mit dem sie gerade einige Briefe unterschrieben hatte, streckte sich und gähnte. Sie sah müde aus.

»Fahren Sie jetzt nach Hause?«

»Würde ich gern, aber ich habe kein Auto. William hat mich hergefahren, und als er ging, meinte er, Alex könnte mich sicher nach Hause bringen. Aber vielleicht sollte ich lieber ein Taxi rufen?«

»Aber nein. Alex wird entzückt sein. Er hat den ganzen Abend versucht, sich aus den Klauen dieser Olivia zu befreien.«

»Ist das nicht das Mädchen, das heute nachmittag so wütend auf ihn war?« fragte Darina lächelnd.

Ulla fand das nicht amüsant. »Ich begreife nicht, wie sie ihm so nachlaufen kann. Nach dem Abendessen ist sie hier hereinstolziert, aufgeputzt wie ein Zirkusaffe« – offensichtlich die wörtliche Übersetzung einer skandinavischen Redewendung – »sagte, sie sei gekommen, um ihn aufzumuntern, da er offensichtlich völlig überarbeitet wäre, und hat ihn seither in Beschlag genommen. Die Chamberlains mußten dreimal nach ihrem Brandy rufen – sie sind schon beinahe ärgerlich geworden, kann ich Ihnen sagen. Dabei interessiert er sich eigentlich gar nicht für sie; und ich nehme nicht an, daß sie den Champagner bezahlt, den sie bestellt hat.« Ulla war nun wütend und müde. »Ich gehe und sage ihm, daß er Sie jetzt nach Hause bringen soll.«

Ulla Mason verließ das Büro, und Darina folgte ihr. In der Eingangshalle saßen die Chamberlains und ihre Gäste um ein Kaminfeuer, das nun hell und munter brannte. Darina fragte sich, ob es wohl Mr. Chamberlain gewesen war, der die vielen Holzscheite aufgelegt hatte. Er machte den Eindruck eines Mannes, der es gewohnt ist, die Dinge selbst in die Hand zu nehmen, wenn sie nicht nach seinem Geschmack waren.

Sie fanden Alex und Olivia an der Bar gegenüber vom Speisesaal. Die junge Frau saß mit übereinandergeschlagenen Beinen auf einem der Barhocker. Sie trug ein auffallend schickes, rostbraunes Kleid, dessen kurzer Rock kaum ihre langen, wohlgeformten Oberschenkel bedeckte und dessen Farbe ihre rotschimmernde Lockenpracht noch besser zur Geltung brachte. Aber die Fingernägel der Hand, die ein Champagnerglas hielt, waren völlig abgekaut, und der unzufriedene Zug um ihren Mund zeigte sich wieder, als Ulla ihre Anordnung gab.

»Was soll das heißen, du mußt die Köchin nach Hause fahren? Kann die nicht allein heimfinden? Zuerst versetzt du mich, und dann wird es dir schon zu viel, wenn du mal länger als fünf Minuten mit mir redest.«

»Olivia, du bist jetzt seit zwei Stunden hier, und ich habe nichts anderes getan, als mit dir zu reden. Es wird Zeit, daß du nach Hause gehst.«

Darina bemerkte, daß Ulla sich zwischen dem Mädchen und dem Objekt ihrer Begierde postiert hatte und sie nun mit Genugtuung musterte.

Alex hingegen schien keineswegs aus der Fassung gebracht – weder von der Aufforderung, den Chauffeur zu spielen noch von Olivias Gereiztheit. Er warf Darina ein charmantes Lächeln zu. »Sind Sie bereit? Gut, dann los. Bin bald zurück, Ulla.«

Er führte sie mit Schwung aus dem Raum durch die Halle zu einem ziemlich ramponierten Volvo Kombiwagen.

»Gehe ich recht in der Annahme, daß Sie Ulla zu Hilfe kommen wollen?« fragte er, während er den Motor anließ.

»Das ist noch nicht sicher. Es kommt darauf an, wie die Erfolgsaussichten sind und ob ich mein Haus in Chelsea verkaufen kann. Aber soweit ich verstanden habe, wäre es Ihnen lieber, wenn Ulla das Hotel verkaufen würde, anstatt zu versuchen, es weiterzuführen?«

»Ich? Ich habe in dieser Angelegenheit gar nichts zu sagen. Das ist allein Ullas Sache.«

»Ich dachte, Sie seien Teilhaber.«

»Lediglich insofern, als ich die Hälfte vom Erlös bekomme, falls sie verkauft, und die Hälfte vom Gewinn, falls nicht. Da ein Gewinn aber so weit entfernt scheint wie die Antarktis, wäre es mir natürlich lieber, wenn sie verkaufen würde.«

»Aber was, wenn das Hotel profitabel wäre?«

»Luftschlösser, meine liebe Miß Lisle. Bis auf das, was sie im Hotel Morgan gelernt hat, hat Ulla keinerlei Erfahrungen im Hotelgewerbe. Das Haus ist bis unters Dach mit Schulden belastet, es gibt kein Geld mehr, um die, wie Sie sicher bemerkt haben, notwendigen Reparaturen durchführen zu lassen; man müßte schon ein wahres Marketing-Genie sein, um so viele Gäste anzuziehen, daß es sich lohnen würde.«

»Ich habe gehört, der Sommer sei ganz erfolgreich gewesen.«

»Ein paar Schwalben machen noch keinen Sommer; und da hat mein Vater ja noch gelebt. Er war ein ausgezeichneter Hotelier, wußte ganz genau, was er wollte, und die Bank hatte unbegrenztes Vertrauen zu ihm; ich ebenfalls. Sie müssen wissen, ich bin mehr oder weniger in Hotels aufgewachsen und weiß deshalb einiges darüber, wie so ein Unternehmen geführt werden muß. Ulla hat nicht das geringste

Talent dafür. Sie glaubt, wenn man ein paar hübsche Blumenarrangements aufstellt und nett mit den Gästen plaudert, würde alles von selbst laufen.«

»Inwieweit haben Sie ihr denn geholfen? Was haben Sie ihr von Ihrem reichen Erfahrungsschatz zur Verfügung gestellt?«

»Ich sagte, ich wüßte, wie gute Hotels geführt werden – ich habe nicht gesagt, daß ich Hotelier bin. Ich wäre als Manager wahrscheinlich sogar eine noch größere Katastrophe als Ulla. Ich würde die Gäste aus dem Haus und die Angestellten in den Wahnsinn treiben. Das ist noch das beste, was ich für Sie tun kann.«

»Haben Sie denn mal versucht, Ulla zu beraten?«

»Hören Sie zu«, Alex bog in eine Parkbucht ein, schaltete den Motor aus und sah Darina direkt an. »Falls Sie die Absicht haben, eine Weile bei uns zu verbringen, sollten Sie besser gleich wissen, wie die Dinge liegen. Ulla ist meine Stiefmutter, und ich kann sie nicht ausstehen. Ich bin nach dem Tod meines Vaters hiergeblieben, um meine Rechte an dem Unternehmen zu wahren und weil ich zur Zeit nicht weiß, wo ich sonst bleiben soll. Mein Hauptanliegen ist also, daß das Hotel zum bestmöglichen Preis verkauft wird.«

»Aber würde man nicht einen besseren Preis erzielen können, wenn das Hotel gut geführt wird? Vielleicht haben Sie ja nur Angst, daß Ulla es trotz ihrer düsteren Prognosen schaffen könnte, das Geschäft erfolgreich weiterzuführen.«

»Ulla würde es vielleicht gerade noch hinkriegen, ein Bordell zu führen, aber niemals ein Hotel – nicht mal ein drittklassiges.«

Seine Feindseligkeit ließ Darina verstummen.

Alex ließ den Motor wieder an. »Mißverstehen Sie mich nicht. Ich habe nichts gegen Sie persönlich; ich will Sie nur davon abhalten, Ihr Geld sinnlos zum Fenster hinauszuwerfen.«

»Und Sie können sich nicht vorstellen, daß Ulla und mir gemeinsam gelingt, was sie allein nicht geschafft hat?«

»Um ehrlich zu sein, nein. Sie haben doch nicht mehr Erfahrung als sie. Zugegeben, Sie können hervorragend kochen – das Essen heute abend war ausgezeichnet –, aber ein Hotelier muß schließlich viel mehr können als das.«

»Man könnte aber doch sagen, das ist ein guter Anfang.«

Der Wagen hielt vor Darinas Elternhaus, einem hübschen, georgianischen Gebäude am Rande eines kleinen Dorfes. Das Licht auf der Veranda schien in das Wageninnere und beleuchtete Alex' Gesicht.

Er sah sie einen Moment lang schweigend an, dann lächelte er ohne jede Feindseligkeit. »Was man mit Sicherheit sagen kann, ist, daß das Hotel ohne Sie nicht die geringste Chance hat. Ich kann schon verstehen, daß Sie es geschafft haben, Pigram zu erobern – Sie sind irgendwie etwas Besonderes. Wie kommt es eigentlich, daß ich Ihnen vorher nie begegnet bin? Ich dachte, ich würde alle attraktiven Frauen hier in der Gegend kennen!?«

Ich wette, das tust du auch, dachte Darina. »Ich lebe in London und habe die letzten Jahre nicht viel Zeit hier verbracht.«

»So gesehen würde ich mich fast freuen, wenn Sie sich entschließen würden, zu bleiben.«

Er stieg aus dem Wagen, öffnete die Beifahrertür und begleitete sie zum Haus.

»Vielen Dank, daß Sie mich gefahren haben. Kann ich Ihnen noch einen Drink oder einen Kaffee anbieten?«

»Ein verlockendes Angebot, aber ich sollte besser gleich zurückfahren. Ich bin heute abend an der Reihe, das Hotel zu schließen.«

Während er die Einfahrt hinunterging, schloß Darina tief in Gedanken versunken die Haustür auf und bemerkte dann mit leichtem Schrecken, wie spät es geworden war. Bis zum Hotel Morgan war es noch eine gute halbe Stunde Fahrzeit, und Alex würde nicht vor ein Uhr dort eintreffen.

Sie ging die Treppe zum Zimmer ihrer Mutter hinauf, und entschuldigte sich für ihre Abwesenheit an diesem Abend.

Es war noch früher Morgen, als sich das Polizeiteam im Obduktionsraum versammelte. Der Duft von Formalin, vermischt mit einem noch unangenehmeren Geruch, verbreitete sich im ganzen Raum. Auf einem Metalltisch lag der Körper des Mädchens mit den langen blonden Haaren und den schönen Beinen.

Jedes einzelne Kleidungsstück war nach und nach entfernt worden, wobei man den Körper in jedem Stadium photographiert hatte. Die Partikel unter den Fingernägeln waren beseitigt und für eine spätere Untersuchung aufbewahrt worden. Den Körper selbst hatte man minutiös untersucht und Gewebeproben entnommen. Anschließend hatte man ihn sorgfältig gewaschen, und nun lag er nackt unter dem gnadenlosen Licht.

Sogar in diesem Zustand strahlte der Körper des toten Mädchens noch eine gewisse Sinnlichkeit aus. Das üppige blonde Haar war aus dem Gesicht gestrichen und unter einer grünen Haube verborgen, aber ihre Brüste über der schmalen Taille und dem sanft gerundeten Bauch waren voll und fest, die Hüften schön geschwungen und der kleine Po äußerst wohlgeformt. Das unansehnlich geschwollene Gesicht über dieser mädchenhaft erblühten Figur war jedoch ein Anblick, den die drei Polizeibeamten, die neben dem Pathologen und dessen Assistenten standen, lieber mieden.

Während sie dem flüssig vorgetragenen Bericht des Pathologen lauschten, der mit sicherer Routine seine Arbeit versah, wurde jedes seiner Worte zu Protokoll genommen.

»Also, meine Herren – und meine Dame. Ich habe vergessen, daß Sie jetzt ein weibliches Mitglied in ihrem Team haben, Dick«, wandte sich der Mediziner an den Inspektor und lenkte seine Aufmerksamkeit für einen kurzen Augenblick von der Arbeit ab.

Statt einer Antwort grunzte Grant lediglich, und Pat James zauberte ein schwaches Lächeln auf ihr blasses Gesicht. Sie hatten die ganze Nacht durchgearbeitet, von einer kleinen Teepause vor dem Treffen im Obduktionsraum abgesehen.

»Wir haben's fast geschafft, jetzt kommt nur noch die Untersuchung der inneren Organe; das Beste zum Schluß, sozusagen.« Der Humor des Pathologen hatte etwas Makabres.

William stand ganz still. Er war bereits bei einer Reihe von Autopsien dabei gewesen; obwohl er mit diesem Vorgang vertraut war, hatte das nie die starke Beklemmung gemildert, die er jedesmal verspürte, wenn das Operationsmesser einen Moment lang in der Luft schwebte, während der Chirurg den Weg abschätzte, den es vom Hals bis zum Schambein nehmen würde. Die Tatsache, daß er beim Anblick geöffneter Leichen bisher noch nie in Ohnmacht gefallen war oder sich übergeben hatte, konnte ihm nie die Gewißheit geben, daß es nicht beim nächsten Mal passieren würde. Er beneidete Detective Constable Pat James, deren hübsches Gesicht immer noch ganz entspannt wirkte, um ihre Selbstbeherrschung.

Inspektor Grant trat ungeduldig von einem Fuß auf den anderen. »Überlegen Sie gerade, was Sie zum Frühstück essen wollen, oder wissen Sie nicht mehr, wie's weitergeht?«

»Wir sind ein bißchen gereizt heute morgen, nicht wahr? Aber bei dieser Arbeit erreicht man mit Eile gar nichts. Was dabei vielmehr gebraucht wird, ist die Sensibilität eines Künstlers und die Geschicklichkeit eines Chirurgen.«

Innerlich seufzend, sah William zu, wie das Messer einen raschen und gekonnten Schnitt längs durch den Körper machte.

Dann hörte man ein leises Stöhnen, und Pat James glitt sanft zu Boden.

Grant schnalzte ärgerlich mit der Zunge. »Hilf ihr hinaus, Bill.«

William beugte sich über die bewußtlose Frau, legte einen ihrer schlaffen Arme um seinen Hals und zog sie auf die Füsse. Im Vergleich zu seinen ein Meter neunzig war sie so klein, daß er gezwungen war, sich unbeholfen niederzubeugen; deshalb schien es ihm das einfachste zu sein, sie auf seine Arme zu nehmen und in den Vorraum zu tragen, wo er sie auf einen Stuhl setzte.

Pat James stöhnte wieder leise und öffnete die Augen. Ihre Lider flatterten, und ihr Blick ging unruhig durch den Raum.

»Es ist alles in Ordnung, Sie sind nicht mehr im Obduktionsraum.« Er holte ein Glas Wasser und gab ihr davon zu trinken. »Fühlen Sie sich wieder besser?«

»Oh Gott, Sie halten mich jetzt sicher für völlig hysterisch, aber ich habe noch nie gesehen, wie eine Leiche geöffnet wurde.«

»Aber nein. Ich wundere mich nur, weil Sie vorher so beherrscht gewirkt haben; und Sie waren auch ganz gelassen, als wir die Tote im Graben untersuchten.«

»Das war etwas anderes. Hier, dieses Messer, wie es einfach in sie reingeschnitten hat ...« Sie schluckte rasch, nahm das Glas in beide Hände und trank noch etwas Wasser.

William blieb eine Weile neben ihr stehen und beobachtete sie. Ihr extrem blasses Gesicht bekam allmählich wieder etwas Farbe. Sie schloß die Augen, legte den Kopf zurück und atmete ein paarmal tief durch. Es fiel ihm auf, wie zierlich und verletzbar sie aussah.

Als sie die Augen wieder geöffnet hatte, sagte sie: »Danke, es geht mir schon viel besser.«

»Wollen Sie zurück ins Büro fahren?«

»Nein, ich glaube, ich möchte es noch einmal versuchen. Es kann ja wohl nicht schlimmer werden.«

»Doch, ich fürchte, das kann es. Wissen Sie, er muß nämlich noch ... na ja, er muß gewisse Proben aus ihren Eingeweiden entnehmen.« William brachte es nicht über sich, noch deutlicher zu werden.

»Ich denke, ich schaffe es schon.«

Er warf ihr einen skeptischen Blick zu, folgte ihr aber zurück in den Obduktionsraum, wo der Assistent inzwischen die Organe aus Brust und Bauchhöhle auf einer Ablage neben dem Waschbecken ausgebreitet hatte.

Der Pathologe hatte seine Untersuchung fortgesetzt. Plötzlich unterbrach er seinen medizinischen Vortrag und murmelte verblüfft: »Nanu, was haben wir denn da?« Zu Grant gewandt, fuhr er fort: »Sie war schwanger. Auf den ersten Blick würde ich sagen: etwa im dritten Monat.«

Pat James preßte eine Hand auf ihren Mund und stolperte aus dem Raum.

»Um Himmels willen, Bill!« rief Grant ärgerlich aus. »Ich sagte doch, Sie sollen sie hier rausbringen. Fahren Sie mit ihr ins Büro zurück, und fangen Sie mit den Vorbereitungen für die Haus-zu-Haus-Befragung an. Der Oberinspektor soll ein Team zusammenstellen, damit wir gleich morgen früh damit beginnen können. Und Sie sollten sich mal bei den Kollegen vom Dezernat für vermißte Personen erkundigen – wir brauchen so bald wie möglich einen Namen für... für ...« Er wies auf den geöffneten Leichnam.

Schwankend zwischen Erleichterung und Widerstreben, verließ William den Pathologen, bevor er seine Aufgabe beendet hatte. Während er vor der Damentoilette auf Constable James wartete, schossen ihm alle möglichen Folgerungen aus der überraschenden Enthüllung des Mediziners durch den Kopf. Auf einmal schien die Anhalter-Theorie kaum noch plausibel zu sein. Je schneller sie mit der Untersuchung beginnen könnten, desto mehr Einzelheiten würden ans Licht kommen; und es waren die Einzelheiten, die sie brauchten, um diesem Mord auf die Spur zu kommen – einem Mord, der nicht an einer, sondern, wie die Obduktion erwies, an zwei Personen begangen worden war.

Als Pat James aus der Toilette kam, war sie sogar noch blasser als vorher, wirkte jedoch ziemlich gefaßt. William bemerkte, daß der oberste Knopf ihrer Bluse offenstand.

»Ich muß mich entschuldigen, Sie hatten recht – ich hätte nicht wieder hineingehen sollen. So wie es aussieht, werde ich wohl nie imstande sein, eine Autopsie bis zum Schluß durchzustehen.«

»Sicher werden Sie das. Ich kenne eine ganze Menge junger Polizisten, die beim ersten Anblick einer geöffneten Leiche ganz genauso reagiert haben wie Sie und die jetzt nicht einmal mehr mit der Wimper zucken.«

»Und wie war das bei Ihnen?«

William sah etwas betreten aus. »Na ja, mir ist es nur mit Mühe gelungen, sowohl meine Fassung als auch meinen Mageninhalt zu behalten. Kommen Sie, wir fahren zurück.« Er ging voran und hielt die Tür für sie auf.

Constable James nahm ihren Mantel, straffte die Schultern und verließ, gefolgt von William Pigram, die Leichenhalle.

Darina, Ihre Mutter ist am Telefon.«

Darina seufzte tief. Sie war gerade dabei, mit Ulla das Weihnachtsprogramm durchzuarbeiten; dabei gab es eine Unterbrechung nach der anderen. Ein Stromausfall hatte in der Küche, wo das Mittagessen für George Prendergast und die Hotelangestellten zubereitet wurde, eine Panik ausgelöst, begleitet von den Beschwerden der Hausmädchen, die gerade in den Zimmern staubsaugten, und den unflätigen Flüchen von Alex, der am Kopiergerät arbeitete. Dann hatte ein Vertreter angerufen, der einen Termin vereinbaren wollte, um Hoteleinrichtungen zu verkaufen, die sich das Hotel Morgan weder leisten konnte noch wollte, und schließlich hatte ein ortsansässiger Drucker versucht, sie telefonisch zu einem Auftrag zu überreden. Anschließend hatte ein Angestellter des Fleischgroßhandels, der sie seit kurzem belieferte, angerufen, um ein paar Sonderangebote durchzugeben und beiläufig erwähnt, daß sie zum Jahresbeginn ihre Preise erhöhen würden.

»Wenn diese Leute auch nur einen Funken Verstand hätten, würden sie nachmittags anrufen. Vormittags sind die Hotelmanager doch viel zu beschäftigt«, meinte Alex und schlug ärgerlich mit der Faust auf das immer noch nicht betriebsfähige Kopiergerät.

»Beschäftigt mit was?« fragte Darina, die auf einem großen Bogen Rechenpapier einen Arbeits- und Terminplan festlegte. Sie dachte, daß Vertreter mit einem Funken Verstand sicher den *ganzen* Arbeitstag nutzten und die Nachmittage für solche Hotels reservierten, von denen sie annehmen konnten, daß sie ihnen gute Aufträge einbrachten.

»Rechnungen schreiben, abreisende Gäste verabschieden, neue Buchungen bestätigen und ähnliches«, antwortete Alex.

»Und wieviel von all dem haben wir heute morgen tun müssen?«

»Ich sagte Ihnen doch, das Hotel ist das reinste Desaster. Kein Wunder, daß die Leute in der Gegend es ›Hotel Morgue‹ nennen.«*

»Ach ja, tun sie das?« Darina hatte sich von der Arbeit ablenken lassen.

»Anscheinend ist der Name entstanden, als Morgan das Haus gekauft hat. Er pflegte seine Kumpels am Wochenende immer zu Drinks einzuladen, um etwas Leben in die Bude zu bringen.«

»Eine schrecklich rüpelhafte Meute war das. Sie sind auch weiterhin gekommen, nachdem wir das Hotel eröffnet hatten«, fiel Ulla ein. »Nicht gerade die Sorte von Gästen, die wir wollten.«

»Und das haben sie auch sehr schnell kapiert. Ich habe noch vor Augen, wie Dad sie ganz souverän hinausgeekelt hat. Und jetzt verwenden sie den Namen, der ursprünglich als Ulkname wegen des etwas morbiden Dekors entstanden ist, aus Rache.«

»Wenn dein Vater noch lebte, würde ihnen das Lachen schon in den falschen Hals gelangen.«

»Es würde ihnen wohl eher im Halse steckenbleiben, du skandinavisches Dummchen.« Alex grinste Ulla amüsiert an, alle Kälte und Bitterkeit war plötzlich verschwunden. Ullas

* (Anm. d. Übers.: Morgue ist das englische Wort für ›Leichenschauhaus‹.)

Augen blitzten auf, als wolle sie etwas erwidern, aber da läutete erneut das Telefon.

»Hallo, Mutter, was gibt's?«

»Liebes, ich hatte gerade den brillanten Einfall, meinen alten Freund Adam Tennant anzurufen. Du erinnerst dich doch an ihn, nicht wahr?«

»Der Name kommt mir irgendwie bekannt vor.«

»Er ist ein paarmal zum Abendessen bei uns gewesen, du bist ihm bestimmt schon begegnet. Jedenfalls hat er sich bereit erklärt, sich einmal mit dir zu unterhalten und dich ein bißchen herumzuführen.«

»Wo denn herumführen, Mutter?«

»Du könntest dich ruhig ein bißchen erfreut zeigen. So etwas würde er schließlich nicht für jeden tun.«

»Wenn ich wüßte, *was* er für mich tun will, wäre ich vielleicht auch imstande, mit der entsprechenden Begeisterung zu reagieren.«

»Und du solltest dir wirklich deinen Hang zum Sarkasmus abgewöhnen. Es bringt dir nichts ein, und die Männer mögen es ganz und gar nicht.«

Darina seufzte und versuchte es anders. »Doch Mutter, ich weiß das ehrlich zu schätzen, ich möchte nur wissen, wo ich hingehe und wann ich dort erscheinen soll.«

»Ins Manor Park Hotel, natürlich. Und zwar heute um zwölf. Wenn du es richtig anstellst, wird er dich wahrscheinlich zum Essen einladen. Ein Mittagessen im Manor Park ist ein Erlebnis. Ich wünschte nur, ich hätte vorgeschlagen, daß ich auch mitkomme, aber leider ist mir das erst hinterher eingefallen. Dabei hätte ich dir sicher helfen können, ich bin eine sehr aufmerksame Beobachterin.«

Langsam dämmerte es Darina. »Vielen Dank, Mutter, ich finde, das ist eine ausgezeichnete Idee, und ich bin dir wirklich dankbar. Ich werde dir dann alles ganz genau berichten.«

Aber es dauerte noch fünf Minuten, bis es ihr gelungen war, den Wortschwall von Ratschlägen und Ermahnungen zu bremsen und endlich aufzulegen.

»Anscheinend will mir Adam Tennant sein Manor Park Hotel vorführen«, erklärte sie Ulla und Alex, der am Kopierer beschäftigt war, da es inzwischen wieder Strom gab.

»Nanu«, bemerkte er zu Ulla, »läßt du dich jetzt von unserer Walküre hier ausstechen?«

»Mach' dich doch nicht lächerlich, Alex.« Aber war sie bei seinen Worten nicht leicht errötet, gerade so, daß ein zartrosa Hauch ihre Wangen färbte?

»Du wirst doch wohl nicht abstreiten wollen, daß er dir seit Vaters Tod schöne Augen macht. Und wahrscheinlich sogar schon vorher, wie ich vermute.«

»Du hast ja keine Ahnung. Er hat mir einfach sehr geholfen. Und schließlich hat er mir dieses Angebot gemacht, das ich deiner Meinung nach so unbedingt annehmen sollte.«

Wieder läutete das Telefon, und wieder war es für Darina. Diesmal legte sie nach dem Gespräch den Hörer mit einem triumphierenden Schwung auf und verkündete: »Wir haben einen neuen Küchenchef.«

»Das ist ja wunderbar! Wer ist es denn?« fragte Ulla.

»Eine Freundin von mir, die mit mir auf der Kochschule war. Ich habe doch gestern all diese Anrufe gemacht, und da hat mir jemand erzählt, daß Sally Griffiths gerade aus Frankreich zurückgekommen ist, wo sie eine Zeitlang in einem Drei- Sterne-Restaurant gearbeitet hat. Ich habe eine Nachricht auf ihrem Anrufbeantworter hinterlassen, und eben hat sie mich zurückgerufen. Sie sucht verzweifelt einen Job, ich glaube, sie ist in Frankreich kaum bezahlt worden, es war so eine Art Fortbildungsmaßnahme, und sie hat zugesagt, die nächsten zwei Monate hier zu arbeiten. Ich habe ihr gleich gesagt, was für eine wunderbare Gelegenheit das für sie wäre. Sie wird morgen zu uns kommen, um die Einzelheiten zu besprechen. Sie sollten mir noch sagen, was Sie Ken Farthing bezahlt haben – es könnte sein, daß wir bei ihr etwas höher gehen müssen, aber ein zuverlässiger Küchenchef ist absolut notwendig.« Sie sprach energisch und mit Entschiedenheit. Ulla blickte etwas verwirrt drein.

»Können wir sie irgendwo unterbringen?«

»Es gibt noch ein paar freie Zimmer im Nebengebäude, vielleicht sollten Sie mal mitkommen und sie sich ansehen. Wir haben bisher eigentlich immer versucht, Hotelpersonal zu finden, das nicht hier im Haus wohnen muß, so daß es keine speziellen Räume für die Angestellten gibt.«

Das Nebengebäude, die ehemaligen Stallungen, befand sich an der Seite des Hotels hinter dem mittelalterlichen Saal; wie das Hauptgebäude bedurfte auch dieses dringend einer Renovierung. Auf dem Dach fehlten Ziegel, in der Abflußrinne sprießte das Unkraut, und die Fensterrahmen zeigten Spuren von Trockenfäule. Der allgemein trostlose Eindruck wurde von zwei abgestorbenen Pflanzen, die in großen Kübeln zu beiden Seiten des von einem kleinen Uhrturm überdachten Einganges standen, noch verstärkt. Die Uhr zeigte halb fünf. Es war elf Uhr vormittags.

Ulla führte Darina hinein und zeigte ihr die Räume. Die Umbauten waren vor einiger Zeit durchgeführt worden, und man hatte offensichtlich alle Kosten und Mühen gescheut: Die Zwischenwände der lieblos eingerichteten Räume waren so dünn, daß Darina aus dem übernächsten Zimmer, welches George Prendergast bewohnte, deutlich Mozarts Klarinettenquintett hören konnte. Die eingebauten Duschkabinen waren zwar einfach, aber ausreichend, und als Darina die Qualität der Betten prüfte, fand sie sie annehmbar.

Ulla zeigte ihr die kleine Wohnung im ersten Stock, die direkt unter dem Uhrturm lag und früher Quartier des Stallburschen gewesen war. »Hier haben Tony und ich unser Zuhause eingerichtet«, bemerkte sie, als sie einen schmalen Flur am oberen Ende einer steilen Treppe betraten. Die Räume waren erst kürzlich frisch gestrichen worden und sparsam, aber stilvoll möbliert. Die Wohnung bestand aus einem kleinen Wohnzimmer, einem ebenso kleinen Schlafzimmer, einem Badezimmer und einer winzigen Küche. »Es war gut, manchmal vom Hotelessen wegzukommen. Tony liebte meine norwegischen Spezialitäten, den mit Dill gebeizten Lachs, der in letzter Zeit so in Mode zu kommen scheint, Far i Kal, Lamm- und Kohl-Eintopf und meine Fischsuppe. Das waren seine Lieblingsspeisen.« Ullas Augen glänzten verdächtig.

Darina schaute sich in der kombüsenartigen Küche um, in der nicht ein einziges Kochgerät zu sehen war. »Kann Alex eigentlich gut kochen?«

»Alex? Ich habe ihn noch niemals auch nur in der Nähe einer Bratpfanne gesehen.«

»Schade, daß Sie beide sich nicht besser verstehen.«

Ulla schneuzte sich diskret in ein Spitzentaschentuch. Dann sagte sie: »Ach, er hat mir doch nie eine Chance gegeben. Seiner Meinung nach habe ich Trudy von ihrem Platz verdrängt, und die Tatsache, daß ich sie nicht einmal kannte, daß sie gestorben war, bevor Tony mich überhaupt kennenlernte, hat daran nichts geändert. Und auch nicht die Tatsache, daß ich seinen Vater glücklich gemacht habe. Alex hatte beschlossen, mich so zu sehen, und das war's.«

»Wie alt war er, als Sie seinen Vater geheiratet haben?«

»Das war vor sieben Jahren, also muß er ungefähr zweiundzwanzig gewesen sein. Er hatte gerade die Universität beendet, und Tony hoffte, daß er auch in das Hotelgewerbe einsteigen würde, aber Alex ist gleich ins Ausland gegangen und hat nichts anderes getan, als dort herumzuhängen.«

»Als er dann zurück nach England kam, gab es die ganze Zeit Streit zwischen den beiden. Tony wollte immer, daß er seßhaft wird und einen richtigen Beruf ergreift. Nun ja, vielleicht war das Hotelgewerbe Alex' Berufung, aber er schien auch nie zu wissen, was er denn sonst machen sollte. Jedenfalls, immer wenn er wieder mal einen Riesenkrach mit seinem Vater hatte, ist er für mehrere Monate einfach verschwunden, und wir haben dann bloß ab und zu eine Postkarte aus irgendwelchen exotischen Ländern von ihm bekommen.«

»Haben sich die Spannungen zwischen Ihnen beiden mit der Zeit denn nicht gelegt?«

»Sie haben ihn doch erlebt. Alex ändert nie seine Meinung. Und er denkt nie an andere. Oh ja, manchmal kann er wirklich ungemein charmant sein, und ich kann ganz gut verstehen, was Olivia und all die anderen Mädchen hier in ihm sehen. Aber sie würden sicher anders von ihm denken, wenn sie ihn so kennen würden wie ich, wenn sie sehen könnten, wie kalt seine Augen manchmal sind, und wie gemein er sein kann. Er bricht ihnen das Herz, und sie scheinen nicht begreifen zu wollen, daß er eigentlich gar nicht an ihnen interessiert ist. Er ist bloß ein Schürzenträger ... Nein, das ist wohl nicht das richtige Wort ... Lachen Sie nicht, ich weiß, mein Englisch ist manchmal schrecklich.«

Darina bemühte sich, wieder ein ernstes Gesicht zu machen.

»Schläft er denn auch hier?«

Ulla drehte sich um und begann, die steile Treppe hinabzusteigen. »Sein Zimmer ist das erste auf dieser Seite.« Sie wies auf eine Tür links vom Eingang. »Wir haben diese Zimmer streichen lassen, denn Tony meinte, wir könnten George Prendergast nicht aus dem Hotel vertreiben, ohne ihm hier wenigstens ein bißchen Komfort zu bieten. Wir wollten auch die Zimmer auf der anderen Seite noch herrichten lassen, da wir hofften, wir könnten sie zusätzlich vermieten, aber bevor wir alles organisieren konnten, ist Tony gestorben.«

Es gab in dem Nebengebäude noch sechs freie Zimmer, zwei davon in annehmbarem Zustand.

»Gut«, sagte Darina. »Eins für Sally, eins für mich.«

»Also haben Sie sich entschlossen, hier zu wohnen?«

»Bis zum Haus meiner Mutter ist es eine gute halbe Stunde mit dem Auto, und ich wäre lieber an Ort und Stelle, besonders über Weihnachten und Neujahr. Haben Sie übrigens für Sylvester irgendwelche Pläne? Wir haben bisher nur über die Weihnachtsfeier gesprochen.«

»Wir haben eine Abendgesellschaft mit Tanz angekündigt und eine Musikgruppe aus dem Ort engagiert.«

Darina sah auf die Uhr. »Himmel, ich muß los. Würden

Sie wohl so lieb sein, Adam Tennant anzurufen und ihm zu sagen, daß ich auf dem Weg bin, aber ein paar Minuten später komme?«

Inspektor Grant, William Pigram und Pat James saßen an einem Tisch, umgeben von Computerausdrucken der bisherigen Befragungen, und besprachen die Fortschritte im Fall des ermordeten Mädchens. Noch hatte die Kriminalpolizei keinerlei Hinweise auf die Identität der Leiche erhalten. Der Rastplatz und seine ländliche Umgebung waren in weitem Umkreis abgesucht worden, aber es konnte keine Handtasche gefunden werden, und keiner der Bewohner der umliegenden Häuser wußte irgend etwas. Niemand hatte eine junge Frau von Anfang zwanzig als vermißt gemeldet, und auch an ihrer Kleidung fanden sich keine Spuren, die ihnen hätten weiterhelfen können. Aber es waren ja erst ein paar Tage seit dem Mord vergangen und etliche Gründe denkbar, warum sie, zumindest eine Zeitlang, nicht vermißt wurde.

»Würden Sie mir bitte nochmals die Punkte aufzählen, die wir haben, um die Tatzeit zu bestimmen?«

Pat James kräuselte ihre kleine Nase, und William ertappte sich bei dem Gedanken, daß sie sehr hübsch dabei aussah. War es dumm von ihm, daß er seine Meinung über sie so komplett geändert hatte? Oder war es klug, weil er damit, jedenfalls vor sich selbst, zugab, daß er sich geirrt hatte? Abgesehen von ihrer kleinen Schwäche im Obduktionsraum war sie nüchtern, rational, fleißig und von schneller Auffassungsgabe. Sie antwortete Grant: »Der Bauer, der am Sonntag sein Feld neben dem Rastplatz gedüngt hat, sagte, ihm sei an diesem Tag nichts Ungewöhnliches dort aufgefallen.«

»Und wieso arbeitet der am Sonntag?« fragte Grant verblüfft. »Ich meine, hat er da nicht frei, wie jeder normale Mensch?«

William suchte und fand den entsprechenden Bericht. »Er hat ausgesagt, der Boden wäre am Wochenende leicht gefroren gewesen, und der Wetterbericht hätte prognostiziert, daß es am Montag regnen würde. Das wären ideale Bedingungen, das Feld mit Gülle zu düngen, und er hätte damit fertig werden müssen, Sonntag hin oder her.«

»Das Leben eines Bauern unterscheidet sich also nicht sonderlich von dem eines Polizisten«, meinte Grant und nahm William den Bericht aus der Hand. »Hätte er den Leichnam denn überhaupt bemerkt, wenn er zu diesem Zeitpunkt bereits im Graben gelegen hätte?«

»Das hielt er für unwahrscheinlich. Er hat parallel zum Graben gearbeitet, aber in einigem Abstand.«

»Jedenfalls kann er nicht viel länger als bis halb fünf dort gewesen sein, danach wird es nämlich dunkel ... Aha, ich lese gerade, daß er ausgesagt hat, ungefähr zu dieser Zeit wäre ein Auto mit einer Reifenpanne von der Straße abgefahren.«

Der Bauer war zu dem Parkplatz hinübergegangen, um zu sehen, ob er helfen könne, aber die Schrauben an den Felgen saßen so fest, daß es weder ihm noch dem Fahrer gelungen war, sie zu lösen. Daraufhin hatte er dem Fahrer angeboten, von seiner Wohnung aus eine Reparaturwerkstatt anzurufen; dieser gab ihm sodann seinen Namen und seine Mitgliedsnummer vom Automobilclub.

Auf die telefonische Anfrage beim Automobilclub wurde ihnen bestätigt, daß der Anruf kurz nach fünf Uhr entgegengenommen worden war. Spätere Aussagen von dem Mechaniker und dem Fahrer hatten ergeben, daß der Wagen bis kurz vor acht Uhr auf dem Parkplatz gestanden hatte. Weil am Sonntagabend viel zu tun war, aber weniger Servicepersonal zur Verfügung stand, war es beinahe halb acht geworden, bis der Abschleppwagen vom Automobilclub auf dem Rastplatz eingetroffen war. Der Fahrer des PKW hatte ausgesagt, daß kein anderes Fahrzeug während dieser Zeit dort geparkt habe, und er hätte auch niemanden sonst dort gesehen.

»Vielleicht ist er mal kurz eingenickt?« überlegte William laut. »Es muß ziemlich ermüdend gewesen sein, bei dieser Kälte so lange zu warten. Immerhin über zwei Stunden!«

»Der Fahrer sagte, er sei auf und ab gelaufen, hätte Radio gehört und sich mit Hilfe einer Taschenlampe Notizen gemacht für eine Arbeit, die er am nächsten Tag hätte erledigen müssen.« Pat hatte seine Aussage vor sich liegen.

»Wo kam er her?« fragte Grant.

»Er hatte seine Mutter in Bristol besucht und war auf dem Heimweg nach Jeovil. Er ist Vertreter, unverheiratet.«

»Wäre es denkbar, daß irgendwann das Opfer dort aufgetaucht ist und er sich an sie rangemacht hat?« fragte Grant und sah seine beiden Mitarbeiter an.

»Ziemlich unwahrscheinlich, daß er intim mit ihr wird oder sie umbringt, wenn ihm klar ist, daß der Wagen vom Automobilclub jede Minute dort eintreffen kann«, erwiderte William.

»Also – die Leiche muß entweder vor neun Uhr am Sonntag morgen bereits im Graben gelegen haben, oder sie wurde dorthin geschafft, nachdem der Vertreter und der Mann vom Automobilclub den Parkplatz gegen acht Uhr abends verlassen haben«, faßte Grant zusammen, während er etwas auf einen Notizblock schrieb.

»Der Gerichtsmediziner meint, die Leiche müsse, bevor er sie am Montag morgen untersucht hat, mindestens vierundzwanzig Stunden dort gelegen haben«, bemerkte Pat James.

»Samstagabend ist die traditionelle Zeit für Rendezvous«, sagte William.

»Ein Rendezvous«, wiederholte Grant. »Gehen wir jetzt also

davon aus, daß sie von jemandem umgebracht wurde, den sie kannte?«

»Vielleicht ein Liebhaber, der über ihre Schwangerschaft entsetzt war?« schlug Pat James vor.

»Heutzutage kann das doch wohl kaum noch jemanden so erschüttern«, meinte William skeptisch. »Abtreibungen sind legal, unverheiratete Mütter mehr oder weniger akzeptiert, und oft sind es heute sogar die Väter, die um ein Recht auf das Kind kämpfen.« Wie verzweifelt und zornig es ihn machen würde, wenn jemand versuchen würde, ihn aus dem Leben seines Kindes zu verdrängen! Eine Zeile aus dem anglikanischen Hochzeitsritus ging ihm durch den Kopf: ›vereinigt zur Zeugung von Nachwuchs‹. ›Zeugung‹ – was für ein nüchternes Wort für einen so grandiosen Akt! »Allerdings könnte sich der Mann, falls er verheiratet war, unter Druck gesetzt gefühlt haben. Vielleicht hat sie versucht, damit ihren Geliebten zur Heirat zu bewegen oder ihren widerstrebenden Freund in die Verantwortung zu nehmen.«

»Oder sie wurde von einem Triebtäter umgebracht, der überhaupt nichts von dem Kind wußte. Solange wir keine Ahnung haben, wer sie war, ist jede weitere Spekulation ziemlich sinnlos«, beendete Grant die Unterhaltung. »Bill, versuch's doch nochmal beim Vermißtendezernat.«

William wählte die Nummer.

»Komisch, daß Sie ausgerechnet jetzt anrufen. Ich wollte mich nämlich gerade bei Ihnen melden. Wir haben hier eine Anfrage, die sich auf Ihre Tote beziehen könnte.«

William nahm sich ein Stück Papier und schrieb die Einzelheiten mit, die ihm sein Kollege Alan durchgab. Dann legte er den Hörer auf und reichte Grant das Blatt.

»Gut«, sagte der, als er es gelesen hatte. »Sie beide gehen los und befragen diese Shirley. Möglich, daß ihre Freundin Urlaub genommen hat, gesund und munter ist und sich in Blackpool oder Weston, oder wo diese jungen Leute heutzutage rumhängen, ein paar schöne Tage macht – aber vielleicht ist heute ja auch unser Glückstag.«

»Hoffentlich, Sir«, sagte William. »Ich kenne den Ort, und es dauert wahrscheinlich nicht lange.«

»Lassen Sie es so lange dauern, wie es braucht«, war Grants abschließender Kommentar.

Darina fuhr mit viel Trara bis vor das Eingangsportal des Manor Park Hotels. Das war die einzig angemessene Art, an diesem vornehmsten Hotel der Gegend vorzufahren. Als sie ihren alten Ford Kombi zwischen einem Rolls Royce und einem Mercedes geparkt hatte, fiel ihr auf, daß überwiegend teure Nobelkarossen und hochtourige Sportwagen auf dem gepflegten Vorplatz standen. Sie klemmte ihre lacklederne Handtasche unter den Arm und ging mit großen Schritten die Treppe zum Hotel hinauf.

Sie betrat eine Welt, die einem anderen Universum als das Hotel Morgan anzugehören schien und ganz aus Helligkeit, Wärme und leuchtenden Farben bestand. Keine störenden Kontraste, keine lauten Geräusche, keine protzigen Auslagen. Der Duft der frischen Blumenarrangements erfüllte die Luft, und im Marmorkamin der Eingangshalle prasselte ein einladendes Feuer. Schöne Menschen in schönen Kleidern saßen auf bequemen Sofas und Sesseln um den Kamin, ihre Drinks standen auf niedrigen Tischen, und man unterhielt sich in gedämpfter Lautstärke. Eine Serviererin in schwarzem Rock und weißer Bluse trug ein kleines Tablett mit Champagnergläsern durch die Halle in einen angrenzenden Salon.

Darina stand in der Tür und sog alles in sich auf. Sie registrierte das Fehlen einer Rezeption, die Tatsache, daß nur ein paar internationale Zeitungen und Zeitschriften ausgelegt waren und daß die Bedienung auf dem Rückweg aufmerksam zu der Sitzecke beim Kamin hinüberblickte, um zu sehen, ob etwas benötigt wurde. Aber die Gäste dort waren wunschlos glücklich. Dann bemerkte sie Darina und fragte: »Kann ich Ihnen helfen?«

Während Darina aus der Tür in die Halle trat, ertönte eine ruhige Stimme aus dem Hintergrund: »Ich mache das schon, Jenny. Die Davises sind gerade in die Bibliothek gegangen und möchten ihre Drinks dort nehmen.« Die junge Frau lächelte und ging durch den weiten Bogen, der den gesamten Raum überspannte, in den hinteren Bereich der Hotelhalle.

Die Frau, zu welcher die Stimme gehörte, blieb ruhig vor Darina stehen. Sie trug die Art von dunklem Kleid, die Darina immer an eine Haushälterin erinnerte, war mittleren Alters, übergewichtig und sah sehr müde aus. Ihre Haut hatte eine ungesunde Farbe, und ihre schmalen Lippen waren so fest aufeinandergepreßt, als sei dieser Druck das einzige, was ihre Welt vor dem Auseinanderbrechen bewahrte.

»Adam Tennant erwartet mich. Ich bin Darina Lisle.«

Die Frau neigte ihren Kopf. »Wenn Sie bitte Platz nehmen würden? Ich sage ihm Bescheid, daß Sie hier sind.« Sie führte Darina in den Salon und verließ den Raum gemessenen Schritts.

Statt sich hinzusetzen, ging Darina bis zum Ende des langgestreckten Raums und sah durch das große Fenster, das fast bis zum Fußboden reichte. Eine sorgfältige Gestaltung gab dem Garten sogar zu dieser Jahreszeit ein reizvolles Aussehen. Die abwechslungsreiche Zusammenstellung von immergrünen Pflanzen, winterblühenden Büschen und ein paar antiken Statuen hatte ebenso wie der Salon mit seinen Sitzgruppen aus tief gepolsterten Sesseln und Sofas, den üppigen Vorhängen, den Antiquitäten und den individuell ausgeleuchteten Ölbildern mit Landschaftsmotiven eine wohltuende Wirkung auf den Betrachter.

»Meine liebe Miss Lisle, wie schön, Sie kennenzulernen.« Darina wußte sofort, daß sie den Mann, der jetzt auf sie zukam, nie zuvor gesehen hatte, denn sie hätte sein attraktives Adlergesicht unter dem vollen, frühzeitig fast weiß gewordenen und sorgfältig frisierten Haar sicher nicht so leicht vergessen. Seine dunkelbraunen Augen strahlten Wohlwollen und Zufriedenheit aus, und sein schlanker Körper war in einen perfekt geschnittenen Anzug gekleidet. Und doch war etwas Morbides an ihm, als ob seine Lebenssäfte langsam austrockneten; und als er ihr jetzt die Hand zur Begrüßung reichte, spürte sie eine gewisse Gezwungenheit hinter seiner Jovialität.

»Mr. Tennant, es ist sehr freundlich von Ihnen, mich zu empfangen.«

»Das Vergnügen ist ganz auf meiner Seite, ich freue mich, Ihnen helfen zu dürfen. So, dann wollen wir uns mal etwas zu trinken kommen lassen, und dann können Sie mir ganz genau erzählen, um was es geht.«

Er schnippte mit Daumen und Zeigefinger, und die lächelnde Bedienung erschien, um ihre Bestellung entgegenzunehmen. Ein paar Minuten später saß Darina in einer stillen Ecke vor einem großen Kristallglas mit Perrier, dem Eiswürfel und eine Zitronenscheibe den perfekten Grad von Kühlung und prickelndem Geschmack gaben.

Ihr Gastgeber hielt ein ebenso großes Glas Whisky mit Soda in der Hand, schlug ein Bein über das andere, rückte die rasiermesserscharfe Bügelfalte seiner Hose zurecht und warf Darina ein charmantes Lächeln zu. »Sie haben also beschlossen, ins Hotelfach zu wechseln?«

»Ich ziehe es in Betracht.« In ein paar Sätzen erzählte sie ihm von ihrem langgehegten Wunsch, ihr eigenes Hotel zu führen, der Möglichkeit, daß das von einem Cousin ererbte Haus in Chelsea ihr das dafür nötige Kapital verschaffen würde, der Erkenntnis, daß für die Art von Hotel, die ihr vorschwebte, eine noch weit größere Summe erforderlich wäre, und der Gelegenheit, die sich ihr im Hotel Morgan bot.

Während sie sprach, sah Adam Tennant ihr unverwandt in die Augen, einer seiner in hochglanzpolierten Schuhen steckenden Füße schwang leicht hin und her. Als sie ihm erklärte, welche Vereinbarung sie mit Ulla Mason getroffen hatte, lächelte er wieder.

»Ach ja, die schöne Ulla. Was für eine Tragödie, daß Tony so früh gestorben ist. Sie braucht irgendeine Unterstützung.« Darina war nicht sicher, ob er ihre Unterstützung meinte.

»Na gut.« Er nahm einen tiefen Schluck aus seinem Glas und setzte sich etwas bequemer zurecht. »Sie wollen also meinen Rat, wie man aus dem Hotel Morgan einen würdigen Konkurrenten für mein Haus machen kann?«

»Nein ... ich meine, es könnte doch niemals dieses Niveau erreichen. Wirklich, ich wäre bestimmt nicht zu Ihnen gekommen, wenn das meine Absicht gewesen wäre.« Darina war verwirrt, sie hatte die Situation nicht in diesem Licht gesehen.

Adam lachte. »Nein, das hätten Sie wohl wirklich nicht getan. Als mich Ihre Mutter anrief, habe ich mich gefragt, was wohl dahinter stecken mag. Eine Betriebsspionin, eine Abenteurerin oder bloß eine dumme Frau?« Bei seinen letzten Worten hatte sich Darina kerzengerade aufgesetzt. Dann stellte sie ihr Glas auf den Tisch und erhob sich.

»Es tut mir leid, daß ich Sie belästigt habe. Vielen Dank für den Drink und daß Sie mich empfangen haben, aber ich werde Ihre Zeit jetzt nicht länger in Anspruch nehmen.«

»Bitte setzen Sie sich wieder hin. Sie machen mich ganz nervös, wenn Sie so dastehen wie eine Göttin, die gleich Blitze schleudern wird. Ich wollte Sie gewiß nicht kränken.«

Darina musterte ihn. Er wirkte ganz entspannt und schien sich im stillen über ihre heftige Reaktion zu amüsieren. Langsam ließ sie sich wieder in dem Sessel nieder, während sie ihren ursprünglichen Eindruck von Adam Tennant revidierte.

»Meine Mutter weiß, daß ich keinerlei Erfahrung im Hotelfach habe. Wahrscheinlich glaubt sie, daß ich, wenn ich sehe, wie ein wirklich erstklassiges Hotel geführt wird, kalte Füsse bekomme und die Sache bleiben lasse.«

Mit einer hochgezogenen Augenbraue quittierte er ihre schmeichelnde Bemerkung. »Wenn das so ist, werde ich Sie nachher durch das Haus führen und Ihnen alles zeigen. Aber zunächst hoffe ich, daß Sie mit mir zu Mittag essen, dann kann ich Ihnen die Geschichte dieses Hotels erzählen. Sie meinen, das Hotel Morgan könnte nie ein Konkurrent für mich werden, aber lassen Sie mich eines sagen: Als ich das Manor Park kaufte, war es in einem Zustand, gegen den das Hotel Morgue die reinste Luxusherberge ist.«

Darina sah sich verblüfft um.

»Ja, es hat fünfzehn Jahre extrem harter Arbeit, viel Erfahrung, beträchtliches Kapital und, wenn ich das sagen darf, ein gewisses Maß an Genialität erfordert, um das daraus zu machen, was Sie heute sehen.«

»Ich habe gehört, daß Sie Ulla ein Angebot für ihr Hotel gemacht haben?«

Er lächelte breit. »Und das verleitet Sie nun zu der Annahme, daß das Hotel Morgan doch zu einem ernstzunehmenden Konkurrenten für mich werden könnte, nicht wahr? Lassen Sie mich Ihnen erklären, warum das, trotz allem, was ich eben gesagt habe, niemals passieren kann.«

Er unterbrach sich, damit der Kellner, der an den Tisch getreten war, Darina die Speisekarte überreichen konnte.

»Darf ich Ihnen das Rehfilet in Rotwein-Wacholder-Sauce empfehlen? Es ist unsere Spezialität des Hauses.«

Darina warf einen neiderfüllten Blick auf das verlockende Angebot an Speisen und beschloß, das empfohlene Tagesmenü zu wählen, allerdings ohne Vorspeise. Adam bestellte eine halbe Flasche Wein für sich und Mineralwasser für sie. »Aber ich glaube, da wäre Badoit das richtige, meinen Sie nicht auch? Perrier ist ein wenig zu spritzig, um es zum Essen zu trinken.« Der Kellner verschwand so leise, wie er gekommen war. »Was dem Hotel Morgan fehlt, ist das Wichtigste für ein wirklich erstklassiges Hotel. Wissen Sie, was das ist?«

Darina überlegte einen Moment und schüttelte dann den Kopf.

»Eine gute Lage. Man kann sagen, es gibt drei Hauptkriterien für den Erfolg eines Hotels, und das sind: die Lage, die Lage und nochmals die Lage. Nehmen Sie unseres hier zum Beispiel. Wir sind sowohl von Bath als auch von Bristol aus schnell und leicht zu erreichen, beides Städte mit einer äußerst lebendigen Wirtschaftsstruktur und vielen Touristenattraktionen. Wenn man sich nur auf die Touristen verläßt, macht man kein Geschäft in der Nebensaison. Außerdem ist es riskant. Die Bombenattentate von 1987 haben in diesem Jahr unser ganzes Sommergeschäft ruiniert, denn die Amerikaner sind zum größten Teil weggeblieben. Und als dann das Pfund im Vergleich zum Dollar so angezogen hat, sind sie ebenfalls weggeblieben. Wenn man aber viele Geschäftsleute als Stammgäste hat, ist man gut abgesichert. Dazu muß das Hotel allerdings in der Nähe von Handelszentren liegen, und ich fürchte, das Morgan ist zu weit von einer ausreichend großen Stadt entfernt.«

Darina erwiderte: »Ich verstehe, was Sie meinen. Das Hotel Morgan ist mehr für Touristen, es hat zwar gute Verkehrsanbindungen durch Eisenbahn und Landstraße, und es gibt ein paar kleinere Städte in der Nähe, aber es hat natürlich nicht die Vorteile, die Sie mit Ihrer Lage haben.«

»Abgesehen von diesem Faktor, könnte das Morgan jedoch ein äußerst attraktives Hotel werden. Alles, was man dafür tun müßte, wäre, eine ziemlich große Summe Geld auszugeben.«

»Und das würden Sie auch tun, wenn Sie es kaufen würden?«

Adam machte eine elegante Handbewegung. »Ich habe Ulla das Angebot mehr aus Mitleid für ihre Notlage als aus geschäftlichem Interesse gemacht. Falls sie es annimmt, würde ich wahrscheinlich für sechs Monate einen erstklassigen Manager einsetzen, um das Hotel in Schwung zu bringen, und es dann mit Gewinn weiter verkaufen. Denn das

Kapital, das nötig wäre, um das Hotel auf einen Standard zu bringen, mit dem ich zufrieden wäre, steht in keinem Verhältnis zu dem Umsatz, den es machen könnte.«

»Wollen Sie damit sagen, daß ich mich am besten nach einem anderen Investitionsobjekt umsehen soll, weil das Hotel Morgan kaum jemals genug Geld einbringen wird?«

»Nicht ganz, aber ich bin davon überzeugt, daß man schon über ein sehr spezielles Fachwissen und enorme Erfahrung verfügen müßte, um daraus einen Erfolg zu machen. Wenn Sie allerdings mit einem mittelmäßigen Hotel zufrieden sind, wären Sie wahrscheinlich imstande, sich gerade so über Wasser zu halten oder zumindest kostendeckend zu wirtschaften.«

»Ich wäre sicher nicht damit zufrieden, ein mittelmäßiges Hotel zu führen«, erklärte Darina bestimmt.

Adam Tennant sah sie an. »Nein, das glaube ich auch nicht.«

Der Kellner erschien mit der Mitteilung, daß ihr Tisch fertig sei. Während sie der schlanken Gestalt ihres Gastgebers durch die Halle folgte, warf Darina noch einen Blick auf das hell leuchtende Kaminfeuer und blieb plötzlich wie angewurzelt stehen. Die Gäste, die bei ihrer Ankunft dort gesessen hatten, waren fort, und eine junge Frau kauerte nun ungemütlich auf dem Rand ihres Sessels neben dem Kamin. In den Händen hielt sie einen Notizblock und einen Stift, und auf ihrem Gesicht lag ein Ausdruck ängstlicher Unruhe. In dem Sessel ihr gegenüber, die Beine locker ausgestreckt und sich interessiert umschauend, saß William.

Seit er ihr gemeinsames Mittagessen so abrupt beendet hatte, hatte sie einen einzigen, kurzen Anruf von ihm erhalten. Sie wußte zwar, daß ein Mordfall jeden, der mit seiner Aufklärung zu tun hat, sehr in Anspruch nimmt, aber sie war doch ein wenig gekränkt, daß William nicht mehr Zeit für sie gefunden hatte.

Als er Darina sah, hellte sich sein Gesicht auf. Er erhob sich rasch und ging auf sie zu. »Was für eine schöne Überraschung! Bist du hier zum Mittagessen?«

»Der Besitzer des Hotels war so freundlich, mich einzuladen.«

Sie stellte Adam Tennant vor, der die Hand des jungen Mannes mit charmanter Herzlichkeit ergriff.

»Werden Sie bedient?«

»Ja, danke. Unangenehmerweise sind wir dienstlich hier.«

»Unangenehmerweise?« Adam Tennant hob fragend eine Augenbraue.

»Ich glaube, keiner hat so gern die Polizei im Haus.«

»Aha, Sie sind also von der Polizei. Darinas Vorstellung war demnach nicht ganz vollständig.« Darina mißfiel die Art, wie er sie bei diesen Worten ansah, und fand seinen Vorwurf unfair. Woher sollte sie denn wissen, was William hierherführte? »Und was verschafft mir die Ehre Ihres Besuchs? Ich wußte nicht, daß wir ein Problem haben.« Die Augenbraue kletterte noch ein wenig höher.

»Eine Ihrer Rezeptionistinnen hat gemeldet, daß möglicherweise eine Hotelangestellte vermißt wird.«

»Tatsächlich? Ich hatte keine Ahnung.« Der Ton seiner Stimme drückte Ärger darüber aus, daß man es offensichtlich versäumt hatte, ihn von diesem Vorfall in Kenntnis zu setzen. »Wer ist denn die Rezeptionistin? Ach Shirley, haben Sie bei der Polizei angerufen?«

Eine junge Frau war durch den Bogen am Ende der Halle getreten. Sie trug einen dunklen Mantel und darunter einen Rock mit weißer Bluse, ganz im Stil einer modebewußten Hausfrau. Ihr Äußeres war angenehm, wenn auch keineswegs auffallend. Als Adam Tennant sie so direkt ansprach, errötete sie leicht, bevor sie antwortete: »Es ist nur, weil Sharon seit Samstag abend nicht zurückgekommen ist.«

»Warum haben Sie mir denn nichts davon gesagt?«

Die Röte auf ihren Wangen vertiefte sich. »Ich wußte doch, daß Sie ihr die Woche freigegeben haben, und da wollte ich Sie nicht beunruhigen.«

»Aber wenn Sie die Polizei in mein Hotel rufen, beunruhigen Sie mich noch viel mehr.«

»Warum haben Sie ihr die Woche freigegeben, Sir?«

Williams Auftreten hatte sich verändert, und auch die junge Frau hatte sich bei seinen Worten von ihrem Sitz erhoben und stand nun mit gezücktem Stift und Notizblock knapp hinter ihm.

»Sollten Sie mich nicht warnen, bevor Sie anfangen, jedes Wort von mir aufzuschreiben?« Es war schwierig zu sagen, ob Adam Tennant seine Worte ernst meinte oder nicht.

»Im Moment ist es nur eine einfache Befragung, Sir, denn wir wissen noch nicht, ob Sharon Fry tatsächlich diejenige ist, die wir suchen.«

»Und warum suchen Sie sie?«

»Am Montag wurde ungefähr zehn Meilen von hier in einem Graben bei der A37 eine Leiche gefunden. Sie konnte bisher noch nicht identifiziert werden. Aber aufgrund der Beschreibung von Miss Harris halten wir es für möglich, daß es sich um deren Freundin und Ihre Angestellte, Sharon Fry, handeln könnte. Pat, haben Sie das Photo dabei?«

Seine Begleiterin wühlte in einer geräumigen Umhängetasche, zog eine glänzende Photographie heraus und gab sie William, der sie so hielt, daß sowohl die Rezeptionistin als auch Adam Tennant sie gut sehen konnten.

»Könnte das Miss Fry sein?«

Adam Tennant betrachtete das Bild, ohne daß sich auch nur ein Muskel in seinem Gesicht regte, aber die junge Angestellte schnappte nach Luft und preßte sich eine Hand auf den Mund.

»So sieht Sharon nicht aus! Was ist mit ihr passiert?«

»Bitte, Shirley, beherrschen Sie sich. Vielleicht wäre es möglich, Inspektor Pigram, daß Sie diese Ermittlung oder Befragung, oder wie immer Sie es nennen wollen, an einem etwas privateren Ort fortsetzen.« Das war kein Vorschlag, sondern eine Anordnung.

»Das wäre mir sehr angenehm. Übrigens, ich bin Sergeant Pigram, nicht Inspektor. Ich unterbreche nur ungern Ihr Mittagessen«, sagte er mit einem Seitenblick auf Darina, »aber ich möchte Sie noch einmal direkt fragen, ob Sie auf diesem Photo ebenfalls Miss Fry erkennen.«

Der Hotelier nahm das Bild zögernd in die Hand, warf einen raschen Blick darauf und reichte es William zurück. »Schwer zu sagen. Sie wirkt sehr verändert, etwas Schreckliches scheint mit ihr passiert zu sein, aber ich räume ein, daß eine gewisse Ähnlichkeit besteht.«

»Und warum haben Sie ihr die Woche freigegeben?«

Adam Tennants leichte Unsicherheit verstärkte sich. »Die Personalangelegenheiten sind Sache meiner Frau. Sie sollten sich an sie wenden.«

»Falls es sich tatsächlich um Miss Fry handelt, habe ich nicht nur Ihrer Frau, sondern auch Ihren Angestellten und Ihnen selbst eine Menge Fragen zu stellen.« Williams Stimme klang keineswegs entschuldigend.

»Wenn es sein muß. Shirley, bitte bringen Sie Sergeant Pigram und ...« Er sah zu der jungen Frau hinter William, die sich immer noch Notizen machte. William nahm sie sanft beim Arm und schob sie vorwärts.

»Detective Constable James. Sie arbeitet mit mir an diesem Fall.«

»Gut, bringen Sie Sergeant Pigram und Detective«, er betonte das Wort leicht, »Constable James in mein Büro. Ich brauche es in den nächsten Stunden nicht. Nach dem Mittagessen werde ich Miss Lisle das Hotel zeigen. Kommen Sie, meine Liebe.« Mit, wie Darina fand, unnötiger Zartheit schob er eine Hand unter ihren Arm und führte sie in Richtung Speisesaal. In Anbetracht der Tatsache, daß sie den Hotelbesitzer um etliche Zentimeter überragte, empfand sie sein Gebaren ein wenig lächerlich.

»War nett, dich getroffen zu haben«, bemerkte sie im Vorbeigehen zu William.

»Ich versuche, dich heute abend anzurufen«, rief er ihr nach.

Aus den Augenwinkeln konnte sie sehen, wie der hochgewachsene Polizist seine Kollegin auf ebenso ritterliche

Weise aus dem Raum führte wie Adam Tennant sie selbst, und diese Geste zeigte ihr deutlicher als alle Worte, wie sehr er seine Meinung über weibliche Polizisten geändert hatte.

Pat James fühlte sich wohler, nachdem sie sich mit Shirley Harris auf den Weg zur Leichenhalle gemacht hatten. Ein kurzer Aufenthalt in einem Londoner Holiday Inn hatte nichts dazu beigetragen, sie auf den Luxus des Manor Park Hotels vorzubereiten.

Die ganze Zeit dort hatte sie das Gefühl gehabt, sich in einem Privathaus zu befinden, und zwar in einem, das wesentlich eindrucksvoller und vornehmer war als alle Häuser, die sie in ihrem Leben bisher betreten hatte. Sie hatte furchtbare Angst gehabt, daß sie irgend etwas schmutzig machen oder einen der schönen, antiken Tische umstoßen könnte.

Es half auch nicht gerade, zu sehen, daß sich Sergeant Pigram offenbar ganz wie zu Hause fühlte, so, als ob ihm eine solche Umgebung bestens vertraut wäre. Vielleicht war sie das ja auch.

Bill Pigram war anders als die meisten Polizisten, mit denen sie bisher gearbeitet hatte. Aber es war schwierig für Pat James zu sagen, worin genau dieser Unterschied bestand. Es hatte wohl damit zu tun, wie er redete, und zwar so wie der Besitzer einer prächtigen Villa, den sie einmal bei den Ermittlungen wegen eines Einbruchs in seinem Haus kennengelernt hatte. Es war eigentlich nicht affektiert oder arrogant, sondern eher eine Mischung aus Höflichkeit und natürlicher Autorität. Der Mann war irgendein hohes Tier im

Londoner Außenministerium gewesen, und sie hatte gehört, daß Bill Pigram dort auch einmal tätig war.

Der Unterschied hatte aber auch mit seinem Auftreten zu tun, der Art zum Beispiel, wie seine keineswegs besondere Kleidung an ihm irgendwie doch besonders aussah, wie er ihr die Tür aufhielt, ihr in den Wagen half, und wie taktvoll er reagiert hatte, als sie sich im Obduktionssaal so lächerlich gemacht hatte.

Pat James machte sich keinerlei Illusionen darüber, wie willkommen sie dem Detective Sergeant war. So höflich und zuvorkommend er sich auch verhalten hatte, wußte sie doch im selben Moment, in dem sie mit Inspektor Grant sein Büro betrat, daß er sie nicht in seinem Team haben wollte, weil sie in seinen Augen eine bisher bestens aufeinander eingespielte Truppe störte. Aber sie war bereit, für ihr Recht zu kämpfen, als vollwertiges Mitglied anerkannt zu werden, zu zeigen, daß sie gut ausgebildet, fähig und überdurchschnittlich intelligent war und ebenso hart wie jeder männliche Polizist arbeiten konnte. Sie hatte ihre Probezeit erfolgreich absolviert, ihren dreimonatigen Kurs bei der Kriminalpolizei mit Auszeichnung abgeschlossen und nun ihre erste Stelle als qualifizierte Polizistin angetreten, fest entschlossen, ihre Kompetenz zu beweisen.

Womit sie allerdings nicht gerechnet hatte, war sowohl die Wirkung, die der lockere Charme ihres hochgewachsenen, dunkelhaarigen Kollegen auf sie hatte, als auch die Tatsache, daß er plötzlich seine Haltung geändert zu haben schien und sie nun vollkommen akzeptierte. Sie hatte geglaubt, daß sie sich ihre Stellung im Team erst mühsam erarbeiten müsse, statt dessen hatte sie dieses Ziel anscheinend durch einen dummen Schwächeanfall erreicht. Sie war nicht sicher, ob ihr das gefiel, aber sie tröstete sich damit, daß sie bei diesem Fall noch ausreichend Gelegenheit haben würde, ihre Fähigkeiten unter Beweis zu stellen. Eigentlich war es für sie ein Glücksfall, daß gerade jetzt diese Leiche aufgetaucht war: Nun konnte sie zeigen, was wirklich in ihr steckte.

Unglücklicherweise mußten sie jedoch im Manor Park Hotel recht lange warten, bis die Rezeptionistin Zeit für sie hatte, was bewirkte, daß ihre Selbstsicherheit aufgrund der einschüchternden Umgebung merklich ins Wanken geriet; die Art, wie Bill Pigram dann diese junge Frau begrüßte, hatte die Situation für sie auch nicht gerade gebessert.

Was für eine gutaussehende Person sie war! Pat war immer sehr zufrieden mit ihrer zierlichen Figur gewesen, da sie frühzeitig bemerkt hatte, daß sie damit in den Männern einen Beschützerinstinkt weckte. Sie mochte das Theater, das sie um sie machten, und genoß ihre Verblüffung, wenn sie erklärte, daß sie Polizistin sei und mit hartgesottenen Verbrechern umgehen konnte. Sie wollte gar nicht größer sein, und es war auch nicht so, daß die Begegnung mit Darina Lisle das geändert hätte, aber sie erkannte plötzlich, daß eine Frau von solcher Größe einfach umwerfend attraktiv sein konnte. Sie hatte ein helles Strickkostüm und eine Seidenbluse getragen, die beinahe den gleichen Farbton hatte wie ihr langes Haar, das mit einem dunkelbraunen Band zu einem Zopf zusammengebunden war. Pat hatte nicht nur ihre Haare bewundert – sie wollte immer schon blond sein –, sondern auch das edle Material ihrer Kleidung, die schwere Kette, die ihr fast bis zum Bauchnabel reichte und aussah, als wäre sie aus echtem Gold, die Lacklederschuhe und die passende Handtasche. Pats Mutter, eine Friseurin, hatte ihr beigebracht, daß man eine wirkliche Dame am besten an der Qualität ihrer Schuhe und Handtasche erkannte. »Die Kleider sind gar nicht so wichtig, manche von den wirklich reichen Kundinnen sehen geradezu verboten aus, aber ihre Taschen und Schuhe sind immer erstklassig«, hatte sie gesagt. Nur kosteten sie eine Menge Geld, viel mehr, als sich Pat leisten konnte. Also versuchte sie, das Beste aus dem Angebot von Marks & Spencer zu machen, wo sie die meisten ihrer Kleider erstand. Dabei strebte sie den ›klassisch-eleganten Look‹ an, aber ein Blick auf Darina hatte ihr gezeigt, daß sie weit davon entfernt war, dieses Ziel erreicht zu haben.

Ein weiterer Blick auf Bill Pigram, als er aufsprang, um die Frau zu begrüßen, zeigte ihr, daß die beiden mehr als nur flüchtige Bekannte waren, ebenso, wie ihr die leuchtenden Augen der großen Blonden bei seinem Anblick bewiesen, daß sein Interesse erwidert wurde.

Als es ihr daraufhin nur mit Mühe gelungen war, ihre Aufmerksamkeit wieder auf den eigentlichen Grund ihres Besuchs zu richten, fiel ihr auf, wie unbehaglich dem Besitzer des Hotels die Fragen über Sharon Fry zu sein schienen.

Das Gespräch mit Shirley Harris war recht kurz gewesen.

»Wir haben uns ein kleines Reihenhaus im Dorf nahe der Zufahrtsstraße geteilt, das war sehr praktisch«, hatte sie erklärt, nachdem sie sich in dem kleinen, aber perfekt ausgestatteten Büro hinter der Hotelhalle niedergelassen hatten. Sergeant Pigram saß hinter dem großen Schreibtisch, Shirley davor und Pat, die alles mitschrieb, auf einem Stuhl an der Wand.

»Ich habe Sharon kennengelernt, als wir uns am gleichen Tag hier für einen Job beworben. Sie wollte eigentlich auch als Rezeptionistin arbeiten, aber Mr. Tennant hatte nur eine solche Stelle zu vergeben. Und dann meinte er, er bräuchte auch eine Kellnerin, und Sharon hat eingewilligt. Ich glaube, sie hätte alles getan, um hier arbeiten zu können. Na ja, Sie sehen ja selbst, was für ein schönes Haus das ist. Und sie behandeln ihre Angestellten wirklich gut, jedenfalls solange man seine Arbeit gut macht. Mrs. Tennant ist ein bißchen zickig, Sharon hatte ständig Schwierigkeiten mit ihr, aber Mr. Tennant ist meistens sehr nett.«

»Was hat Sie eigentlich dazu veranlaßt, die Polizei anzurufen und Sharon als vermißt zu melden?« gelang es Bill Pigram zu fragen, als sie eine kurze Atempause einlegte.

»Sie ist seit Samstag nicht nach Hause gekommen. Ich meine, ich weiß, daß sie auch vorher schon manchmal über Nacht weggeblieben ist, und außerdem hat sie gesagt, sie hätte eine Woche Urlaub und wüßte noch nicht genau, was sie in der Zeit machen würde, aber ich bin sicher, daß sie es mir gesagt hätte, wenn sie vorgehabt hätte, irgendwohin zu fahren, und heutzutage liest man ja immer so schreckliche Sachen in der Zeitung.« Shirleys hübsches Gesicht verzog sich zu einer ängstlichen Grimasse.

»Wo ist sie am Samstag hingegangen?«

»Sie hat nur gesagt, daß sie sich mit jemandem treffen wollte.«

»Wissen Sie auch, mit wem?«

»Das hat sie nicht gesagt. Das tut Sharon übrigens nie, und manchmal glaube ich, daß sie es selbst nicht weiß. Dann trifft sie irgendwo in einer Bar oder in einem Pub einen Typen, und wenn er ihr gefällt, ist die Sache klar.«

»Sie hatte ... hat« – Pat gefiel die Art, wie sich Sergeant Pigram rasch korrigierte und wieder in der Gegenwart sprach, schließlich hatte es keinen Zweck, Shirley Harris zu diesem Zeitpunkt mehr als nötig aus der Fassung zu bringen – »keinen festen Freund?«

Zum ersten Mal schwieg Shirley für eine Weile, um über ihre Antwort nachzudenken. Dann sagte sie zögernd: »Na ja, es gab da wohl mehrere Männer, die sie mehr oder weniger regelmäßig getroffen hat. Und einmal sagte sie, daß sie glaube, bei einem von ihnen könnte sie es bald geschafft haben.«

»Was geschafft haben?«

»Ihn dazu zu bringen, sie zu heiraten.«

»Sie wollte heiraten?«

»Wollen das nicht alle Mädchen?« erwiderte Shirley mit großen Augen.

»Heutzutage doch wohl nicht mehr«, warf Pat ein.

Shirley drehte sich zu ihr um und sah sie erstaunt an.

»Warum denn nicht?«

»Einige Frauen wollen einfach lieber einen Beruf, wollen Karriere machen und nicht ihr ganzes Leben damit verbringen, für Mann und Kinder zu sorgen.« Pat spürte, daß Bill Pigrams Blick mit erwachtem Interesse auf ihr ruhte.

Shirley zuckte mit den Schultern. »Ich hab's nicht mit der Frauenemanzipation. Möglich, daß ich mit einem Mann zusammenleben würde, bis wir uns eine richtige Hochzeit und ein Haus leisten könnten, aber ich kann mir nicht vorstellen, überhaupt nicht zu heiraten.«

»Und dachte ... denkt Sharon genauso darüber?«

»Oh ja, obwohl ich ihr immer sage, daß ich nicht weiß, wie sie es jemals schaffen will, sich auf einen einzigen Mann festzulegen.«

»Und Sie glauben nicht, daß sie mit einem Mann irgendwohin gefahren ist?«

»Sie hat mir erzählt, sie würde diesen Mann nur auf einen Drink treffen.«

»Welchen Mann?«

»Den, mit dem sie ausgegangen ist.«

»Und Sie wissen nicht, wer das war?«

»Nein, das habe ich Ihnen doch schon gesagt.«

»Aber sie ist doch vorher schon mal ausgegangen und die Nacht nicht zurückgekehrt?«

»Na ja, eigentlich nicht die ganze Nacht. Bis auf das eine Mal, als sie für ein paar Tage mit diesem Vertreter nach Morecombe gefahren ist. Er hatte ihr versprochen, sie in ein Luxushotel einzuladen, aber als sie zurückkam, meinte sie, es wäre nicht halb so schön gewesen wie unseres.« Shirley warf einen selbstzufriedenen Blick auf ihre Umgebung. Pat hatte mit Interesse verfolgt, wie sich ihr Verhalten während der Befragung verändert hatte.

Während sie in der Eingangshalle mit der Polizei und Mr. Tennant gesprochen hatte, war ihre Stimme ruhiger, ihre Aussprache gewählter gewesen und hatte damit ihrer dezenten Aufmachung entsprochen. Sie hatte ganz das Auftreten, das man von einer Angestellten eines solchen Hotels wie dem Manor Park erwarten konnte. Während sie dann von ihrer Freundin erzählte und zunehmend besorgter über ihr Verschwinden wurde, war ihre Redeweise immer ungezwungener geworden. Pat konnte sich gut vorstellen, daß sie für die unkonventionelle und attraktive Sharon eine passende, wenn auch etwas schüchternere Freundin gewesen war.

»Aber Sie glauben nicht, daß sie diesmal wieder auf eine Reise eingeladen wurde?«

Shirley kamen die Tränen. Sie zog ein Taschentuch aus dem Ärmel und wischte sich damit über die Augen. »Ich weiß nicht!« heulte sie. »Aber ich mache mir solche Sorgen. Sie hatte ja gar nichts dabei, kein Nachthemd, kein Kleid, gar nichts! Als sie am Sonntag nicht nach Hause kam, habe ich mich schon gewundert; und schon am Montag war ich so beunruhigt, daß ich beinahe die Polizei angerufen hätte. Aber dann dachte ich, daß sie vielleicht stocksauer auf mich wäre, wenn ich ihr die Polizei auf den Hals hetze, und sie ist bloß mit irgendeinem Typen zusammen. Gestern hab' ich dann wirklich angerufen, aber gerade, als sich jemand meldete, ist Mr. Tennant ins Büro gekommen, und ich mußte wieder auflegen. Da dachte ich, das wäre vielleicht ein Zeichen, daß sie wieder auftauchen würde, verstehen Sie? Aber das ist sie ja nicht, und heute morgen war mir plötzlich klar, daß ich es jemandem erzählen muß.«

»Sie haben nicht mit Mr. oder Mrs. Tennant darüber gesprochen?«

»Sharon hat mir doch gesagt, daß sie die Woche frei hat. Es war also nicht so, daß sie bei der Arbeit fehlte. Und woher sollten die beiden denn wissen, wo sie war?«

In der Tat, woher?

Bill Pigram legte das Photo vor Shirley auf den Schreibtisch.

»Bitte sehen Sie sich das Bild noch einmal ganz genau an. Glauben Sie, dies ist Ihre Freundin?«

Shirley wischte sich ein letztes Mal über die Augen, steckte das Taschentuch zurück in den Ärmel und nahm das Photo in die Hand. »Was ist mit ihr passiert?« fragte sie. »Ich meine, ich bin jetzt sicher, daß es Sharon ist, aber ihr Gesicht sieht so komisch aus. Überhaupt nicht so wie sonst.«

»Leben Sharons Eltern hier in der Nähe?«

»Nein, unten bei Minehead. Jedenfalls ihre Mutter, ihr Vater ist tot.« Sie sah noch einmal auf die Photographie.

»Das ist das Bild von einer Toten. Und Sharon ist nicht tot, das ist einfach nicht möglich, also kann sie es auch nicht sein.«

Sie warf das Bild auf den Schreibtisch und sah sie mit einem trotzigen Gesichtsausdruck an. Dann fing sie wieder an zu weinen.

Pat James blickte William fragend an, und dieser nickte. Sie stand auf und hockte sich neben den Stuhl des schluchzenden Mädchens. »Ich fürchte, sie ist es wahrscheinlich doch. Aber wir hätten gern, daß sie mitkommen und sich die Leiche ansehen, um ganz sicher zu sein.«

Der Schreck ließ die Tränen versiegen. »Ich? Ich soll mir eine Leiche ansehen?«

»Verstehen Sie, wir wissen nicht, wer es ist. Sie sagten, die Frau auf dem Bild könnte Ihre Freundin sein, aber wir brauchen eine definitive Identifizierung. Wenn Sie glauben, daß sie das wirklich nicht schaffen, werden wir uns mit Sharons Mutter in Verbindung setzen und sie bitten, hierher zu kommen. Aber das wird einige Zeit dauern, und je eher wir wissen, wer sie ist, desto bessere Chancen haben wir, ihren Mörder zu finden.«

Shirley ließ sich die Sache durch den Kopf gehen, während sie mit den Fingern das Taschentuch wieder aus dem Ärmel zog und in kleine Streifen zerriß. »Sie meinen, Sie brauchen meine Hilfe?«

Pat hatte einen Arm um ihre Schultern gelegt und nickte.

»O.K., ich versuch's.«

»Möchten Sie, daß wir auch Mrs. Tennant bitten, mitzukommen?«

Shirley schüttelte den Kopf. »Ich will es lieber allein machen. Das heißt, Sie sind doch auch dabei, oder?«

Pat drückte kurz ihren Arm. »Ja, natürlich, wir werden beide da sein.« Sie sah hinüber zu William.

Er stand auf. »Es wird wahrscheinlich nicht halb so schlimm, wie Sie erwarten. Sie sieht aus, als würde sie schlafen, überhaupt nicht furchterregend.«

Pat dachte an den nackten, vom Hals bis zum Schritt aufgeschlitzten Körper und unterdrückte ein Schaudern. Sie wußte, daß man nicht nur die Eingeweide der Toten, sondern auch ihr Gehirn entfernt hatte. Aber sie wußte ebenfalls, daß in der Zwischenzeit alle Schnitte sorgfältig vernäht, das Haar frisiert und der Leichnam insgesamt so hergerichtet worden war, daß er möglichst normal aussah und man ihm keinen der Eingriffe, die vorgenommen worden waren, mehr ansehen konnte – außer den Würgemalen am Hals.

Nachdem sie sich telefonisch bei Mrs. Tennant abgemeldet hatte, verließ Shirley gefaßt mit ihnen das Hotel.

In dem einfachen, kleinen Raum, den sie bei der Polizei ›die Kapelle zur letzten Ruhe‹ nannten, lag die mit einem weißen Leintuch bedeckte Leiche auf einer gepolsterten Bahre. Shirley hatte die Arme fest über der Brust verschränkt, und auf ihrer Stirn zeigten sich trotz der Kälte im Raum kleine Schweißperlen. Pat, die ihr gegenüber auf der anderen Seite der Bahre stand, nahm das obere Ende des Tuchs in die Hand und blickte zu Shirley. Das Mädchen schloß für einen kurzen Moment die Augen, öffnete sie wieder, holte tief Luft und nickte.

Als sie auf das unverhüllte Gesicht der Toten blickte, stöhnte sie auf und sagte dann leise: »Ja, das ist Sharon.« Sie streckte eine Hand aus und berührte leicht die Wange der Toten. »Was ist mit ihr geschehen? Warum sieht sie so merkwürdig aus?«

»Ich fürchte, sie wurde erdrosselt«, antwortete Pat, während sie die Leiche wieder mit dem Tuch bedeckte.

»Erdrosselt!«

»Und jetzt müssen wir Sie bitten, mit uns zur Polizeidienststelle zu kommen und ihre Aussage zu Protokoll zu geben.« Bill Pigram hielt ihnen die Tür auf.

Pat James beobachtete ihn, wie er das junge Mädchen hinausführte, und erinnerte sich an das Gefühl seiner Hand unter ihrem Arm, als sie einige Stunden zuvor im Manor Park Hotel Adam Tennants Büro aufgesucht hatten.

Nach ihrem Besichtigungsrundgang durch das Manor Park Hotel fuhr Darina gedankenverloren zurück zum Hotel Morgan. Der Luxus des Manor Park war überwältigend. Mr. Tennant hatte ihr die wunderschönen Zimmer gezeigt, die alle individuell, aber mit dem gleichen erlesenen Geschmack eingerichtet waren. Jedes, auch noch so kleine Detail stimmte und bewies, wieviel Überlegung dafür aufgewandt worden war, allen nur möglichen Bedürfnissen und Wünschen der Gäste gerecht zu werden. Die Badezimmer waren mit den feinsten Toilettenartikeln ausgestattet, sogar an Einwegrasierer hatte man gedacht; in jedem Nachttisch lagen eine Schachtel mit Nähzubehör und ein Haartrockner, für den es auch gleich daneben eine Steckdose gab; auf einem kleinen Regal standen ein paar literarische Neuerscheinungen; und auf den niedrigen Tischen in der Sitzecke lagen einige Reiseführer und eine Auswahl an Gesellschaftsspielen. Erlesene Kunstobjekte, antike Möbel und eine Kollektion von Aquarellen und Ölbildern des neunzehnten Jahrhunderts ergaben in ihrer Zusammenstellung den Eindruck, als befände man sich auf einem privaten Landsitz.

»Es ist eine Phantasiewelt«, hatte Adam erklärt, während er sie herumführte. »Die Leute kommen hierher, um dem Alltagstrott zu entfliehen, um sich einen Traum zu erfüllen.

Und alles muß so aufeinander abgestimmt sein, daß dieser Wunsch Wirklichkeit werden kann.«

Es war tatsächlich eine andere Welt. Auf dem Heimweg dachte Darina an das Ausmaß an Kapital und Engagement, das nötig gewesen war, sie in dieser Perfektion zu erschaffen. Adam hatte ihr einen ganz neuen Gebäudeflügel gezeigt, der erst kürzlich angebaut worden war. Er hatte ihr auch die Summe genannt, die zu seiner Fertigstellung aufgebracht werden mußte, und gelacht, als sie ihn fragte, ob er dazu noch andere Investoren gebraucht hatte. Nur die Bank, hatte er geantwortet. Sie rechnete sich rasch die Zinsen aus, die für einen solchen Kredit verlangt wurden, aber offenbar erwirtschaftete das Manor Park einen ausreichenden Gewinn, um die Erweiterung zu finanzieren. Es war nicht einmal im Traum daran zu denken, daß sie und Ulla sich jemals einen solchen Aufwand würden leisten können – und das Manor Park war nur eines von mehreren Luxushotels in der Grafschaft. Ob es da wohl noch Platz für ein weiteres gab?

War es denn das, was sie anstreben sollten? Und wenn ja, wie sollten sie es erreichen?

Aber es war ihr bereits klar, daß sie es versuchen mußte. Sie wollte, daß sich ihr Hotel mit Gästen füllte, die sich dort ebenso wohl fühlten wie die im Manor Park, in dessen Aufenthaltsräumen eine Atmosphäre zwanglos fröhlicher Geselligkeit herrschte. Adam hatte hier und da ein paar Worte gewechselt, er schien alle Gäste persönlich zu kennen. Die meisten, hatte er erklärt, waren Geschäftsleute, aber im Speisesaal hatten auch etliche Ortsansässige ihr köstliches Mahl genossen, und ein paar amerikanische Touristen waren gerade von einem Besuch in Bath zurückgekehrt und hatten stolz ihre mitgebrachten Antiquitäten vorgezeigt.

Nur ein kleiner Vorfall hatte Darina auf den Gedanken gebracht, daß es in diesem Paradies möglicherweise auch Schlangen gab. Während des Mittagessens – Darina war begeistert von ihrem Rehfilet, dessen zartes, leicht rosafarbenes Fleisch einen wunderbar aromatischen Wildgeschmack hatte und das mit einer dunklen Sauce serviert wurde, die aus dem Bratfond und einer Beigabe von gleichzeitig scharf und leicht süßlich schmeckendem Aspik bestand – fiel ihr auf, daß irgend etwas auf der anderen Seite des Raumes die Aufmerksamkeit ihres Gastgebers auf sich zog.

Mehr als die Hälfte der Tische waren von einer gemischten Klientel besetzt: Geschäftsleute, die miteinander aßen und diskutierten, mehrere Zweiergruppen von Frauen, die fröhlich plauderten, während sie ihr Essen mit Genuß verzehrten, ein paar Amerikaner, die man an ihrer lässigen Kleidung erkannte, und eine Gruppe von fünf Japanern. An einem der Ecktische saßen ein junger Mann und ein junges Mädchen. Der Weinkellner wandte sich gerade von ihnen ab, er hielt eine Flasche Wein in der Hand und auf seinem Gesicht lag ein Ausdruck, der an Panik grenzte.

Adam Tennant winkte ihn heran und fragte, ob es ein Problem gäbe, worauf der Mann, den Tränen nahe, erklärte, das Paar habe einen der teuersten Weine des Hotels bestellt, habe ihn gekostet, zurückgehenlassen und einen anderen, fast ebenso teuren Wein bestellt. Als er ihn gebracht hatte, habe sich das gleiche wiederholt.

»Der junge Mann behauptet, die Weine seien minderwertig. Er ist sogar richtig grob geworden.«

»Und was ist Ihre Meinung?«

»Ich habe diesen hier nicht gekostet, aber der Latour schien mir einwandfrei.« Adam bat den Kellner, die Flasche, die er in der Hand hielt, dazulassen und auch die andere mit zwei sauberen Gläsern zu bringen. Während sie warteten, musterte Darina unauffällig das junge Paar. Der Mann redete sehr schnell und gestikulierte dabei heftig. Seine Begleiterin war offensichtlich ganz hingerissen von seiner Vorstellung. Beide sahen nicht so aus, als seien sie regelmäßige Gäste des Manor Park Hotels.

»Kennen Sie sie?« fragte Darina.

Adam Tennant schüttelte den Kopf. »Sie haben bei irgendeinem Preisausschreiben der hiesigen Bekleidungsindustrie gewonnen, und der Preis war ein kostenloses Mittagessen für zwei. Ich hoffe nur, daß den Organisatoren klar ist, daß es da eine obere Preisgrenze gibt, die zwar eine hervorragende Mahlzeit einschließlich des Weines beinhaltet, aber doch wohl kaum solcher Weine wie dieser hier.«

Als der Weinkellner mit der zweiten Flasche Claret erschien, warf Darina einen Blick auf die Etikette: Ein 1961er Chateau Latour und ein Chateau Lynch Bages des gleichen Jahrgangs. Adam Tennant goß einen Schluck von jedem in die beiden sauberen Gläser. Dann hielt er das erste in die Höhe, betrachtete forschend die tiefrote Farbe, schwenkte das Glas, senkte seine Nase über den Rand und prüfte das Bukett. Dann nahm er einen kleinen Schluck und ließ den Wein nach Kennerart mit einem lauten, saugenden Geräusch über die Zunge gleiten.

Nachdem er den ersten gekostet hatte, trank er etwas Wasser und wiederholte den Vorgang mit dem zweiten Wein. Er war vollkommen konzentriert, in diesem Moment gab es für ihn nichts als die beiden Claret-Weine. Alle Künstlichkeit an ihm war verschwunden, er war jetzt nur noch der in seine eigene Welt versunkene Kenner. Schließlich sagte er: »Beide Weine sind absolut einwandfrei.«

Er blickte zu dem Paar am anderen Ende des Raumes und überlegte eine Weile schweigend. Dann wandte er sich an den Kellner. »Bringen Sie beide Flaschen zurück zu dem Tisch und sagen Sie den Gästen, daß die Weine, nachdem sie etwas Zeit hatten, sich zu setzen, jetzt sicher ihre Zustimmung finden würden.«

Darina beobachtete, wie der Weinkellner, nun wieder ganz ruhig und selbstsicher geworden, die Anweisungen ausführte. Der junge Mann sah zu, wie der Latour in ein frisches Glas geschenkt wurde, schnupperte daran, probierte ihn – und lächelte. Das Mädchen bekam vor Freude Grübchen in die Wangen und nahm einen tiefen Schluck aus ihrem Glas, anscheinend in völliger Unkenntnis dessen, was sie da trank. Darina wünschte, sie hätte die beiden wunderbaren Weine ebenfalls probieren dürfen und fragte Adam Tennant nach ihrem Preis.

»Der Latour ist auf unserer Weinkarte mit 600 Pfund und der Lynch Bages mit 450 Pfund angegeben.«

Darina schluckte. »Müssen die Gäste jetzt die Differenz zwischen dem Preisgeld und ihrer Rechnung zahlen?«

Adam Tennant winkte einen anderen Kellner herbei und bat ihn, ihm den Gutschein für die beiden Gewinner zu bringen. Als er ihn gelesen hatte, lächelte er zufrieden. »Die Organisatoren werden die gesamte Summe zahlen müssen. Sie haben nämlich vergessen, eine Preisgrenze für das Essen festzulegen.«

Der junge Mann sah auch kaum so aus, als habe er die Mittel, um die zusätzlichen Kosten zu bestreiten. Kein Wunder also, daß Adam Tennant dem Kellner den Gutschein mit einiger Erleichterung zurückgab. »Es gibt immer wieder Gäste, die einfach nur angeben oder ihren Partner beeindrucken wollen. Meistens erreichen sie damit zwar genau das Gegenteil, aber das scheint bei dieser jungen Dame hier nicht der Fall zu sein. Es bricht mir fast das Herz, wenn ich sehe, wie sie diesen Wein trinkt, als wäre es Limonade. Und ich bezweifle auch, daß er selbst den Unterschied zwischen einem Latour und einem Beaujolais kennt.«

»Gibt es öfter solche Probleme mit Gästen?«

»Nein, eigentlich nicht. Und wenn, dann sind es meistens die Neureichen, die Schwierigkeiten machen. Es ist komisch, aber sie scheinen es für ein Zeichen von Weltläufigkeit zu halten, wenn man sich am heftigsten über die trivialsten Dinge beschwert. Und wenn Gäste am Anfang übertrieben viel Trinkgeld geben, kann man sicher sein, daß es später nur Probleme mit ihnen gibt. Die zweite Sorte, auf die man als Hotelier aufpassen muß, sind die Schwindler und Hochstapler.«

»Welche Erfahrungen haben Sie mit denen?«

»Nicht allzu viele, Gott sei Dank. Wir hatten da mal einen Burschen, der es geschafft hatte, mich von seiner Kreditwürdigkeit zu überzeugen und mir eine ziemlich große

Summe Bargeld für seinen Scheck entlocken wollte. Als ich dann mißtrauisch wurde, war es bereits zu spät. Manchmal kann einem das Gepäck einen Hinweis geben. Wir hatten schon mehr als einen Vuitton-Koffer, von dem sich herausstellte, daß er nichts enthielt außer Zeitungen und einem Ziegelstein, und einer hatte sogar nur eine Trompete in seinem Ledergepäck.«

»Hat er wenigstens darauf gespielt?«

»Nicht einmal das. Wir haben nie herausgefunden, was er eigentlich vorhatte. – Und Sie sind sicher, daß ich Sie nicht zu einem kleinen Nachtisch überreden kann?«

Darina schüttelte den Kopf und nippte nachdenklich an ihrem Kaffee. Das Leben eines Hoteliers war voll von Problemen, an die sie nicht einmal gedacht hatte.

Das Hotel Morgan bot einen traurigen Kontrast zu der Pracht des Manor Park. Als Darina die Eingangshalle betrat, kam sie ihr im Vergleich zu dem Licht und den Farben des Luxushotels sogar noch dunkler und trostloser vor. Sie sah sich in dem Raum um, und ihr Blick blieb auf den dünnen Rauchschwaden hängen, die von den wenigen Holzscheiten im Kamin aufstiegen. Dann ging sie weiter in den Salon, die Bibliothek und schließlich in den Speisesaal, den einzigen Raum, der dem Haus eine freundliche und stilvolle Note gab. Das Problem war nur, daß er den Rest des Hotels um so unvorteilhafter erscheinen ließ.

Darina ging zurück in die Eingangshalle. Es war eigentlich gar nicht so sehr ihre Düsterkeit, die sie so wenig einladend machte, als vielmehr die lieblose Art, in der die plumpen Stühle mit den hölzernen Armlehnen und modernen Polsterungen und die anderen Möbelstücke zusammengestellt worden waren. Und was die blau-orangefarbenen Vorhänge betraf, die sogar an den beiden hohen Fenstern neben der Eingangstür wieder auftauchten, so wäre ihr Platz wohl eher das Küchenfenster eines Reihenhauses in der Vorstadt gewesen. Darina konnte es sich nur so erklären, daß die Morgans den Stoff als billigen Restposten erworben hatten, wer würde sich denn ein solches Muster für ein Hotel schon *aussuchen*?

Auch der dünnwandige Rezeptionsverschlag war eine optische Zumutung. Das ausgesprochen häßliche, wenn nicht gar monströse Teil ragte aus einer holzgetäfelten Ecke, und es sah nicht danach aus, als säße dort eine Rezeptionistin, um nach irgend jemandes Wünschen zu fragen.

Darina tauchte aus ihren Gedanken auf und begann zu handeln. Sie legte ein paar Holzscheite auf das Feuer und schürte es mit einem Haken, bis die Flammen lebhaft an der neuen Nahrung leckten. Dann ging sie durch den Korridor, der zu den Wirtschaftsräumen des Hotels führte, von wo aus sie nun die lauten Stimmen einer erhitzten Debatte vernahm.

Im Büro stand Ulla vor ihrem Schreibtisch und rief: »Und wenn Sie glauben, daß ich Sie mit Ihren blöden Pferden über mein Land galoppieren lasse für dieses *widerliche* Spiel, das Sie Jagd nennen, Major Brownsword, dann sind Sie schief gewickelt.«

Ullas Gesicht war gerötet, ihre hellblonden Haare wild zerzaust wie die eines Kindes nach einem Dampfbad, und sie sah aus wie ein kleiner Engel in seinem ersten Zweikampf mit dem Teufel.

Jetzt war der Teufel an der Reihe. Major Brownsword war ein hagerer, sehr großer und leicht gebeugter Mann, dessen schütteres, schwarzes Haar streng aus einem wettergegerbten Gesicht gebürstet war. »Ihr Mann war damit einverstanden, daß wir uns wie jedes Jahr am zweiten Weihnachtsfeiertag hier im Hotel zur Jagd treffen. Es ist völlig unmöglich, daß Sie es sich jetzt plötzlich anders überlegen.«

»Unmöglich? Und wieso sollte das unmöglich sein?«

»Nun ja, weil wir bereits alle Vorbereitungen getroffen und die Teilnehmer der Jagdgesellschaft informiert haben.«

»Dann informieren Sie sie nochmal. Ich werde es jedenfalls nicht dulden, daß auf meinem Grundstück unschuldige kleine Füchse nur zum Spaß umgebracht werden.«

»Madam, ich schwöre Ihnen: Wenn Sie das tun, werden Sie es bereuen.«

Darina trat einen Schritt vor. Die beiden waren so in ihren Streit vertieft, daß sie sie gar nicht bemerkt hatten.

»Gibt es irgendwelche Schwierigkeiten?« fragte sie unbefangen. »Aber darf ich mich Ihnen zunächst vorstellen, Major Brownsword? Meine Name ist Darina Lisle, und ich bin Ullas zukünftige Geschäftspartnerin.«

Er starrte sie verblüfft an. »Partnerin? Aber Ulla, davon haben Sie mir ja gar nichts gesagt.«

Ulla funkelte den Major nur wütend an und schwieg.

Eine leichte Röte stieg in seine Wangen, dann schien er sich auf seine Manieren zu besinnen und ergriff Darinas ausgestreckte Hand. »Vielleicht können Sie sie zur Vernunft bringen«, sagte er und wies auf Ulla. »Das Treffen am zweiten Weihnachtsfeiertag ist Auftakt zu einer der beliebtesten Fuchsjagden in diesem Land, und es ist ganz und gar unmöglich, jetzt noch einen anderen Ort dafür zu finden.« Seine Augen waren beinahe schwarz, das Weiße jedoch mit vielen roten Äderchen durchzogen, und sie sahen aus, als würden sie beim geringsten Druck aus den Höhlen treten. »Ich darf wohl auch noch darauf hinweisen, daß die Jagdgesellschaft immer ein gutes Geschäft für die Hotelbar war.« Er zog einen flachen Hut aus der Tasche seiner Reitjacke. »Bevor er starb, hat Tony den Termin noch einmal bestätigt, und so wie ich das sehe, werden wir uns am 26. Dezember um zehn Uhr dreißig im Hotel Morgan treffen. Wenn Sie nicht bereit sind, traditionelle Werte und Bindungen zu würdigen, würde ich vorschlagen, daß Sie Ihr Hotel verkaufen und woanders hingehen.« Mit diesen Worten rammte er sich die Kappe auf den Kopf, warf den beiden Frauen noch einen wütenden Blick zu und stampfte aus dem Büro.

»Oh Mann!« rief Darina und ließ sich auf einen Stuhl fallen. »Was war denn das?«

Ulla setzte sich hinter den Schreibtisch, ihr Atem ging rasch.

»Dieses... dieses *Scheusal* will auf meinem Land Füchse jagen. Ich hab' ihm gesagt, das soll er nur mal versuchen.« Darina fand Ullas Akzent, der sich verstärkte, wenn sie wütend war, ganz reizend.

»Stimmt es denn, daß sie sich letztes Jahr auch hier getroffen haben?«

»Ja. Tony meinte, es wäre ein gutes Geschäft, und außerdem hatte er nichts dagegen, weil er die Jagd selbst ganz gern mochte.« Ihre Stimme klang verzweifelt.

»Aber Ulla, dann können Sie diesen Termin jetzt wirklich nicht mehr absagen. Eine Jagd zu organisieren, ist eine ziemlich aufwendige Sache. Das glaube ich jedenfalls«, fügte Darina etwas unsicher hinzu, denn ihre tatsächlichen Erfahrungen auf diesem Gebiet beschränkten sich auf die wenigen Male, als sie mit Freunden an einer Parforcejagd teilgenommen hatte.

»Ich hatte es einfach vergessen. Seit Tony gestorben ist, habe ich so viele andere Dinge im Kopf, und heute morgen ist es mir dann plötzlich wieder eingefallen. Ich ertrage es nicht, wenn Tiere so zu Tode gehetzt werden, also habe ich Major Brownsword angerufen und ihm gesagt, es ginge nicht.«

»Und daraufhin ist er prompt hierher gekommen?«

»Oh ja, er war so wütend!« Ullas Augen blitzten für einen winzigen Moment vergnügt auf.

»Ist er Olivias Vater?«

»Ja. Alex meint, die Intelligenz hätte sie von ihm, und die beiden könnten zusammen nicht mal bis drei zählen.«

»Das kann schon sein, Ulla, aber glauben Sie nicht, Sie sollten es sich noch einmal anders überlegen und die Jagd stattfinden lassen, wenigstens dieses Jahr noch? Dann könnten Sie dem Major doch sagen, das sei das letzte Mal, und er müsse für das nächste Jahr einen anderen Jagdplatz finden.«

»Meinen Sie wirklich?«

»Denken Sie doch mal daran, wieviel Leute aus dem Ort Sie gegen sich aufbringen, wenn Sie jetzt die ganze Sache platzen lassen! Und das zu einer Zeit, wo das Hotel einen guten Ruf dringendst braucht und so viele Gäste, wie es nur kriegen kann.«

Ulla sah sie nachdenklich an. Schließlich zeigte sie ein kleines Lächeln. »Na gut, ich schreibe ihm einen Brief, damit wir es schriftlich haben. Und jetzt lassen Sie uns von etwas anderem reden. – Wie fanden Sie Adam und sein Manor Park Hotel?«

Darina gab ihr einen lebhaften Bericht von dem Mittagessen und der Besichtigung.

»Es ist ein absolut phantastisches Haus. Hat Tony wirklich geglaubt, er könne aus dem Morgan etwas Ähnliches machen?«

»Ja«, antwortete Ulla stolz. »Dieses Hotel sollte ebensogut geführt und schön werden.«

»Dazu bräuchte man aber eine ganze Menge Geld«, meinte Darina zweifelnd, »und dann wäre es immer noch nicht sicher, ob es auf lange Sicht profitabel wäre. Ich muß zugeben, was Adam über die Lage gesagt hat, hat mir doch sehr zu denken gegeben.«

»Tony sagte, wir könnten es schaffen.« Ulla sprach mit unerschütterlicher Überzeugung. »Er meinte, in dieser Gegend gäbe es genug Firmen und Geschäfte, es würden sogar immer mehr, und außerdem viele Touristenattraktionen.«

»Hmmm.« Darina dachte nach. Dann fragte sie: »Haben Sie irgendwo eine Lokalzeitung?«

»Ich glaube, sie liegt im Salon.«

Sie gingen und fanden die Ausgabe auf einem Tisch, unter zahlreichen Prospekten, die aussahen, als würden sie seit den Zeiten der Morgans dort liegen. Darina studierte sorgfältig die Kleinanzeigen.

»Was suchen Sie denn?« fragte Ulla.

Aber Darina riß nur eine Seite heraus und sagte: »Gut, ich werde jetzt nach Hause fahren und ein paar Sachen zusammenpacken. Ich bin rechtzeitig zurück, um das Abendessen vorzubereiten. Und morgen vormittag bin ich nicht da.«

»Aber was ist mit unserer neuen Köchin? Kommt sie nicht morgen her?«

»Ja, mit dem Zug aus Paddington. Alex kann sie doch am Vormittag vom Bahnhof abholen. Und dann soll sie gleich aus allem, was sie in der Küche finden kann, ein Mittagessen für George Prendergast und die Hotelangestellten zubereiten. Das ist ein guter Test für sie. Ich bin um ein Uhr zurück, und dann können wir alles weitere am Nachmittag besprechen. Okay?«

»Okay«, antwortete eine leicht verwirrte Ulla.

Etwas hatte Darina in der Beschreibung ihres Besuchs im Manor Park Hotel ausgelassen – die Begegnung mit William und seiner neuen Mitarbeiterin. Während sie nun rasch und sicher zu dem Haus ihrer Mutter fuhr, zwang sich Darina, sich noch einmal ins Gedächtnis zurückzurufen, wie der hochgewachsene Sergeant seine Hand unter den Arm der zierlichen Polizistin gelegt hatte, um sie behutsam durch die Eingangshalle des Manor Park Hotels zu führen. Sie sah wieder die hübsche Gestalt vor sich, mit ihrem aufrechten Gang und dem kastanienbraun glänzenden Haar.

In diesem Moment hatte ihr die Eifersucht einen messerscharfen Stich versetzt. Das hatte sie erschüttert. So sehr, daß es ihr nur mit äußerster Konzentration auf Adams amüsante und faszinierende Geschichte, wie er einen nahezu vollkommen baufälligen Landsitz in ein Luxushotel verwandelt hatte, gelungen war, ihre Fassung wiederzugewinnen.

Darina hatte gar nicht gewußt, daß sie zur Eifersucht fähig war, geschweige denn, daß sie dieses Gefühl so durcheinanderbringen konnte. Und das war keine angenehme Erkenntnis.

Zehn Tage vor Weihnachten war der Boden mit einer dicken Frostschicht bedeckt. Wahrscheinlich hätte es draußen ausgesehen wie in einem Wintermärchen, wenn es hell genug gewesen wäre, um die Landschaft zu erkennen. Aber um sechs Uhr morgens war es noch so dunkel, daß Alex gerade das mit Reif überzogene Gras am Rande des steinhart gefrorenen Pfades sehen konnte, als er sich auf den Weg von den Stallungen zum Heizungskeller im Hauptgebäude des Hotels machte.

Dort angekommen, siebte er die Schlacke aus, die sich während der letzten Nacht angesammelt hatte, fütterte den altertümlichen Kessel mit frischem Brennstoff und heizte ihn an. Während er darauf wartete, daß das etwas unzuverlässige Gerät genug Wärme für die Zimmer und das Badewasser für ihre drei Hotelgäste produzierte, lehnte sich Alex gegen das staubige Fensterbrett und zog eine ziemlich zerfledderte Taschenbuchausgabe von Colin Thubrons berühmter Beschreibung seiner Reisen durch China hervor.

Nach einer Weile brachte ihn ein besonders lautes Gurgeln, mit dem das Heizwasser durch die Rohre floß, dazu, seine Gedanken wieder auf die Arbeit zu richten. Er legte noch mehr Brennstoff nach, regulierte die Zugklappen und ging in die Küche, wo er den Wasserkessel aufsetzte und die Schlösser von den Kühlschränken öffnete. Bei ihrem derzeitigen Personalstand kam ihm diese Vorsichtsmaßnahme zwar ziemlich überflüssig vor, aber sein Vater hatte die Schlösser anbringen lassen, und das mindeste, was er tun konnte, schien ihm zu sein, dieser festgelegten morgendlichen Routine zu folgen.

Während Alex zwei Frühstückstabletts zurechtmachte, dachte er über seinen Vater nach. Ob er und der alte Herr wohl jemals zu einer Übereinstimmung gekommen wären? Er erinnerte sich an all die endlosen Streitereien über ›einen richtigen Beruf‹, ›ein geregeltes Leben‹, ›eine verantwortungsbewußte Einstellung‹ und ›die schreckliche Verschwendung seiner Fähigkeiten und Ausbildung‹. Vielleicht hätten sie sich besser verstanden, wenn es Alex gelungen wäre, sich in seinem gewählten Beruf zu etablieren, wenn er tatsächlich geschafft hätte, das zu tun, was er tun wollte.

Das Wasser im Kessel kochte. Er goß es in die Teekannen und brachte die beiden Tabletts nach oben. Zuerst weckte er das Paar im Abbott-Zimmer (alle Räume hatten Namen, statt Zahlen, was er ziemlich albern fand, aber laut Ulla hatte sein Vater darauf bestanden, weil es dem Hotel mehr Charakter gäbe).

Alex stellte das Tablett auf den Nachttisch und zog die Vorhänge auf. Im heller werdenden Morgenlicht entfaltete sich eine weiße Pracht, und das feine, eisigschimmernde Maßwerk der blattlosen Zweige vor dem Fenster war von erlesener Schönheit.

Ein ächzender Laut aus dem Bett zeigte an, daß die Bewohner des Zimmers allmählich aufwachten. Sie waren gestern abend unangemeldet aufgetaucht und hatten nach einem Zimmer gefragt. Sie hatten sogar im Hotel zu Abend gegessen. Alex vermutete, daß es eine spontane Entscheidung des Mannes gewesen war, der eigentlich auf dem Weg zu Frau und Kindern sein sollte, dann aber eine aufregende Gefährtin für die Nacht gefunden hatte. Möglicherweise handelte es sich bei den beiden um Arbeitskollegen, denn während des Abendessens hatten sie in ungezwungener Vertraulichkeit miteinander geplaudert, doch die im ganzen Zimmer verstreuten, offenbar hastig abgeworfenen Kleidungsstücke erzählten einen anderen Teil der Geschichte.

Alex wünschte ihnen einen guten Morgen und ging. Der Lärm des allmählich warmlaufenden Heizkessels würde sie daran hindern, wieder einzuschlafen, obwohl die Raumtemperatur immer noch niedrig genug war, um sie für eine Weile im Bett zu halten – wenn es die Leidenschaft nicht tat. Er ging weiter zum Camelot-Zimmer, in dem ein weiterer unangemeldeter Gast übernachtete. Bis zu den Weihnachtsfeiertagen hatte das Hotel selten Gäste, die ein Zimmer im voraus gebucht hatten. An der Tür hing das ›Bitte nicht stören‹-Schild, und als er daran dachte, wie viele doppelte Whiskys der Gast am Abend zuvor hinuntergekippt hatte, wunderte sich Alex nicht über diesen Wunsch. Eines sprach jedenfalls für das Hotelgewerbe: Man traf immer wieder interessante Leute, und für gewöhnlich machte es Alex Spaß, sich Lebensgeschichten anzuhören, die so ganz anders waren als seine eigene, aber aus diesem einsamen und einsilbigen Trinker hatte er nur wenig herausbekommen. Er stellte das Tablett vor die Tür und ging die Treppe hinunter.

Nun mußte er sich um die Kaminfeuer kümmern. Er holte einen Metalleimer, kehrte die Kaminplatte, trennte die Asche von den verkohlten Brennholzresten und fegte sie zu einem Haufen zusammen, als Unterlage für das Papier, das Anmachholz und die kleinen Scheite, aus denen er das neue Feuer entzündete. Er wartete, bis das Feuer hell brannte, und legte noch zwei große Holzscheite in die prasselnden Flammen. In der Eingangshalle blieb er vor dem Feuer stehen und rieb seine Hände, die Wärme genießend. Dabei war Ulla geradezu entsetzt gewesen, als Darina darauf bestand, alle Kamine großzügig zu befeuern.

»Das können wir uns nicht leisten«, hatte sie geklagt, als Darina einmal auf ihrem Weg durch die Eingangshalle zwei Holzscheite nachgelegt hatte.

»Was wir uns nicht leisten können, ist, daß es hier immer

so kalt und ungemütlich ist«, hatte diese erwidert. »Sehen Sie nicht, was es für einen Unterschied macht, wenn die Gäste in eine gemütlich warme Hotelhalle kommen?«

Es hatte Alex leicht verwundert, daß seine skandinavische Stiefmutter so geizig mit dem Brennstoff umging. Er hätte eher erwartet, daß sie sich über die Kälte beschwerte und alle Feuer und Heizkessel auf Hochtouren laufen ließ. Statt dessen machte sie sich größte Sorgen wegen des Geldes und hielt das Einsparen jeglicher ihrer Meinung nach unnötigen Kosten für die einzige Möglichkeit, das Hotel in Betrieb zu halten.

Alex wandte sich von dem fröhlich prasselnden Kaminfeuer ab, schlüpfte in einen alten Anorak und ging durch die Hintertür nach draußen, wo er begann, Brennholz zu schlagen, um es in die riesigen Körbe zu füllen, die Darina neben jedem Kamin aufgestellt hatte.

Während er die Axt mit geübtem Schwung auf die Holzstücke niedersausen ließ, beschäftigte er sich in Gedanken wieder einmal mit dem Problem, wie er Ulla dazu bringen könnte, das Hotel zu verkaufen. Jetzt, wo sie anscheinend eine Partnerin gefunden hatte, und dazu eine, die offenbar genau wußte, was sie wollte und wie sie es erreichen konnte, würde es für ihn noch schwieriger werden. Darina war während der letzten Woche zwar nur unregelmäßig da gewesen, aber es hatten sich bereits einige Veränderungen bemerkbar gemacht.

Die neue Küchenchefin war eine tüchtige junge Frau, die sich zunächst in der Küche und im Speisesaal umgesehen, dann die Qualität der Vorräte und Lebensmittel überprüft und schließlich erklärt hatte: »Daraus kann ich schon etwas machen, wenn Sie mir freie Hand lassen.« Darina und sie hatten die Köpfe zusammengesteckt, und dann hatte es eine kurze Besprechung mit Ulla gegeben. Alex hatte den Eindruck, daß sie nicht so sehr um ihre Zustimmung gebeten, als vielmehr vor eine Art Ultimatum gestellt worden war. Wie auch immer, sie hatte jedenfalls keinerlei Einwände gegen das vorgeschlagene Gehalt für einen Monat Probezeit erhoben, das zwar großzügig, aber keineswegs übertrieben war. Weiterhin wurde vereinbart, daß Sally Griffiths, falls sie über diese Frist hinaus blieb, zusätzlich eine Sonderzulage erhalten sollte, prozentual dem erhöhten Umsatz des Restaurants entsprechend. Alex persönlich legte keinen besonders großen Wert auf das Essen, seine Vorstellung von einer idealen Mahlzeit war ein doppelter Hamburger mit Rumpsteak und frischem Salat, aber er hatte auch nichts gegen das Niveau der Gerichte, die jetzt im Hotel serviert wurden.

Er steuerte die Schubkarre mit Brennholz über den mit Steinplatten belegten Boden der Diele, stellte sie nahe der Halle ab und fing an, die Holzscheite in die verschiedenen Körbe zu füllen. Dabei fiel ihm wieder auf, daß die Beseitigung der Rezeption wirklich ein großer Fortschritt war. Ohne diese geschmacklose Holzkonstruktion wirkte der Raum in seinen Proportionen wesentlich harmonischer und strahlte nun sogar so etwas wie gediegene Eleganz aus.

Ulla hatte sich anfangs gegen diese Neuerung gewehrt. »Wo sollen wir denn jetzt die Gäste empfangen?«

»Warum müssen die Gäste empfangen werden?« hatte Darina zurückgefragt. »Sie brauchen doch nur eine Glocke und ein kleines Schild mit der Aufschrift ›Bitte läuten‹ auf diesen hübschen kleinen Tisch zu stellen. Den Zimmerschlüssel kann man in der Tür steckenlassen, bis das Zimmer vermietet ist. Wir hängen einen Kasten auf, in den die Gäste den Schlüssel werfen, wenn sie ausgehen, und ein Schlüsselbrett in Ihrem Büro, wo sie ihn wieder abholen können. Das geht sehr schnell und einfach.«

Also hatte Ulla nachgegeben. Tatsächlich wirkte sie ziemlich eingeschüchtert angesichts Darinas Entschlossenheit und Energie. Alex wußte zwar nicht, was Darina vorhatte und wozu sie soviel Zeit außerhalb des Hotels verbrachte, aber er war sicher, daß man bald die Antwort darauf erfahren würde.

Eigentlich schade, daß sie gerade jetzt aufgetaucht war.

Ohne ihr Engagement und die Aussicht auf eine Kapitalzufuhr, die sie mitgebracht hatte, wäre es Alex sicher gelungen, Ullas schwächer werdenden Widerstand zu brechen und sie schließlich dazu zu bringen, das Hotel noch vor Beginn des neuen Jahres zum Verkauf anzubieten. Zugegeben, die Situation auf dem Immobilienmarkt war alles andere als rosig, und nach Rückzahlung der Kredite wäre das, was von der Verkaufssumme übrigbliebe, wahrscheinlich nicht gerade ein Vermögen, aber sein Anteil wäre immer noch mehr als groß genug für seine Zwecke.

Er füllte den letzten Korb, entspannte seine schmerzenden Schultern und überlegte kurz, ob sich sein Vorhaben nicht ebensogut mit einem Hotel realisieren ließe, das profitabel wäre. Schließlich stand ihm die Hälfte des Gewinns zu. Aber dann erinnerte er sich daran, daß innerhalb der nächsten Zeit kaum mit einem Gewinn zu rechnen war. Es wäre ja schon ein kleines Wunder, wenn sich in nächster Zukunft das Hotel finanziell selbst tragen würde. Nein, es mußte einfach verkauft werden.

Schade jedoch wegen Darina, und das in mehr als einer Hinsicht. Hätte sie sich nicht auf das Hotel eingelassen, hätte er vielleicht sein Glück bei ihr versucht. Er hatte eine große Schwäche für Blondinen, und ihr Haar war so wunderbar lang, weich und seidig. Er stellte sich vor, wie es sich anfühlen müßte, wenn es durch seine Finger glitt. Auch ihre Größe hatte ihren Reiz, und Kurven hatte er immer schon aufregend gefunden. Hiervon hatte sie reichlich und noch etwas mehr, eine elegante Geschmeidigkeit, die sie trotz ihrer Größe sehr graziös wirken ließ. Aber abgesehen von der Sache mit dem Hotel gab es noch einen Grund, warum Alex beschloß, sich zurückzuhalten, und der hatte etwas mit dem direkten Blick ihrer grauen Augen und ihrer sachlich-nüchternen Art zu tun. Das war keine Frau für ein Techtelmechtel. Nein, Darina war die Sorte Frau, die ein bestimmtes Maß an Verbindlichkeit verlangte, und Verbindlichkeit war nicht gerade seine Sache. Manchmal fragte er sich sogar, ob er dazu überhaupt fähig sei. Vielleicht war er zu sehr belastet durch gewisse Erfahrungen, die er in seinem Leben gemacht hatte.

Er erinnerte sich noch gut an die Abscheu, die er bei der Nachricht von der Heirat seines Vaters mit Ulla empfunden hatte – nicht einmal ein Jahr, nachdem er Witwer geworden war. Konnte man Liebe denn so schnell vergessen? Alex dachte daran, wie glücklich sein Vater mit seiner vorherigen Frau gewesen war und erinnerte sich gut an die Atmosphäre von Verständnis und tiefer Zuneigung, die ihr Zuhause geprägt hatte. Wie konnte man all dies so leicht vergessen? Und für wen? Für eine Skandinavierin mit einer hübschen Figur und einer erotischen Ausstrahlung, die so intensiv war, daß sie damit vermutlich einen Elch aus den Tiefen des Waldes hätte locken können. Würde sie seinen Vater genauso rasch vergessen? Alex spürte bereits eine gewisse Unruhe an ihr, und er hatte sehr wohl bemerkt, wie Adam Tennant sie ansah, wenn er im Hotel vorbeischaute, was in letzter Zeit immer häufiger geschah. »Auf einen schnellen Drink«, sagte er dann jedes Mal; aber der Drink war nie schnell gewesen, und von Mal zu Mal schien er sich mehr Zeit zu nehmen.

Alex dachte an die Art, wie Adam vertraulich mit Ulla plauderte, wie er sie zum Lachen und ihre Augen zum Leuchten brachte, wie sich ihr Körper in seiner Gesellschaft entspannte. Aber gut, wenn sie eine Affäre mit einem verheirateten Mann haben wollte, warum nicht? Schließlich wäre das nur ein weiterer Beweis dafür, was für eine schlechte Wahl sein Vater getroffen hatte. Und ihm war es letztlich egal, wenn sie Tennant bei der Gelegenheit nur auch das gräßliche Hotel verkaufen würde.

Vielleicht sollte er sich doch etwas näher mit Darina beschäftigen und herausfinden, wie ernst es ihr mit ihrer Beteiligung am Hotel Morgan war. Es konnte ja auch sein, daß es für sie nur ein neues Spielzeug war, das sie so schnell wieder beiseite legte, wie sie es aufgegriffen hatte. In diesem Falle könnte er ihr Interesse möglicherweise auf Dinge lenken, die diesen Prozeß beschleunigten.

Alex umfaßte die Griffe der leeren Schubkarre und seufzte. Wenn er nur bald Nachricht von seinem Freund Andrew Stephens bekäme! Aber diese Chance war zu gering, um sie auch nur in Betracht zu ziehen.

Nachdem er die Schubkarre im Hof abgestellt hatte, ging er zurück ins Haus und zog seinen Anorak aus. Es war Zeit, die Rechnungen für die Hotelgäste auszustellen. Nicht zum ersten Mal kam Alex der Gedanke, daß der tödliche Herzanfall seines Vaters auf Überarbeitung zurückzuführen sein mußte. Es war gerade acht Uhr, und er war schon wieder müde. Er mußte Ulla noch helfen, das Frühstück zu servieren, das Gepäck heruntertragen, in der Bar alles vorbereiten für den Fall, daß vor dem Mittagessen jemand auf einen Drink hereinkam, Anrufe entgegennehmen, Ulla mit der Korrespondenz zur Hand gehen (ihr geschriebenes Englisch war manchmal ziemlich eigenwillig), Gläser polieren und die Tische im Speisesaal decken (anscheinend bekamen sie jetzt doch mehr Gäste, hauptsächlich für die Weihnachtsmenüs; entweder hatte es sich herumgesprochen, daß sie einen neuen Küchenchef hatten, oder alle anderen Restaurants waren bereits ausgebucht). Dann wieder in die Bar und anschließend den Speisesaal aufräumen, zwischendurch immer wieder die Kaminfeuer schüren, das Telefon bedienen und sich um die Gäste kümmern, wenn Ulla anderweitig mit ihren ebenso aufreibenden Routinearbeiten beschäftigt war wie dem Nachbestellen und Organisieren der Vorräte, der Beaufsichtigung der Zimmermädchen und ähnlichen Aufgaben, die die Führung eines Hotels mit sich brachte. Am Nachmittag würde er es vielleicht schaffen, sich für ein oder zwei Stunden loszueisen, bevor er sich wieder um die ankommenden Gäste und deren Gepäck kümmern mußte und der gewohnte Ablauf in Bar und Restaurant wieder von vorne losging.

Jeden zweiten Abend mußte er so lange aufbleiben, bis der letzte Gast zu Bett gegangen war. Glücklicherweise tendierten die Leute dazu, relativ früh ihre Zimmer aufzusuchen, was möglicherweise damit zu tun hatte, daß Ulla darauf bestand, den Heizkessel um zehn Uhr abzustellen.

Es war ein mörderisches Arbeitsprogramm, welches nur durch mehr Personal würde erleichtert werden können, was wiederum eine höhere Anzahl von zahlenden Gästen erforderte, die sich, so wie er es sah, lediglich durch weitere Investitionen anlocken ließen, für die augenblicklich Darina die einzig mögliche Quelle zu sein schien.

Er stieß die Tür zur Küche auf, wo er sie bei den Frühstücksvorbereitungen traf.

»Guten Morgen«, rief sie, während sie Speckstreifen über ordentlich halbierte Nierchen legte, die in einer Pfanne bruzzelten. »Es sieht so aus, als würde heute ein besonders schöner Tag.«

»Freut mich, daß Sie es so positiv sehen«, erwiderte Alex trocken, während er den Wasserkessel aufsetzte, um Kaffee zu bereiten. »Aber ich würde mir an Ihrer Stelle nicht solche Mühe mit dem Frühstück machen. Ich glaube kaum, daß unser dritter Gast so bald aus dem Bett findet, und wenn, wird er bestimmt nichts zu essen haben wollen.«

»Aber ich nehme doch an, daß Sie etwas möchten?«

Alex' Augen leuchteten auf. Für gewöhnlich mußte er sich mit einem Toast und etwas Kaffee begnügen. »Haben Sie jetzt den Frühstücksdienst übernommen?«

»Ich habe mich mit Ulla abgesprochen, daß wir uns abwechseln. Ich dachte, jetzt, wo Sally das Mittag- und Abendessen zubereitet, wäre das doch nur fair.« Sie fing an, das Brot aufzubacken, und als Alex, der im Speisesaal zwei Tische für den Fall, daß der Herr aus Camelot doch noch rechtzeitig herunterkam, gedeckt hatte, in die Küche zurückkehrte, erwartete ihn ein reichhaltiges englisches Frühstück.

Nachdem er zügig alles aufgegessen hatte, schob er seinen Teller mit einem zufriedenen Brummen von sich, schaute auf und sah, daß ihn Darina amüsiert beobachtete.

»Die wichtigste Mahlzeit des Tages, und es ist lange her, daß sie so hervorragend war«, meinte er.

»Gut, ich denke, Sie werden es brauchen.«

In ihrer Stimme lag etwas, das ihn alarmierte. »Wieso, mit welcher Überraschung werden Sie uns denn heute beglücken?«

Sie lachte. »Warten Sie's ab! Aber nach dem Frühstück möchte ich, daß Sie mir helfen, ein paar Möbel wegzuräumen.«

Nachdem der Geschäftsmann und seine Begleiterin abgereist waren, fand sich Alex dazu aufgefordert, die Stühle aus der Hotelhalle, dem Salon und der Bibliothek zu tragen. Er und Darina brachten sie auf den großen Speicher, der sich über den gesamten vorderen Teil des Hauses erstreckte.

»Was kommt denn jetzt an ihren Platz?« fragte er, während sie die Stühle so ordentlich wie möglich in einer verstaubten Ecke aufstapelten.

»Sie werden schon sehen«, erwiderte sie geheimnisvoll. Dann blickte sie sich um und entdeckte in einer anderen, von einer nackten Glühbirne nur spärlich beleuchteten Ecke eine Reihe von Kisten. Sie wies darauf und fragte: »Was ist da drin? Sachen von Ihrem Vater und Ulla?«

Er betrachtete den Stapel von Teekisten. »Nein, ich glaube, sie stammen aus der Hinterlassenschaft des ursprünglichen Hotels. Ich erinnere mich, daß ich einmal, kurz nachdem er das Haus gekauft hatte, mit meinem Vater hierher kam und er meinte, daß man sie wegwerfen sollte.«

Sie gingen hinüber und öffneten die Kisten. Eine dichte Staubschicht hatte sich auf das Zeitungspapier gelegt, mit dem man den Inhalt abgedeckt hatte. Darunter kam ein dunkler, zusammengelegter Samtstoff zum Vorschein. Darina nahm das Material heraus und schüttelte es. Es war ein schwerer Vorhang, dessen dunkelbraune Farbe mit der Zeit verblaßt war. Sie legte ihn über einen der Stühle und fing an, auch die anderen Kisten zu leeren. Alex stand daneben und sah zu, wie sie immer aufgeregter wegen ihrer Entdeckung wurde.

»Das müssen die Vorhänge sein, die vor diesem schrecklichen orange-blauen Zeug an den Fenstern hingen. Der

Stoff fällt fast auseinander, aber man kann ihn immer noch gut verwenden. Helfen Sie mir, ihn hinunterzutragen?«

Alex packte sich ein paar Bündel auf die Arme; der aufsteigende Staub ließ ihn mehrmals heftig niesen. »Ja aber«, meinte er dann, »sollten Sie das nicht besser vorher mit Ulla besprechen?«

»Sie ist heute morgen unterwegs, um eine ganze Menge Besorgungen für die Weihnachtsfeier zu machen. Lassen Sie uns die Vorhänge erst einmal in den ersten Stock tragen, dann kann ich sie dort aussortieren und sehen, was man noch gebrauchen kann.«

Sie mußten mehrmals gehen, und der Stoffballen auf dem Treppenabsatz wuchs beträchtlich. Alex fand, es sah aus wie auf einem besonders schäbigen Trödelmarkt.

Dann, als er gerade mit einer weiteren Stoffladung auf dem Weg nach unten war, sah er durch das Flurfenster einen großen Möbelwagen die Auffahrt heraufkommen. Darina hatte ihn ebenfalls gesehen und stürmte an Alex vorbei die Stufen hinunter. Er ließ sofort die Vorhänge fallen, folgte ihr und trat gerade nach draußen, als zwei stämmige Männer die Laderaumtüren des Lastwagens öffneten. Sie ließen die Rampe herunter und verschwanden im Inneren des Wagens; als sie wieder auftauchten, trug jeder von ihnen einen mit schönen Schnitzereien reich verzierten Holzsessel in jakobinischem Stil. »Wo sollen wir sie hinbringen, Miss?«

»Hier hinein«, rief Darina und führte sie in die Eingangshalle.

Während die beiden Möbelpacker die Stühle vorsichtig auf dem Steinfußboden abstellten, erschien das Zimmermädchen.

»Miss Lisle, ich weiß nicht, was ich machen soll. Der Gast von Camelot ist immer noch auf seinem Zimmer, und ich komme nicht rein.«

Darina blickte sich nach Alex um. »Hat er das Zimmer auch für heute nacht gebucht?«

»Nein, er sagte ganz sicher, nur die eine Nacht.«

Darina sah auf ihre Armbanduhr. »Jetzt ist es halb zwölf. Er sollte das Zimmer eigentlich bis Mittag geräumt haben.« Sie blieb unentschlossen stehen.

»Er hat gestern abend sehr viel getrunken.« Alex spürte ein unbehagliches Gefühl in sich aufsteigen.

»Haben Sie Ihren Hauptschlüssel dabei?« fragte Darina das Zimmermädchen. »Na gut, dann lassen Sie uns mal versuchen, ihn wachzukriegen. Kommen Sie auch mit?« fragte sie Alex. »Könnte sein, daß wir einen Mann brauchen.«

Die beiden Frauen gingen in den ersten Stock, vorbei an den aufgehäuften Vorhangstoffen, aus deren Falten ein schwerer Geruch von Staub und Moder aufstieg. Es roch nach vielen vergessenen Jahren, nach begrabenen Illusionen, Verfall und sinnlos verronnener Zeit.

Alex bemerkte, daß man ihn allein in der Halle zurückgelassen hatte, und lief in den ersten Stock, wo Darina bereits an die Tür zum Camelot-Zimmer klopfte. Als daraufhin keine Reaktion erfolgte, schloß sie mit dem Hauptschlüssel auf und trat in den dunklen Raum, gefolgt vom Zimmermädchen und Alex.

Sie knipste das Licht an, und alle drei erblickten gleichzeitig den Körper, der quer über dem Bett lag. Er trug immer noch seinen zerknitterten Anzug, die Krawatte war gelockert und der Hemdkragen fleckig. Aus seinem weit geöffneten Mund kamen schnelle und unregelmäßige Atemstöße. Neben dem Bett stand eine leere Whiskyflasche und ein Glas. Der säuerliche Geruch von Alkohol hatte sich im ganzen Raum verbreitet.

»Anscheinend hat er ebensoviel verschüttet, wie er getrunken hat«, meinte Darina, während sie den Schlafenden sanft an der Schulter rüttelte.

Alex zog die Vorhänge zur Seite und ließ das helle Licht der Wintersonne herein, deren Strahlen den Frost rasch schmelzen ließen. »Ich bezweifle, daß es Ihnen damit gelingt, ihn zu wecken«, bemerkte er und fuhr dann fort: »Überlassen Sie das mir, ich kenne mich aus in solchen Sachen. Und außerdem bringen die Möbelpacker jetzt auch noch Sofas in die Halle. Sollten Sie sich nicht besser darum kümmern?«

»Ach du liebe Zeit«, rief Darina, »die habe ich ja völlig vergessen!«

Max Saunders fuhr auf der A303 in Richtung Somerset. Er war auf dem Weg zum Hotel Morgan. Die Sonne erstrahlte am Himmel, der schnittige Wagen lief tadellos, und der Verkehr war angenehm ruhig. Er stimmte die ersten Takte von ›God Rest You Merry Gentlemen‹ an, konnte sich aber nicht mehr erinnern, wie es dann weiterging und verlegte sich statt dessen auf ein Weihnachtslied. Der Tachometer zeigte mehr als 90 Meilen an, als er vor sich das Blaulicht eines Streifenwagens bemerkte. Sofort drosselte er die Geschwindigkeit seines Volvo, denn er wollte auf keinen Fall wegen zu schnellen Fahrens angehalten werden, vor allem nicht zu Beginn seines Weihnachtsurlaubes. Er stellte sich vor, wie überrascht Ulla und Alex bei seinem Anblick sein würden, und die Vorfreude ließ ihn die letzten Strophen des Weihnachtsliedes noch lauter schmettern.

Dann fuhr er eine Weile schweigend weiter, während er darüber nachdachte, wie sie seine Neuigkeit wohl aufnehmen würden. Ulla sicher bestens, sie würde seine Entscheidung begrüßen, aber bei Alex war er sich nicht so sicher. Einen Moment lang bedauerte er, daß er neulich seinem Impuls, sie zu besuchen, nicht gefolgt war. Da hätte er ihnen alles erzählen können und hätte es jetzt hinter sich. Außerdem hätte sie das Weihnachtsgeschäft nicht so sehr in Anspruch genommen, wie es jetzt der Fall war. Aber dann schob er diese Gedanken wieder beiseite. Es hatte keinen Sinn, das Versäumte zu bedauern, und schließlich war er auf diese Weise imstande gewesen, sich um seine Angelegenheiten in London zu kümmern, und er hoffte, daß nun einem sorgenfreien Kurzurlaub nichts mehr im Wege stand.

Er hielt sich nicht mit einer Mittagspause auf, aber ein Stau vor der Abfahrt von Mere kostete ihn eine Stunde, und so war es bereits nach drei Uhr, als er schließlich seinen Wagen vor dem Haus zum Stehen brachte, das er ebenfalls, wenn auch liebevoll, Hotel Morgue nannte.

Vor ihm war gerade ein anderes Auto angekommen, und als er geparkt hatte und ausstieg, erkannte er in der Fahrerin Ulla.

Sie nahm ein paar Pakete aus dem Kofferraum ihres Wagens, richtete sich auf, sah ihn und ließ sie wieder fallen.

»Max, Liebling, wie wunderbar!«

Er riß sie in einer ungestümen Umarmung an sich, vergrub sein Gesicht in ihrem hellblonden Haar und atmete den süßen Duft ein, den er für immer mit ihr verband, diese Mischung aus Calèche, frischgewaschenen Haaren und so etwas wie Heu. Er wußte nicht warum, kam sie doch nie mit Heu in Berührung, aber es war so. Er spürte ihre zarten Knochen und ihr Herz, das in der Brust schlug wie das jenes Vogels mit gebrochenem Bein, den er als Kind einmal in der Hand gehalten hatte, während sein Vater die Verletzung schiente. Er hatte nie wieder etwas so Weiches berührt wie die Brustfedern dieses Vogels. Dann befreite sich Ulla lachend aus seiner Umarmung. »Ach Max, es ist schön, dich zu sehen. Aber warum kommst du so früh? Wir haben dich nicht vor dem Weihnachtsabend erwartet. Komm erstmal rein, es ist viel zu kalt, um hier draußen stehenzubleiben.«

Er half ihr, die Pakete wieder aufzusammeln, und folgte ihr ins Hotel.

Als sie die Eingangshalle betraten, hörte er, wie Ulla nach Luft schnappte. Sie war wie angewurzelt stehengeblieben, ihr

Atem ging rasch, und sie riß entsetzt die Augen auf. »Was, zum Teufel, ist denn hier passiert? Darina, Darina, Darina«, rief sie, und mit jeder Wiederholung des Namens klang sie panischer.

Max blickte sich um, um festzustellen, was ihre Aufregung verursacht hatte. Aber ihm fiel nur auf, daß die deprimierend schäbige und spießig altmodische Atmosphäre, die die Halle immer gehabt hatte, verschwunden war. Nun wirkte sie gediegen und elegant auf eine Art und Weise, die fast etwas düster gewesen wäre ohne die Wärme des prasselnden Kaminfeuers und die funkelnden Lichter, die in dem neuen Kristallüster blinkten.

»Ich muß schon sagen«, rief er aus, »was für eine Verwandlung!«

»Verwandlung! Das ist doch der reinste Alptraum. Ich wußte gar nichts davon! Und was das gekostet haben muß!«

»Sehr wenig, das kann ich Ihnen garantieren.«

Max sah eine erstaunlich große Frau mit langen blonden Haaren, die an den Seiten mit einer Spange zurückgehalten wurden, aus dem hinteren Bereich der Halle auf sie zukommen. Sie grinste vor Vergnügen.

»Und, was halten Sie davon?«

Ulla stellte ihre Pakete auf dem runden, polierten Tisch neben dem Eingang ab.

»Ich verstehe nicht ganz. Wo haben Sie all diese Möbel her?« Ihr Blick umfaßte die zweisitzigen Knole-Sofas mit Samtbezug zu beiden Seiten des Kamins, mit den gleichhohen, verstellbaren Rücken- und Armlehnen, die passenden Sessel und ein paar reich verzierte Holzstühle, deren hohe Lehnen und Sitze mit Samt bezogen waren. »Und dann dieser Kronleuchter?«

Alle drei schauten zu den glitzernden Kristallprismen auf. In Regenbogenfarben funkelten die gläsernen Tropfen, und Lichtstrahlen tanzten auf den getäfelten Wänden und der Stuckdecke, als die Zugluft von der Eingangstür den Lüster sanft hin- und herschwingen ließ.

Darina ging und schloß die Tür. »Ich wurde von dem Auktionshaus im Ort auf ein Hotel aufmerksam gemacht, das vor kurzem in Konkurs gegangen ist. Für die nächsten drei Monate, also bis sie alles geregelt haben, haben wir die meisten ihrer Sessel und Sofas gemietet, und zwar mit einer Kaufoption, falls wir sie behalten wollen. Sie sind fast geschenkt. Alles, was ich gekauft habe, war dieser Kronleuchter, und das war eine absolut günstige Gelegenheit. Ich habe ihn nämlich zum Rufpreis bekommen, da sonst niemand geboten hat. Aber jetzt kommen Sie doch erstmal weiter und sehen sich den Salon und die Bibliothek an.«

Max ging hinter den beiden Frauen durch die Halle. Er konnte an Ullas kerzengeradem Rücken erkennen, daß sie äußerst ungehalten war.

»Und wo, um alles in der Welt, haben Sie diese Vorhänge gefunden?« war Ullas erster Kommentar, als sie den Salon betraten, dessen trostlose, einer billigen Pension angemessene Ausstattung durch eine ebenso prächtige Eleganz wie der der Halle ersetzt worden war. Samtsessel und kleine, einladend gepolsterte Sofas waren locker in dem großen Raum gruppiert, das dezente Braun und Violett ihrer Bezüge korrespondierte bestens mit dem Goldton der alten Samtvorhänge, die mit dicht gefransten Querbehängen geschmückt waren.

»Das sind die Originalvorhänge. Wir haben sie auf dem Speicher gefunden. Die in der Bibliothek sind besonders schön.«

Darina führte die anderen in den nächsten Raum.

Max gefielen besonders die Vorhänge vor dem großen Erkerfenster. Ihre verblaßte Farbe schimmerte seidig, der üppige Faltenwurf wurde von zwei Seidenbändern mit leicht ramponierten Quasten gerafft.

»Der Stoff fällt doch schon auseinander«, meinte Ulla. »Tony und ich haben die Vorhänge auch schon entdeckt, als wir das Haus gekauft haben, aber wir haben beschlossen, sie wegzuwerfen.«

»Wenn man etwas vorsichtig mit ihnen umgeht, halten sie sicher noch eine Weile«, sagte Darina. »Und so, wie wir sie drapiert haben, bemerkt man auch die Risse im Stoff nicht, oder? Machen sie sich nicht großartig?«

Max sah sich in der Bibliothek weiter um. Die unbequemen Stühle, an die er sich von seinem letzten Besuch erinnerte, waren verschwunden, und an ihrer Stelle standen mehrere Sitzgruppen aus dunklen Ledersesseln. Der Fernseher war diskret in eine Ecke geschoben, und der ganze Raum hatte nun eher den Charakter eines Herrenklubs. An den Wänden hingen ebenso wie im Salon große Ölportraits unbekannter Landadliger des neunzehnten Jahrhunderts.

»Es ist gräßlich, absolut entsetzlich!« stöhnte Ulla, ließ sich in einen der Sessel fallen und bedeckte mit einer Hand die Augen.

Die hochgewachsene Frau setzte sich auf die Lehne eines anderen Sessels. Sie sah bestürzt aus. »Ich dachte, Sie würden sich freuen, wenn wir diese orange-blauen Vorhänge los sind!«

»Die waren wenigstens hell und sauber. Aber das hier«, Ulla machte eine verzweifelte Handbewegung, »ist doch einfach gruselig. Es sieht aus wie die Kulisse für einen Dracula-Film.«

»Ich finde, es hat Stil«, schaltete sich Max ein, den die Räume an das Haus seiner Großeltern erinnerten. Für einen kurzen Moment öffnete sich eine Tür in seinem Gedächtnis, und er hörte wieder die strengen Ermahnungen zu Verantwortung, Pflicht und Dankbarkeit, die seine Tage begleitet hatten, während er von seinem wortkargen Großvater die Jagd und das Reiten erlernte.

Ulla erschauderte. »Tony hat immer gesagt, wir sollten nichts tun, bevor wir es nicht richtig tun könnten. So, wie wir es im Speisesaal und in der Küche gemacht haben. Das hat für mich Stil. Das hier hingegen ist nur scheußlich.«

»Hören Sie«, Darina beugte sich vor und sprach mit sanfter Stimme. »Ich verstehe, daß es nicht so aussieht, wie Sie es sich vorgestellt haben, und ich stimme mit Ihnen überein, daß der Speisesaal wunderschön ist, aber das ist auch ein Teil des Problems.«

»Wieso das denn?« Ulla nahm die Hand von den Augen.

»Weil im Vergleich dazu der Rest des Hotels um so unvorteilhafter gewirkt hat. Diese gräßlichen Stühle waren nicht einmal bequem. Und die Vorhänge mögen zwar hell und sauber gewesen sein, aber sie paßten einfach nicht in dieses Haus. Na gut, vielleicht sieht es jetzt ein bißchen aus wie in einem Schauerroman, aber ich finde, Max hat recht: Es hat Stil. Ich gebe zu, es ist ein wenig exzentrisch, aber ist das so schlecht? Zumindest unterscheidet uns das von den anderen.«

Darina machte eine Pause, und als Ulla nicht widersprach, fuhr sie fort: »Die Leute wollen etwas Besonderes, wenn sie in einem Hotel wohnen. Häuser wie das Manor Park bieten ihren Gästen verschwenderischen Luxus, ein durchgestyltes Ambiente, ästhetische und kulinarische Genüsse, die alle Sinne verwöhnen. Aber wir können uns diesen Aufwand und dieses Dekor nicht leisten, noch nicht. Und deshalb müssen wir eben eine andere Art von besonderem Erlebnis bieten.«

»Anders ist es ganz bestimmt«, meinte Max anerkennend. Die Veränderungen gefielen ihm immer besser, sie belebten das alte Haus und gaben ihm Charakter.

»Na, Stiefmutter, wie findest du es?«

Max drehte sich um und rief erfreut: »Alex!«

Sein Bruder begrüßte ihn mit einem kühlen »Was zum Teufel machst du denn so früh hier?«.

»Alex, sei doch nicht so, es ist wunderbar, ihn hier zu haben.« Ulla streckte den Arm aus, ergriff Max' Hand und zog ihn auf die Sessellehne neben sich.

Er umfaßte ihre Finger mit beiden Händen und streichelte sie liebevoll.

Alex sah ihn immer noch fragend an.

Einen Moment lang wurde Max unsicher. »Ach, es ist nur so, daß ich mich für ein paar Tage freimachen konnte, und da dachte ich, ich komme auf einen kleinen Überraschungsbesuch vorbei. Ich finde die neue Einrichtung jedenfalls großartig. Ich hätte nie gedacht, daß der alte Kasten so, so ...« Er suchte nach dem richtigen Wort und beendete den Satz: »... so elegant aussehen könnte.«

»Was meinst du dazu, Alex?« fragte Ulla.

»Ich finde, der Name ›Hotel Morgue‹ ist jetzt genauso passend.«

»Also gefällt es dir auch nicht?«

»Ausnahmsweise stimme ich mal mit dir überein, Ulla.«

Max bemerkte, daß die große Frau Alex einen durchdringenden Blick zuwarf, aber sie sagte nichts.

»Das ist doch überhaupt nicht dein Stil, Ulla.«

Nun war es an seiner jungen Stiefmutter, Alex einen durchdringenden Blick zuzuwerfen. Dann sagte sie mit wütender Stimme: »Jetzt weiß ich, worauf du hinauswillst, Alex. Du willst doch bloß, daß ich den Kopf verliere und alles hinschmeiße. Du interessierst dich doch nur für dich selbst, alles andere ist dir egal, du Ungeheuer.«

Alex lehnte sich gegen den Türrahmen und verschränkte die Arme vor der Brust. »Das ist nicht wahr«, sagte er mit weicher Stimme und sah sie an. »Aber es stimmt, daß es mir lieber wäre, wenn du das Hotel aufgeben würdest. Es ist einfach nichts für dich. Dabei kannst du noch froh sein, daß du heute morgen nicht hier warst, als wir mit dem besoffensten Kerl fertig werden mußten, der mir je untergekommen ist.«

»Ein Betrunkener? Was ist passiert?«

Max ergriff wieder Ullas Hand und streichelte sie besänftigend.

»Nichts weiter«, antwortete Alex. »Nur eines von diesen kleinen Problemen, die das Hotelleben so mit sich bringt. Unser Gast Mr. Jones hatte beschlossen, seine Sorgen im Alkohol zu ertränken und hat dabei ein bißchen übertrieben. Wir haben ihn zwar so weit wiederhergestellt, daß er weiterreisen konnte, aber das Zimmer wirst du wohl die nächsten Tage nicht vermieten können.«

»Wir werden es wahrscheinlich vor Weihnachten ohnehin

nicht brauchen«, warf Darina ein. Dann wandte sie sich an Max. »Ich glaube, ich habe mich noch gar nicht vorgestellt.« Sie trat zu ihm und gab ihm die Hand. »Ich bin Darina Lisle und werde vielleicht Ullas Geschäftspartnerin. Sie müssen der Bruder von Alex sein.«

Max fühlte sich bei diesen Worten merkwürdig geschmeichelt. »Sehen wir uns so ähnlich?«

»Das gleiche helle Haar, die gleichen blauen Augen, ja, die Ähnlichkeit ist bemerkenswert, nicht wahr, Ulla?«

Ulla sah von einem Bruder zum anderen und meinte: »Kann schon sein.«

Alex lachte. »Ulla will es nicht zugeben, weil wir im Charakter so verschieden sind. Sie hat uns nie als Brüder gesehen, stimmt's, meine liebe Stiefmutter?«

Max bemerkte, wie sich eine leichte Röte auf Ullas Wangen legte, und er verspürte den Impuls, sie zu beschützen. Die Erinnerung stieg plötzlich in ihm auf, wie sie mit ihm seine erste Paar Jeans gekauft hatte – mit welcher Geduld sie ihm von Geschäft zu Geschäft gefolgt war, während er nach der gleichen Jeans suchte, die er an Alex gesehen hatte. Er warf Ulla einen dankbaren Blick zu und fragte dann: »Kann man in diesem phantastisch stilvollen Luxushotel vielleicht auch eine Tasse Kaffee und ein Sandwich bekommen? Ich habe seit dem Frühstück nichts gegessen und komme fast um vor Hunger.«

»Du Ärmster«, rief Ulla und erhob sich. »Da machst du extra die weite Reise von London, und ich bereite dir noch nicht einmal einen richtigen Empfang. Komm mit, es ist sicher noch etwas Gutes vom Mittagessen übrig – die neue Köchin jedenfalls ist ein Volltreffer.«

Während Max mit ihr zusammen die Bibliothek verließ, sagte er fröhlich: »Es gibt soviel zu erzählen, ich habe nämlich ein paar wirklich wichtige Entscheidungen getroffen.«

Diesen Abend verbrachte Darina mit Alex und Max in einem der örtlichen Pubs. Ulla hatte Dienst, eine Aufgabe, die nicht allzu beschwerlich war, da im Hotel Morgan lediglich zwei Tische zum Abendessen reserviert worden waren. Allerdings war das bereits ein Fortschritt im Vergleich zur vergangenen Woche, in der selten mehr als vier Gäste im Restaurant waren, abgesehen natürlich von George Prendergast, Ulla und Alex. Das Mittagsgeschäft hatte sich vielleicht belebt, alles andere nicht. Darina fing an, sich Sorgen zu machen.

Jetzt, nachdem sich Sally Griffiths so gut eingearbeitet hatte und Darina kurzfristig die ärgsten Probleme mit der Einrichtung zu ihrer, wenn auch nicht zu Ullas Zufriedenheit, gelöst hatte, war es an der Zeit, ihre Aufmerksamkeit der Frage zu widmen, wie man den Restaurantbetrieb ankurbeln könnte. Ihr Versuch, dieses Problem mit Ulla zu erörtern, hatte leider nur deren Mangel an Ideen oder Vorschlägen offenbart.

»Tony kannte sich damit bestens aus, und er hatte viele Pläne für ein besseres Marketing. Ich bin sicher, daß wir allmählich mehr Gäste bekommen werden. Wenn nur dieser Journalist nicht gerade an dem Tag gekommen wäre, als das Essen so miserabel war! Adam Tennant meinte, ein Artikel von ihm hätte sicher einen guten Werbeeffekt.«

»Es war also seine Idee, daß Sie ihn eingeladen haben?«

»Ja, er hat mir seinen Namen und seine Telefonnummer gegeben.«

»Dann werden wir ihn eben nochmal einladen und ihm ein kostenloses Essen für zwei Personen anbieten.«

Ulla war einverstanden, und sie hatten gleich den Brief abgeschickt, aber Darina machte sich keine großen Hoffnungen, daß ein Zeitungsartikel all ihre Probleme lösen könnte – da mußte noch viel mehr getan werden.

An dem Tag, den sie als ersten Schritt in der Umgestaltung des Hotels betrachtete, war sie nach dem Abendessen zu Alex ins Büro gegangen und hatte ihn ohne Umschweife angesprochen: »Ich möchte mit Ihnen darüber reden, wie wir das Geschäft im Restaurant verbessern können.«

Er sah von dem Brief auf, den er gerade aufmerksam gelesen hatte. Seine blauen Augen glänzten, und sein Gesicht strahlte, wie sie es noch nie vorher an ihm gesehen hatte. Sie fragte sich, was dieser Brief wohl enthielt, daß er eine solche Veränderung an ihm zu bewirken vermochte.

»Ich glaube kaum, daß das viel bringen wird. Sie wissen ja, meiner Ansicht nach hat dieses Hotel keine Chance mehr, aber – warum gehen wir nicht in ein Pub und trinken etwas? Und lassen Sie uns auch Max fragen, ob er mitkommen möchte.«

Er sprang auf, faltete den Brief zusammen, steckte ihn in die Innentasche seines Jacketts und ging mit Darina in die Hotelhalle, wo sie Max und Ulla fanden, die vor dem Kaminfeuer saßen und Kaffee tranken.

Max zögerte, die Einladung anzunehmen, und blickte Ulla an. »Ich dachte, ich sollte dir heute abend Gesellschaft leisten.«

Sie lächelte. »Sei nicht albern, geh ruhig mit Alex und Darina. Ich muß noch die Buchhaltung machen, wir können uns ja auch später noch unterhalten.«

Alex fuhr sie zu einem Pub, das ein wenig außerhalb des Ortes an der Straße nach Bristol lag. Es war angenehm und gemütlich eingerichtet, hatte einen offenen Kamin und nette Gäste. Die Tische waren besetzt, aber sie fanden ein paar leere Barhocker. Darina und Max setzten sich, während Alex ihre Getränke bestellte.

Der Barkeeper kannte Alex offenbar und rief gutgelaunt: »Nett, Sie wiederzusehen, Fremder. Was haben Sie denn so getrieben in der Zwischenzeit?«

»Mich mit einem dieser neuen Besen beschäftigt, die bekanntlich so gut kehren.« Alex bedachte Darina mit einem schiefen Grinsen und reichte ihr ein Glas Weißwein.

Während der Mann hinter der Theke ein großes Glas Lager zapfte, meinte er: »Es hat also nicht geklappt mit Ken, was?«

Alex reichte Max das Bier und schwieg, aber Darinas Aufmerksamkeit war geweckt.

»Sie meinen Ken Farthing, den Küchenchef?«

»Aha, so nennt er sich jetzt also?«

»Wieso, wie nennen Sie ihn denn?«

»Bei uns wird er bloß ›Koch‹ gerufen.«

»Heißt das, Sie haben ihn eingestellt?« Darina sah sich in dem Pub um, und ihr Blick fiel auf eine große Schiefertafel, auf der mit Kreide die Tagesmenüs aufgelistet waren, eine Auswahl gutbürgerlicher Gerichte, die auch zu dieser späten Stunde noch an vielen Tischen verzehrt wurden.

»Er arbeitet zwischendurch immer wieder hier«, antwortete der Mann und reichte Alex noch ein Bier vom Faß.

»Danke, Dave, genehmigen Sie sich auch eins auf meine Rechnung«, sagte Alex, während er ihm eine Fünf-Pfund-Note reichte.

»Vielen Dank, ein kleiner Schluck Bitter wäre jetzt genau das richtige.« Dave zapfte sich selbst ein Bier.

»Was meinen Sie mit ›zwischendurch‹?« hakte Darina nach.

Der Gastwirt blickte sich um, sah, daß sich die Kellnerin um die anderen Gäste kümmerte, stützte sich auf die Theke und ließ sich zu einem kleinen Plausch herbei.

»Ken hat die fixe Idee, ein Genie am Herd zu sein, hält sich für so 'ne Art Starkoch. Die einfachen Gerichte, die wir hier servieren, macht er wirklich gut, das kann man nicht anders sagen. Hatte noch nie irgendwelche Beschwerden. Aber das reicht ihm nicht, er muß ja kreativ sein. Das läuft dann jedesmal so ab, daß er von Leuten hört, die sich irgendwas in den Kopf gesetzt haben in Richtung Haute Cuisine – entschuldige, Alex, aber das wolltet ihr doch –, und schon rennt er los, kocht ihnen sein Vorzeigegericht, das er mal irgendwo gelernt hat, überzeugt die Leute davon, daß er ein Geschenk des Himmels für sie sei – und die stellen ihn auch prompt ein. Na ja, das hängt davon ab, wie lange sie ihn machen lassen, aber über kurz oder lang kapieren die Leute, daß er's einfach nicht drauf hat, feuern ihn, und dann kommt er wieder angerannt und fragt mich, ob ich nicht einen Job für ihn hätte.«

»Und, haben Sie?«

»Manchmal ja, manchmal nein. Er war auch neulich wieder da, aber ich hatte nichts für ihn.«

»Und wo ist er dann hingegangen?«

Dave nahm einen tiefen Schluck aus seinem Glas. »Hat bloß gesagt, er würde nach London gehen, vielleicht hätte er da mehr Glück. Da gibt's ja weiß Gott genug Restaurants und Pubs, aber ich würde mich nicht wundern, wenn er bald wieder hier auftaucht.«

»Und wenn Sie dann wieder einen Koch brauchen – würden Sie ihn nehmen?«

»Auf der Stelle. Wie gesagt, unser Essen kriegt er prima hin. Und wie der arbeitet! Der schafft für zwei. Das ist seine Stärke. Allerdings muß man ihn vom Alkohol fernhalten. Hatten Sie eigentlich Probleme mit ihm in dieser Richtung, Alex?«

Alex unterbrach seine Unterhaltung mit Max. »Was? Ken und Trinken? Nein, da gab's nie Schwierigkeiten.«

»Wahrscheinlich war er einfach nicht lange genug da. Am Anfang geht's meistens noch gut.«

»Und was passiert dann?« wollte Darina wissen.

»Er langweilt sich oder ist frustriert, was weiß ich. Erst fängt er an, bei der Arbeit hier und da etwas Wein zu trinken, dann greift er plötzlich zu härteren Sachen, die er, umgefüllt in eine Weinflasche, griffbereit am Herd stehen hat. Wenn er glaubt, daß niemand hinsieht, nimmt er einen kräftigen Schluck – und dann noch einen und noch einen, und bevor man weiß, was los ist, ist er schon stockbesoffen und bricht mit jedem X-beliebigen, der ihm grade unterkommt, einen Streit vom Zaun. Verrückter Kerl!«

Darina erinnerte sich an die kräftige Statur des Mannes. »Ich glaub', ich wäre nicht so scharf darauf, diejenige zu sein, mit der er einen Streit anfängt, besonders nicht bei all diesen Küchenmessern in seiner Nähe.«

»Ach nein, so schlimm ist es nicht, normalerweise verläßt er sich auf seine Hände. Allerdings – da hat's mal so einen Zwischenfall gegeben, bei dem ein Hackbeil eine Rolle gespielt hat.« Dave warf einen erinnerungsträchtigen Blick auf die Bar.

»Was ist passiert?«

»Die Theke hat eine verflucht große Delle abgekriegt. Zum Glück konnte ich dem Ding gerade noch ausweichen!«

»Und da wollen Sie ihn nochmal einstellen?«

»Wie ich schon gesagt habe, er ist eine verdammt gute Arbeitskraft. Man muß ihn bloß vom Saufen abhalten.«

In diesem Augenblick wurde Dave von ein paar Gästen an das andere Ende der Theke gerufen.

»Haben Sie das gewußt über Ken Farthing?« wandte sich Darina an Alex.

»Keine Spur. Ich war ziemlich oft hier, Dave ist ein prima Kerl, und er hat ein nettes Pub, aber ich hatte nie mit den Leuten in der Küche zu tun. Allerdings muß ich wohl ab und zu eine von Kens Fleischpasteten gegessen haben.«

»Und wenn er George Prendergast solche Gerichte gekocht hat, ist es ja auch kein Wunder, daß der so zufrieden mit dem Essen war.«

Max sah verwirrt von einem zum anderen, woraufhin ihm Alex die Geschichte mit Ken Farthing erzählte. Darina sah sich währenddessen in dem Pub um und genoß die fröhliche, gesellige Atmosphäre; dann blickte sie überrascht auf, als sie in den beiden eintretenden Gästen William und seine neue Mitarbeiterin erkannte.

Sie hatte ihn seit ihrem Besuch im Manor Park nicht mehr gesehen. Am folgenden Abend hatte er sie angerufen, ihr kurz vom Stand der Ermittlungen in der Mordsache berichtet und sie recht unbeteiligt gefragt, wie es ihr mit Ulla und dem Hotel Morgan erginge. Darauf meinte er, er könne jetzt nicht länger reden, da er immer noch im Dienst sei, und versprach, sich wieder zu melden, sobald er etwas Zeit hätte.

Darina hatte daraufhin den Hörer mit einem Gefühl aufgelegt, das sie nicht unbedingt näher analysieren wollte.

Seither hatte es zwei weitere kurze Anrufe gegeben, und dann hatte sie nichts mehr von ihm gehört. Und jetzt kam er plötzlich mit Constable Pat James in den Pub ›Fuchs und Gans‹ spaziert. Dienstlich oder privat?

Das Paar trat an die Theke.

»Sind Sie der Besitzer, Dave Cummings?« fragte William.

Der Mann hinter dem Tresen nickte.

William zeigte ihm seine Polizeimarke.

»Ich hoffe, es hat nichts mit meiner Konzession zu tun?«

»Nein, wir führen nur eine Routineuntersuchung durch. Kennen Sie diese Frau?« William drehte sich zu Pat James um, die ein Photo aus der Tasche gezogen hatte und es dem Gastwirt reichte.

Dave betrachtete es ein paar Minuten eingehend und schüttelte dann den Kopf.

»Kann ich wirklich nicht sagen. Möglich, daß sie mal hier war, oder auch nicht. Wir haben viele Gäste, hauptsächlich aus Bristol und Bath, die nur gelegentlich mal vorbeikommen. Das Essen ist gut, und unsere Preise sind zivil. Jede Woche kommen etliche Mädchen her, die so aussehen wie die hier.«

»Sie können also nicht mit Sicherheit sagen, ob sie am Samstag vor zehn Tagen hier war?«

»Samstag vor zehn Tagen? Das ist doch wohl nicht Ihr Ernst, Sergeant, halb Somerset ist am Samstagabend hier versammelt.«

William seufzte und strich einen Namen aus seiner Liste vom Notizblock. Dann blickte er auf, erkannte Darina und ging, ohne zu zögern, auf sie zu.

»Verfolge ich dich, oder verfolgst du mich? Wie auch immer, du bist eine Freude für meine überarbeiteten Augen. Ich habe dich vermißt. Dieser verfluchte Fall bedeutet, daß ich im Moment praktisch überhaupt kein Privatleben mehr habe. Alex, schön, Sie zu sehen.«

Darina beobachtete ihn, aber er wirkte so unbefangen und herzlich wie immer. Dann warf sie einen Blick auf seine Begleiterin, die in das Studium der Speisetafel versunken zu sein schien.

»Pat«, rief William, »ich möchte Ihnen Darina Lisle vorstellen.«

Die beiden Frauen gaben sich die Hand, und Pat schenkte Darina ein kleines Lächeln zur Begrüßung.

Darina stellte ihr auch Alex und Max vor, wobei sie überrascht feststellte, daß deren beträchtlicher Charme anscheinend nicht den geringsten Eindruck auf die Polizistin machte.

Max meinte: »Die Polizei, wie interessant! Welchen Fall untersuchen Sie denn gerade?«

»Einen Mord«, gab William knapp zurück und hielt ihm die Photographie entgegen. »Dieses Mädchen wurde vor zehn Tagen, nur ein paar Meilen von hier entfernt, erdrosselt aufgefunden. Wir versuchen herauszufinden, ob sie am Samstag abend in einem der hiesigen Pubs gesehen wurde, und wenn ja, mit wem.«

»Darf ich Sie zu einem Drink einladen?« fragte Alex, während er das Bild in die Hand nahm.

»Sehr freundlich von Ihnen, aber wir sind im Dienst.«

Darina warf einen Blick über Alex' Schulter auf das Photo

und sah den Schnappschuß von einem lachenden Gesicht unter einer üppigen Mähne blonder Haare. Eigentlich war nichts Besonderes an diesem Gesicht, aber in den Augen leuchtete eine Lebensfreude, die es sehr anziehend machte. Erdrosselt, hatte William gesagt. Darina schauderte bei dem Gedanken, und dann fiel ihr eine merkwürdige Starre an Alex auf, der immer noch auf das Photo in seiner Hand sah. Sie warf ihm einen Blick zu – gerade, als er mit einem Ausdruck des Bedauerns den Kopf schüttelte.

»Sagten Sie, daß sie tot ist?« fragte er, und es klang bestürzt.

»Ja, ihre Leiche wurde an dem Montag, als ich bei Ihnen zu Mittag gegessen habe, in einem Graben gefunden. Deshalb mußte ich auch so plötzlich weg.«

»Hübsches Mädchen«, meinte Alex und gab Pat James die Photographie zurück.

»Haben Sie sie gekannt?« fragte William.

»Nein ... nein, das nicht. Es ist ein ziemlich alltägliches Gesicht. Ich bezweifle, daß ich mich daran erinnern könnte, wenn ich es mal gesehen hätte.«

»Aber Sie würden sich sicher an ihre Beine erinnern.«

»Wieso ihre Beine?«

»Sie hatte sehr lange und auffallend schöne Beine.«

»Nun, ich persönlich stehe mehr auf Brüste.«

»Alex!« protestierte Max.

Alex beugte sich hinüber und zerzauste seinem jüngeren Bruder liebevoll das Haar. »Wie ordinär, hmm? Du hast ganz recht. Ich entschuldige mich für diese Bemerkung, William. Es tut mir wirklich leid, was mit der jungen Frau passiert ist, aber ich kann Ihnen bei Ihren Ermittlungen leider nicht helfen.«

»Ich habe auch eigentlich nicht damit gerechnet. Wie steht's mit Ihrem Bruder?« Er zeigte die Photographie Max, der einen flüchtigen Blick darauf warf und dann ebenfalls den Kopf schüttelte.

William seufzte. »Kommen Sie, Constable, wir müssen zur nächsten Adresse auf unserer Liste.«

Sie hatte ja nichts dagegen, daß er sie Constable nannte, aber als er seine Kollegin durch den Raum führte, gab es Darina wieder einen Stich. Sie schalt sich selbst wegen ihrer idiotischen Eifersucht, aber es half nichts.

»Hübsche Figur, obwohl sie nicht gerade gut zur Geltung kommt in diesem unförmigen Mantel; das Gesicht ist ein bißchen blaß, aber gut geschnitten. Sie könnte wirklich sehr attraktiv sein, wenn sie etwas mehr dafür tun würde. Was meinst du, Max?«

»Falls du diese Polizistin meinst, so habe ich sie kaum bemerkt. Aber wenn du mich schon nach meiner Meinung fragst, dann finde ich sie eher nichtssagend.«

»Du läßt nach, Bruderherz, früher warst du viel scharfsichtiger.«

»Du bist doch der ewige Romeo von uns beiden, nicht ich. Anscheinend mußt du jede Frau, die du siehst, erniedrigen.«

»Na komm, das ist nicht fair. Was sagen Sie dazu, Darina? Habe ich jemals auch nur den geringsten Versuch gemacht, Sie zu erniedrigen?«

Eine Strähne seines blonden Haares fiel ihm in die breite Stirn, und er lehnte sich scheinbar völlig lässig an den Tresen. Aber Darina bemerkte, daß unter seinem linken Auge ein Muskel zuckte.

Auf dem Barhocker gegenüber wirkte Max beinahe wie sein Spiegelbild. Das gleiche weiche, helle Haar, die gleichen ebenmäßigen Gesichtszüge, die gleiche schlaksige Figur, die gleichen blaßblauen Augen unter den farblosen Wimpern – nur hatten seine nicht den kalten Ausdruck wie die seines älteren Bruders. Und noch etwas fehlte ihm, nämlich dessen scharfe Intelligenz und Weltläufigkeit. Oder lag es nur daran, daß Max so viel jünger war?

Und aufbrausender. »Alex, nie kannst du mal ernst sein! Du nimmst überhaupt nichts ernst. Warum kannst du die Frauen nicht mit Respekt behandeln?«

»Respekt? Du glaubst also tatsächlich, daß sie respektiert

werden wollen? Was für ein origineller Gedanke! Erinnere mich daran, daß ich es mal mit dieser Masche probiere, mein kleiner Experte in weiblicher Psychologie.«

Max errötete. »Ich weiß, daß ich nicht halb so erfahren bin wie du, Alex, aber trotzdem glaube ich, daß ich über manche Dinge besser Bescheid weiß als du.«

»Tatsächlich?« meinte Alex, plötzlich ganz sanftmütig geworden. »Und welche Dinge wären das?«

»Nun, Ulla zum Beispiel.«

»Und was ist es, was du über Ulla so viel besser weißt?«

Max saugte an seiner Unterlippe und zögerte. Dann gab er sich einen Ruck und antwortete bestimmt.

»Sie hat es nicht verdient, daß du sie so behandelst.«

»Wie behandle ich sie denn?«

»Wie... wie ein Stück Dreck.«

»Ach, findest du?«

Darina glitt von ihrem Barhocker und murmelte etwas davon, daß sie mal verschwinden müsse.

Sie hielt sich so lange wie möglich in der Toilette auf, und als sie zurückkam, fand sie Alex allein an der Bar. »Wo ist Max?« fragte sie ihn.

»Der ist ins Hotel zurück. Er meinte, er würde laufen oder per Anhalter fahren. Ich habe es nämlich gewagt, anzudeuten, daß seine geliebte Ulla vielleicht nicht ganz so heilig ist, wie er denkt, und da ist er total eingeschnappt und wollte keinen Moment länger in meiner Gesellschaft bleiben.« Alex trank sein Bier in einem Schluck aus, knallte das Glas auf den Tresen und rief: »Dave, wie wär's mit ein bißchen Bedienung hier hinten? Gib mir einen doppelten Whisky und noch einen Weißwein – oder möchten Sie auch etwas Stärkeres, Darina?«

Darina erwiderte, sie würde lieber beim Wein bleiben und bestand darauf, daß diese Runde auf ihre Rechnung ging.

»Ein Hoch auf die Emanzipation«, murmelte Alex und kippte die Hälfte seines Whiskys hinunter. »Da fällt mir ein: Was wollten Sie eigentlich so dringend mit mir besprechen?«

Darina steckte das Wechselgeld ein und nahm ihr Glas in die Hand.

»Zuerst wüßte ich gern, warum Sie und Max eine so unterschiedliche Meinung von Ulla haben. Wieso können Sie sie nicht ausstehen, während Max sie offensichtlich anbetet?«

Die eisblauen Augen erwiderten ihren Blick.

»Könnten Sie mir irgendeinen Grund nennen, warum ich Ihnen meine Familiengeschichte erzählen sollte?«

»Nur den, daß es mir angemessen erscheint, etwas mehr über die persönlichen Hintergründe zu wissen, wenn ich Ullas Partnerin werden soll.«

»Aber ich bin ja gar nicht daran interessiert, daß Sie Ullas Partnerin werden, ich will, daß sie das Hotel verkauft.«

»Damit sie Ihnen Ihren Anteil auszahlen muß?«

»Gut herausgearbeitet, Watson.«

»Was ist das denn für eine Sache, die so wichtig für Sie ist, daß Sie dafür all das Geld brauchen?«

»Also, das geht Sie nun wirklich nichts an. Ebensogut könnte ich Sie fragen, was Sie an dieser kleinen, unbedeutenden Polizistin so nervös macht.«

»Was wollen Sie denn damit sagen?«

»Glauben Sie, ich hätte nicht bemerkt, was für ein eisiges Gesicht Sie gemacht haben, als William sie Ihnen vorgestellt hat? Und wie Sie plötzlich die Überlegene gespielt haben? Du liebe Zeit, von der haben Sie doch nichts zu befürchten, es sei denn, Sie stellen diese Wärme ab, die Sie so intensiv ausstrahlen.«

Darina ließ sich nicht vom Thema ablenken. »Mich interessiert noch immer die Geschichte von Max und Ulla.«

»Daß Frauen so neugierig sein müssen! Na gut. Für Max ist Ulla die einzige wirkliche Mutter, die er je hatte.«

Darina runzelte die Stirn. »Das verstehe ich nicht. Ich meine, warum nehmen Sie Ulla so übel, daß sie Trudys Platz eingenommen hat, und Max nicht?«

»Ach, Mädchen, Sie bringen ja alles durcheinander. Zunächst ist Ulla – nicht die Stiefmutter von Max.«

»Aber ...« Darina dachte rasch nach, »Sie meinen also, Sie und er haben verschiedene *Väter*?«

»Bravo!«

»Sie brauchen gar nicht sarkastisch zu werden. Das war schließlich ein ganz verständlicher Irrtum.«

»Ach ja?«

»Ja, es schien so, als sei er im Hotel Morgan zu Hause.« Darina sortierte noch einmal ihre Gedanken und sagte dann langsam: »Aber heißt das denn, daß Trudy auch nicht Ihre Mutter war?«

»Weshalb glauben Sie denn, sie wäre es?«

Darina begann vollkommen an ihren analytischen Fähigkeiten zu zweifeln. »Es war nur wegen Ihrer Abneigung gegen Ulla, da habe ich einfach angenommen, sie müsse Ihre Mutter verdrängt haben.«

Alex seufzte geduldig. »Von meinem dritten Lebensjahr an war Trudy eigentlich in jeder Hinsicht meine Mutter. Ich nehme an, ich empfand für sie das gleiche wie Max für Ulla. Wir waren«, ja, »wir waren eine sehr glückliche Familie.«

»Und dann ist sie gestorben«, meinte Darina nach einer Pause.

»Krebs«, antwortete Alex knapp. »Es war furchtbar, und ich dachte, mein Vater wäre darüber so unglücklich wie ich. Deshalb konnte ich es auch gar nicht glauben, als er plötzlich, weniger als ein Jahr nach ihrem Tod, verkündete, er würde wieder heiraten – und zwar eine Frau, die nur halb so alt war wie er selbst.«

»Ich denke, es ist eine Art Tribut an eine glückliche Ehe, wenn sich ein Witwer rasch wieder verheiratet.«

»Ach ja?« meinte er beißend. »Ich glaube eher, sie hat ihn verführt und in die Falle gelockt.«

»Das meinen Sie doch nicht im Ernst!«

»Haben Sie nicht gesehen, wie sie sich jetzt schon wieder an die Männer ranmacht?«

Darina sagte nichts und dachte statt dessen an Ullas Beschreibung ihrer Ehe.

»War Ihr Vater denn nicht glücklich mit ihr?«

Alex sah verdrossen in sein Glas. »Ich war nicht sehr oft zu Hause. Nach der Universität habe ich die meiste Zeit im Ausland verbracht. Dad und ich haben uns in vielen Dingen nicht verstanden.«

»Wie können Sie dann seine Gefühle für Ulla beurteilen? Aber wie war es denn, wenn Sie mal zu Hause waren?«

»Ach, wer weiß denn schon, wie es wirklich in einer Ehe aussieht. Nur weil beide glücklich wirken, heißt das doch noch lange nicht ....« Alex ließ den Satz unvollendet.

»Welchen Grund haben Sie denn für Ihre Annahme, daß sie es nicht waren?«

Statt einer Antwort, trat Alex nur kurz mit dem Fuß gegen den Tresen. In diesem Moment sah er seinem Bruder plötzlich sehr ähnlich.

»Was ist mit Ihrer leiblichen Mutter?« fragte Darina, »lebt sie noch? Und wie kam es, daß Max so viel Zeit mit Ihrem Vater und Ulla verbracht hat?«

»Himmel nochmal, Sie wollen's aber ganz genau wissen!«

»Nun ja, Sie müssen zugeben, daß es eine interessante Konstellation ist. Ich meine, nicht viele Männer würden gerne das Kind ihrer Ex-Frau von einem anderen Mann zu sich nehmen.«

»Nein? Nun ja, Dad hatte einfach Mitleid mit ihm, nachdem ich ihm erzählt hatte, wie übel es Max ergangen war. Keine Mutter mehr, und der Vater war beim Militär und ließ sich kaum blicken. Ich habe ihn mal im Haus seiner Großeltern besucht, wo er damals wohnte. Ich kann Ihnen sagen, das war vielleicht schaurig. Das Haus war riesig und düster, und die beiden Alten lebten wie im vorigen Jahrhundert. Sie waren unglaublich streng mit Max, haben ihm zum Beispiel nie erlaubt, sich mit anderen Jugendlichen zu treffen, weil sie meinten, die hätten einen schlechten Einfluß auf ihn.«

»Wie haben Sie sie denn dazu überreden können, daß sie Ihrem Besuch zugestimmt haben?«

Alex grinste sie an. »Mit meinem berühmten Charme.

Die beiden haben mir praktisch aus der Hand gefressen. Wenn ich will, weiß ich schon ganz genau, wie man mit den Leuten umgehen muß.«

Schade, daß er dieses Talent nicht öfter einsetzt, dachte Darina.

»Aber jetzt genug von unserer Familiengeschichte. Lassen Sie uns noch was trinken.«

Darina bestellte ein Mineralwasser.

»Sehr vernünftig von Ihnen. Da können Sie uns beide nach Hause fahren. Ich habe nämlich vor, mich zu betrinken. Hätten Sie was dagegen?«

Darina sah ihn an. Seine Augen glänzten fiebrig, und seine Finger trommelten nervös auf der Tischplatte. »Nein«, sagte sie.

»Heißt das, Sie haben nichts dagegen zu fahren, oder daß ich mich betrinke?«

»Beides. Ich persönlich finde ja, der Alkohol ist keine Lösung, aber wenn es Ihnen hilft, im Augenblick besser zurechtzukommen mit dem, was Sie bedrückt, bin ich wohl kaum die Richtige, Ihnen eine Moralpredigt zu halten.«

»Boshaft sind Sie also auch noch?« meinte Alex anerkennend. »Kein Wunder, daß ich keine Lust habe, mich mit Ihnen einzulassen.«

»Sie wollen nicht?«

Er warf ihr ein rasches Lächeln voll trügerischen Charmes zu. »Max hatte ganz recht, ich bin ein ziemlicher Draufgänger bei den Mädchen, ich kann einem hübschen Gesicht einfach nicht widerstehen.«

»Außer meinem – und Ullas?«

»Außer Ihrem und Ullas«, stimmte er zu. Dann rief er aus: »Ich habe ja ganz vergessen, Ihnen zu sagen, daß ich morgen nach London fahren muß. Das heißt, Sie müssen meinen Dienst in der Hotelbar übernehmen, oder vielleicht kriegen Sie Max dazu, daß er's macht.« In seinen Worten schwang wieder diese unterdrückte Erregung mit, die Darina bereits einige Stunden zuvor an ihm bemerkt hatte. »Also, war es wirklich die Familiengeschichte, die Sie heute abend mit mir diskutieren wollten?«

Darina beschloß, das Thema einer neuen Marketingstrategie für das Hotel auf ein andermal zu verschieben. »Warum eigentlich, glauben Sie, will Ulla das Hotel so unbedingt behalten?« fragte sie statt dessen. »Ich stimme Ihnen zu, daß sie vom Management nicht allzuviel Ahnung hat. Wenn sie also ein gutes Angebot bekommen hat, warum will sie diesen Kampf weiterführen?«

»Um mir eins auszuwischen.«

»Glauben Sie das wirklich?«

Alex blickte versonnen in sein leeres Glas und stellte es mit einem Seufzer auf den Tresen zurück. »Nein, Sie haben recht, das tue ich nicht. Aber ich habe keine Ahnung, was die richtige Antwort ist. Ich wünschte, ich wüßte es. Sie will nicht mit mir darüber reden, was ich ihr eigentlich auch kaum verübeln kann. Schließlich habe ich ihren Problemen gegenüber bisher auch nicht gerade sehr viel Verständnis gezeigt. Haben Sie sie eigentlich selbst mal gefragt?«

»Ja, sie sagt, sie will die Arbeit Ihres Vaters fortsetzen, aber sie meint auch, daß sie nicht genug Geld zum Leben hat, wenn sie das Hotel verkauft.«

»Aha«, Alex' Ton wurde wieder zynisch, »da haben wir's. Im Hotel kann sie stilvoll residieren, und ohne müßte sie wieder in primitiven Verhältnissen hausen.«

»Sie halten das Hotel Morgan für eine stilvolle Residenz?« Darina dachte an die kleine, einfache Wohnung, die Ulla in den ehemaligen Stallungen bewohnte.

»Denken Sie an die Größe des Hauses und an den prächtigen Speisesaal! Außerdem kann sie dort praktisch umsonst wohnen, selbst wenn es nicht viel Geld einbringt. Wo sonst könnte sie denn derart selbstgefällig die Hausherrin spielen – und Ulla liebt es, die Hausherrin zu spielen. Diese Seite von ihr haben Sie wahrscheinlich noch nicht kennengelernt.«

»Sie erwähnte, daß sie sich auf all die Weihnachtsaktivitäten freut.«

»Oh Gott, Weihnachten!«

»Sie freuen sich also nicht darauf?« Es war eigentlich eher eine Feststellung als eine Frage, aber Alex beantwortete sie.

»Eine Meute völlig fremder Leute, die unterhalten werden wollen; Essen und Trinken bis zum Umfallen; der Heizkessel, der ständig auf Hochtouren gebracht werden muß; und Max in irgendwelchen Schwierigkeiten – oh ja, das wird sicher herrlich.«

»Wieso glauben Sie, daß Max in Schwierigkeiten ist?«

»Ich frage mich die ganze Zeit, warum er heute hier aufgetaucht ist. Er hat sicher nicht einfach so zehn Tage frei bekommen. Er ist nämlich Angestellter in einer Steuerberatungskanzlei, und Ende des Jahres ist bei denen immer Hochbetrieb. Es war sogar fraglich, ob er überhaupt genug Zeit haben würde, die Feiertage hier zu verbringen. Also nehme ich an, daß er entweder gekündigt hat oder gefeuert wurde. Und haben Sie nicht gehört, wie er zu Ulla sagte, er habe einige wichtige Entscheidungen getroffen?« Alex rieb sich die Augen. »Es ist wohl mal wieder an der Zeit, daß ihn sein großer Bruder auf den Boden der Realität zurückholt. Manchmal benimmt er sich wie ein Kind – und er hat doch sonst niemanden, der ihn ab und zu daran erinnert, worum es im Leben wirklich geht. Das ist zwar keine angenehme Aufgabe, denn er ist verdammt hitzköpfig, aber es muß sein.«

»Hör auf meine Worte, sieh nicht auf meine Taten«, murmelte Darina, während sie ihm aus dem Pub folgte. Draußen gab er ihr die Schlüssel für seinen Kombiwagen, in dem es aussah, als hätte dort seit einer Woche ein Landstreicher kampiert.

Sie holten Max ein, als er müde die A37 in Richtung Hotel entlangtrottete. Beim Geräusch des sich nähernden Wagens streckte er automatisch den Daumen heraus, ohne sich auch nur umzudrehen. Als Darina anhielt und Alex ihm die hintere Wagentür öffnete, ließ er sich wortlos auf den Sitz fallen. Dann grunzte er ärgerlich und zog aus den Tiefen der Polsterung eine leere Bierdose hervor.

»Also wirklich, Alex«, beschwerte er sich, »machst du denn nie mal sauber hier drin? Was hätte Tony dazu gesagt?«

»Dad wußte, daß der Wagen es nicht mehr lange machen würde, er wollte sich sowieso einen neuen kaufen. Aber statt dessen mußte sich Ulla diesen Sommer ja unbedingt ein neues Auto zulegen.« In seiner Stimme lag unverhohlene Bitterkeit.

»Ich werde den Wagen morgen mal gründlich reinigen«, sagte Max. Es war eine unausgesprochene Entschuldigung.

»Danke, Kleiner. Kann ich dann dein Auto haben, um zum Bahnhof zu fahren, oder bringst du mich hin?«

»Wieso Bahnhof? Wohin willst du denn? Ich dachte, wir könnten mal länger miteinander reden.«

»Sei doch nicht gleich beleidigt. Ich fahre bloß für einen Tag nach London. Geschäftlich. Wir haben sicher noch genug Zeit für unsere Unterhaltung, das verspreche ich dir.«

Später, als sie die ganze Geschichte noch einmal überdachte, wunderte sich Darina, daß sie die Hinweise nicht bemerkt hatte, die einem mit ein wenig Gespür am folgenden Tag hätten auffallen müssen. Damit hätte sie den Schlüssel gehabt zu dem Mord, der bereits geschehen war, ebenso wie zu der Tragödie, die sich noch ereignen sollte. Doch hätte es einen Unterschied gemacht, wenn sie die Hinweise richtig gedeutet hätte? Aber das war eine müßige Frage. Hellseherische Fähigkeiten waren nun einmal nicht jedem vergönnt. Nein, damals war dieser Tag in einem Durcheinander scheinbar unzusammenhängender Ereignisse verlaufen. Einige von ihnen waren vielleicht etwas beunruhigend, andere mit Sicherheit unangenehm, aber man konnte sie kaum unheilvoll nennen.

Alex war im Anzug zum Frühstück erschienen. »Ich hätte nicht gedacht, daß Sie so ein Kleidungsstück überhaupt besitzen«, stichelte Darina und stellte einen Teller mit gegrillten Nierchen, Speck und Tomaten vor ihn auf den Tisch.

»Der gehörte seinem Vater«, erklärte Ulla in scharfem Ton, während sie in der Küche umherging und den neuen Speiseplan für das Mittagessen suchte.

»Um den auszufüllen, brauchst du aber noch zwei Teller von diesem üppigen Frühstück«, kommentierte Max, der sich zu seinem Bruder an den Tisch setzte.

Es stimmte, der dunkle Anzug war offensichtlich für einen stärkeren Mann als Alex gemacht. Und es war auch zweifelhaft, ob der Schneider beabsichtigt hatte, daß er über einem T-Shirt und Pullover mit Patentmuster getragen wurde.

»Du siehst aus wie Fisch und Chips im Feinschmeckerrestaurant.«

»Fisch und Chips im Feinschmeckerrestaurant? Das ist gut, das gefällt mir.«

»Hier habe ich übrigens ein paar Sachen aufgeschrieben, die wir bräuchten – falls Sie Zeit haben.« Darina zog eine Liste aus ihrer Tasche. »Ich habe auch dazugeschrieben, wo Sie die einzelnen Produkte bekommen können.«

Alex warf einen raschen Blick auf das Papier. »Das meinen Sie doch nicht im Ernst? Ich habe wirklich keine Zeit, in London rumzulaufen und Besorgungen für Sie zu machen, und was ist überhaupt eine Couverture?«

»Schokoladenglasur, und die brauchen wir unbedingt.«

Alex schob die Liste in seine Brieftasche. »Ich kann aber nichts versprechen. So, und jetzt müssen wir los, Max, sonst verpasse ich meinen Zug.«

Sein Bruder hob die Reisetasche auf, die Alex neben den Tisch gestellt hatte. »Himmel, ist die schwer! Was, um alles in der Welt, hast du denn da drin?«

Alex riß ihm die Tasche aus der Hand und marschierte zur Tür. Max zuckte mit den Achseln und folgte ihm.

»Ich kann mir nicht vorstellen, was er in London will«, sagte Ulla ärgerlich. »Und wir können hier die ganze Arbeit für ihn miterledigen.«

»Wann hatte er denn seinen letzten freien Tag?«

Ulla ignorierte diesen Hinweis und fächelte sich mit der Speisekarte Luft zu.

»Darina, halten Sie das für eine gute Idee? Ich meine, keine Gerichte à la carte, und dann so eine kleine Auswahl?«

Darina beugte sich über die Karte, obwohl sie sie bereits auswendig kannte.

»Es stimmt schon, daß die Auswahl nicht so groß ist wie vorher«, räumte sie ein, »aber haben Sie auch gesehen, was wir jetzt anbieten? Hausgemachte Suppe oder warmen Muschelsalat, Roastbeef oder Truthahnbrust, als vegetarische Alternative gefüllte Ravioli, zum Dessert Melassekuchen, Rosinentörtchen oder unsere Spezialeiscreme. Nun ja, der Muschelsalat ist vielleicht etwas riskant für diese Gegend, aber schließlich müssen wir zeigen, daß unsere Küche auf der Höhe der Zeit ist, und alle anderen Gerichte kommen ganz sicher gut an. Was ist los, tut es Ihnen leid, daß Sie gesagt haben, Sie würden alle Entscheidungen, die das Essen betreffen, Sally und mir überlassen?«

Darina bezweifelte, daß Ulla zu schätzen wußte, mit wieviel Sorgfalt sie das Menü zusammengestellt hatten, so daß es zwar ziemlich traditionell wirkte, aber dennoch Überraschendes bot – sie und die neue Küchenchefin glaubten, daß dies die anspruchsvollen und kritischen Gäste anzog, ohne die eher konservativen zu vergraulen. Da gab es zum Beispiel diese kleinen Törtchen mit püriertem Lauch, die als Beilage zu allen Hauptgerichten serviert wurden; die selbstgemachte Sauce hollandaise zum Fleisch; das frische Hackfleisch für die gefüllte Pastete; und die Crème anglaise zum Melassekuchen. Darina war zuversichtlich, daß Sally ihnen bald einen ausgezeichneten Ruf für eine Küche einbringen würde, die zwar bodenständig, aber modern und erstklassig war. Das Hotel Morgan sollte dafür bekannt werden, daß man in seinem Restaurant ein wohlschmeckendes Essen von ausgezeichneter Qualität zu einem vernünftigen Preis bekam.

»Ich kann gar nicht glauben, daß die Gerichte so wenig kosten sollen«, meinte Ulla. »Machen wir denn da überhaupt Gewinn?«

»Sally hat alles ganz genau durchkalkuliert – wir verdienen durchaus daran. Ich habe übrigens vor, unsere Speisekarte an alle umliegenden Firmen zu verschicken. Dadurch wird sich unser Geschäft vor Weihnachten sicher noch etwas ankurbeln lassen.«

»Noch mehr Ausgaben?«

Darina sah Ulla einen Moment lang an. Dann zog sie einen Stuhl heran und sagte: »Setzen Sie sich.« Als Ulla Platz genommen hatte, goß sie ihr eine Tasse Kaffee ein und fuhr fort: »Sagen Sie, was Ihnen mißfällt. Sie wissen doch, daß wir den Standard des Restaurants auf ein höheres Niveau bringen müssen. Schließlich brauchen wir mehr Gäste für das Hotel, und das gelingt uns am ehesten mit einer ausgezeichneten Küche.«

»Ich habe das unangenehme Gefühl, die Kontrolle zu verlieren«, sagte Ulla leise und blinzelte nervös mit den Augen. »Ich rase hierhin und dorthin, um die von Ihnen gewünschten Dinge zu besorgen, komme zurück und finde das Hotel so vollständig verwandelt, daß es aussieht wie eine Unterkunft für Graf Dracula persönlich. Es ist einfach nicht das, was ich erwartet hatte.«

»Es tut mir leid, Ulla.« Darina setzte sich auf den Stuhl ihr gegenüber. »Ich war so begeistert, Sally gefunden zu haben und die Einrichtung und das alles, daß ich gar nicht bemerkt habe, daß Sie nicht so glücklich darüber waren.« Es dämmerte ihr, daß sie Ullas Gefühlen und Bedürfnissen gegenüber vollkommen gleichgültig gewesen war. »Als die Leute vom Auktionshaus mir dieses Hotel gezeigt haben und ich die Einrichtung sah, konnte ich nur daran denken, wie phantastisch sie sich hier machen würde. Ich wollte Sie damit überraschen, aber jetzt ist mir klar, daß ich es vorher mit Ihnen hätte besprechen sollen. Finden Sie es denn wirklich so scheußlich, wie es jetzt aussieht?«

Ulla dachte eine Weile nach, bevor sie antwortete: »Nein, eigentlich nicht, es ist nur nicht das, was Tony und ich gemacht hätten. Aber ich nehme an, ich sollte mich langsam daran gewöhnen, daß jetzt eben alles anders ist.« Sie saßen in dem kleinen Raum für die Angestellten neben der Küche, und Ulla sah sich um, als wüßte sie nicht so genau, ob das wirklich ihr Zuhause war.

»Möchten Sie unsere Vereinbarung vielleicht lieber wieder rückgängig machen?«

Kaum hatte sie dieses Angebot ausgesprochen, wurde Darina klar, wie sehr sie sich bereits verbunden fühlte mit diesem Haus, das auch sie inzwischen liebevoll Hotel Morgue nannte. Wenn es ihr am Anfang auch ziemlich aussichtslos vorgekommen war, wußte sie doch inzwischen, daß man einen Ort daraus machen konnte, wo sich die Gäste wohlfühlten. Sie war davon überzeugt, daß das Hotel ein profitables Unternehmen werden konnte.

Im stillen verfluchte sie ihre Dummheit, mit der sie vorwärtsgestürmt war, als gehörte ihr das Ganze, ohne Ulla bei all ihren Veränderungen zu berücksichtigen. Wer war denn schließlich die Besitzerin des Hotels?

Ulla schwieg mehrere Minuten auf Darinas Frage. Je länger das Schweigen dauerte, um so sicherer wurde Darina, daß Ulla sagen würde, es sei besser, wenn sie sich trennten. Schließlich antwortete die Skandinavierin: »Nein, ich möchte nicht, daß Sie gehen. Sie sind wie Tony, Sie wissen, was Sie wollen, und ich brauche so jemanden. Ich habe weder Ihre Ideen noch Ihre Energie. Es ist nur so«, es war ein Zeichen für die Sorgfalt, mit der sie sprach, daß sie nun keine Spur von einem Akzent mehr hatte, »daß ich langsam anfange, mir zu überlegen, ob ich nicht doch besser verkaufen sollte.«

Das war das letzte, was Darina erwartet hätte. »Was hat Sie denn veranlaßt, Ihre Meinung derart zu ändern?«

Ulla seufzte leise, es klang so zart wie der Hauch eines Babys und sprach von all ihrer Mühe und ihren Selbstzweifeln, den Herausforderungen dieser großen und schlechten Welt begegnen zu können. »Es ist so aufreibend, und Alex setzt mich derart unter Druck – wäre aufzugeben da nicht das einfachste? Vielleicht könnte ich ja wieder Floristin werden und mein eigenes Blumengeschäft aufmachen.«

Darina blieb sitzen und dachte nach. Zweifellos wäre es für Ulla das beste, wenn sie verkaufte. Aber könnte sie Adam Tennants Angebot überbieten, und würde ihr der Verkauf ihres Hauses in Chelsea das notwendige Startkapital verschaffen? Und dann: War sie überhaupt schon so weit, daß sie ein so großes Projekt allein durchziehen konnte?

Ulla lächelte matt. »Okay«, meinte sie, »es wird ja wohl nicht allzuviel ausmachen, wenn ich es noch ein bißchen hinauszögere.«

Darina rief erleichtert: »Ich schwöre, daß ich in Zukunft alles mit Ihnen absprechen und wirklich nur das tun werde, womit Sie einverstanden sind. Aber Sie müssen mir auch ganz offen Ihre Meinung sagen und Ihre Ideen einbringen.«

»Gut, abgemacht.« Ulla machte zum ersten Mal an diesem Tag ein fröhliches Gesicht.

»Hatten Sie übrigens gestern einen netten Abend mit Alex und Max?«

»Es war ein hübsches Pub«, antwortete Darina ausweichend. »Aber Alex macht sich Sorgen wegen seines Bruders. Hat Ihnen Max schon erzählt, was er vorhat?«

»Oh je, ich hatte gehofft, wir könnten Weihnachten in Frieden hinter uns bringen, bevor dieses Thema aufkommt. Ich weiß nicht, was Alex dazu sagen wird, aber Max hat seine Stelle gekündigt.«

Der große Bruder hatte also recht gehabt. »Und wieso?«

»Er meint, die Buchhaltung sei so langweilig.«

»Was will er denn statt dessen machen?«

»Zum Militär gehen, wie sein Vater, der General.«

Ein General also! Das erklärte die ordentlich-konservative Art, in der sich Max kleidete, seine Cordhosen, karierten Hemden und Tweedjacketts – und die Jeans, die, im Gegensatz zu Alex' Standardaufzug, immer tadellos sauber und gebügelt waren. Ob wohl auch seine guten Manieren, mit denen er sich so sehr von seinem Halbbruder unterschied, etwas damit zu tun hatten? »Glauben Sie, daß Alex damit einverstanden ist?«

»Er hat den Vater von Max nie gemocht.«

»Heißt das, daß er die Armee ebenfalls nicht mag?«

»Er war so ein merkwürdiger Mann«, sagte Ulla, ohne auf die Frage einzugehen. »Schrecklich streng mit Max. Er hat ihm zum Beispiel nicht erlaubt, auch nur einen Tropfen Alkohol zu trinken, bevor er achtzehn war. Können Sie sich das vorstellen? Natürlich durfte er es, wenn er bei uns war. Tony war immer der Überzeugung, daß man es den Jugendlichen selbst überlassen müsse, zu lernen, mit solchen Dingen wie Alkohol umzugehen. Zuerst hat sich Max natürlich ein paarmal regelrecht betrunken, aber dann gab es keine Probleme mehr damit. Tony kannte sich wirklich gut aus mit Menschen.« Ihre Stimme bebte, und Darina sah sie aufmerksam an. Die zarte Haut unter ihren feucht schimmernden Augen zeigte leichte Schatten. Ulla reagierte auf Darinas Blick, indem sie verlegen ihr Haar glattstrich; dann wandte sie das Gesicht ab.

»Warum nehmen Sie sich nicht einen Abend frei?« schlug Darina vor. »Seit ich hier bin, sind Sie nicht ein einziges Mal aus gewesen.«

»Wo sollte ich denn hingehen?« Die Frage klang ebenso traurig wie trotzig.

»Sie könnten doch mit Max gehen.«

»Max? Der ist doch noch ein kleiner Junge. Ich meine, er ist schrecklich lieb, und ich habe ihn wirklich gern, aber – ach Darina, was würde ich dafür geben, mal wieder mit einem attraktiven Mann auszugehen! Mich fein anziehen, mich schön machen, und in seinen Augen lesen, daß er mich für die begehrenswerteste Frau der Welt hält! Tony war so ein Mann, er wußte, wie man eine Frau glücklich macht. Jetzt sind die Nächte so leer – so leer und so *lang*. Wissen Sie, bevor Tony starb, haben mich die Männer mit so viel Aufmerksamkeit behandelt. Major Brownsword, zum Beispiel, Olivias Vater, ist immer hier gewesen, und auch andere. Aber kaum war Tony gestorben, waren alle verschwunden – und ich hätte sie wirklich gebraucht. Nun läßt sich nur noch Adam hier blicken. Warum nur? Bin ich denn plötzlich so unattraktiv geworden?«

»Aber nein, Männer fühlen sich nur oft sicherer, wenn sie mit einer glücklich verheirateten Frau flirten. Ich nehme an, wenn Sie sie ernsthaft ermutigt hätten, hätten sie sich noch viel früher aus dem Staub gemacht.«

»Sie meinen also, daß ich immer noch ganz hübsch bin?«

Darina lächelte. »Ich finde, Sie sind eine sehr schöne Frau, Ulla, nur ein bißchen müde und deprimiert nach allem, was Sie durchgemacht haben. Sie brauchen einfach ein wenig Erholung.«

»Sie haben recht. Aber ein Abend mit Max ist sicher nicht die Lösung.«

Vielleicht verstand Alex seine Stiefmutter besser, als Darina es ihm zugetraut hatte.

Ulla schob ihre leere Tasse von sich und stand auf. »Es bringt nichts, hier weiter Trübsal zu blasen. Lassen Sie uns zurück ins Hotel gehen, dann erzähle ich Ihnen, was ich mir als Weihnachtsdekoration ausgedacht habe.« Sie zog Darinas Arm durch ihren und drückte kurz ihre Hand. »Es ist gut, eine Freundin zu haben, mit der man reden kann. Ich bin froh, daß Sie hier sind. Ich glaube, ohne Sie würde ich zum Handtuch greifen.«

Ob sie wohl meinte: zur Flasche greifen? Oder das Handtuch werfen?

Später ging Darina ins Nebengebäude, um ein paar Notizen zu holen, die sie sich nach ihrer Rückkehr am Abend zuvor gemacht hatte. Im Hof traf sie auf Max, der voller Elan das Auto von Alex säuberte. Als Darina vorbeiging, warf er gerade ein paar leere Bierdosen in eine Plastiktüte. »Da haben Sie sich ja ein schönes Stück Arbeit aufgehalst«, rief sie ihm über die Schulter zu.

In ihrem Zimmer angekommen, ging Darina zum Fenster, um es zu schließen, denn es war inzwischen ziemlich kalt geworden. Der Rahmen klemmte, und während sie daran rüttelte, fiel ihr Blick auf Max, der merkwürdig unbeweglich dastand.

Er starrte auf etwas in seiner Hand. Darina konnte nicht sehen, was es war, aber sie hatte den Eindruck, daß es etwas Kleines, Weiches war. Auf dem Boden lagen ein paar Dinge, die er aus dem Auto geräumt hatte: Straßenkarten, eine Taschenlampe und etliche Bonbondosen. Was immer Max in der Hand hielt – es gehörte offensichtlich nicht zu dieser Art Fahrzeugutensilien, denn er stopfte es in die Tasche seiner Jeans, wobei ein weißer Zipfel sichtbar blieb, und kroch wieder in den Wagen, um seine Aufräumarbeit fortzusetzen.

Als es Darina gelungen war, das Fenster zu schließen, blieb sie stehen, lauschte den Geräuschen, die aus George Prendergasts Zimmer nebenan drangen, und begriff allmählich deren Bedeutung. Sie konnte nicht sagen, wie lange sie bereits zu hören waren, aber inzwischen war es unmöglich, sie zu ignorieren. Das Keuchen und Stöhnen war unmißverständlich und mußte von mehr als einer Person kommen. Konnte es denn sein, daß er in seinem Zimmer eine Orgie feierte? Darina spürte, wie sie eine Gänsehaut bekam.

Der Dauergast des Hotel Morgan war ihr während der letzten Tage immer unangenehmer geworden. Er hatte so eine schmierig-schmeichlerische Art, die ihr jedes Vergnügen an den Komplimenten nahm, mit denen er sie wegen der Veränderungen im Hotel überschüttet hatte. Dabei pflegte er seine kleine Hand, blaß und weich wie die einer Frau, auf ihren Arm zu legen, mit seinen Hundeaugen zu ihr aufzublicken und in atemloser Vertraulichkeit auf sie einzureden. Die bleiche Haut seines fleischigen Gesichts glänzte ungesund, als ob die raschen Schritte, mit denen er auf sie zugeeilt war, zu viel für seine alten Lungen gewesen wären. Darina zog sich dann jedesmal so schnell und unauffällig wie möglich von ihm zurück, was ihr dann doch ein schlechtes Gewissen machte und, wie sie feststellte, langsam zu einem Problem wurde.

Als sie jetzt ihre Tür öffnete, traf sie auf Dawn, das für das Nebengebäude zuständige Zimmermädchen, die gerade an die Tür des Pensionärs klopfen wollte.

»Höre ich da recht?« fragte Darina.

Das Mädchen drehte sich gelassen zu ihr um. »Das sind nur die Videos von dem Alten.« Dann klopfte sie laut an die Tür und rief: »Noch zwanzig Minuten, Mr. Prendergast.«

Sie trat zu Darina. »Ich warne ihn immer rechtzeitig, bevor ich sein Zimmer mache, so daß er noch Zeit hat, sich wieder halbwegs in Ordnung zu bringen.«

»Sie meinen, er sieht sich da drin Pornofilme an?«

»Ja, ich schätze, das ist wohl die einzige Aufregung, die er noch hat«, meinte das Mädchen großzügig und ging auf die Tür zu Alex' beiden Zimmern zu.

Darina folgte ihr. »Geht das jeden Morgen so?«

»Oh nein, aber in letzter Zeit passiert es immer häufiger.«

»Aber er weiß doch, daß Sie um diese Zeit die Zimmer aufräumen.«

»Wahrscheinlich gibt ihm das noch einen Extra-Kick, wenn er weiß, daß ich hier bin und alles mithöre, dieser Lustgreis.« Sie wirkte völlig ungerührt, als sie Darina von der ganzen Sache erzählte und dabei mit ihrer Arbeit fortfuhr. Darina blieb eine Weile stehen und sah zu, wie sie das Bett machte und das kleine Bad säuberte. Während sie versuchte, das eben Gehörte zu verarbeiten, registrierte sie automatisch die spärliche Einrichtung der beiden Zimmer: die Schreibmaschine auf dem Tisch unter dem Fenster mit einem Stapel Notizbücher daneben, das vollgestopfte Bücherregal mit den Reisebeschreibungen von Paul Theroux, Patrick Leigh Fermor, Eric Newby und Jonathan Raban und etlichen Bänden über Amerika, China und Rußland. Kein Wunder, daß Alex' Blick oftmals in weite Fernen entrückt schien.

In diesem Moment trat das Zimmermädchen mit ihrem Putzzeug aus dem Badezimmer.

»Sagen Sie, Dawn, hat Mr. Prendergast jemals, nun ja, irgendwas bei Ihnen versucht?«

»Sie meinen, ob er mich angefaßt hat? Er hat's mal probiert, aber ich hab' ihm gesagt, ich würd' ihm meinen Bruder auf den Hals hetzen, wenn er's nochmal versuchte. Und Bob ist verdammt stark.« Sie betonte ihre Worte so, daß es über die Stärke ihres Bruders keinen Zweifel geben konnte.

»Aber er sieht sich weiterhin seine Videos in einer Lautstärke an, daß Sie es hören müssen?«

»Damit werde ich schon fertig. Eigentlich ist es doch ziemlich traurig, oder?«

»Wissen Sie, ob er es mal bei einem der anderen Mädchen versucht hat?«

»Angela ist mal mit ihm ausgegangen.« Angela war die kleine Serviererin mit den gelben Haaren, die Darina und William bei ihrem ersten Besuch im Hotel bedient hatte. »Danach hat sie mich gewarnt, ich solle ablehnen, falls er mich einladen würde, und das hab' ich dann auch getan.«

»Haben Sie das, was Sie mir eben erzählt haben, mal Mrs. Mason gegenüber erwähnt?«

»Ich dachte, das würde nichts bringen. Wenn Mr. Mason noch am Leben wäre, hätte ich es ihm gesagt. Der hätte diesen Kerl schon richtig angepackt.« Sie zögerte einen Moment. »Ja, ich glaub', es wär' mir schon lieber, wenn ich dieses ganze blöde Theater nicht mehr mitmachen müßte.«

»Ich verspreche Ihnen«, sagte Darina grimmig, »dafür zu sorgen, daß Sie diese Belästigung keinen Tag länger ertragen müssen. Wenn Sie mit meinem Zimmer fertig sind, lassen Sie bitte das von Mr. Prendergast, wie es ist, und kommen Sie direkt ins Hauptgebäude.«

Sie ging über den Hof zurück, um Ulla zu suchen. Max war gerade damit beschäftigt, den Wagen seines Bruders abzuwaschen, sein Gesicht wirkte nachdenklich und konzentriert. Das warme Wasser dampfte in der kalten Luft, und die Schaumflocken tropften von den Autotüren auf den Boden, wo sie aussahen wie geschmolzener Schnee. Der kleine, weiße Stoffzipfel sah immer noch aus seiner Hosentasche, und Darina bemerkte, daß es etwas aus Nylon mit Spitzenbesatz war.

Ulla sprach gerade mit Olivia Brownsword. Während der letzten Woche hatte sie das Mädchen kaum bemerkt. Alex hatte sie an einem Abend ausgeführt und war gegen halb zwei ins Hotel zurückgekehrt, als Darina noch hinter ein paar Geschäftsleuten aufräumte, die bis spät in der Nacht vor dem Kaminfeuer in der Hotelhalle gesessen hatten. Alex hatte freundlicherweise geholfen, die letzten Gläser hineinzutragen, war dann aber auf die Frage hin, wie sein Abend verlaufen sei, plötzlich ziemlich abweisend geworden und hatte nur etwas von besitzergreifenden Frauen gemurmelt.

»Wo ist er?« fragte Olivia jetzt, während Darina auf die beiden Frauen zuging. »Er hat gesagt, er würde mich anrufen, aber das hat er nicht getan.« Sie trug einen Lammfellmantel und hatte sich einen Seidenschal um den Kopf gebunden, eine eher praktische Kleidung im Vergleich zu ihrer üblichen Aufmachung. Ihre hohen Lederstiefel bedurften allerdings dringend einer Reinigung.

»Bin ich etwa die Aufseherin von Alex?« fragte Ulla schnippisch.

»Sie versuchen ständig, ihn von mir fernzuhalten, geben Sie's doch zu!« brauste Olivia auf.

»Unsinn! Wenn er wiederkommt, werde ich ihm sagen, daß Sie hier waren. Wenn Sie mich jetzt bitte entschuldigen würden – wir haben heute morgen noch eine Menge zu tun.« Ulla drehte sich demonstrativ auf dem Absatz um und ging in den Speisesaal.

Olivia blieb zurück, sah sich nach jemandem um, an dem sie ihre Frustration auslassen konnte, und entdeckte Darina. »Sind Sie etwa auch hinter ihm her?« Ihre Stimme klang eher niedergeschlagen als wütend. »Dann denken Sie lieber dran, daß ich die älteren Rechte habe, das können Sie ihm auch ruhig sagen.«

»Ich habe nicht das geringste Interesse an Alex Mason«, erwiderte Darina und beobachtete, wie das Mädchen ihre Fäuste in den Manteltaschen vergrub. »Aber ich denke nicht, daß er ein Mann ist, der akzeptieren würde, daß eine Frau irgendwelche Rechte auf ihn hat.« Olivia mochte nicht die Hellste sein, aber irgendwie tat sie Darina ein bißchen leid. Alex behandelte sie wirklich mies. War er vielleicht der erste Mann, der nicht angerannt kam, wenn sie mit dem Finger schnippte? Ganz zu schweigen von ihren eher drastischen Signalen.

Olivia stieß einen ärgerlichen Laut aus und wandte sich zum Gehen. »Dann sagen Sie ihm, daß er mich anrufen soll – ich muß unbedingt mit ihm reden.« Plötzlich stolperte sie über den Teppich, der vor dem Eingang lag, fing sich wieder, zerrte an dem Türknauf und drehte sich noch einmal um. »Sie können ihm noch etwas ausrichten: Wenn er nicht aufpaßt, wird mein Vater sich ihn mal vorknöpfen.« Sie riß die Tür auf und marschierte hinaus.

Darina seufzte und machte sich auf die Suche nach Angela, um sie nach ihrer Verabredung mit George Prendergast zu fragen.

»Es war dumm von mir«, gab das junge Mädchen unumwunden zu, »aber er hat mich ins Manor Park Hotel eingeladen.« Das klang, als wäre es unmöglich, einem solchen Angebot zu widerstehen. »Und während des Essens war er eigentlich sehr nett, er hat sogar mit unserer Kellnerin geflirtet. Na ja, ich konnte es ihm nicht verdenken – sie ist wirklich hübsch, viel hübscher als ich jedenfalls«, setzte Angela seufzend hinzu.

»Es war dann erst hinterher, daß er frech geworden ist. Auf dem Heimweg hat er an einem Rastplatz angehalten. Ich hätte ja nichts dagegen gehabt, ein bißchen mit ihm rumzuschmusen. Schließlich kann man nicht erwarten, daß man ohne eine kleine Gegenleistung zu einem teuren Essen eingeladen wird, stimmt's? Aber er wollte Sachen von mir, die ich ganz sicher nicht machen würde. Und das hab' ich ihm auch sofort gesagt, klar und deutlich.« Ihre stacheligen Haare bebten vor Empörung. »Und das schlimmste war dann, daß er plötzlich in Tränen ausgebrochen ist! Er sagte, es täte ihm so leid, er wüßte gar nicht, was über ihn gekommen ist, und daß ich ihm sicher nie verzeihen würde. Dann mußte ich ihm versprechen, niemandem etwas davon zu sagen, und daraufhin hat er mich nach Hause gefahren.«

»Und Sie haben tatsächlich nichts gesagt und ihm weiterhin sein Mittagessen serviert?« Darina fand es unglaublich, daß sich ein junges Mädchen so etwas gefallen ließ.

Überraschenderweise kicherte Angela fröhlich. »Er konnte mir überhaupt nicht mehr in die Augen sehen und hat wochenlang kein Wort mit mir geredet. Ich habe einfach so getan, als wäre nichts passiert. Na ja, eigentlich war's ja auch so. Aber als ich gehört habe, daß Dawn sein Zimmer aufräumt, habe ich sie gewarnt. Denn er wirkt doch, wenn man es nicht besser weiß, wie ein richtiger Gentleman.«

»Ja«, meinte Darina.

Ulla betrat den Speisesaal, um die Tische zu decken. »Alex hat kein Herz«, rief sie, während sie eine etwas ausgefranste Serviette von einem Platz nahm und sie durch eine frische aus der Anrichte ersetzte. »Diese Olivia dreht seinetwegen noch völlig durch.«

Darina sprach sie auf George Prendergast an. Nach einer kurzen Diskussion hatten sich die beiden Frauen darauf geeinigt, was in dieser Angelegenheit zu tun sei, und Darina machte sich wieder auf den Weg ins Nebengebäude. Sie versuchte, ihre Wut auf den alten Mann noch zu schüren, um ihr Widerstreben gegen ihn vorzugehen, zu überwinden, denn sie wußte, daß Ulla der Situation nicht gewachsen war; sie war sich nicht sicher, ob sie es selbst war.

Als sie den Hof überquerte, aus dem Alex' Auto inzwischen verschwunden war, kam ihr der Pensionär entgegen, das Gesicht rot vor Wut.

»Miss Lisle, mein Zimmer ist heute morgen nicht aufgeräumt worden, das geht doch nicht.«

»Doch, das geht, Mr. Prendergast, und zwar so lange, bis Sie aufgehört haben, unsere Angestellten zu belästigen.«

Die Überraschung ließ ihn verstummen, dann begriff er plötzlich. Auf seiner Stirn bildeten sich kleine Schweißperlen, und seine nervös zwinkernden Augen mieden ihren durchdringenden Blick.

»Ich bin nicht sicher, ob ich Sie richtig verstanden habe, Miss Lisle«, preßte er schließlich hervor, und seine rosa Zungenspitze glitt unruhig über die Oberlippe.

Darina sah zur Seite und wunderte sich, daß sie diesen schmierigen Menschen jemals sympathisch finden konnte.

»Ich denke, Sie verstehen sehr wohl, Mr. Prendergast. Mrs. Mason und ich haben die Angelegenheit besprochen, und wir haben folgendes entschieden: Sollte sich ein solches Vorkommnis noch ein einziges Mal wiederholen, werden Sie dieses Haus unverzüglich verlassen.« Sie selbst war für seine sofortige Kündigung gewesen, aber Ulla hatte darauf bestanden, ihm noch eine Chance zu geben, weil sie zu sehr auf seine wöchentlichen Zahlungen angewiesen waren. Der unerwünschte Gast war zur unentbehrlichen Einnahmequelle geworden.

»Ich muß Sie noch bitten, in Zukunft das Zimmer zu verlassen, bevor Dawn kommt, um es aufzuräumen«, fuhr Darina fort und zwang sich dazu, ihm in die Augen zu sehen.

Aber sein Blick war an einem Punkt hinter ihrem Rücken hängengeblieben. Anscheinend hatte dort etwas seine Aufmerksamkeit erregt und ihn von ihren Worten abgelenkt. Sein Unbehagen hatte sich noch verstärkt, Schweißperlen bedeckten nun auch seine Oberlippe, und die groben Poren seiner Haut schwitzten Feuchtigkeit aus. Würde sich jetzt eine Fliege auf seinem Gesicht niederlassen, würde sie sicher sofort abrutschen und herunterfallen.

George Prendergast öffnete den Mund, schloß ihn und öffnete ihn wieder. Schließlich gab er einen hohen, quiekenden Ton von sich, wie eine verschreckte Maus, riß seinen Blick von dem Gegenstand, der ihn so gefesselt hatte, los, schaute kurz Darina an und hob mit einer zerknirschten Geste die Schultern. »Ich kann Ihnen versichern, die Sache ist nicht so, wie Sie denken«, fing er an, dann schien er zu begreifen, daß es wenig Zweck hatte, zu leugnen, und eilte auf seinen kurzen Beinen an Darina vorbei auf das Nebengebäude zu.

Darina war erleichtert. Es war nicht so schlimm gewesen, wie sie erwartet hatte. Als sie sich umdrehte, um ins Hotel zurückzugehen, fiel auch ihr Blick auf den Gegenstand, der Mr. Prendergasts Aufmerksamkeit erregt hatte. Zuerst mußte sie lachen, dann beherrschte sie sich. Aus einem der großen, metallenen Abfalleimer, die vor der Küchentür standen, baumelte obszön ein spitzenbesetzter Damenslip.

Sie ging hinüber, öffnete den Schiebedeckel und warf das Wäschestück in die Mülltonne. Das mußte es gewesen sein, was Max in Alex' Auto gefunden hatte. Einen Moment lang überlegte sie, ob sie den Schlüpfer wieder herausholen und Olivia zurückgeben solle, aber dann ließ sie es bleiben. Wer weiß, ob es tatsächlich ihrer war? Aber welch eine Ironie, daß ausgerechnet dieser alte Lüstling die Reizwäsche dort entdecken mußte. Ob er jetzt wohl dachte, daß sie das so passend arrangiert hatte?

Bei diesem Gedanken fiel ihr wieder die dünne Trennwand zwischen ihrem und seinem Zimmer ein. Aber sie sagte sich, daß sie sich darüber wohl keine Sorgen mehr zu machen brauchte, da er nun in seine Schranken verwiesen worden war, und ging ins Hotel zurück.

In der Bar traf sie auf Ulla und Adam Tennant. Er hatte sich lässig auf der Eckbank ausgestreckt, sein Arm lag hinter ihr auf der Lehne, und in der anderen Hand hielt er ein Bierglas. Er lachte über irgend etwas. Ullas Wangen waren gerötet, und ihre Augen glänzten. Adam bemerkte Darina und erhob sich. »Aah, die Walküre. Wollen Sie sich nicht auf einen Drink zu uns setzen?«

Darina ging zur Bar und schenkte sich ein Glas Wein ein.

»Mir gefällt das neue Dekor hier«, sagte der Besitzer des Manor Park Hotels mit einer Spur von Herablassung. »Hat einen ziemlich exzentrischen Charme.«

»Bleiben Sie zum Essen? Wir haben nämlich auch eine neue Küchenchefin.«

Adam Tennant stellte sein Bierglas auf den kleinen Tisch und sagte nur: »Tatsächlich?«

»Oh, dieser Ken Farthing, er war einfach gräßlich! Sie haben keine Vorstellung, was er aus unserem Essen gemacht hat.« Ulla stürzte sich in eine Schilderung seiner eigenwilligen Kompositionen und hatte Adam Tennant bald wieder zum Lachen gebracht.

»Wissen Sie, wo er jetzt ist?« fragte er beiläufig, als Ulla geendet hatte.

Die junge Frau schüttelte den Kopf. »Wenn ich ihn niemals wiedersehe, ist das noch zu bald. Aber bleiben Sie doch zum Mittagessen, Adam, ich verspreche Ihnen, Sallys Kochkünste werden Ihnen zusagen.«

Er lächelte bedauernd. »Ich wünschte, ich könnte, meine Liebe. Aber ich bin auf dem Weg nach Taunton und komme sicher bereits zu spät. Ein andermal gerne.« Er erhob sich, und Ulla begleitete ihn zum Ausgang, fröhlich plaudernd und flirtend.

Darina wusch die Gläser, bereitete die Bar vor und überließ sie Max, der in einem eleganten, dunklen Jackett angetreten war, um sich als Barkeeper zu betätigen, während sie sich um die Gäste im Restaurant kümmerte. Es waren sechs, die spontan hereingekommen waren, plus vier, die reserviert hatten. Das Geschäft ging entschieden besser.

Nach dem Essen fuhr sie nach Jeovil, um die Werbesendung ihrer Speisekarte an lokale Firmen und Geschäftsleute zu organisieren und Vorräte für die Weihnachtsfeiertage einzukaufen, die sich mit beängstigender Geschwindigkeit näherten. Sie kam gerade rechtzeitig zum Hotel zurück, um Ulla zu helfen, die drei Paare zu empfangen, die für diese Nacht ein Zimmer gebucht hatten, und die Vorbereitungen für das Abendessen zu treffen. Der Weihnachtsbaum war an diesem Nachmittag geliefert worden und stand nun in einer Ecke neben der Eingangstür. Er war riesig, tiefgrün und dichtbewachsen und wirkte, noch ohne jeden Schmuck, fremdartig, so als käme er direkt aus einem dunklen Wald in der einsamen Landschaft Skandinaviens. Der harzige Duft seiner frischen Nadeln durchströmte die hohe, große Halle.

Ulla trat neben den Baum und atmete verzückt den Geruch ein. »Wie wunderbar«, rief sie. »Max, morgen werden wir ihn zusammen schmücken.« Sie nahm seine Hand und lehnte ihren Kopf an seine Schulter.

Er blickte lächelnd zu ihr herab. »Das wird unser erstes gemeinsames Weihnachtsfest.« Ihre Augen schlossen sich für einen Moment. »Das erste Weihnachtsfest ohne Tony.« Dann straffte sie ihre Schultern, ließ seine Hand los und sprach rasch weiter. »Warte nur, bis du siehst, was ich mir für die Dekoration ausgedacht habe. Aber jetzt müssen wir uns für heute abend zurechtmachen. Darina, halten Sie die Stellung hier, während ich mich umziehe? Dann sind Sie an der Reihe. Wir müssen jetzt alles tun, um einen guten Eindruck zu machen. Ach ja: Adam meinte, er käme vielleicht auf seinem Rückweg von Taunton nochmal vorbei.«

Aber er kam nicht. Und am Ende eines anstrengenden

Abends war der fröhliche Glanz in Ullas Augen erloschen. Sie bat Darina, die Abrechnung allein zu machen, und ging zu Bett.

Als Darina das Bargeld in den Safe gelegt und die Kreditkarten verrechnet hatte, fiel ihr auf, daß sie gar nicht bemerkt hatte, ob Alex aus London zurückgekommen war. Max war den ganzen Abend im Hotel geblieben, aber Alex hatte ihn nicht angerufen, damit er ihn vom Bahnhof abholte. Als Darina dann jedoch zum Nebengebäude ging, sah sie, daß in Alex' Zimmer noch Licht brannte. Anscheinend hatte er am Bahnhof ein Taxi genommen und war direkt auf sein Zimmer gegangen. Wollte er etwa neugierigen Fragen über seine Angelegenheiten in London aus dem Weg gehen?

Es war der 20. Dezember, und im Manor Park Hotel warteten Detective Constable James und William Pigram darauf, mit Mr. und Mrs. Tennant sprechen zu können. Mit Ausnahme der Besitzer hatten sie jetzt alle Personen befragt, die im Hotel arbeiteten. Zu diesem Zweck hatte man ihnen ein kleines Hotelzimmer überlassen unter der Voraussetzung, daß sie es vor den Weihnachtsfeiertagen räumen mußten, da dann jedes Zimmer für die angekündigten Hotelgäste benötigt wurde.

Obwohl ihre Aufgabe einen so unerfreulichen Hintergrund hatte, hatte Pat Spaß daran. Sie hatte sich allmählich an den Luxus des Hotels gewöhnt und freute sich nun jeden Morgen darauf, wieder in dem entzückenden Raum mit seinem eleganten Dekor arbeiten zu können. Sie hatte das Gefühl, daß sich dadurch ihr Horizont erweiterte. Das exklusive Ambiente machte ihr nun keine Angst mehr, im Gegenteil, sie kam sich darin sehr kultiviert vor. Sie konnte nun verstehen, warum die Angestellten in einer solchen Umgebung selbst für ein geringes Gehalt noch gern Überstunden machten, und sie war fasziniert von all den Geschichten, die sie über das Hotelpersonal in Erfahrung brachten und dessen Beziehungen untereinander. Während die aktuellen und vergangenen Affären, sowohl hetero- als auch homosexueller Art, allmählich von ihnen aufgedeckt wurden – manchmal, ohne daß die Befragten es merkten, manchmal von ehemaligen oder abgewiesenen Liebhabern bereitwillig ausgeplaudert –, begann sie sich zu fragen, wie die Angestellten bei all dem überhaupt noch Zeit für die Arbeit fanden, so beschäftigt, wie sie mit ihren Liebeshändeln zu sein schienen.

Die Zusammenarbeit mit Sergeant William Pigram machte ihr ebenfalls Freude. Der Inspektor und die anderen mochten ihn Bill rufen, aber sie hatte schnell herausgefunden, daß er es vorzog, mit seinem vollen Namen angesprochen zu werden. Auch das bereitete ihr ein gewisses Vergnügen – sie hatte dann, obwohl sie es nicht zugeben würde, das Gefühl, mit dieser großen blonden Frau, die eine so offensichtlich besondere Bedeutung für den Sergeant hatte, auf einer Stufe zu stehen. Alles in allem konnte sie sich wirklich gratulieren, daß ihre Zusammenarbeit so gut funktionierte.

»Ist das nicht merkwürdig?« sagte sie jetzt, als sie noch einmal ihre Berichte durchlasen, während sie auf Rosemary Tennant warteten. »Da haben wir all diese Einzelheiten über die Affären unter den Hotelangestellten herausgefunden, und der einzige, mit dem Sharon Fry möglicherweise etwas gehabt haben könnte, ist dieser Koch, der hier gearbeitet hat, als sie im Hotel anfing. Und Shirley meinte, sie sei bloß mit ihm ausgegangen, weil beide aus demselben Dorf kamen und sich von daher kannten. Hat man ihn eigentlich schon gefunden?«

William sah von seinem Bericht auf. »Nein, zuerst hatte er noch einen anderen Job in dieser Gegend, aber dann ist er angeblich nach London gegangen. Wir haben eine Suchmeldung ausgegeben, aber ich halte das für keine sonderlich heiße Spur. Das Verhältnis zwischen den beiden war offensichtlich seit Monaten beendet. Nein, ich denke, diese anderen Andeutungen sind wesentlich vielversprechender. Aber es ist doch frustrierend, daß wir bisher niemanden finden konnten, der Sharon an dem Abend, als sie umgebracht wurde, noch gesehen hat.«

An diesem Morgen hatte Inspektor Grant einen Termin mit einem Kamerateam und einer Polizistin, die ziemlich genau die gleiche Größe hatte wie das ermordete Mädchen. Sie hatte die Kleider angezogen, die Sharon zum Zeitpunkt ihres Todes getragen hatte, und war dabei gefilmt worden, wie sie ein Auto anhielt, in den Wagen ein- und wieder ausstieg. Diese Aufnahme wollte der Inspektor im Fernsehen senden lassen und die Zuschauer bitten, sich mit der Polizei in Verbindung zu setzen, falls jemand Sharon an dem fraglichen Abend gesehen haben sollte.

Außerdem hatte er Polizeibeamte in alle Pubs der Gegend geschickt, um auch dort Erkundigungen über die Ermordete einziehen zu lassen. Während jeder Mittagspause besuchten William und Pat selbst die Pubs, die in ihrer Umgebung lagen, und aßen bei der Gelegenheit rasch ein Sandwich. Ihre Spesen reichten leider nicht für ein Essen im Manor Park Hotel, und so, wie es aussah, würde der Inspektor sicher bereits die Kosten für Tee und Kaffee beanstanden, die alarmierend in die Höhe schnellten. Wie konnten so einfache Getränke so viel kosten? Pat mußte jedoch zugeben, daß sie im Manor Park besser als irgendwo sonst schmeckten. Sie beschloß, herauszufinden, welche Sorten sie benutzten. Falls William sie jemals in ihrer Wohnung besuchen würde, wollte sie ihm etwas servieren, das so schmeckte, wie es sollte, denn sie konnte sich nicht vorstellen, daß ihr üblicher Instantkaffee und ihre Teebeutel nach seinem Geschmack wären.

In diesem Augenblick öffnete sich die Zimmertür, und Rosemary Tennant trat ein.

»Man hat mir gesagt, Sie wollten mich sprechen?« meinte sie und setzte sich.

Pat James beobachtete sie unauffällig, während sie auf den Beginn der Befragung wartete. Dabei merkte sie, wie aus dem leichten Kopfschmerz, den sie am Morgen in den Schläfen verspürt hatte, ein eisernes Band wurde, das sich nun allmählich immer fester um ihren Kopf legte. Es schien ihr schwer zu begreifen, warum der charismatische Adam Tennant diese kleine, unscheinbare Frau geheiratet hatte. Sie wirkte eher wie eine Haushälterin. Ihr blaues Kostüm, dessen Farbe zu hell war, um elegant zu sein, verbarg nur unvollkommen den Speck der mittleren Jahre. Das kurze, braune Haar war glanzlos und konnte dringend einen guten Schnitt gebrauchen. Die fahle Blässe ihrer Gesichtshaut wurde durch das Make-up eher betont als gemildert, und ihre haselnußbraunen Augen blickten müde.

Der Sergeant war aufgestanden, als sie den Raum betreten hatte (seine Manieren sind tadellos, dachte Pat bewundernd, wie immer, wenn sie eine unerwartete Höflichkeit an ihm bemerkte), und setzte sich nun wieder an den kleinen Sekretär, den er als Schreibtisch benutzte.

»Wir möchten, daß Sie uns alles erzählen, was Sie über Sharon Fry wissen«, begann er.

Rosemary Tennant kräuselte ihren schmalen Mund, der durch den Lippenstift voller wirken sollte. »Würden Sie mir bitte vorher sagen, welche Art von Informationen Sie über das Mädchen wünschen?« fragte sie argwöhnisch.

»Ich habe gehört, daß sie hier seit ungefähr sechs Monaten als Kellnerin eingestellt war. Waren Sie mit ihrer Arbeit zufrieden?«

Sie zuckte mit den Schultern. »Sie war nicht schlechter als die anderen. Es ist schwer, in dieser Gegend gut ausgebildetes Personal zu bekommen.«

»Mir wurde ebenfalls berichtet, daß sie gerade einen einwöchigen Urlaub genommen hatte, bevor sie zu Tode kam. Wann hatten Sie das mit ihr ausgemacht?«

Rosemary Tennants Augenlider flatterten kurz. »Ich erinnere mich nicht so genau, einige der Angestellten bitten immer um ein paar freie Tage vor Weihnachten, damit sie ihre Familien besuchen können – denn während der Feiertage brauchen wir den vollen Einsatz aller Mitarbeiter.«

»Dann war es also nichts Ungewöhnliches, daß Sharon Sie um eine Woche Urlaub gebeten hat?«

»Keineswegs.«

»Und auch nicht, daß sie mit dieser Bitte zu Ihnen gekommen ist, statt zu Ihrem Mann?«

»Nein, das ist der übliche Weg. Ich bin für die Personalangelegenheiten zuständig.«

Es entstand eine Pause. Pat sah auf die Kurzschrift auf ihrem Notizblock und wartete darauf, daß der Sergeant mit seinen Fragen eine neue Taktik einschlug, denn es war klar, daß er die wirklich nützlichen Informationen aus ihr herauspulen mußte wie Krabbenfleisch aus der Schale.

William lehnte sich in seinem Stuhl zurück, als sei der offizielle Teil der Unterredung nun beendet. »Ich muß Ihnen und Mr. Tennant übrigens noch mein Kompliment aussprechen für dieses wunderschöne Hotel, das so überaus effizient geführt wird.«

Rosemary Tennant neigte leicht den Kopf. »Vielen Dank.«

»Wann hat Ihr Mann eigentlich dieses Haus gekauft?« fragte William beiläufig.

»Wir haben es vor fünfzehn Jahren erworben.«

»Sie haben es zusammen gekauft?«

Pat beobachtete, wie die Frau bei dem leicht überraschten Tonfall seiner Stimme das Kinn reckte.

»Wir sind Geschäftspartner.«

»Sie kennen sich offensichtlich bestens aus in der Branche.«

»Ich habe mein ganzes Leben lang in Hotels gearbeitet und dabei auch meinen Mann kennengelernt.«

»Wie lange sind Sie jetzt verheiratet?«

Die Frage hatte vollkommen harmlos und freundlich geklungen, aber Mrs. Tennant rutschte unruhig auf ihrem Stuhl hin und her. »Beinahe zwanzig Jahre. Aber hat das irgend etwas mit dem Mord an Sharon zu tun?«

»Das sind nur Hintergrundinformationen«, erklärte William. »Es scheint, als wäre Ihre Partnerschaft sehr produktiv, und Sie leisten offenbar einen sehr wertvollen Beitrag, denn wir waren beeindruckt, wie wohl sich Ihre Angestellten bei Ihnen fühlen.« Mrs. Tennant entspannte sich wieder.

»Sie haben keine Kinder?« Obwohl Pat die Antwort darauf bereits kannte, hätte sie erwartet, daß die Hotelbesitzerin gegen diese Art Fragen Einspruch erheben würde, aber sie verneinte nur knapp und sagte dann nichts mehr; auch William schwieg. Stille erfüllte den Raum, bis Rosemary Tennant zögernd erklärte: »Mein Mann fand, daß ein Hotel nicht der richtige Ort sei, um Kinder großzuziehen.«

»Waren Sie der gleichen Ansicht?«

Sie sah den Polizisten ruhig an. »Ich habe es immer genossen, wie gut wir zusammenarbeiten können.«

»Wußten Sie, daß Sharon Fry schwanger war?«

Sie schnappte kurz und vernehmlich nach Luft. »Diese kleine Schlampe!«

»Also wußten Sie es nicht?«

»Nein.« Wieder machte sie eine Pause und fuhr dann fort: »In letzter Zeit hat sie morgens ... nun ja, sie hat behauptet, sie hätte einen Kater. Ich habe sie daraufhin gewarnt, daß das nicht mehr vorkommen dürfe.«

»Hatte sie die Angewohnheit, zu viel zu trinken?«

»Die hatte noch ganz andere Angewohnheiten!« Nachdem ihr das herausgerutscht war, preßte sie ihre schmalen Lippen zusammen, als fürchte sie, noch mehr auszuplaudern, wenn sie nicht höllisch aufpaßte.

»Sie meinen ...?« half der Sergeant nach.

Rosemary Tennant blickte auf ihre Hände, die sie im Schoß gefaltet hatte, spielte mit einem Diamantring, den sie am Finger neben ihrem Ehering trug, und traf eine Entscheidung. »Ich fürchte, selbst in einem Hotel wie diesem gibt es Männer, die jede Gelegenheit nutzen, die sich ihnen bietet.«

»Sie meinen, daß Sharon Fry diesen Männern mehr serviert hat als Essen und Getränke?«

Mrs. Tennant schwieg vielsagend.

»Und Sie haben das mißbilligt?«

»Sergeant, wir sind ein über jeden Zweifel erhabenes Hotel und müssen auf unseren guten Ruf achten.«

»Dann verstehe ich nicht, warum sie immer noch hier gearbeitet hat.«

»Ich hatte keine Beweise. Es konnte nicht oft passiert sein, aber eine Zeitlang hatten wir ein paar männliche Gäste, die plötzlich nur noch allein zum Mittagessen hierher kamen. Und dann hat Sharon dafür gesorgt, daß sie immer nur an einem bestimmten Tisch servieren konnte. Ich ...«, sie zögerte und sagte dann: »Ich habe das auch meinem Mann gegenüber erwähnt.«

»Und wie hat er reagiert?«

»Er sagte, er würde dafür sorgen, daß sie sich anständig benimmt.«

»Und hat er das?«

Sie zuckte mit den Schultern.

»Meinen Sie, daß Sharon Fry Geld von diesen Männern genommen hat?« schaltete sich Pat ein.

Rosemary Tennant drehte sich zu ihr um. Offensichtlich hatte sie ganz vergessen, daß noch jemand im Zimmer war. »Sie meinen, ob sie eine Hure war? Ich weiß nicht, sie war ein ehrgeiziges Mädchen, hat immer von dem eleganten Haus gesprochen, in dem sie eines Tages leben würde, und von den Reisen, die sie machen wollte. Sie liebte das Geld.«

»Aber sie hatten keine Beweise?«

Sie senkte den Kopf, und ihre Lider verbargen die müden Augen, die für einen kurzen Moment aufgeblitzt hatten. »Wenn ich es hätte beweisen können, wäre sie sicher nicht mehr hier. Doch unter den gegebenen Umständen konnte ich sie nur warnen, daß ich sie, falls ich je herausfinden sollte, daß sie einem unserer Gäste irgendein zweifelhaftes Angebot machen oder ein solches akzeptieren sollte, auf der Stelle fristlos entlassen würde. Bis dahin ... wie gesagt, es ist schwer, gutes Personal zu finden.«

»Was ist mit Ihren anderen Angestellten – war sie vielleicht mit einem ihrer männlichen Kollegen näher befreundet?«

Rosemary Tennant kräuselte wieder verächtlich die Lippen. »Ihr Geschmack waren eher Männer mit Geld.«

»Also, soweit Sie wissen, hatte sie mit keinem der Angestellten ein Verhältnis?«

War da ein winziges Zögern, bevor sie verneinte? Pat war sich nicht sicher, ihre Kopfschmerzen wurden immer stärker, und sie hatte Schwierigkeiten, sich zu konzentrieren. Mechanisch machte sie sich weitere Notizen, während William mit seinen Fragen noch einmal auf das Thema zurückkam, das sie bereits behandelt hatten, jedoch ohne ihr irgendwelche neuen Informationen entlocken zu können. Mrs. Tennant hatte keine Ahnung von Sharon Frys Urlaubsplänen, sie wußte auch ganz sicher nicht, welche Lokale das Mädchen aufgesucht hatte, noch wer möglicherweise der Vater ihres ungeborenen Kindes gewesen sein könnte. Nach ihrer Antwort auf die letzte Frage fügte sie spitz hinzu: »Und ich wäre sehr überrascht, wenn sie es selbst wußte.«

»Es tut uns leid, daß wir Sie so lange aufgehalten haben, Mrs. Tennant«, sagte der Sergeant schließlich. »Jetzt brauchen wir noch Ihre Erlaubnis, die Geschäftsbücher für Ihr Restaurant einsehen zu dürfen, damit wir überprüfen können, wer während der letzten sechs Monate hier gegessen hat.«

Rosemary Tennant wollte protestieren, dann überlegte sie es sich offenbar anders und antwortete: »Natürlich, Sergeant.«

»Hätte Ihr Mann jetzt Zeit für uns?« fragte William höflich.

Rosemary Tennant erhob sich und strich ihren Rock glatt, der vom Sitzen Falten bekommen hatte. Ihr Gesicht wirkte abgespannt und erschöpft. »Er hat eine Verabredung zum Mittagessen.«

»Und danach?«

»Ist er sehr beschäftigt.« Ihr Tonfall ließ bei aller Gereiztheit keinen Zweifel daran, daß sie sich schützend vor ihn stellte.

»Wir versuchen jetzt bereits seit einigen Tagen, mit ihm zu sprechen.« Die Stimme des Sergeant war bei diesen Worten etwas schärfer geworden, wie um sie daran zu erinnern, daß es sich bei einer polizeilichen Untersuchung um eine offizielle Angelegenheit handelt.

»Ich werde es ihm ausrichten.«

»Sagen wir heute nachmittag um halb drei?«

»Ich werde es ihm ausrichten«, wiederholte sie und verließ den Raum.

Pat schloß ihren Notizblock und ging ins Badezimmer, um zwei Aspirin zu nehmen. Sie hoffte, daß sie sich nicht diese Wintergrippe eingefangen hatte, die gerade umging – nicht jetzt, nicht in dieser wichtigen Phase ihrer Ermittlungen!

Sie trank etwas Wasser, zog ihre Lippen nach und folgte dann William zu seinem alten Bentley, den er auf dem Vorplatz des Hotels geparkt hatte. Nachdem er kurz auf die Straßenkarte geschaut hatte, ließ der Sergeant den Motor an und fuhr zum nächsten Pub, der auf ihrer Liste stand.

»Was hatten Sie für einen Eindruck von Mrs. Tennant?« fragte er, während er den großen Wagen sicher durch die schmalen Straßen lenkte.

»Sie konnte Sharon Fry wirklich nicht leiden. Ich würde sagen, ihre Tage im Manor Park wären auch gezählt gewesen, wenn sie nicht umgekommen wäre.«

»Wir haben jetzt ein recht genaues Bild von ihr, nicht wahr? Ein attraktives junges Mädchen, das gern ein bißchen Spaß hatte, aber nur mit einer bestimmten Sorte von Männern – nämlich denen mit Geld und Prestige; ein Mädchen, das dort gearbeitet hat, wo solche Männer leicht zu finden waren; und eines, das schwanger war.«

»Aber Shirley sagte doch, daß sie glaube, Sharon hätte ein paar engere Beziehungen gehabt. Könnten das auch Hotelgäste gewesen sein?«

William fuhr ein paar Minuten weiter, ohne zu antworten, und sagte dann langsam: »Ich denke, das ist unwahrscheinlich. Sie haben ja gehört, was Mrs. Tennant gesagt hat: Wenn sie ein Verhältnis mit einem Stammgast des Hotels gehabt hätte, wäre sie sofort gefeuert worden. Und ich bezweifle, daß es möglich gewesen wäre, eine solche Liaison geheimzuhalten – jedenfalls nicht in dieser brodelnden Gerüchteküche. Allerdings wäre das mit irgendwelchen Männern aus der Gegend, die nur zum Essen ins Hotel kamen, eine andere Sache. Wir werden jedenfalls die Namen von all diesen Restaurantgästen in den Computer eingeben und ihnen mal ein wenig auf den Zahn fühlen.«

»Sie haben Mrs. Tennant gar nicht auf dieses andere Gerücht angesprochen.«

»Daß Sharon eine Affäre mit ihrem Mann hatte? Nein«, gab William zu. »Ich wollte damit lieber warten, bis wir mit ihm gesprochen haben.«

»Ich war überrascht, daß er nichts dagegen hatte, sich für eine DNS-Analyse zur Verfügung zu stellen.«

»Er hätte ja auch schlecht ablehnen können, ohne in den Verdacht zu geraten, daß Sharon von ihm schwanger gewesen sein könnte. Da hat er wahrscheinlich lieber eingewilligt und hofft das beste – falls ihm überhaupt klar ist, was man mit diesen Tests alles herausfinden kann. Jedenfalls werden die Resultate sicher interessant sein.«

»Sie sagten, wir bekämen sie nach Weihnachten?«

»Ich hoffe, direkt nach den Feiertagen.«

»Was für ein Fortschritt diese gentechnischen Untersuchungen für unsere Arbeit sind. Jetzt können wir ganz genau feststellen, wer der Vater ist und wer kurz vor ihrem Tod noch Geschlechtsverkehr mit ihr hatte.«

»Dafür brauchen wir allerdings immer noch die richtigen Proben. Falls es niemand aus dem Hotel war, steht uns wohl noch eine lange Suche bevor. Aha, wir sind da.«

Es war ein kleines Pub in einem Dorf, das ein paar Meilen vom Hotel entfernt lag. Außen hatte es graue, mit verwelkten Kletterpflanzen bedeckte Steinwände, innen eine gemütliche Einrichtung und ein warmes Kaminfeuer. Außer ihnen befanden sich nur wenige Gäste dort, und der freundliche Besitzer servierte ihnen Sandwiches und Bier und sah sich das Photo an, das sie ihm zeigten. Er mußte nicht lange hinsehen.

»Na, klar kenne ich sie. Ist ziemlich oft hier gewesen.«

Pat James spürte, wie sich vor Aufregung ihre Nackenhaare hochstellten. Endlich!

»Allein?« fragte sie und beugte sich gespannt vor.

»Die doch nicht! Hübsches Ding, phantastische Beine, trägt immer ganz kurze Röcke – und hat ein umwerfendes Lächeln. Warum, was wollen Sie denn von ihr?«

»Sie ist vor ungefähr zwei Wochen erdrosselt aufgefunden worden.«

Der Gastwirt wirkte ehrlich entsetzt. »Ist das etwa dieser Mordfall, über den ich in der Zeitung gelesen habe? Und da war doch auch ein Photo von ihr, allerdings kein besonders gutes, denn darauf hätte ich sie nie erkannt. Man hat sie in einem Graben gefunden, stimmt's? Es ist eine Schande, daß ein hübsches Mädchen wie sie so enden muß.«

»War sie immer mit demselben Mann hier?«

»Ich glaube schon.«

»Können Sie uns eine Beschreibung von ihm geben?« fragte Pat und nahm ihren Notizblock heraus.

»Na ja, das ist vielleicht ein bißchen viel verlangt. Ich hab' nicht sehr auf ihn geachtet, schließlich war doch sie die Attraktion. Aber ich erinnere mich daran, daß der Typ sehr gut angezogen war.«

»Wie alt?«

»Mehr oder weniger in meinem Alter, würde ich sagen, trotz seiner fast weißen Haare.«

Der Besitzer des Pubs sah aus, als wäre er ungefähr Mitte vierzig, und wieder spürte Pat diesen Schauder über ihren Rücken rieseln.

»Können Sie uns vielleicht sonst noch etwas über ihn sagen?«

Er überlegte eine Weile. »Ich denke, er ist einer von diesen reichen, gestylten Typen, die sich gern mit hübschen jungen Mädchen schmücken und dabei einen auf väterlich machen. Jedenfalls kommt er ganz bestimmt aus einem anderen Stall als sie. Er ist nicht besonders groß, aber trotzdem irgendwie eine stattliche Erscheinung – wenn Sie wissen, was ich meine. Ich glaube, er hält sehr viel von sich; und ich würde sagen, er weiß das gute Leben zu schätzen. Hat immer den teuersten Malt-Whisky getrunken. Sie stand ja mehr auf Limonade und so'n Zeug.« Er mußte lächeln. »Er hat mal versucht, sie zu einem Scotch zu überreden und gesagt, sie würde nie etwas erreichen, wenn sie nicht lernen würde, einen anständigen Drink zu bestellen – aber sie wollte immer nur ihre Limonade.«

»Waren die beiden auch am Samstag vor zwei Wochen hier?«

»Samstag? Lassen Sie mich nachdenken.«

Als William Pigram und Pat James um halb drei ins Manor Park zurückkehrten, stellte sich heraus, daß Adam Tennant sich immer noch mit seiner Verabredung beim Mittagessen aufhielt.

»Dann werden wir eben warten«, sagte William, und sein Ton war etwas grimmiger als sonst.

Pat versuchte, ihren sich stetig verschlechternden körperlichen Zustand zu vergessen, nahm noch zwei Aspirin-Tabletten und half, das Hotelzimmer für ihre nächste Befragung vorzubereiten.

Um zehn Minuten vor drei klingelte das Telefon neben dem Bett. Eine Hotelangestellte richtete ihnen aus, Mr. Tennant erwarte die Polizei in seinem Büro.

»Er versucht's also auf die Tour.« William fuhr sich mit der Hand durch sein widerspenstiges Haar. »Dann wollen wir mal gehen und ihn in dem Glauben lassen, daß er hier das Kommando hat.«

Pat folgte ihm durch den mit weichem Teppichboden ausgelegten Gang die Mahagoni-Treppe hinunter in Adam Tennants kleines, aber ungemein feines Büro. Als sie eintraten, stand er an seinem Schreibtisch und studierte die Weinkarte.

»Tut mir leid, daß ich Sie so lange warten ließ.« Er warf

die große Mappe lässig auf die Tischplatte und kam auf sie zu. »Ich hatte eine äußerst wichtige Besprechung mit dem Vorsitzenden unseres Hotel-Konsortiums wegen unserer neuen Marketing-Strategie. Wir müssen internationaler werden, uns mit Hotels in Europa, dem Fernen Osten und den Vereinigten Staaten zusammentun. Aber das interessiert Sie sicher weniger. Nehmen Sie doch Platz, und dann erzählen Sie mir, wie ich Ihnen in dieser schrecklichen Angelegenheit helfen kann.«

Er hat seit neulich offensichtlich die Tonart gewechselt, dachte Pat, während er einen Stuhl für sie heranzog und sie neben William vor den hochglanzpolierten Schreibtisch plazierte. Er selbst setzte sich in den großen Ledersessel gegenüber.

Sein Auftreten war verbindlich und seine äußere Erscheinung makellos, aber die goldene Uhrkette über seiner Weste verriet ein mehr als nur leicht unregelmäßiges Atmen. Sein rechtes Auge zuckte, und seine Finger trommelten nervös auf der Sessellehne, als er sich mit einem höflichen Lächeln zurücklehnte und ihre Fragen erwartete.

William Pigram legte sich zunächst mit absichtsvoller Sorgfalt auf der Schreibtischplatte ein Blatt Papier für seine Notizen zurecht.

»Mr. Tennant, wir haben jetzt mit all Ihren Angestellten und mit Ihrer Frau gesprochen, und ich glaube nicht, daß wir nach dieser Unterredung das Zimmer, das Sie uns freundlicherweise zur Verfügung gestellt haben, noch brauchen werden.«

Adam Tennant nahm es mit graziösem Kopfnicken zur Kenntnis.

»Das heißt«, fuhr William fort, »unsere letzte Amtshandlung hier ist dieses Gespräch mit Ihnen.«

»Ich hoffe sehr, daß ich Ihnen weiterhelfen kann, und bedaure außerordentlich, daß es so lang gedauert hat, bis ich die Zeit finden konnte, mich Ihnen zur Verfügung zu stellen.«

»Sehr freundlich von Ihnen, daß Sie sich die Zeit jetzt

nehmen, Sir«, schloß William die einleitenden Höflichkeiten ab. »Um Sie über den aktuellen Stand unserer Ermittlungen aufzuklären ... ach, übrigens, ich sollte Ihnen noch den offiziellen Hinweis geben, daß Sie zu keinerlei Aussage verpflichtet sind; falls Sie es aber doch tun, wird das von Ihnen Gesagte notiert und kann zu einem späteren Zeitpunkt als Beweismittel dienen. Also – vom Hotelpersonal hat niemand Sharon nach sechs Uhr am Samstag abend gesehen, als sie sich von ihrer Freundin Shirley verabschiedete, um, wie diese aussagte, zu einer Verabredung mit einem Freund zu gehen. Shirley nimmt an, daß dieser Mann Sharon irgendwo mit dem Wagen abgeholt hat – sie selbst besaß ja kein Auto.«

»Und Sie wissen nicht, wer dieser Mann war?« Die Frage klang ungezwungen.

»Shirley weiß es nicht. Um ehrlich zu sein: Wir haben von einigen Seiten gehört, daß Sharon, die offenbar ein sehr attraktives Mädchen war« – Pat gefiel die Art, wie William diese Tatsache betonte, wie um damit anzudeuten, daß man keinem Mann verübeln konnte, wenn er sie anziehend fand –, »eine ganze Reihe von Männern kannte, aber wir haben nicht viele Namen, um das zu verifizieren. Entweder waren es nur Bekanntschaften für eine Nacht, sozusagen, oder sie war außergewöhnlich diskret.«

War das ein erleichtertes Aufatmen von Adam Tennant? Wenn ja, war es voreilig.

»Bis heute mittag hatten wir keinerlei konkreten Hinweis darauf, wen sie an dem Abend, an dem sie umgebracht wurde, getroffen haben könnte.«

»Sagten Sie: bis heute mittag?« fragte Adam Tennant tonlos.

»Wir haben in allen Pubs in der Umgebung des Hotels nachgeforscht. Und heute waren wir im ...«, William sah in seine Notizen und nannte dann den Namen des Lokals und den Ort. »Der dortige Besitzer hat nicht nur Sharon auf dem Photo erkannt, sondern er konnte uns auch eine Beschreibung des Mannes geben, mit dem er sie am Abend ihres Todes im Pub gesehen hat.«

»Er hat den Begleiter von Sharon beschrieben?«

»Ja, Mr. Tennant«, William erwiderte den Blick des Hoteliers.

Eine Weile fiel kein Wort. Adam Tennant nahm den Brieföffner vom Tisch und spielte damit. »Und kennen Sie auch den Namen dieses Mannes?«

»Die Beschreibung paßt auf Sie, Sir.« Williams Höflichkeit prallte an der glatten Fassade des Mannes hinter dem Schreibtisch ab, aber seine Hand mit dem Brieföffner hielt plötzlich ganz still.

»Das ist ja wohl unglaublich.«

»Wir können natürlich auch eine Gegenüberstellung anordnen.«

Der Brieföffner wurde jetzt langsam auf den Tisch zurückgelegt, und Adam Tennant sah den Sergeant mit einem zerknirschten Mann-zu-Mann-Lächeln an. »Sie meinen, dann könnte ich ebensogut alles gestehen, hm?«

»Das würde uns eine Menge Zeit sparen, Sir.«

»Die Wahrheit ist« – eine Formulierung, die Pat James' Erfahrung nach zumeist eine mehr oder minder faustdicke Lüge einleitete –, »Sharon hat mich wegen eines Weihnachtsgeschenkes für meine Frau beraten. Es schien mir sicherer, die Sache außerhalb des Hotels zu besprechen; das Pub war der passende Ort für diese Angelegenheit. Das war alles.« Sein Blick war offen und aufrichtig.

»Und Sie haben sich mehrmals dort getroffen, um diese Sache zu besprechen?«

»Ich glaube, ja.«

»Und das letzte Mal war der Samstag abend, bevor sie umgebracht wurde?«

»Wenn der Besitzer des Pubs beschwört, daß er uns an diesem Abend dort gesehen hat, muß es wohl so gewesen sein.«

»Und wie lange haben Sie da über das Weihnachtsgeschenk für Ihre Frau geredet, Sir?«

»Oh, das kann nicht allzulange gewesen sein, ich würde sagen, eine dreiviertel Stunde etwa, nicht länger. Und sie war mit Sicherheit äußerst lebendig, als wir uns getrennt haben.«

»Und wo genau war das, Sir?« William machte sich ein paar Notizen.

»Wo?«

»Ja. Haben Sie sie anschließend nach Hause gebracht? Ich nehme doch an, daß Sie sie im Dorf mit dem Wagen abgeholt haben?«

»Das ist richtig.« Adam Tennant hielt kurz inne, dann fuhr er mit ruhiger Stimme fort. »Ich habe sie im Pub zurückgelassen, denn sie sagte, sie wolle noch nicht nach Hause. Ich nahm an, daß sie sich dort noch mit einem Freund verabredet hatte.« Er machte eine wegwerfende Handbewegung, als wolle er damit sagen, der Sergeant müsse jetzt wohl einsehen, daß unmöglich etwas zwischen ihnen gewesen sein könne.

»Also.« William beendete seine Notizen und sah auf. Seine Stimme war freundlich und sachlich. »An dem fraglichen Abend haben Sie Miss Fry im Ort abgeholt – um welche Zeit war das, sagten Sie, um Viertel nach sechs? – Richtig, gegen Viertel nach sechs. Dann fuhren sie gemeinsam zum Pub, und bei einem Drink besprachen Sie dann ungefähr eine dreiviertel Stunde lang das Weihnachtsgeschenk für Ihre Frau. Anschließend verließen Sie das Pub um circa halb acht, und zwar ohne Miss Fry, die noch dort blieb, um auf jemanden zu warten. Ist das die vollständige Geschichte, Sir?«

»Haargenau, Sergeant.«

»Und das war dann das dritte oder vierte Mal, daß Sie und Miss Fry sich in dieser Angelegenheit in dem Pub getroffen haben?«

»Ich glaube gar nicht, daß es so häufig war, sondern vielleicht zwei oder drei Mal. Öfter nicht.«

»Und wozu haben Sie sich dann schließlich entschlossen?«

»Wie bitte?«

»Was hat Ihnen Miss Fry empfohlen, Ihrer Frau zu Weihnachten zu schenken? Es muß ja etwas ganz Besonderes gewesen sein, wenn Sie so lange darüber diskutieren mußten.«

»Ach ja, natürlich, jetzt verstehe ich, was Sie meinen, Sergeant. Miss Fry hat vorgeschlagen, daß ich Rosemary ein Nachthemd und ein Negligé von Janet Reger kaufe.«

»Ein Nachthemd also, ich verstehe, Sir. Und, haben Sie das getan?«

»Das habe ich tatsächlich, Sergeant. Es ist hier in meinem Schreibtisch versteckt.«

Adam Tennant bückte sich, öffnete die untere Schreibtischschublade, und, mit der Geste des triumphierenden Magiers, nahm er eine schmale, glänzende Schachtel heraus. Er legte sie auf den Tisch, öffnete den Deckel und zog ein schimmerndes Etwas heraus. Es war aus hellbeigem Satin, geschmückt mit einer Rose aus demselben Material. William nahm es ihm vorsichtig aus der Hand.

»Sehr hübsch, Sir. Was halten Sie davon, Constable?« Er warf Pat den hauchdünnen Stoff zu. »Sie sind ungefähr so groß wie Mrs. Tennant, halten Sie es sich doch mal an, damit wir uns die Wirkung besser vorstellen können.«

Pat stand auf und hielt sich die schmalen Träger des Nachthemds an die Schultern. Der zarte Stoff floß an ihrem zierlichen Körper herab und endete in einer ziehharmonikaförmigen Faltendrapierung auf dem Boden.

»Aha, ich fürchte, man bräuchte ein größeres Mannequin dafür, aber sonst paßt es gut – dem Constable.« Pat spürte, wie sie rot wurde. »Und ein Negligé dazu?« William nahm das zweite Teil aus der Schachtel und ließ das weiche Material durch seine Finger gleiten. Pat hatte plötzlich eine Vision von sich selbst, wie sie gekleidet, oder vielmehr entkleidet, in dieser Wäschegarnitur in ihrem Schlafzimmer stand, ihre Haut von der Seide liebkost, ihr Körper gebadet und parfümiert und wartend – wartend worauf? Dann entschied sie rasch, diese Vorstellung müsse wohl von dem Fieber kommen, das offenbar von ihrem Verstand und ihrem

Körper Besitz ergriffen hatte, und zwang sich, ihre Konzentration wieder auf die Arbeit zu richten. William suchte etwas in den Falten des Seidenpapiers.

»Ich fürchte, das war alles, Sergeant. Es gab keine passenden Pantoffeln mehr.« Adam Tennants Stimme war kühl und ironisch.

»Ich habe nicht nach den Pantoffeln gesucht, sondern nach der Rechnung.«

»Der Rechnung?«

»Wenn wir die Rechnung finden könnten«, erklärte William, »würde das Ihre Geschichte etwas glaubwürdiger machen, verstehen Sie?«

»Sie haben den Beweis doch in der Hand, was wollen Sie denn noch?«

»Nun ja, Sie haben uns eine Geschichte erzählt, und Sie haben uns eine wunderschöne und zweifellos äußerst teure Wäschegarnitur gezeigt. Es wäre allerdings sehr hilfreich, wenn Sie beweisen könnten, daß sie erst nach Ihrem letzten Treffen mit Miss Fry gekauft wurde. Falls Sie sie jedoch bereits vor ihrem Tod erstanden haben sollten, müßten wir Sie nochmals fragen, warum Sie sich an diesem Abend mit ihr getroffen haben.«

Adam Tennant wirkte unsicher.

»Sie müssen aber jetzt nicht nach der Rechnung suchen«, meinte William freundlich, als wolle er ihm die Mühe ersparen, seine Schubladen und Schränke zu durchwühlen – eine Handlung, zu der Adam Tennant nicht die geringsten Anstalten gemacht hatte. »Ich habe auf der Schachtel das Etikett des Geschäftes gesehen, in dem Sie die Garnitur gekauft haben, und ich bin sicher, daß sie dort den Verkauf eines so teuren Artikels in den Unterlagen verzeichnet haben. Wir werden das sofort überprüfen. Constable, bitte notieren Sie die Einzelheiten.«

Adam Tennant schloß die Augen. Als er sie wieder öffnete, versuchte er, seinen Blick ebenso offen und aufrichtig wirken zu lassen wie vorher.

»Na gut, Sergeant, wenn ich es mir recht überlege, ist es wohl so gewesen, daß ich die Garnitur tatsächlich vor unserem letzten Treffen gekauft habe. Ich wollte Sharon... Miss Fry zeigen, was ich ausgesucht hatte.«

»Damit sie Ihre Wahl begutachten konnte?«

»Genau.«

»Und was hat sie dazu gesagt?«

»Sie fand das Geschenk äußerst passend.«

»Obwohl es um einige Nummern zu schmal und zu lang für Ihre Frau ist?«

Adam Tennant sagte nichts.

William warf seinen Stift auf die Tischplatte. »Lassen Sie uns mit den Spielchen aufhören, okay? Wir wissen doch beide, daß das letzte, worüber Sie und Sharon Fry in diesem Pub gesprochen haben, das Weihnachtsgeschenk für Ihre Frau war. Viel wahrscheinlicher ist doch, daß die Wäschegarnitur für Miss Fry selbst gekauft wurde.«

Adam Tennant wollte protestieren, aber William hob die Hand und sagte: »Bitte, hören Sie mir zu. Sie können hier in diesem Büro mit uns kooperieren, oder wir nehmen Sie mit zum Kommissariat und verhören Sie dort. So oder so werden wir eine Aussage von Ihnen bekommen. Habe ich mich klar genug ausgedrückt?«

Pat James erwartete, daß der Hotelier nun darauf bestehen würde, seinen Anwalt hinzuzuziehen. Er mußte doch begriffen haben, wie gefährlich die Situation für ihn geworden war.

Aber Adam Tennant massierte nur seine Nasenwurzel mit Daumen und Zeigefinder. Als er den Sergeant wieder ansah, schien er irgendwie geschrumpft zu sein. »Ich verstehe.« Er lehnte sich in seinem Stuhl zurück und sah zur Zimmerdecke hinauf. Dann schloß er die Augen und holte tief Luft.

»Wie Sie wohl bereits vermuten, hatten Sharon Fry und ich eine kurze Affäre. Es war wirklich nichts Ernstes, aber die Kleine war einfach unwiderstehlich, mit ihren Beinen bis zum Kinn und diesem frechen Glitzern in den Augen, das jeden

Mann verrückt machen konnte. Und, weiß Gott, sie war leicht zu haben. Ich habe sie meistens an einem unauffälligen Treffpunkt mit dem Auto abgeholt, und dann sind wir irgendwohin gefahren, wo uns niemand stören konnte. Und ich muß sagen, daß wir beide unseren Spaß hatten. Aber außerdem wollte sie auch immer, daß ich sie noch zu einem Drink einlud und ein wenig mit ihr plauderte. Sie war ein ehrgeiziges Mädchen« (genau dasselbe hatte auch seine Frau über sie gesagt), »dachte, daß sie was Besseres wäre als bloß eine Kellnerin. Bei diesem letzten Treffen hatten wir einen kleinen Streit. Sie hat behauptet, ich hätte ihr versprochen, ihr, nachdem sie sechs Monate bei uns war, eine Stelle als Rezeptionistin zu geben. Diese Frist war nun verstrichen, aber ich habe ihr erklärt, daß daraus nichts werden würde – weil unsere Gäste durch sie eine falsche Vorstellung von der Art unseres Hotels bekommen könnten. Das hat sie nicht besonders erfreut aufgenommen, und sie meinte, ein Drink wäre alles, was ich an diesem Abend von ihr bekommen würde. Sie wüßte schon jemand anderen, bei dem sie auf ihre Kosten käme, und ich solle besser gehen. Wörtlich hat sie gesagt, ich solle mich verpissen.«

Pat ließ den Stift sinken, als der Redefluß versiegte. Sie sah zu dem Hotelier, der seine Hände vor sich auf der Löschpapierunterlage verschränkt hatte und auf seine Finger starrte. Was für ein Dummkopf er war! Was waren denn schon ein paar aufregende Stunden auf dem schrecklich unbequemen Rücksitz eines geparkten Wagens im Vergleich zu dem Luxus eines Hotels wie diesem? Trotz all seiner scheinbaren Weltläufigkeit und Eleganz hatte dieser Mann nur die Instinkte eines streunenden Katers.

Adam Tennant hob den Kopf und sah William direkt an. »Glauben Sie mir, es war wirklich ein Schock für mich, als Sie mir neulich dieses verdammte Photo gezeigt und gesagt haben, sie sei erwürgt worden. Ich habe mich plötzlich irgendwie verantwortlich gefühlt. Wenn ich sie nur nicht allein in diesem Pub zurückgelassen hätte ...«

»Was, glauben Sie, ist passiert?« Williams Stimme war ruhig und emotionslos.

»Keine Ahnung. Ich weiß auch nicht, ob sie das ernst meinte, daß sie sich noch mit einem anderen Mann treffen wollte. Jedenfalls hatte sie es vorher sicher nicht so geplant. Normalerweise habe ich sie auf dem Rückweg zum Hotel in der Nähe ihres Hauses abgesetzt. Vielleicht hatte sie die Absicht, irgend jemanden aufzureißen. So war sie nun mal. Oder vielleicht hat sie auch versucht, per Anhalter nach Hause zurückzufahren. In beiden Fällen hätte sie jedenfalls leicht an irgendeinen Perversen oder Psychopathen geraten können.«

»Sie behaupten also, sie um circa halb acht in dem Pub zurückgelassen zu haben?«

»Der Wirt müßte das bestätigen können, wenn er sich tatsächlich so gut an mich erinnert.«

William drehte sich zu Pat um. »Constable, bitte lesen Sie uns die Aussage des Wirts vor.«

Pat zog das betreffende Schriftstück hervor und fing an, mit gleichmäßiger Stimme vorzulesen: »Sie waren ungefähr eine dreiviertel Stunde lang hier. Sicher nicht länger als eine Stunde. Als sie ankamen, haben sie noch richtig miteinander geturtelt, aber später ist mir aufgefallen, daß sie einen handfesten Krach hatten. Zuerst hat sie ihn wegen irgendwas angebettelt, er wurde wütend, dann ist sie ebenfalls wütend geworden. Ich konnte nicht verstehen, um was es ging, aber ich erinnere mich daran, wie er sie angefahren hat: ›Du kannst doch wohl unmöglich von mir erwarten, daß ich *das* glaube‹. Kurze Zeit später habe ich gesehen, wie er gegangen ist und sie zurückgelassen hat. Sie ist hinter ihm hergerannt, dann habe ich Reifen quietschen hören; kurz darauf kam sie wieder rein. Sie hat sich hingesetzt und eine Zigarette angezündet. Ich wollte ihr gerade einen Drink spendieren, als sie mich gefragt hat, wo sie mal telefonieren könne. Ich sagte ihr, daß neben der Damentoilette ein Apparat hinge. Nach ein paar Minuten kam sie wieder, und ich habe ihr eine Limo ausgegeben. Ich konnte ihr ansehen, daß sie über irgendwas aufgebracht war, aber sie meinte, ich solle mir keine Sorgen machen, sie habe schon alles bestens im Griff. Sie nahm ihr Getränk und setzte sich an den Fenstertisch. Dann wurde es im Pub sehr voll, und als ich das nächste Mal zu ihrem Tisch sah, war sie verschwunden. Schätze, sie hat ihren Freund ankommen sehen und ist zu ihm rausgegangen.«

»Und jetzt, Mr. Tennant«, sagte William, »lassen Sie uns zu Ihrer Schilderung dieses Abends zurückkommen. Sie sagten, sie hätten einen Streit miteinander gehabt, was der Gastwirt bestätigt. Sie sagten auch, es wäre darum gegangen, daß Miss Fry einen Job als Rezeptionistin haben wollte; ich aber glaube, der Grund war, daß sie Ihnen erzählte, sie sei schwanger, und behauptet hat, sie seien der Vater.«

Wieder massierte Adam Tennant seine Nasenwurzel. Er sah jetzt sehr müde aus. »Das Mädchen konnte unmöglich wissen, von wem sie schwanger war. Ich war nicht der Einzige, mit dem sie geschlafen hat, und daraus hat sie auch nie einen Hehl gemacht. Aber ich war ganz bestimmt nicht gewillt, die Verantwortung für ihre Nachlässigkeit zu übernehmen. Mir hat sie nämlich gesagt, sie würde die Pille nehmen. Ich habe trotzdem jedesmal ein Präservativ benutzt. Heutzutage wäre das ja eine Art russisches Roulette, wenn man es nicht täte. Und ganz besonders bei einem Flittchen wie Sharon. Ich habe sie sogar einmal gefragt, ob sie keine Angst hätte, aber sie hat nur gelacht und gemeint, Aids sei eine Schwulenkrankheit, und sie hätte es schließlich nicht mit Schwulen. Sie hatte keine Ahnung, welches Risiko sie mit ihrer Lebensweise einging. Da war sie wie ein Kind, und vielleicht machte das sogar einen Teil ihrer Anziehungskraft aus.« Einen Moment lang schwieg der Hotelier in Gedanken versunken.

»Wenn Sie aber immer ein Präservativ benutzt haben, wie konnte sie dann behaupten, Sie seien der Vater?«

»Es ist einmal eins gerissen. Ein fehlerhaftes Exemplar

wahrscheinlich; ich hätte fast dem Hersteller geschrieben, um mich zu beschweren. Da kann doch alles mögliche passieren.«

»Sharon Fry hat offenbar angenommen, daß tatsächlich etwas passiert ist.«

»Das hat sie doch nur als Ausrede benutzt, das war nichts als ein Vorwand.«

»Was wollte sie denn damit bei Ihnen erreichen?«

»Nichts weiter, als daß ich mich von Rosemary scheiden lassen und sie heiraten sollte!«

»Verstehe ich Sie richtig, daß Sie Ihre Frau nicht verlassen wollten?«

»Wollen? Sergeant, ich kann nicht!«

»Wieso können Sie nicht?«

»Dieses Hotel gehört uns beiden. Ich müßte sie also auszahlen, und das kann ich mir nicht leisten. Ich habe meinen Überziehungskredit bei der Bank so gut wie ausgeschöpft, und bei diesen verfluchten Zinsen wird das Bargeld verdammt knapp.«

War ihm überhaupt klar, wie sehr ihm dieses Eingeständnis schaden konnte? Er wirkte vollkommen durcheinander und einfach nicht mehr imstande, die Bedeutung seiner Worte zu ermessen. Er mochte ja ein ausgezeichneter Hotelier sein, aber er bewies einen erstaunlich schwach ausgebildeten Selbsterhaltungstrieb. Kein Wunder, daß er so lange versucht hatte, dieser Befragung aus dem Wege zu gehen.

Dann, wenn auch zu spät, schien er die Gefahr zu erkennen, und er fügte hastig hinzu: »Und außerdem will ich gar keine Scheidung. Rosemary und ich sind ausgesprochen glücklich. Bloß weil ich ab und zu einen kleinen Flirt habe, heißt das noch lange nicht, daß ich meine Frau nicht liebe.«

»Und was schenken Sie ihr jetzt zu Weihnachten?« fragte William höflich.

»Ich muß zugeben, daß ich noch nichts gekauft habe. Aber am Montag fahre ich nach London, und da finde ich sicher etwas Hübsches.«

William stand auf und wandte sich zum Gehen. Pat folgte ihm. An der Tür drehte sich der Sergeant noch einmal um. »Noch etwas«, sagte er, als sei es ihm gerade eingefallen. »Hatten Sie während Ihres letzten Treffens Geschlechtsverkehr mit Sharon Fry?«

Falls er beabsichtigt hatte, Adam Tennant mit dieser Frage aus der Fassung zu bringen, war es ihm mißlungen. »Nein«, antwortete dieser bestimmt. »Wir sind direkt zum Pub gefahren – den Rest kennen Sie.« Er zögerte und fuhr dann mit scheinbar vollkommener Offenheit fort: »Ich möchte noch hinzufügen: Wenn es nach mir gegangen wäre, hätten wir den Drink auf später verschoben, aber Sharon hat darauf bestanden, daß sie zuerst mit mir reden müsse.«

Der Sergeant sah ihn einen Moment lang nur schweigend an, dann kehrte er zu dem Stuhl zurück, von dem er sich zuvor erhoben hatte, und sagte: »Gut, Sir, jetzt müssen wir nur noch Ihre Aussage abtippen, dann können Sie sie unterschreiben.«

Während sie später die Formalitäten erledigten, spürte Pat neben dem hartnäckig pochenden Schmerz in ihrem Kopf ein starkes Gefühl der Enttäuschung. Während der Befragung war sie mehr und mehr zu der Überzeugung gelangt, daß sie das Ende dieses Falles bedeutete – daß Adam Tennant das Mädchen erwürgt hatte, weil sie eine Gefahr für sein bequemes Leben, seine Ehe und, wie es schien, sein Geschäft geworden war. Trotzdem hatte er behauptet, nichts mit Sharons Schwangerschaft zu tun zu haben und auch, daß er in der Nacht nicht mit ihr geschlafen hätte. Zwei Behauptungen, die sich leicht von den Resultaten der gentechnischen Untersuchung bestätigen oder widerlegen ließen. Konnte es sein, daß er bluffte? Aber was war mit der Aussage des Gastwirtes? Wen konnte Sharon angerufen haben, nachdem Adam Tennant sie im Pub zurückgelassen hatte? Und wie sollten sie das herausfinden?

Sobald sie die Antwort auf eine Frage gefunden hatten, schien sie sich in eine weitere Frage zu verwandeln. Es war frustrierend. Der dumpfe Schmerz in Pats Kopf wurde zu einem alles auslöschenden Schwindelgefühl, durch das sie undeutlich Williams Frage hörte, ob ihr nicht gut sei.

Bis Samstag, den 22. Dezember, waren die Vorbereitungen für die Weihnachtsfeier im Hotel Morgan beinahe abgeschlossen. Darina und Ulla waren vollkommen erschöpft, Alex und Max stritten ständig miteinander, aber alles war festlich geschmückt, das Personal angeheuert, die Vorräte bestellt und jedes Detail bis hin zu den Petits fours, die sie zwischendurch reichen wollten, organisiert. Ihre Gäste sollten so verwöhnt und unterhalten werden, wie noch kein Gast des Hotels zuvor.

»Ich hoffe nur, daß sich meine Mutter nicht danebenbenimmt«, meinte Darina düster, als sie nach einem frühen Abendessen zu viert in dem kleinen Büro saßen, um ihre Kräfte zu sammeln, bevor der Betrieb richtig losging. Für diesen Abend waren etliche Tische im Restaurant reserviert worden.

Max sah sie verwundert an. »Erwarten Sie, daß sie Sie kompromittiert, indem sie auf dem Tisch tanzt oder einen Striptease aufführt?«

»Nein, das wird wohl hoffentlich nicht passieren – aber entweder, sie ist der strahlende Mittelpunkt der Party, oder sie ist so demonstrativ beleidigt, daß sie jedem den Spaß verdirbt.«

»Ich bin sicher, sie wird keinen Grund haben, beleidigt zu sein, wo wir alles so schön arrangiert haben.«

»Und wenn Stiefmutter das sagt, dann brauchen Sie sich auch keine Sorgen zu machen.«

Alex saß zusammengesunken auf seinem Stuhl neben dem Kamin und gab ein Bild des Jammers ab.

»Ach komm, Alex, hör schon auf. Seit du aus London zurück bist, ist mit dir einfach nichts mehr anzufangen. Zuerst bist du himmelhochjauchzend, dann zu Tode betrübt, und wir können kaum ein Wort sagen, ohne daß du uns gleich den Kopf abreißt, Max nicht ausgenommen. Also sag uns um Himmels willen endlich, was da passiert ist.«

Der junge Mann hob den Kopf und sah Ulla an. »Okay, ich kann's euch ebensogut erzählen. Ich war bei einem Verleger und habe einen Vertrag für ein Buch über meine Amerikareise unterzeichnet.«

Die einzige Reaktion seiner Zuhörer war völlige Verwirrung. Dann fragte Ulla: »Ein Buch?«

»Es ist eine Art Entdeckungsgeschichte des modernen mittleren Westens. Auf meinen Reisen durch Colorado, Arizona und Utah bin ich Menschen begegnet, die geradewegs aus einem traditionellen Western zu kommen schienen, ihr Leben aber gleichwohl mittels modernster Technologie bewältigen. Ich habe dort Leute kennengelernt, die nie aus ihrem Kaff herausgekommen sind, die den Rest der Welt praktisch nur vom Fernsehen kennen.« Alex hatte sich aus seinem Stuhl erhoben und stand vor dem Kaminfeuer. Begeisterung belebte sein Gesicht, und er strich sich die blonde Haarsträhne zurück, die ihm in die Stirn gefallen war. All sein Zynismus war verschwunden, er sah plötzlich um Jahre jünger aus, fast, als sei er im gleichen Alter wie Max.

»Bevor man diese Bundesstaaten nicht kennengelernt hat, macht man sich gar keine Vorstellung von den unermeßlichen Weiten und von der Isolation, in der die Menschen dort leben: trockenes, sprödes Land, bizarre Felsformationen – da gibt es wirklich nur Steine, Kakteen und Staub; oder man entdeckt einen Namen auf der Karte, mitten in einer freien Fläche von fünfhundert Quadratkilometern, und man denkt: Das muß irgendeine Stadt sein, Zivilisation, sozusagen. Aber wenn man dort ankommt, ist es bloß ein alter Handelsposten, jetzt eine Tankstelle und ein Laden, in dem man gerade das Notwendigste kaufen kann. Stellt euch mal vor, da zu leben! Eine Stadt wie New York oder Chicago ist für diese Leute ebenso exotisch wie Hong Kong oder Delhi für uns. Das Leben beschränkt sich auf die elementarsten Dinge; Kunst, Literatur oder überhaupt irgendeine Form von Kultur hat dort überhaupt keine Bedeutung. Der örtliche Radiosender bietet ihnen alles, was sie brauchen: eine Mischung aus Pop-, Country- und Westernmusik, Lokalnachrichten und Werbung – und ihre einzige Zerstreuung ist das Fernsehen. Ihr kennt doch sicher diese alten Westernfilme, wo alles auf die einfachste Form reduziert ist, wo man genau weiß, wer der Gute und wer der Böse ist, und am Schluß hat der Gute gesiegt; so sehen die Leute dort das Leben noch heute. Für diese Menschen war Ronald Reagan kein albernes Mißverständnis, kein Scherz, den sich ein Gott für die Amerikaner ausgedacht hat, weil er meinte: Wenn sie schon Filmschauspieler zu ihren Götzen machen, dann sollten sie auch einen zum Präsidenten haben – nein, für sie war er ein Held aus ihren Sagen, der die ganze komplizierte und undurchsichtige Politik auf ein paar simple, verständliche Fragen und Antworten reduziert hat. Ich kann euch sagen, das Leben da ist wirklich einfach! Trotz all ihrer modernen Technik und Kommunikationsmittel, ihrer Schulbildung und ihrer Freiheit haben die Leute Ähnlichkeit mit denen, die unter primitivsten Bedingungen in der äußersten Mongolei ihr Leben fristen.«

Alex hielt inne und stieß ein kurzes, verlegenes Lachen aus.

»Nun ja, ich habe jedenfalls während der Reise viel geschrieben und viele Aufnahmen gemacht. Als ich zurückkam, habe ich das Ganze etwas überarbeitet, getippt und einem alten Studienfreund geschickt, der inzwischen als literarischer Agent tätig ist; und neulich habe ich einen Brief von ihm bekommen, in dem er mir mitteilte, daß er jemanden kenne, der sich dafür interessieren würde, ob ich kommen und mit ihm reden wolle. Das war es also, was ich in London gemacht habe.«

»Und du hast uns nie ein Wort davon gesagt«, meinte Ulla vorwurfsvoll.

»Himmel, Alex, das ist ja phantastisch! Ich hab' immer gewußt, daß du noch mal was ganz Großartiges machen würdest!« Max grinste seinen Halbbruder an. »Und wann kommt das Buch heraus?«

»Das dauert wohl noch eine Weile. Sie wollen, daß ich es überarbeite. Aber ich habe einen Vertrag und sogar einen Vorschuß.«

»Du wirst reich!«

Alex' Gesicht verdüsterte sich plötzlich, er warf sich wieder in seinen Stuhl und ließ mutlos die Schultern hängen. »Das ist der Haken. Ich habe nur ein paar hundert Pfund bekommen – ich wußte gar nicht, daß Verleger so geizig sind. Ich kriege zwar etwas mehr, wenn ich ein akzeptables Manuskript abgeliefert habe, und dann noch mal die doppelte Summe, wenn das Buch veröffentlicht wird, aber das wird mindestens noch ein Jahr dauern.« Er knabberte an einem kleinen Hautstück am Fingernagel und sah sie der Reihe nach an.

»Aber es ist immerhin ein Anfang«, sagte Darina. »Und Ihre Arbeit wird veröffentlicht, ich finde das fabelhaft!«

»Aber das heißt, daß ich Geld brauche für meine nächste Reise nach China. Der Verleger wäre auch an einem Buch darüber interessiert – aber zuerst will er sehen, wie das erste Buch geht. Ich habe ein paar Semester Sinologie studiert, und ich weiß, daß ich etwas wirklich Gutes produzieren könnte, aber wie soll ich das finanzieren? Ich habe mein ganzes Geld für die Amerikareise verbraucht.«

»Das ist also der Grund, warum du willst, daß ich das Hotel verkaufe«, sagte Ulla bedächtig.

Alex stand auf, trat vor den Schreibtisch, stützte sich mit

seinem ganzen Gewicht darauf und sah ihr direkt in die Augen – das kalte Blau der seinen war nun brennend und verzehrend. »Verstehst du denn nicht? Wenn ich meinen Anteil hätte, könnte ich davon leben, bis ich mich als Schriftsteller etabliert habe. Ich weiß, daß ich es schaffen kann, aber es wird noch Jahre dauern, bis ich mit meinen Büchern wirklich genug Geld verdiene. Und um sie schreiben zu können, muß ich reisen.«

Ulla schloß für einen kurzen Moment die Augen, wie um der Intensität seines Blicks zu entgehen.

»Es ist doch nicht so, daß dein Herz wirklich am Hotel hängt«, fuhr Alex fort. »Schau dir doch an, wie fertig dich die Arbeit jetzt schon macht! Und es wird nächstes Jahr sicher nicht besser oder einfacher, falls du weiterhin versuchst, etwas aus diesem Haus zu machen – auch dann nicht, wenn Darina bleibt, um dir zu helfen.«

Nachdenklich wanderte Ullas Blick zu Darina und wieder zurück zu Alex. Sie seufzte tief auf und sagte: »Na gut, Alex. Ich werde darüber nachdenken, bestimmt.«

»Bestimmt?« Er stieß einen Freudenschrei aus, lief hinter den Schreibtisch herum, hob Ulla aus ihrem Stuhl in die Höhe, gab ihr einen dicken Kuß und ließ sie langsam wieder herunter. Seine Arme hielten noch immer die zierliche Gestalt umfaßt.

Niemand sagte etwas, und die Atmosphäre in dem kleinen Raum war plötzlich wie elektrisch aufgeladen. Dann steckte Angela, die kleine Kellnerin, ihren Kopf durch die Tür. »Wir haben Gäste in der Bar, die Johnsons sind angekommen, und jemand hat nach Mrs. Mason und Miss Lisle gefragt.«

Alex ließ Ulla los und rief: »Auf, Max, du darfst den Barkeeper machen, während ich den Oberkellner spiele.« Die beiden Männer verließen lachend und einander scherzhafte Rippenstöße versetzend das Büro.

»Sie denken also wirklich daran, zu verkaufen?« fragte Darina vorsichtig.

Ullas Blick war wie der eines Schlafwandlers, der die Augen

öffnet und sich verwundert fragt, wo er ist. »Ach, ich weiß nicht«, antwortete sie leise. »Ich bin nur so müde, und Alex hat mich so ... so durcheinandergebracht. Nein, vielleicht tue ich's doch nicht. Kommen Sie, lassen Sie uns nachsehen, wer uns sprechen möchte.«

Sie ging hinaus in die Hotelhalle, und Darina folgte ihr langsam.

Neben dem Weihnachtsbaum, der nun mit silbernen Eiszapfen und goldenen Kugeln geschmückt war, stand William.

Ulla begrüßte ihn mit aufrichtiger Herzlichkeit; Darina gelang es nicht, die gleiche Unbefangenheit aufzubringen.

Während der letzten Woche wurde sie trotz all ihrer hektischen Betriebsamkeit das unangenehme Gefühl nicht los, daß ihr etwas entglitt, was ihr viel bedeutete. Mehrmals hatte sie versucht, William anzurufen, wurde aber jedesmal nur von seiner freundlichen Stimme ermuntert, eine Nachricht auf Band zu hinterlassen – was sie nicht tat, denn sie wollte ihn persönlich sprechen. Andererseits hatte sie keine Lust, ihn bei der Polizei anzurufen, aus Angst, er könnte denken, sie wolle sich in seine Untersuchung einmischen. Sie wußte sehr wohl, daß ihn dieser Mordfall vollkommen in Anspruch nahm. In der Lokalzeitung hatte sie die Artikel darüber gelesen und die Anzeige der Polizei gesehen, in welcher die Bevölkerung um sachdienliche Hinweise gebeten wurde. Sie wußte, wie sorgfältig die Befragungen durchgeführt werden mußten und wie sehr William unter Zeitdruck stand. Aber es half nichts.

Merkwürdigerweise half es ihr auch nicht, daß ihr die viele Arbeit im Hotel Morgan großen Spaß machte, daß sie damit etwas gefunden hatte, das die Erfüllung eines Lebenstraumes für sie bedeuten konnte, und daß sie wußte, daß sie diesen Traum nicht einer Ehe opfern würde. Sie und William hatten Wege betreten, die in verschiedene Richtungen führten. Je enger sie sich verbanden, desto katastrophaler wären die Folgen. Die beiden kurzen Begegnungen mit ihm seit ihrem ersten Mittagessen im Hotel Morgan hatten sie schmerzlich spüren lassen, daß ihre gemeinsame Woche im Lake District keinerlei Bedeutung mehr für ihr gegenwärtiges Leben hatte.

»Hallo William«, sagte sie. »Bist du dienstlich hier?« Sie konnte sich die Antwort denken, denn warum hätte er sonst nach ihnen beiden gefragt? Sie schaute sich um und bereitete sich innerlich auf den Anblick der kleinen Polizistin vor, die sich ihm in letzter Zeit so dauerhaft angeschlossen zu haben schien. Aber sie war nicht da.

Er lächelte sie an. Warum küßte er sie nicht? Statt dessen fragte er Ulla: »Können wir uns irgendwo ungestört unterhalten?«

Also war er tatsächlich rein dienstlich gekommen.

Als sie im Büro Platz genommen hatten, erklärte er ihnen, daß die Polizei versuchte, einen gewissen Ken Farthing ausfindig zu machen, der, wie er gehört hatte, kurz im Hotel Morgan als Koch beschäftigt gewesen war. Ob sie wußten, wo er sich derzeit aufhalte?

Die beiden Frauen sahen sich verblüfft an. »Wieso, wird er etwa verdächtigt?« fragte Darina.

»Nein, noch nicht. Aber er und Sharon Fry waren anscheinend eine Zeitlang näher befreundet, und wir würden ihm gerne ein paar Fragen stellen. Wir haben seine Spur bis zu einem Restaurant in London verfolgt, aber dort wurde er gefeuert und ist nun verschwunden.«

»Er ist an dem Tag von hier weggegangen, als Sie beide zum Mittagessen hier waren«, antwortete Ulla.

William machte sich eine Notiz. »Und seither haben Sie ihn nicht mehr gesehen?«

Ulla schüttelte den Kopf.

»Wenn er am Montag gegangen ist, muß er am Samstag davor ja noch bei Ihnen gearbeitet haben.«

Ulla nickte.

»War er den ganzen Abend hier?«

Ulla zog ein Geschäftsbuch heraus und blätterte ein paar

Seiten zurück. »An diesem Abend hatten wir zwei Tischreservierungen, beide für halb acht. Das heißt, er ist wahrscheinlich um halb zehn oder zehn gegangen. Vielleicht auch ein bißchen früher, denn der Nachtisch war bereits vorbereitet, und den Kaffee macht die Kellnerin.«

»Ist das dieselbe, die auch heute abend Dienst hat?«

Darina nickte und ging, um Angela zu holen.

Ja, sie erinnere sich an diesen Abend. Der Koch sei ganz aufgeregt gewesen wegen seiner neuen Menüs, die er am übernächsten Tag servieren wollte (das Restaurant hatte nämlich Sonntagabends geschlossen). Nach Feierabend habe er sie auf einen Drink eingeladen, aber sie wollte nur nach Hause, um die Füße hochzulegen. Er müsse das Hotel wohl kurz nach halb zehn verlassen haben. Sie selbst sei um Viertel nach zehn gegangen, und weil es Mr. Masons freier Abend war, habe sich Mrs. Mason anschließend um die letzten Gäste gekümmert.

»Waren Sie mit Ken Farthing befreundet?« wollte William wissen.

Angela grinste ihn an. Von der Polizei befragt zu werden, schien sie nicht im geringsten zu beunruhigen. »Wir sind ab und zu mal etwas trinken gegangen, aber ich würde ihn nicht gerade als Freund bezeichnen.«

»Würden Sie sagen, daß er viele Freunde hat?«

Sie schüttelte den Kopf. »Nein, er ist eher ein Einzelgänger, hat auch nie irgendwelche Mädchen erwähnt. Er ist wohl kaum eine Schönheit mit diesem Gesicht, aber die Geschmäcker sind ja bekanntlich verschieden, und es gibt sicher Frauen, die auf so rauhe Typen stehen. Und dann hat er ständig darüber geredet, wie es werden würde, wenn er erstmal berühmt sei.« Sie stieß ein kurzes, freundlich-herablassendes Lachen aus. »Er wollte seine eigene Fernsehsendung haben, Bücher schreiben und in der Welt herumreisen. Aber ich wußte natürlich, daß er's nicht schaffen würde.«

»Sie meinen, er ist kein guter Koch?«

»Er kann ein phantastisches Steak machen. Wenn ich mir

meine letzte Mahlzeit aussuchen dürfte, würde ich ganz sicher eins von Kens Steaks wählen. Aber was den Rest betrifft ...« Sie sah Ulla Mason an. »Ich hätte Ihnen gleich sagen können, daß er nichts taugt. Na ja, schließlich haben sie ihn auch im Manor Park gefeuert.«

»Er hat dort gearbeitet?« fragte Ulla schwach.

»Ja, aber es hat nicht einmal drei Wochen gedauert, da haben sie ihn wieder vor die Tür gesetzt. Er hat's niemandem gesagt, weil er dachte, daß ihn dann keiner mehr einstellt; mir hat er's mal erzählt, nachdem er was getrunken hatte.« Sie genoß es offensichtlich, im Mittelpunkt der Aufmerksamkeit zu stehen.

»Hat er Ihnen auch gesagt, wo er hinwollte, nachdem er hier weggegangen ist?«

»Nein, kein Wort.«

»Wo hat er eigentlich gewohnt?«

»Er hatte ein Zimmer in dem Gasthaus unten an der Straße.«

»Ihre Angestellten wohnen also nicht hier im Hotel?« wandte sich William an Ulla.

»Normalerweise nicht. Er hat mich jedenfalls nicht um ein Zimmer gebeten, und das ist mir auch grundsätzlich lieber so. Natürlich wohnt unsere derzeitige Küchenchefin im Nebengebäude und Darina ebenfalls.«

»Besitzt Ken Farthing ein Auto?«

»Er hatte ein Motorrad«, antwortete Angela. »War wohl seine große Leidenschaft. An einem Abend hat er mich auch mal mitgenommen und ist sehr schnell gefahren. Aber ich mochte diesen blöden Helm nicht, den man da tragen muß, der hat meine Frisur völlig ruiniert.« Wie zur eigenen Bestätigung, daß alles wieder in Ordnung sei, griff sie sich kurz an den gelben Haarschopf.

William machte sich eine weitere Notiz.

»Ist sonst noch was? Ich muß nämlich jetzt wieder zurück ins Restaurant, die Gäste bedienen.«

William sah auf und schenkte Angela sein schönstes

Lächeln, genau das, welches Darina immer das Gefühl gab, einen ganz besonderen Platz in seinem Herzen zu haben – sollte es etwa eines sein, mit dem er jede beliebige Person bedachte?

»Nein, das war vorläufig alles. Allerdings werde ich möglicherweise später noch einmal wiederkommen und Ihnen ein paar weitere Fragen stellen – vorausgesetzt, daß Sie nichts dagegen haben.« Ihr kesses Lächeln sagte ihm, daß er jederzeit willkommen sei.

Was würde er jetzt machen? Viel mehr konnte er im Hotel Morgan kaum noch zu tun haben. Wenn er sich nur verabschieden und gehen würde! Darina wußte schon gar nicht mehr, wie sie sich verhalten sollte. Sie kam sich vor wie ein Teenager in den unergründlichen Gefühlstiefen der ersten Liebe – unsicher gegenüber sich selbst, dem Objekt ihrer Zuneigung und der Welt im allgemeinen. Ullas Klage über ihre langen und leeren Nächte kam ihr wieder in den Sinn.

Das war doch lächerlich! Sie war eine erwachsene und selbständige Frau, die eine Beziehung zu einem intelligenten und rationalen Mann hatte. »Können wir dir einen Drink anbieten?« hörte sie sich selbst sagen. »Oder hast du Zeit, zum Abendessen zu bleiben?«

Er sah sie an und sagte bedauernd: »Ich wünschte, ich könnte.«

Sie fühlte sich absurderweise getröstet von der Wärme in seiner Stimme.

»Aber ich muß heute abend noch einen weiteren Besuch machen.« Er zögerte und fragte dann: »Du hättest nicht vielleicht Lust, mitzukommen, oder? Wir haben das Pub gefunden, in dem Sharon Fry an ihrem letzten Abend war. Ich muß jetzt dorthin und versuchen, jemanden zu finden, der sich daran erinnert, wen sie an diesem Samstag noch getroffen hat. Es wird wahrscheinlich nicht besonders amüsant für dich, aber wir hätten noch ein wenig mehr Zeit für uns – außerdem weiß ich doch, wie sehr du dich für Mordfälle interessierst.« Er warf ihr ein freches Grinsen zu.

Darina hatte bei seinen Worten das Gefühl, daß er eine Tür zu seinem Leben für sie öffnete. Sie warf Ulla einen fragenden Blick zu.

»Es ist Ihr freier Abend«, sagte die Skandinavierin. »Und es wird Zeit, daß Sie sich mal ein bißchen amüsieren.« Sie blickte nicht ohne Neid zu dem großen, attraktiven Polizisten auf.

Darina holte ihren Mantel, stieg in den alten Bentley und sog genußvoll den Duft der Ledersitze ein. William ließ den Motor an und stellte ihn sogleich wieder ab.

»Ich halte das einfach nicht länger aus«, rief er und zog sie an sich.

»Ich wußte gar nicht, daß man vom Küssen süchtig werden kann«, murmelte sie eine Weile später.

»Der Appetit wächst mit dem Essen, heißt es nicht so?«

»In diesem Fall wäre es vielleicht das beste, zu verhungern.« Sie rückte von ihm ab, erhitzt und aufgewühlt von unbefriedigter Begierde.

Er strich ihr sanft eine lange blonde Strähne ihrer offen auf die Schultern fallenden Haare aus dem Gesicht. Sein Atem ging rasch. »Als ich noch Streifenpolizist war, mußte ich manchmal mit der Taschenlampe in parkende Autos leuchten und die Pärchen aufscheuchen, die dort rumknutschten. Ich hab' mich dabei immer wie der letzte Idiot gefühlt.«

»Warum mußtest du sie denn stören?«

»Verstoß gegen die öffentliche Moral – oder möglicher Verstoß. Und deshalb werde ich jetzt auch diesen Wagen starten.«

Nachdem sie eine Weile geschwiegen hatten, fragte ihn Darina, wo seine Mitarbeiterin sei.

»Sie liegt mit einer Grippe im Bett. Ich hoffe nur, nicht allzu lange, denn sie ist verdammt gut.«

Darina meinte, sie sei sicher bald wieder gesund. Dann, ein wenig zögernd, erkundigte sie sich nach den Fortschritten bei der Untersuchung des Mordfalles. Als sie beim Pub ankamen, war sie informiert über Adam Tennants Schilderung seines letzten Treffens mit Sharon und die Aussage des Gastwirts.

»Du glaubst also, daß sie dort ihren Mörder getroffen hat, nachdem Adam gegangen war?«

William verschloß die Wagentür. »Ich halte es für sehr gut möglich.«

»Dieser Adam Tennant ist ein merkwürdiger Mann«, sagte Darina, während sie auf das Pub zugingen. »Irgendwie strahlt er eine gewisse Lust an der Gefahr aus. Man hat den Eindruck, es macht ihm Spaß, Risiken einzugehen und Menschen herauszufordern. Und nach allem, was du eben erzählt hast, hätte er ein ziemlich starkes Motiv, Sharon loszuwerden. Ich nehme nicht an, daß seine Frau, hätte sie von seiner Affäre gewußt, irgendwelche Rücksichten hinsichtlich des Hotels genommen hätte, insbesondere, wenn Sharon tatsächlich von ihm schwanger war.« Darina dachte an die verhärmte Frau, die sie im Manor Park getroffen hatte, an all die Arbeit, Mühe und Zeit, die es sie gekostet hatte, das Hotel aufzubauen, und daß sie dabei im Lauf der Jahre wohl ihr gutes Aussehen und ihren Charme verloren haben mußte. Und sie hatte keine Kinder. Darina dachte an das Hotel und daran, daß es Adams größter Stolz war und daß er gesagt hatte, er hätte nicht genug Geld, um seine Frau auszuzahlen. Wie sehr hätte ihm Sharon Fry wirklich schaden können?

Im Pub herrschte Hochbetrieb. Ein bunt gemischtes Publikum schien sich großartig zu unterhalten. Darina bat um ein Glas Wein, lehnte jedoch den Vorschlag ab, auch etwas zu essen. »Tu dir keinen Zwang an«, fügte sie hinzu, als sie bemerkte, wie ihr Begleiter einen sehnsüchtigen Blick auf einen Teller mit Fleischpastete warf.

Er gab seine Bestellung auf, unterhielt sich kurz mit dem Gastwirt und reichte Darina das Weinglas. »Ich habe gehört, heute abend sind ein paar Leute aus dem Ort hier, die auch an dem betreffenden Samstag da gewesen sein könnten. Wenn wir uns zu dieser kleinen Gruppe dort drüben setzen, könnte ich ganz zwanglos mit ihnen ins Gespräch kommen.«

Nachdem sie sich gesetzt hatten, beobachtete Darina ihn bei der Arbeit. Er bemühte sich zwar keineswegs, zu verbergen, daß er Polizist war, aber seine Freundlichkeit und Ungezwungenheit brachte seine Gesprächspartner dazu, mit Interesse und Hilfsbereitschaft zu reagieren. Sie hatten alle von dem Mord gehört, und die Möglichkeit, in irgendeiner Form an den Untersuchungen beteiligt zu werden, ließ sie vor Aufregung schaudern.

Allerdings dauerte es eine volle Stunde, bis William jemanden fand, der tatsächlich gesehen hatte, wie Sharon das Lokal verließ.

»Muß kurz vor acht gewesen sein. Ich bin um halb acht von zu Hause weggegangen. Normalerweise bin ich um die Zeit schon längst hier, aber Ma war spät dran mit dem Abendessen. Ich hab' sie gleich bemerkt wegen ihrem superkurzen Rock und ihren langen blonden Haaren. Die sah wirklich klasse aus.«

»Haben Sie gesehen, ob sie jemanden getroffen hat?«

Darina sah, wie das freundliche Gesicht des jungen Mannes einen Ausdruck tiefer Konzentration annahm. »Ich glaube, sie ist in ein Auto eingestiegen.«

»Sind Sie sicher?«

»Nicht so ganz, aber ich glaube, sie hat jemandem zugewunken, als sie nach draußen kam. Ja, genau, so war's«, er wurde ganz aufgeregt, als es ihm langsam wieder einfiel. »So ist's gewesen. Sie hat gewunken und ›Juhu‹ gerufen, dann ist sie über die Straße zu einem Auto gelaufen.«

»Was für ein Auto war das?«

Aber der Befragte schüttelte nur bedauernd den Kopf. »Es war schon so dunkel, daß ich noch nicht mal meinen eigenen Traktor erkannt hätte. Außerdem stand der Wagen nicht vor dem Pub, sondern auf der anderen Straßenseite.« Er dachte wieder kurz nach. William wies wortlos auf sein beinahe leeres Glas, und der junge Mann akzeptierte die Einladung zu einem frischen Bier durch ein Kopfnicken.

Als der Polizist mit dem Getränk zurückkam, sah er auf

und meinte: »Ich glaube, es war ein Kombi. Aber ich kann's wirklich nicht sicher sagen.«

»Und Sie haben nicht gehört, daß sie einen Namen gerufen hat?«

»Nein, nichts dergleichen.«

An diesem Abend erfuhr William nichts Brauchbares mehr, weder von dem jungen Mann noch von einem der anderen Gäste.

Als sie wieder im Auto saßen, fragte er: »Bist du müde, oder möchtest du noch woanders hinfahren und etwas trinken?«

»Wen hast du denn noch auf deiner Liste?«

Es war zwar zu dunkel, um sein Gesicht erkennen zu können, aber sie wußte, daß er lächelte.

»Du kennst mich eben zu gut. Ich habe nämlich gerade daran gedacht, daß es ganz interessant wäre, im Manor Park vorbeizuschauen und Adam Tennant wissen zu lassen, daß man die Geschichte seines letzten Treffens mit Sharon bestätigt hat. Nur zu seiner Beruhigung, verstehst du?«

»Wie kommt es nur, daß ich das Gefühl habe, dir liegt nicht das geringste daran, ihn zu beruhigen, sondern daß du damit etwas ganz anderes bezweckst? Hast du irgendeinen Verdacht?«

»Die Polizei arbeitet nicht auf Verdacht, das ist was für Amateurdetektive.«

Seine Stimme klang belustigt. »Unsere Methode ist das sorgfältige Untersuchen und Überprüfen der Fakten. – Was ist nun, bist du dabei?«

Die Frage hätte er sich sparen können. Als William den Motor anließ, dachte Darina an Sharon Fry, die vor dem Pub von einem Wagen abgeholt worden war – einem Kombi vielleicht, vielleicht aber auch nicht –, aber wohin wurde sie gebracht? »Kommen wir an dem Rastplatz vorbei?« fragte sie.

William wußte gleich, welchen Rastplatz sie meinte. »Nein, wir treffen erst weiter oben auf die Straße. Aber ich habe auch daran gedacht. Ich nehme an, der, den sie getroffen hat, hatte ein bestimmtes Ziel. Entweder ein anderer Pub – wir sind noch damit beschäftigt, alle Lokale in der Umgebung zu überprüfen – oder ein abgelegener Platz, um mit ihr zu schlafen.«

Darina blickte sich im Innern des Bentley um. Sie stellte sich vor, mit einem Mann im Wagen zu sitzen – er hält an, sie streiten sich aus irgendeinem Grund, und er erwürgt sie. Was konnte Sharon gesagt oder getan haben, das ihren Begleiter derart ausrasten ließ, daß er sie umbrachte? Oder hatte er aus einem anderen Grund die Kontrolle verloren?

»Weißt du eigentlich, ob sie kurz vor ihrem Tod noch mit jemandem geschlafen hat?«

William zögerte ein wenig, bevor er sagte: »Wir nehmen an, daß sie Geschlechtsverkehr hatte.« In seiner Formulierung drückte sich die vorsichtige Zurückhaltung des Polizisten aus.

»Und Adam Tennant hat das bestritten?«

William nickte.

»Hältst du es denn für möglich, daß sie zuerst versucht, ihn davon zu überzeugen, daß er der Vater des Kindes sei und sie nun heiraten müsse – und im nächsten Moment hat sie mit einem anderen Mann leidenschaftlichen und wilden Sex und erzählt dem vielleicht sogar noch dieselbe Geschichte? Wenn es so war, ist es jedenfalls kaum verwunderlich, daß es mit ihr ein so schreckliches Ende genommen hat.«

Sie hielten vor dem eleganten Hotel. William stellte den Motor ab und betrachtete schweigend die hohen Fenster, aus denen das Licht auf den Vorplatz fiel.

»Was glaubst du, wieviel Adam Tennant das alles hier bedeutet?« fragte er Darina.

»Du meinst, ob er jemanden umbringen würde, um es nicht zu verlieren?« Darina seufzte. »Ein Hotel zu führen, ist manchmal eine merkwürdige Sache. Ich meine, auch wenn man eine Firma aufbaut, die Kugellager herstellt oder Handtaschen importiert, hat man sicher eine emotionale Bindung daran, aber ich kann mir nicht vorstellen, daß es einem dasselbe Gefühl gibt wie so ein Hotel – insbesondere diese

Art Hotel, die von dem Besitzer so viel Einsatz und Engagement fordert. Da muß man nicht nur sein Geld, sondern auch seine ganze Persönlichkeit investieren. Berufsmäßig Gastfreundlichkeit anzubieten, heißt auch gewissermaßen, sich selbst anzubieten. Es erfordert so viel Zeit, Energie und Mühe, ständig die Bedürfnisse der Gäste zu befriedigen, und endlose Geduld mit den Angestellten, damit sie das kleine bißchen Extraleistung bringen, das den Unterschied zwischen einem mittelmäßigen und einem erstklassigen Hotel ausmacht. Nicht alle Gäste wissen das zu schätzen, aber wenn sie es tun, ist es wunderbar. Die Freude, einen Ort wie diesen geschaffen zu haben, sich jeden Tag in dieser Umgebung zu bewegen und zu spüren, daß sich die Menschen dort wohlfühlen, muß einem eine ungeheure Befriedigung geben.« »Ich könnte mir vorstellen«, setzte Darina bedächtig hinzu, »daß Adam Tennant bereit und fähig ist, sehr weit zu gehen, um dies alles nicht aufgeben zu müssen.«

William sah seine Begleiterin nachdenklich an. Dann stieg er aus und öffnete ihr die Wagentür.

Im Manor Park war alles für Weihnachten vorbereitet. In der Eingangshalle stand ein riesiger Tannenbaum, der sehr geschmackvoll mit goldenem Lametta und grünen Schleifen geschmückt war. An jeder Tür hing ein bunter Kranz, und eine der Wände war über und über mit Weihnachtskarten bedeckt. Aus der Bar drangen die Geräusche einer dezent fröhlichen Geselligkeit.

Adam Tennant saß an einem der Ecktische und unterhielt sich mit einem Mann, der Darina irgendwie bekannt vorkam. William und sie setzten sich nicht weit davon entfernt an einen Tisch und bestellten zwei Gläser Weißwein.

Es dauerte nicht lange, bis der Hotelier sie bemerkte und auf sie zukam.

»Darina, meine Liebe, wie schön, Sie zu sehen. Und den Sergeant auch ... ist das ein dienstlicher Besuch?«

»Eigentlich nicht«, antwortete William gelassen. »Aber ich dachte, es würde Sie interessieren zu erfahren, daß wir herausgefunden haben, daß Sharon Fry tatsächlich von jemandem abgeholt wurde, nachdem Sie gegangen waren.«

Adam Tennant sah sich rasch um, aber die Tische waren so plaziert, daß wohl kaum einer der dort sitzenden Gäste die Worte des Polizisten hätte hören können.

»Diese Bestätigung ist natürlich beruhigend, aber ich hatte auch nichts anderes erwartet. Ihre Getränke gehen übrigens selbstverständlich auf Kosten des Hauses.«

»Sehr großzügig von Ihnen, Sir, aber ich hatte die Dame bereits eingeladen.«

Der Hotelier warf dem Polizisten einen durchdringenden Blick zu und wandte sich dann an Darina. »Ich hoffe, das Hotel Morgan blüht und gedeiht? Bitte grüßen Sie die schöne Ulla von mir.« Ohne eine Antwort abzuwarten, ging er zurück zu seinem Gast. An seinem Tisch wurden weitere Drinks serviert, Adam zog eine Zigarre hervor, und seine Gesten wurden ausladender. Es war schwer zu sagen, ob ihn Williams Nachricht in diese aufgeräumte Stimmung versetzt hatte, oder ob er bereits vorher so entspannt war – jedenfalls schien er seine Unterhaltung ausgesprochen zu genießen. Von Mrs. Tennant war nichts zu sehen.

»Das war ja ein ziemlich beeindruckender Vortrag, den du vorhin im Auto gehalten hast«, meinte William. »Verstehe ich das richtig, daß du dich nun dem Hotel Morgan verschrieben hast?«

»Das könnte sein«, gab Darina ausweichend zurück.

»Hmmm«, William probierte seinen Wein. »Da habe ich mir also sozusagen ins eigene Fleisch geschnitten, als ich dich dorthin gebracht habe.«

»Wenn es nicht das Hotel Morgan wäre, wäre es ein anderes gewesen, das viel weiter weg liegt.«

»Du bist also entschlossen, deinen Traum vom eigenen Hotel zu verwirklichen?«

»Ich muß es tun, im Moment jedenfalls. Das hat aber nichts mit meinen Gefühlen für dich zu tun.« Und vielleicht würde es bald auch kein Hotel Morgan mehr geben, um darin zu investieren, aber diese Möglichkeit zu erwähnen, hieße, die Dinge nur unnötig kompliziert zu machen.

William sagte nichts.

Der Abend war gelaufen. Es blieb ihnen nichts, als auszutrinken und zu gehen. Der Barkeeper wollte kein Geld annehmen, aber William ließ eine Fünf-Pfund-Note auf dem Tisch liegen. Adam Tennants Augen wurden schmal, als er die Geste bemerkte.

Nachdem sie etwa zehn Minuten auf der A37 gefahren waren, sagte William: »Das ist der Rastplatz.« Allerdings hielt er nicht an, und Darina konnte nicht viel erkennen, als sie vorbeibrausten.

Für den Rest der Fahrt schwiegen beide, aber als William beim Hotel Morgan vorfuhr, fragte er: »Hast du noch einen freien Tisch für das Mittagessen am Weihnachtstag?«

»Ich glaube kaum, denn seit einer Woche steigt die Zahl der Reservierungen ständig. Anscheinend hat sich die Qualität unseres neuen Essens tatsächlich herumgesprochen. Aber – das ist doch nicht dein Ernst, oder?«

»Mein völliger Ernst. Bei diesem Fall habe ich Glück, wenn ich am Weihnachtstag freibekomme. Und da ich sicher keine Zeit haben werde, zu meinen Eltern zu fahren, dachte ich, du könntest mir vielleicht eine Scheibe Truthahn aufheben.«

Darinas Stimmung hob sich. »Das ist ja wunderbar! Ich werde wahrscheinlich nicht dazu kommen, dir Gesellschaft zu leisten, aber ich werde dich zu meiner Mutter an den Tisch setzen. Sie wird begeistert sein!«

Die Weihnachtsparty im Hotel Morgan lief gut an. Die ersten Gäste kamen am späten Nachmittag des vierundzwanzigsten Dezember. Als sie in ihre Zimmer geführt wurden, äußerten sie ihr Entzücken über den Weihnachtsbaum und all die Dekorationen, die Ulla so geschmackvoll arrangiert hatte.

In den Zimmern erwarteten die Gäste kleine Geschenke, eine Schale mit Früchten und ein Gebinde aus getrockneten Blumen, die mit winzigen Glaskugeln in leuchtenden Farben geschmückt waren. Auf dem Tisch standen auch ein Mineralwasser aus der Gegend und eine kleine Flasche Sherry.

Als die Gäste zurück in die Hotelhalle kamen, wurde ihnen Tee gereicht. »Lassen Sie uns ein traditionell englisches Essen servieren«, hatte Darina zu Sally Griffiths gesagt, als sie das Weihnachtsmenü besprachen.

»Modern interpretiert?«

»Ja, es sollte hübsch aussehen und ein bißchen leichter verdaulich sein, aber ohne jeden modischen Schnickschnack. Ich schlage vor, eine Steak- und Nierenpastete, Ente mit Fruchtsaucen, Lammrücken, Lendensteaks, Beef Wellington und Lachs mit Gurkensauce.«

»Und zum Nachtisch Melassekuchen, Weihnachtspudding und eine richtige englische Biscuitcreme«, fiel Sally begeistert ein. »Und Weincreme. Wir sollten auch ein paar leichtere Desserts anbieten, aber sonst wird es sicher großartig.« Und tatsächlich hatte sich das Essen gleich als voller Erfolg erwiesen. Auch das Buffet zum Fünf-Uhr-Tee am Weihnachtsabend war eine von Darinas Ideen.

»Wenn es gut ankommt, sollten wir es vielleicht als regelmäßige Wochenendveranstaltung anbieten«, hatte sie geäußert. Nun stand ein mit einem schneeweißen Leinentuch bedeckter Tisch im Speisesaal, der sich unter den Platten mit kleinen Sandwiches, Teegebäck, Erdbeermarmelade, verdickter Sahne und verschiedenen Kuchensorten bog. Zur Begrüßung bekamen die Gäste chinesischen oder indischen Tee gereicht, und allmählich füllte sich der Raum mit Menschen.

Auch im Speisesaal standen große Arrangements aus Laub und Tannenzweigen, durch Seidenblumen ergänzt (eine lohnende Ausgabe, wie Ulla fand).

Darina hatte Ulla gebeten, sich bei ihren Einkäufen nach antiken Kissenbezügen umzuschauen, und das Resultat dieser Suche lag nun verteilt auf den dunklen Samtsofas und Sesseln. Die Seiden- und Damaststoffe hellten die Atmosphäre auf und verliehen den Räumen zusammen mit den verblaßten Farben der alten gewirkten Tapeten eine exzentrische Pracht.

Die Gäste waren hauptsächlich mittleren Alters. Sie saßen in kleinen Grüppchen beisammen und beäugten jeden Neuankömmling, der von Darina oder Ulla hereingeführt wurde, mit mißtrauischen Blicken.

Es war schließlich die ehrenwerte Ann Lisle, die die Gesellschaft in Schwung brachte. »Wie entzückend«, rief Darinas Mutter, als sie in Begleitung von General Sir Gerald Stocks eintrat. »Ich bin sicher, wir werden viel Spaß haben. Erlauben Sie mir, mich vorzustellen.« Sie ging durch den ganzen Raum, plauderte mit allen und spielte die Rolle der Gastgeberin. Als sie ihre Runde gemacht hatte, wußte nicht nur jeder, wer sie und Gerry Stocks waren, sondern man hatte sich auch untereinander vorgestellt, und die Gruppen begannen, sich zu vermischen.

Darina seufzte dankbar, nahm sich die Lektion zu Herzen und kehrte in die Hotelhalle zurück, wo eine Dame ihre Hände am prasselnden Kaminfeuer wärmte. Sie war eine attraktive, etwas mollige Frau in den Fünfzigern, teuer und geschmackvoll gekleidet, und ihr silbergraues Haar war im Nacken zu einem eleganten Knoten geschlungen. »Dem Himmel sei Dank für ein anständiges Feuer. Es ist so kalt, daß ich nicht überrascht wäre, wenn es heute noch schneien würde.«

»Viel zu kalt für Schnee«, erwiderte ein großer und stämmiger Mann, der gerade den Weihnachtsbaum begutachtete. Er trug alle Kennzeichen eines erfolgreichen Geschäftsmannes, sein Mantel war aus Kaschmir, seine Handschuhe waren aus Schweinsleder. Sein Haar hatte genau die richtige Länge, seine Haut war glatt und leicht gebräunt. Während Darina auf die beiden zuging, warf sie einen Blick durch das Fenster und sah, wie erwartet, draußen einen Rolls Royce neuester Bauart.

»Frohe Weihnachten«, sagte sie, während sie im Kopf rasch die Liste der Gäste durchging, die noch erwartet wurden. Aber unter den Namen, Adressen und Handschriften fand sie keine, die zu dem Stil dieses Paares gepaßt hätten, und sie fragte sich, was sie wohl ins Hotel Morgan geführt hatte.

In diesem Augenblick öffnete sich die Tür am hinteren Ende der Hotelhalle, und Alex kam mit einem Tablett herein, auf dem ein Behälter voller Eiswürfel für die Bar stand. Er trat die Tür hinter sich zu, erblickte die elegante Dame und rief aus: »Oh mein Gott, Vivian!«

»Liebling, komm und gib mir einen Kuß.«

Darina sah, wie Alex zögerte, das Tablett langsam auf einem Tisch abstellte, dann herüberkam und einen kühlen, raschen Kuß auf die weiche Wange drückte, die sie ihm zur Begrüßung hinhielt.

»Du siehst sehr gut aus, mein Liebling«, sagte die Frau, während sie einen Schritt zurücktrat, um ihn besser betrachten zu können.

Alex reichte ihrem Begleiter die Hand. »Schön, Sie wiederzusehen, Sir. Wie geht es Ihnen?«

»Wie geht es Ihnen, Alex?« Der Mann schüttelte ihm die Hand, seine Begrüßung wirkte eher höflich als herzlich.

»Wir waren gerade in der Gegend und dachten, es wäre doch eine gute Idee, mal vorbeizuschauen und zu sehen, wie es dir geht«, erklärte die Frau, während sie sich auf einem der Sofas neben dem Kamin niederließ.

»Mir geht es gut.« Alex blieb unschlüssig vor dem Sofa stehen.

»Du könntest jedenfalls so tun, als würdest du dich freuen.« Die Frau klopfte auf das Kissen neben sich und fuhr fort: »Setz dich zu mir und erzähl mir alles von dir.«

»Langsam Viv, wir haben den Jungen völlig überrumpelt, außerdem muß er sicher noch hundert Dinge erledigen.«

»Kann ich Ihnen einen Tee bringen?« bot Darina an und fragte sich gleich, ob sie etwas Falsches gesagt hatte, denn Alex schien nicht gerade erpicht darauf zu sein, daß das Paar noch länger blieb. Aber schließlich waren sie in ein Hotel gekommen.

»Das wäre schrecklich nett«, antwortete die Dame. »Alex, du kannst dir doch bestimmt ein paar Minuten Zeit für uns nehmen? Wir sehen dich so selten.«

Alex warf einen Blick auf das Tablett und seufzte. »Ich möchte euch Darina Lisle vorstellen, sie wird wahrscheinlich die Geschäftspartnerin von Ulla. Darina, das sind Vivian und Arthur Fairchild.«

Darina lächelte die beiden freundlich an. »Ich werde gleich den Tee für Sie bestellen«, sagte sie. Dann ging sie zum Kamin und legte ein paar frische Holzscheite nach.

Alex warf rasch ein: »Ich will euch aber nicht aufhalten.«

»Es geht doch nichts über ein herzliches Willkommen.« Die Frau zog einen hübschen Schmollmund.

»So habe ich es nicht gemeint«, sagte Alex und setzte sich neben sie auf das Sofa. »Es ist nur so, daß ... daß Max hier ist.«

»Max?« rief die Frau aus, und in ihrer Stimme lag eine merkwürdige Mischung aus Freude und Bestürzung.

»Wußtest du nicht, daß er über Weihnachten hier ist?«

»Ich habe nicht daran gedacht.«

»Das hast du doch nie, oder?« kommentierte Alex bitter. »Wo soll er denn sonst hin, jetzt, wo sein Vater tot ist?«

»Ist er im Augenblick hier?« Die Frau sah sich gleichermaßen erwartungsvoll und ängstlich in der Eingangshalle um.

»Nein, er ist losgezogen, um noch etwas zu besorgen. Es gab nämlich gerade eine kleine Panik wegen der Vorräte. Aber er wird sicher bald zurück sein.«

Darina nahm das Tablett mit den Eiswürfeln, brachte es in die Bar und ging in die Küche. Sie gab Angela die Anweisung, den Fairchilds in der Halle Tee zu servieren, und kehrte gerade rechtzeitig zurück, um die nächsten Gäste zu begrüßen – eine Gruppe, die aus zwei Paaren und zwei älteren Damen bestand. Sie führte sie in den zweiten Stock, wo drei der kleineren und eher modern eingerichteten Doppelzimmer für sie reserviert waren. Kaum hatten sie die Treppe betreten, gab es lautstarken Protest von einer der älteren Damen. »Barry, du hattest mir doch versprochen, daß sie hier einen Lift haben. Ich brauche einen Lift.«

Darina sagte entschuldigend: »Mr. Johnson hat nur gesagt, er wünsche eine Unterbringung mit allem modernen Komfort.«

»Könnten Sie meiner Mutter und Mrs. Franks ein Zimmer im ersten Stock geben?« fragte Mr. Johnson, ein vergnügt aussehender Mann mittleren Alters. Er tätschelte seiner Mutter beruhigend die Hand. »Na, na, meine Liebste, wir werden schon alles in Ordnung bringen, mach dir keine Sorgen.« Eine der beiden jüngeren Frauen, die Darina für seine Gattin hielt, stöhnte leise und wechselte einen vielsagenden Blick mit ihrer Freundin.

Darina überlegte rasch. Das einzige noch nicht belegte Zimmer im ersten Stock war für Mr. und Mrs. Taylor reserviert, die in ihrem Brief um ein geräumiges Zimmer gebeten hatten. Sowohl die Anzahlung als auch der volle Preis für das Weihnachtsessen waren im voraus bezahlt worden – und zwar bar und per Einschreiben. Der Brief war ordentlich getippt, aber das Papier war von der einfachsten Sorte, und die bescheiden klingende Adresse war nicht aufgedruckt, sondern stand getippt in der oberen rechten Ecke. Das Schreiben machte den Eindruck, als wären die Absender in ihren Bedürfnissen eher anspruchslos; deshalb konnte sie sie vielleicht problemlos auf das Zimmer verlegen, das sie für die Damen Johnson und Frank vorgesehen hatte.

Sie führte die beiden in den ersten Stock und brachte sie in dem Zimmer am Ende der Treppe unter. »Es liegt gleich neben dem Lift«, erklärte sie. »Ich hoffe, daß das Problem damit zu Ihrer Zufriedenheit gelöst ist.«

Nachdem Mrs. Johnson das Badezimmer inspiziert hatte, kam sie mit säuerlichem Gesicht wieder zurück und verkündete: »Schlampig gebaut.« Dann wies sie mit dem Kopf in Richtung der Heizung, die gerade ein gurgelndes Geräusch machte, und fragte: »Muß ich mir diesen schrecklichen Lärm die ganze Nacht mitanhören? Da werde ich bestimmt kein Auge zutun.«

Darina versicherte ihr, daß die Heizung am späten Abend abgestellt werden würde.

»Das soll wohl heißen, daß wir dann frieren müssen. Ich hab's Barry gleich gesagt, daß es gar keinen Zweck hat, zu versuchen, irgendwoanders zu wohnen als im besten Haus am Platz. Aber er wollte ja unbedingt dieses ganze Theater mit ›traditionellen Weihnachten‹. Dabei hab' ich ihm erklärt, traditionell heißt nichts anderes als altmodisch und langweilig. Jedenfalls wird Joyce zur Abwechslung wohl mal ohne ihren Whirlpool und die Sauna auskommen müssen.« Ihre Befriedigung darüber war unverkennbar.

»Wenn er die Sache bloß meinem John überlassen hätte,

dann wären wir jetzt in einem erstklassigen Hotel«, schaltete sich die Mutter von Mr. Franks ein.

»Dein John hätte uns in irgendeinem scheußlichen Hotelbunker an der Südküste einquartiert«, gab Mrs. Johnson zurück. »Erinnerst du dich nicht mehr daran, was passiert ist, als wir in Torquay waren und wir mit diesen blödsinnigen Schlüsselkarten nie die Zimmertür aufbekommen haben? Dreimal mußten sie geändert werden. Außerdem waren die Handtücher schmutzig, und das Essen war grauenvoll.«

»Ich werde veranlassen, daß Ihnen das Gepäck aufs Zimmer gebracht wird«, murmelte Darina und verließ fluchtartig den Raum.

»Entschuldigen Sie, daß ich störe, Alex«, sagte sie, als sie zu der kleinen Gruppe trat, die immer noch vor dem Kamin zusammensaß, »aber die Koffer der Johnsons und Franks müssen hinaufgebracht werden. Und außerdem mußte ich Mrs. Johnson und Mrs. Franks senior in die ›Mönchsklause‹ umquartieren, weil die eine die Treppen nicht mehr schafft.«

Alex erhob sich, ohne zu zögern. »Tut mir leid, daß wir hier abbrechen müssen, aber ich muß jetzt wieder an die Arbeit.«

»Aber das verstehe ich doch, mein Schatz. Wir haben sicher später noch reichlich Zeit, uns zu unterhalten.«

Alex blieb regungslos stehen, und die Frau lachte zu ihm auf. »Du glaubst doch wohl nicht im Ernst, daß wir zu dieser späten Stunde einfach so hier reinschneien, auf die entfernte Möglichkeit hin, daß du da bist, oder?«

Ihr Begleiter erhob sich und fügte, zu Darina gewandt, hinzu: »Wir sind die Taylors.«

Sie verstand nicht. »Ich dachte, Ihr Name sei Fairchild?«

Vivian lachte. »Wir wollten, daß es eine Überraschung wird, und das wäre es ja wohl kaum gewesen, wenn wir unter Fairchild gebucht hätten. Also haben wir uns Taylor genannt. Arthur hat seine Sekretärin gebeten, die Reservierung unter ihrer Adresse abzuschicken, und wir haben die Anzahlung in bar beigelegt, um uns durch die Unterschrift auf einem Scheck nicht zu verraten.«

Alex sah sie entsetzt an. »Willst du damit etwa sagen, daß ihr über Weihnachten bleibt?«

»Natürlich, du dummer Junge, ist das nicht wunderbar?«

»Ach, du liebe Zeit«, sagte Darina. »Jetzt habe ich gerade Mrs. Johnson und Mrs. Franks in Ihr Zimmer verlegt!«

In diesem Moment betrat Max die Halle. Vivian, die ihn als erste erblickt hatte, rief »Max!« und sprang auf.

Er sah hinüber und wurde kreidebleich. Arthur und Alex rührten sich nicht vom Fleck, während Mrs. Fairchild einen Schritt auf ihn zu machte und die Hand ausstreckte.

»Liebling?« Ihre Stimme klang bittend.

Max wirkte wie gelähmt. Er starrte sie an, als wäre sie eine Erscheinung, dann drehte er sich wortlos um und verschwand durch die Tür im Hintergrund der Halle.

Vivian ließ ihre Hand sinken und schob ihren Mann, der zu ihr getreten war, zur Seite. »Nicht, nicht«, sagte sie matt, ließ sich wieder auf dem Sofa nieder und bedeckte ihre Augen mit der Hand. Ihr Mann setzte sich neben sie und nahm ihre andere Hand in die seine.

»Ich habe dich gewarnt«, meinte Alex.

Darina hielt den Moment für gekommen, sich in das rätselhafte Drama, das sich vor ihren Augen abspielte, einzuschalten: »Ich weiß zwar nicht, was hier vor sich geht, aber darf ich Ihnen jetzt Ihr Zimmer zeigen?«

Mr. und Mrs. Fairchild, alias Taylor, folgten ihr schweigend. Sie nahmen den Lift bis zum ersten Stock und dann die Treppe zum zweiten, wo Darina sie in eines der Zimmer führte. »Es tut mir leid, daß es kein größerer Raum ist, wie Sie es gewünscht hatten, aber Mrs. Johnson ist eine ältere Dame, die Probleme mit dem Treppensteigen hat, und da schien es mir die einzige Lösung zu sein, ihr das Zimmer im ersten Stock zu geben, das ursprünglich für Sie reserviert war.«

»Es ist sehr hübsch«, sagte Vivian Fairchild mechanisch, ohne sich umzusehen.

»Jedenfalls hat es moderne Sanitäranlagen«, meinte ihr Ehemann, als er wieder aus dem Badezimmer kam.

Darina zögerte kurz, dann faßte sie sich ein Herz und fragte: »Entschuldigen Sie, aber ich würde gern wissen, was vor sich geht. Könnten Sie mir vielleicht sagen, in welchem Verhältnis Sie, Alex und Max miteinander stehen?«

Die schönen, weit auseinanderstehenden blauen Augen unter der breiten Stirn blinzelten.

»Sie wollen sagen, das wissen Sie nicht? Oh mein Gott, was müssen Sie von mir denken! Ich bin ihre Mutter.«

»Sie ist eine schreckliche Frau«, sagte Ulla, als sie während der kurzen Pause vor dem Abendessen in den Speisesaal gingen, um zu prüfen, ob alles gut vorbereitet sei. »Sie ist mit irgendeinem Dichter durchgebrannt, als Alex gerade zwei Jahre alt war. Ich glaube, er hat ihr das niemals verziehen.«

»Arthur Fairchild sieht gar nicht wie ein Dichter aus.«

»Das ist er auch nicht, nach dem Dichter kamen noch etliche andere Männer.«

»Und wann hat Max die Szene betreten?« fragte Darina, während sie die Servietten auf einem der runden Tische geraderückte. Sie trat einen Schritt zurück und bewunderte das Dekor. Jeder Tisch war geschmückt mit Stechpalmzweigen, an denen kleine rotglänzende Kugeln befestigt waren, und vor dem großen Erkerfenster stand ein üppiges Arrangement aus Weihnachtssternen.

»Ich glaube, Vivian hat seinen Vater geheiratet, nachdem der Dichter ihr den Laufpaß gegeben hat.«

»Und wie lange hat diese Ehe gedauert?«

»Ich bin nicht sicher, aber ich meine, Max war noch ziemlich klein, als sie in die Brüche ging.«

»Er ist ganz blaß geworden, als er sie gesehen hat.«

»Er spricht nie von seiner Mutter. Und auch sein Vater war sehr verbittert.«

»Haben Sie ihn gekannt?«

»Ich bin ihm ein- oder zweimal begegnet. Er war ein sehr korrekt und militärisch wirkender Mann und außerordentlich streng mit Max. Trotzdem hingen die beiden sehr aneinander, und Max war völlig verzweifelt, als der General im letzten Frühjahr gestorben ist. Sie hat uns mit ihrem Besuch alle in eine äußerst peinliche Situation gebracht, und der Himmel weiß, was noch passieren wird. So, ich glaube, wir sind fertig.«

Die Johnsons und Franks betraten den Speisesaal, nachdem das Essen bereits serviert worden war. Barry Johnson hatte um zwei Tische gebeten, einen für vier und den anderen für zwei Personen. Seine Mutter klammerte sich an seinen Arm, als er die Gruppe zu den Tischen führte, die Darina ihm angewiesen hatte. »Also, meine Liebe, wir dachten, du und Doris würdet gerne zusammensitzen.«

Mrs. Johnson blickte kurz zu dem Zweiertisch und dann zu Darina. »Ich werde an Barrys Tisch sitzen«, verkündete sie. »Schließlich hat mein Sohn mich gebeten, Weihnachten mit ihm zu verbringen.« Nach diesen Worten wartete die kleine, rebellische Frau in ihrem eisengrauen Kleid mit Pelzstola gespannt auf die Reaktion.

Ihre Schwiegertochter seufzte tief und sagte dann leicht weinerlich: »Barry, du weißt doch, was wir ausgemacht haben. Die Mütter sollten an einem Tisch sitzen, und wir vier an einem anderen.«

Ihr Mann verlor ein wenig seine gelassene Jovialität. »Mutter, Liebste, bist du sicher, daß du nicht lieber mit Doris zusammensitzen möchtest? Ihr hättet doch sicher viel mehr Spaß miteinander und könntet endlich mal in aller Ruhe über uns herziehen.«

»Barry, wenn du mich nicht willst, brauchst du es nur zu sagen. Ich dachte bloß, daß du meine Gesellschaft wünschst, als du mich gefragt hast, ob ich Weihnachten mit dir und Joyce verbringen möchte.«

»Aber Liebste, natürlich wollen wir das.«

Inzwischen warteten die anderen Gäste mehr oder weniger unverhohlen auf den Ausgang dieser kleinen Szene.

»Also wirklich, Muriel, du benimmst dich unmöglich«, warf Mrs. Franks senior ein. Demonstrativ ließ sie sich an dem

Zweiertisch nieder und nahm die Speisekarte zur Hand, voller Anstand das Arrangement akzeptierend.

»Nur weil du und John nie miteinander ausgekommen seid, brauchst du nicht zu versuchen, meine Beziehung zu Barry zu zerstören. Wir haben uns immer sehr nahe gestanden.« Muriel Johnson legte ihre Hand auf den Arm ihres Sohnes, der sich kapitulierend an Darina wandte. »Es tut mir sehr leid, aber könnten wir vielleicht statt der zwei Tische einen für sechs Personen haben?«

»Kein Problem, Sir. Würden Sie sich dann bitte für ein paar Minuten in die Hotelhalle begeben, bis wir alles arrangiert haben?«

Fünf Minuten später war der größere Tisch so umgedeckt worden, daß nun sechs Personen Platz an ihm fanden, und die Johnsons und Franks hatten sich mit einem Minimum an Aufregung über die Sitzverteilung niedergelassen.

Gegen Ende der Mahlzeit erschienen die Weihnachtssänger, bildeten am anderen Ende des Restaurants einen Halbkreis und sangen à capella eine Auswahl der bekanntesten Weihnachtslieder. Später wurden sie in die Halle gebeten, wo ihnen Glühwein und Pastetchen serviert wurden. Zum Schluß stellten sie sich vor dem Weihnachtsbaum auf und sangen ein paar weniger bekannte Lieder, während die Gäste, stehend oder auf den Sesseln und Sofas sitzend, ihren Kaffee tranken.

Dann verließen die Sänger das Fest.

Ulla verkündete, daß für diejenigen Gäste, die die Mitternachtsmesse um halb zwölf in der Kirche am anderen Ende der Straße besuchen wollten, Taschenlampen bereitlagen, um den Fußweg zu beleuchten, und setzte hinzu: »Sie können natürlich auch mit dem Auto fahren, wenn Sie wollen, aber die Kirche ist wirklich nicht weit, und ein kleiner Spaziergang tut jetzt vielleicht ganz gut.«

Als die ersten Gäste aufbrachen und die schwere Eingangstür öffneten, kamen Schneeflocken hereingeweht.

»Oh, wie schön«, rief Vivian Fairchild, »weiße Weihnachten!«

Der Schnee überdauerte die Nacht nicht. Als Darina am Weihnachtsmorgen das Nebengebäude verließ und über den Hof zum Hotel ging, hatte bereits das Tauwetter eingesetzt, und der Boden war matschig. Wenigstens ist es jetzt nicht mehr so bitterkalt, dachte sie, und vielleicht würde es ihnen schließlich doch gelingen, alle Räume mit der Zentralheizung ausreichend zu wärmen. Am vorhergehenden Morgen hatte es etliche kritische Bemerkungen über die kalten Zimmer gegeben.

Aber ihre Hoffnung wurde von Alex zunichte gemacht. »Der Heizkessel ist kaputt«, rief er ihr zu, als sie durch die Eingangstür trat.

Darina starrte ihn an. »Sagen Sie sofort, daß das ein Witz ist«, bat sie inständig.

»Leider ist es kein Witz. Ich habe seit einer halben Stunde vergeblich versucht, ihn in Gang zu bringen.«

»Gibt es dafür einen Notdienst?«

»Weiß der Himmel.«

»Dann gehen Sie eben ins Büro und sehen nach. Nein, Moment, Sie kümmern sich besser um die Kaminfeuer, und ich gehe ins Büro.«

Nach einer hektischen Suche im Branchenverzeichnis hatte Darina die Nummer von ein paar Firmen notiert, die einen vierundzwanzigstündigen Kundenservice annoncierten. Wieder etwas Mut schöpfend, wählte sie ein paar Nummern, nur um zu hören, daß niemand versprechen konnte, vor Ende des Tages vorbeizukommen – und das war noch das früheste. »Es ist der Wetterumschwung«, erklärte ihr einer der Installateure. »Weil Weihnachten ist, haben wir sowieso weniger Mitarbeiter; und gestern nacht sind überall in der Gegend die Rohre geplatzt und die Heizkörper undicht geworden.«

Auch Darinas flehentlich vorgebrachter Einwand, daß es sich in ihrem Fall um etwas wesentlich Ernsteres handelte als einen undichten Heizkörper, vermochte den Mann nicht zu erweichen – er erklärte, sie würden sehen, was sie tun könnten, aber er könne nichts versprechen. Bei der fünften Firma, die sie anrief, sagte sie, sie sei bereit, jeden Preis zu zahlen, den sie verlangten, und endlich versprach ihr eine müde Stimme, den Kundendienstmitarbeiter vorbeizuschicken, wenn er von seinem letzten Auftrag zurück sei, aber es würde in jedem Fall noch mehrere Stunden dauern.

Als sie den Telefonhörer wieder auflegte, spürte sie Panik in sich aufsteigen. Das Hotel war voller Gäste, die an ihrem Weihnachtsmorgen in einem kalten Zimmer und ohne warmes Wasser aufwachen würden.

Sie machte sich auf die Suche nach Alex und fand ihn in der Bibliothek, wo er im Kamin gerade einen Stoß aus Papier und Holz mit einem Streichholz entzündete. »Funktionieren die Kamine in den Zimmern im ersten Stock?«

Er dachte kurz nach. »Ja. Dad hat lose Bretter in die Kamine gelegt, damit es nicht so zieht, aber wenn man die herausnimmt, kann man sie benutzen.«

»Gut! Holen Sie Brennmaterial, dann werden wir die Kaminfeuer anmachen, während wir den Gästen den Tee am Bett servieren.«

»Was ist mit den Zimmern im zweiten Stock?«

»Haben die nicht elektrische Heizlüfter?«

»Stimmt. Das hatte ich ganz vergessen. Dad hat sie einbauen lassen, weil er dachte, daß es Schwierigkeiten geben könnte, das heiße Wasser so weit hochzupumpen. Und das heißt auch, daß das Wasser für die Duschen damit erhitzt wird.«

»Gott sei Dank«, meinte Darina. »Also, dann sollten wir jetzt besser eine Menge heißen Tee aufsetzen. Und vielleicht können wir die Gäste aus dem zweiten Stock dazu bewegen, die aus dem ersten ihre Duschen benutzen zu lassen. Ach, wir werden schon damit fertig. Es hätte wahrscheinlich noch schlimmer kommen können.«

Während Ulla das Frühstück zubereitete und Max die Tische deckte, brachten Alex und Darina die Teetabletts nach oben. Ihr munteres ›Fröhliche Weihnachten!‹ klang ziemlich frostig in den eiskalten Zimmern. Als Darina das erste Kaminfeuer entfachte, wurde sie von den Damen Johnson und Franks beobachtet – beide zur Abwechslung sprachlos vor ungläubigem Staunen. Bevor sie ihre Stimme wiederfanden, war Darina rasch wieder hinausgehuscht.

Als sie im nächsten Zimmer das Feuer schürte, rief der weibliche Gast: »Ach, wie romantisch! Ein richtiger Kamin im Schlafzimmer! Es erinnert mich an meine Kindheit, wenn die Flammen so züngeln und merkwürdige Schatten an die Wand werfen.«

»Was ist mit dem Heizkessel los?« fragte ihr mehr prosaischer Ehemann.

»Ich weiß es nicht«, antwortete Darina ehrlich. »Ich fürchte, es ist ein ziemlich vorsintflutliches Gerät, ein richtiges Monstrum.«

Der Mann im Schlafanzug schwang die Beine aus dem Bett und griff nach seinem Morgenmantel. »Dann komme ich doch gleich mit runter und schaue ihn mir mal an.«

»Chris, komm sofort zurück, du wirst dir den Tod holen.«

»Aber Marjorie, ich sehe mir doch nur den Heizkessel an.« Er schlüpfte in ein Paar Pantoffeln und sagte zu Darina: »Und jetzt, junge Dame, stellen Sie mich dem Monstrum vor.«

Darina führte ihn durch die Halle und das Labyrinth aus Gängen und Hinterzimmern in den Heizraum.

»Verstehen Sie etwas davon, Mr. Chubb?« fragte sie schüchtern, während er den komplizierten Apparat in Augenschein nahm.

»Ich habe eine eigene Heizungsfirma. Ist allerdings Jahre her, daß ich es mit so einem Modell zu tun hatte. Ich nehme an, die Sauerstoffzufuhr funktioniert nicht mehr, wahrscheinlich wegen dem Rost. Haben Sie mal eine Drahtbürste?«

Darina fand, daß ihr Gast in diesem Moment zum ersten Mal seit seiner Ankunft so richtig fröhlich aussah, und machte sich erneut auf die Suche nach Alex.

Das Frühstück kam allmählich in Gang. Zwei elektrische Heizstrahler bemühten sich tapfer, im Speisesaal eine annehmbare Raumtemperatur herzustellen, aber die meisten Gäste hatten es vorgezogen, sich das Frühstück am Bett servieren zu lassen.

Als Darina den letzten Tisch abräumte, kam Chris Chubb, völlig verdreckt und verschmiert, aber triumphierend, aus den hinteren Regionen des Hotels, wischte seine Hände an einem schmutzigen Lappen ab und verkündete, daß der Heizkessel wieder in Betrieb sei.

»Sie sind ein wunderbarer Mann«, rief Ulla aus. »Ich könnte sie direkt küssen.«

»Hätte nichts dagegen, wenn Sie's täten«, grinste er.

»Sie sind ein wahres Genie«, fügte Darina hinzu und musterte seinen Morgenmantel, der nun ein hübsches Muster aus schwarzen Rußflecken trug. »Wenn Sie angezogen sind, sollten Sie uns den Mantel überlassen, und wir werden sehen, ob wir ihn wieder sauberbekommen. Ich wage gar nicht, mir auszumalen, was Ihre Frau dazu sagen wird.«

»Darüber machen Sie sich mal keine Sorgen. Schließlich war es ihre Idee, hierherzukommen. Unsere beiden Kinder verbringen Weihnachten bei ihren Schwiegereltern, und sie meinte, es wäre an der Zeit, endlich mal selber Urlaub zu machen, statt die ganzen Feiertage bloß am Herd zu stehen. Ich wäre ja viel lieber zu Hause geblieben und hätte meine

Ruhe gehabt. Obwohl ich sagen muß, daß Sie sich hier wirklich alle Mühe geben. Das Essen gestern abend war hervorragend. Also, was ich damit sagen will, ist: Sie brauchen sich wirklich keine Sorgen wegen diesem alten Morgenmantel zu machen. Ich wollte mir sowieso einen neuen kaufen.«

Darina sah ihn dankbar an. »Dürfte ich Sie vielleicht bitten, nach Weihnachten noch einmal vorbeizuschauen, um uns ein Angebot für ein neues Heizungssystem zu machen?«

»Aber natürlich. Ich werde einen Termin vereinbaren, bevor wir abreisen. Es steht Ihnen natürlich frei, sich auch von anderen Firmen noch Kostenvoranschläge einzuholen, aber das eine kann ich Ihnen jetzt schon sagen: Sie werden nirgendwo soviel Qualität für Ihr Geld bekommen wie bei uns.«

Die Nachricht, daß sowohl das heiße Wasser als auch die Heizungen bald wieder funktionieren würden, wurde von den Gästen mit großer Erleichterung aufgenommen.

»Ich bin richtig froh, daß Sie uns in den zweiten Stock verlegt haben«, bemerkte Vivian Fairchild, als sie herunterkam. Sie trug ein exquisit geschnittenes Wollkleid, das hervorragend zu ihren getönten Haaren paßte, einen weichen Tweedmantel und war in eine Wolke aus Patous ›Joy‹ gehüllt. »Ich war noch niemals so dankbar für eine heiße Dusche, ganz zu schweigen von der elektrischen Heizung.« Sie fröstelte anschaulich und ging zu dem Kaminfeuer in der Halle. Ein paar Minuten später gesellte sich Arthur Fairchild zu ihr, und die beiden gingen nach draußen.

»Soeben ist mir eingefallen, wer diese Frau ist oder besser gesagt: war!«

Darina drehte sich um und erblickte General Sir Gerald Stocks hinter sich.

»Wen meinen Sie, Gerry?«

»Na, diese Frau eben, wie nennt sie sich jetzt, Vivian Fairchild? Sofort, als ich sie gesehen habe, sagte ich zu mir, die kennst du doch! Aber ich bin einfach nicht auf ihren Namen gekommen. Und jetzt gerade ist er mir wieder eingefallen.

Als ich sie kannte, hieß sie Vivian Saunders und war mit einem Richard Saunders verheiratet, damals Brigadier beim Militär.«

»Das war der Vater von Max.«

»Max?«

»Dem Halbbruder von Alex.«

»Grundgütiger, dieser Junge ist der Sohn vom alten Richard?«

»Wie war seine Mutter?«

»Durch und durch verdorben. Hat sich mit einem Major eingelassen und ist in flagranti mit ihm erwischt worden.«

»Oh mein Gott.«

»Richard hat sich das furchtbar zu Herzen genommen. Er hat danach sehr zurückgezogen gelebt, obwohl man sagen muß, daß er auch davor nicht gerade der Geselligste war.« Der General strich sich einen Moment lang in Erinnerung versunken über den Schnurrbart. »Hat ein ziemliches Aufsehen erregt, als er sie geheiratet hat. Wir dachten alle, er hätte den Verstand verloren. War vermutlich auch so. Die Frau war natürlich eine Schönheit, aber sie hatte damals schon eine Vergangenheit. Kann mir gar nicht vorstellen, warum sie ihn geheiratet hat. Aus ihr wäre nie die richtige Frau für einen Soldaten geworden, sie war viel zu ...« Der General suchte nach dem richtigen Wort, um die Frau zu beschreiben, die er als Vivian Saunders kannte. Schließlich sagte er: »Disziplin war nichts für sie.«

»Vielleicht hat sie nicht gewußt, was auf sie zukam.«

»Möglich. Mit der Armee ist es ein bißchen wie mit der Ehe: Man weiß erst, worauf man sich eingelassen hat, wenn es zu spät ist. Keine Ahnung, warum die Frauen immer so auf Richard geflogen sind, er war mager wie eine Bohnenstange und dunkel, sehr dunkel.«

Der General selbst neigte zur Rundlichkeit, und seine Hautfarbe war von einem hellen Rosa. »Ich denke, sie wollten ihn bemuttern. Aber er hat nie auch nur eine angesehen, bis die da aufgekreuzt ist.«

»Dann ist Max vom Aussehen wohl eher seiner Mutter ähnlich?«

»Ganz richtig, meine Liebe, das haben wir damals auch alle gesagt.« Darina verstand, daß es wohl noch andere Kommentare gegeben hatte, aber der General war zu sehr ein Gentleman, um sie zu wiederholen.

»Ich glaube, Max möchte ebenfalls zum Militär«, sagte sie.

»Tatsächlich? Dann muß ich unbedingt mal ein Wörtchen mit ihm reden. Ist er hier?«

Max war es weitgehend gelungen, seiner Mutter aus dem Weg zu gehen. Darina antwortete, daß er gerade im Speisesaal die Tische für das Weihnachtsessen decke, und fragte den General, ob er sich bei ihnen wohlfühle.

»Allerdings! Großartige Idee von Ihrer Mutter, hierher zu kommen.« Er machte eine Pause, strich wieder seinen Schnurrbart glatt und sagte dann: »Sie ist wirklich sehr stolz auf Sie, wissen Sie das?«

»Tatsächlich?« Darina gelang es nicht, den Zweifel in ihrer Stimme zu verbergen.

Der General fuhr unverdrossen fort: »Nun ja, sie tut sich manchmal etwas schwer damit, ihre Gefühle auszudrücken. Sie will nicht zugeben, daß Sie ihr fehlen. Sie weiß natürlich, daß Sie ihr eigenes Leben leben müssen und will sich nicht einmischen. Deshalb funktioniert die Sache hier auch so gut. Sie sieht ihre Tochter in Aktion, wissen Sie, ist sogar gewissermaßen Teil der Aktion, und das ist sehr schön für sie.« Der General räusperte sich, wollte wohl noch etwas sagen, überlegte es sich dann aber anders, verbeugte sich knapp und marschierte in die Bibliothek, eine verblüfft hinter ihm herstarrende Darina zurücklassend.

Wenn es nicht so komisch gewesen wäre, wäre Darina wütend geworden. Seine Worte hatten so geklungen, als würde Ann Lisle sich tatsächlich für den Beruf ihrer Tochter interessieren – und obendrein so, als würde diese Tochter sie vernachlässigen! Darina erinnerte sich an die Art, wie ihre Mutter früher ihre aufgeregten Erzählungen von irgendwelchen kindlichen Unternehmungen abzutun pflegte, bis sie gelernt hatte, sie nur noch ihrem Vater anzuvertrauen, der sie immer mit großem Interesse aufnahm. Nachdem er gestorben war, hatte sie Freunde gefunden, die ihn zwar nicht ersetzen konnten, aber immer da waren, wenn sie einen guten Zuhörer brauchte.

Der Kontakt zu ihrer Mutter reduzierte sich auf Pflichtbesuche. Darina mochte den General, aber sie hatte den Eindruck, daß er noch viel über ihre Mutter lernen mußte.

Weitere Gäste kamen herunter. Einige wollten einen Spaziergang machen und griffen nach einem der grünen Regenmäntel, die Ulla und Darina zur allgemeinen Benutzung in unterschiedlichen Größen an den Kleiderständer neben der Eingangstür gehängt hatten, andere ließen sich im Salon oder in der Bibliothek nieder. Darina wünschte, der Rest würde sich ein wenig beeilen – die Zimmermädchen waren schon jetzt mit ihrem Arbeitspensum im Rückstand und würden sicher bald zum Essen zu ihren Familien gehen wollen. Darina fragte sich, wie viele Zimmer sie und Ulla dann wohl noch würden aufräumen müssen.

Die Küche befand sich in einem Zustand, in dem Organisation und Chaos sich die Waage hielten. Sally und ihre Helferin hatten mehrere Truthähne zerlegt und standen vor den rotglühenden Öfen, in denen die Keulen geröstet und die Brüste geschmort wurden, bis nach etwa vierzig Minuten alle Truthahnteile perfekt gebraten sein würden. Die Beilagen waren alle vorbereitet, und auf einem der Tische standen mehrere dampfende Weihnachtspuddings aufgereiht.

»Können Sie uns beim Servieren helfen?« fragte die Köchin. »Da wir alles gleichzeitig auftragen müssen, werden wir ein paar Hände mehr brauchen.«

»Darina, haben Sie den Schlüssel zum Weinkeller? Ich muß den Champagner holen und auf Eis legen.«

»Darina, die Kendalls haben noch vier Freunde zum Weihnachtsessen eingeladen, und sie behaupten, sie hätten uns das vorher gesagt.«

»Miss Lisle, der Gast im Paternoster-Zimmer hat etwas ins Waschbecken fallen lassen – jetzt hat es einen großen Sprung.«

»Darina, die Smallbones sagen, sie seien nicht nur Vegetarier, sondern Makrobioten, und sie bestehen darauf, daß ihr Pilzomelett nur mit Sojamilch zubereitet wird.«

Bis William ankam, fühlte sich Darina wie gerädert. Doch irgendwie schienen plötzlich alle Probleme gelöst zu sein. Die Zimmer waren aufgeräumt, die Temperatur im Haus war wieder angenehm, und selbst Alex, der den Gästen inzwischen Champagner-Cocktails servierte, war in einer fröhlich-festlichen Stimmung.

Und so glatt verlief auch der Rest des Nachmittags bis zum Abend, als Darina und Ulla nach einem kunstvoll arrangierten kalten Buffet eine Bridge-Runde im Salon, Würfelspiele in der Bibliothek und Scharaden in der Eingangshalle organisierten. Wie einer der Gäste anerkennend sagte: Es war ein wirklich traditionelles Weihnachtsfest.

Olivia Brownsword war mit einem Geschenk für Alex gekommen. Es war eine Seidenkrawatte, und da sie unbedingt wollte, daß er sie zu seiner Smokingjacke trug, hatte sie ihm mit schwungvoller Geste die schwarze Fliege abgebunden. So weit Darina wußte, hatte er sie in letzter Zeit weder gesehen, noch hatte er ein Geschenk für sie. Vielleicht hatte er aber auch eines nach Northwood Hall geschickt, dem Familiensitz der Brownswords.

Olivia war völlig aufgekratzt und geriet bei der Ankündigung von Scharaden in helle Begeisterung. Außer ihr hatten sich nur zwei weitere Mutige zum Mitspielen in der Halle eingefunden, nämlich eines der eher extravertierten Ehepaare. Aber dann meinte William, er hätte auch Lust dazu, und Max und ein paar der älteren Damen, die später sagten, sie hätten sich seit Jahren nicht mehr so amüsiert, schlossen sich ebenfalls an. Darina und Ulla waren vollauf damit beschäftigt, Angela beim Servieren der Drinks und des Kaffees zu helfen, aber auf ihren Wegen durch die Halle erhaschten sie flüchtige Blicke von ziemlich bizarren Szenen, die beträchtliches Gelächter hervorriefen. Dieses fröhliche Treiben lockte allmählich auch einige Gäste aus dem Salon und der Bibliothek an, und Darina mußte für die wachsende Zuschauerschar noch mehr Stühle aus dem Speisesaal in die Halle bringen.

Dann blieb sie einen Moment lang stehen, um zuzusehen. »Ich wünschte, ich hätte ihr Schauspieltalent«, flüsterte Angela ihr zu, während Olivia eine klassische Liebesszene mit Alex spielte. Darina hatte schon bemerkt, daß Olivia sich in allen Szenen, die die beiden ausgewählt hatten, aus dem einen oder anderen Grund liebevoll an Alex schmiegte.

»Und jetzt«, rief Max, nachdem das Publikum begeistert der richtigen Antwort auf die letzte Scharade applaudiert hatte, »sind wir wieder an der Reihe.« Sein Gesicht strahlte – auch er schien von der festlichen Weihnachtsstimmung angesteckt worden zu sein.

»Ist es nicht Zeit, diesen Abend oder besser gesagt: diese Nacht zu beenden?« fragte William bittend.

»Das andere Team hat angefangen, also müssen wir auch nochmal ran. So haben wir's ausgemacht.«

William folgte ihm also erneut durch die Tür in den breiten Korridor, wo die beiden Teams ihre Szenen geprobt hatten. Sie hatten sich sogar verkleidet und zu diesem Zweck aus allen Räumen passende Requisiten geplündert. Max und Alex waren offensichtlich im Nebengebäude gewesen und hatten eine erstaunliche Anzahl von Kleidungsstücken für die Kostümierung mitgebracht, einschließlich einiger Teile aus Ullas Garderobe. Darina wäre nicht überrascht gewesen, die Schauspieler auch in einige ihrer Sachen gekleidet zu sehen.

Sie verließ den hohen Raum, der von all dem Trubel widerhallte, und ging in den Salon, wo noch zwei Tische von Kartenspielern besetzt waren. Mrs. Johnson senior spielte ein As nach dem anderen aus und sagte dabei: »Ich denke, ich sollte diese Punkte machen, solange es geht.«

»Wie kann man nur so dumm sein?« jammerte ihre Partnerin, die Schwiegertochter. »Jetzt wissen die anderen genau, welche Karten wir noch haben.«

»Mutter«, fiel ihr Sohn geduldig ein. »Das sind keine Trumpfkarten, diese Asse sind immer gut.«

»Nur, wenn ich sie spiele«, erwiderte Mrs. Johnson, zog ihren dritten Stich hervor und legte ihn bedächtig neben die anderen.

»Das ist doch sinnlos«, beschwerte sich die junge Mrs. Johnson. »Sie hat überhaupt keine Ahnung von dem Spiel. Ich hab' ja gleich gesagt, daß es keinen Zweck hat, sie mitspielen zu lassen.« Sie schob die Unterlippe vor und machte einen Schmollmund, der aussah, als würde er zu einem dauerhaften Gesichtszug werden.

Am anderen Tisch deckte Darinas Mutter gerade ihre Karten auf und verkündete: »Ich glaube, der Rest gehört mir«, nur um sogleich von Arthur Fairchild übertrumpft zu werden. Nachdem sie von ihrem Partner gebeten worden war, ihre Spielzüge zu begründen, war sie etwas aus der Fassung gebracht, da nun offenkundig wurde, warum sie mit ihrer Strategie besiegt werden mußte.

»Na gut«, meinte sie mit einem gefährlichen Unterton in der Stimme, »wenn Sie das Spiel so ernst nehmen, halte ich es für das beste, wenn wir aufhören. Gerry, was schulden wir den anderen?«

Sie hatten haushoch verloren, und der General bezahlte ritterlich für seine Partnerin und sich selbst. »Darina, was ist eigentlich in der Halle los? Nach dem Lärm zu urteilen, amüsiert man sich dort prächtig. Warum machen wir nicht auch mit? Und könnte ich noch einen Martini haben? Also, was ist meine Liebe? Und Vivian, Arthur?«

Sie kamen gerade rechtzeitig zum Beginn einer neuen Scharade. Als Darina ein Tablett mit zwei Whisky, einem trockenen Martini, dem Lieblingsgetränk ihrer Mutter, und einem Brandy mit Soda für Vivian Fairchild in die Halle brachte, bog sich das Publikum vor Lachen wegen einer

Szene mit Max, der einen von Ullas Büstenhaltern, ausgestopft mit Servietten, und ein kurzes Spitzennegligé trug. Seine Beine waren in eine Tischdecke gehüllt, die er sich wie einen Sarong umgebunden hatte. Er hatte sich eine aus Papierschlangen gebastelte Perücke aufgesetzt, war extrem geschminkt und drapierte sich in einer grotesken Parodie sexueller Verlockung auf einem Sofa, das zu der improvisierten Bühnenausstattung gehörte.

Mit den Worten: »Guten Abend allerseits« trat William auf. Er trug einen Partyhut in Form eines Polizeihelms und fragte: »Was geht hier vor?« gefolgt von erneutem Gelächter der Gäste, die inzwischen über seinen Beruf Bescheid wußten, da ihn Mrs. Lisle nach dem Mittagessen allen vorgestellt hatte – offenkundig vollkommen bezaubert von ihm.

»Liebling, ich weiß gar nicht, warum du diesen reizenden Mann nicht schon längst mit nach Hause gebracht hast«, sagte sie zu Darina, als ihre Tochter endlich etwas Zeit fand, um sich auf ein Glas Wein an ihren Tisch zu setzen. »Sie ist so ein schwieriges Mädchen«, fügte sie zu William gewandt hinzu. »Immer so verschwiegen. Ich weiß nie genau, was sie macht oder mit wem sie ihre Zeit verbringt.« Sie warf ihrer Tochter einen strengen Blick zu.

Darina biß sich auf die Unterlippe, und Gerry Stocks versuchte, die Situation zu retten: »Aber Ann, Darina hatte wahrscheinlich einfach noch nicht die Gelegenheit, dich zu informieren.«

»Darina hat offensichtlich nie die Gelegenheit, mich an ihrem Leben teilhaben zu lassen«, gab ihre Mutter bissig zurück. »Dabei dachte ich, jetzt, da sie ihren Catering-Service aufgegeben hat, würde ich mehr von ihr zu sehen bekommen, aber ein wenig Zeit mit ihrer alten Mutter zu verbringen, ist offensichtlich nicht gerade ihre Lieblingsbeschäftigung.«

Darina erwiderte. »Bei zwei so charmanten Herren in deiner Gesellschaft bin ich überrascht, daß du meine Abwesenheit überhaupt bemerkt hast.«

»Na, na«, murmelte der General.

»Und wenn du nicht aufpaßt, wird William noch denken, daß du eine viel zu scharfe Zunge hast, um ebenfalls eine charmante Gesellschaft zu sein.« Ann Lisle wandte sich an den Mann, der bis dahin schweigend zugehört hatte. »Lassen Sie sich bloß nichts von ihr gefallen!«

»Ihre Tochter und ich verstehen uns ausgezeichnet«, sagte er ruhig und ergriff Darinas Hand. »Das Essen war übrigens köstlich. Mit allen traditionellen Zutaten und einer angenehm modernen Note. Besonders die Fruchtgelees zum Nachtisch haben es mir angetan. Was war das eigentlich für eine Sauce dazu?«

»Ein Limonensabayon. Wir dachten, dieser etwas herbe Geschmack wäre genau das richtige nach dem schweren Weihnachtspudding.«

Darina ließ sich von der Wärme seiner Hand und dem Blick seiner Augen trösten und spielte mit einem der Perlenohrringe, die er ihr bei seiner Ankunft als Geschenk überreicht hatte.

Jetzt bemerkte sie, wie der Polizist auf der Bühne den silbernen Füllfederhalter benutzte, um sich auf der Rückseite eines Spruchbands aus seinem Glückskeks eine Notiz zu machen. Er beendete sein Geplänkel mit dem aufreizenden Frauenzimmer, indem er sie wegen unsittlichen Betragens verhaftete, und beide gingen zur letzten Szene über.

Als die Schauspieler ihre Darbietung beendet hatten, entbrannte eine heftige Diskussion um die Lösung, doch keiner der Gäste kam darauf. Max war inzwischen an den Tisch seiner Familie zurückgekehrt, und auf Vivian Fairchilds erneute Frage nach der Auflösung, sah er seine Mutter direkt an. »Ich war eine Hure«, sagte er.

Hatte nur Darina die peinliche Röte bemerkt, die plötzlich Vivian Fairchilds Hals und Gesicht überzog? Wem noch, außer ihr, war der Moment, als sich Mutter und Sohn in die Augen sahen, bevor die Frau den Kopf abwandte, wie eine Ewigkeit vorgekommen? Aber es konnte nur Sekunden gedauert haben, dann wurde die allgemeine Unterhaltung fortgesetzt, und die Partygäste teilten sich wieder in kleine Gruppen auf.

Max verschwand und wurde nicht mehr gesehen in dieser Nacht.

Alex übernahm wieder seine Pflichten als Barkeeper, und Darina nutzte den kurzen ruhigen Moment, um sich mit William zu unterhalten. »Ich glaube, ich sollte jetzt besser gehen«, meinte er schließlich. »Ich muß morgen zeitig im Büro sein.«

»Du mußt doch sicher nicht am Weihnachtsfeiertag arbeiten, oder?«

»Bei der Untersuchung eines Mordfalles gibt es keine Feiertage. Die Hälfte unseres Teams hat heute frei, und die andere hofft, daß sie morgen zu Hause bleiben kann. Sonst gibt es momentan nicht viel zu tun. Über die Feiertage sind Familienstreitigkeiten meistens das einzige Problem.«

»Weihnachten bedeutet einen ziemlichen Streß für die Familien, stimmt's?«

»Laß du dich nur nicht stressen, schließlich läuft bei euch alles bestens.«

Er wollte sich seinen Mantel anziehen, aber Darina legte ihm eine Hand auf den Arm. »Möchtest du heute nacht nicht hierbleiben?«

Er zögerte.

»Würde ich schrecklich gern«, sagte er schließlich, »aber ich finde, du solltest mal richtig ausschlafen. Du siehst geschafft aus.«

Vielen Dank für die Blumen, dachte Darina. Laut sagte sie: »Kommst du zu unserer Tanzveranstaltung morgen abend?«

»Ja. Übrigens, ich hab' da eine Idee: Wie wär's, wenn ich Pat James mitbringen würde?«

»Ich dachte, sie sei krank.«

»Sie hat mich gestern angerufen und gesagt, es ginge ihr viel besser, und sie würde morgen wieder zur Arbeit kommen.«

»Und warum, um alles in der Welt, willst du sie mitbringen?« fragte Darina, die ihren Ärger nicht verbergen konnte.

»Ich dachte, sie wäre vielleicht eine gute Tanzpartnerin für Max.«

Sie sah ihn mißtrauisch an. »Max?«

»Ja. Er ist doch ein netter Bursche, und ich finde, ein bißchen weibliche Gesellschaft täte ihm ganz gut. Was denkst du?«

Darina hatte überhaupt nicht darüber nachgedacht, und sie hatte auch keine Lust dazu. Alles, was sie wollte, war, daß dieser Abend zu Ende ging. Die Weihnachtsfeier, die sie so sorgfältig geplant und für die sie so hart gearbeitet hatte, wurde langsam zu einem Alptraum.

»Bring doch mit, wen du willst«, meinte sie ungnädig. »Und denk dran: Smoking ist Pflicht.«

Er seufzte und sah sie einen Augenblick schweigend an. Dann küßte er sie leicht auf die trotzig zusammengepreßten Lippen und ging.

Darina schloß die Tür hinter ihm, blieb ein paar Minuten ganz still stehen und machte sich dann in der Eingangshalle ans Aufräumen.

Wenig später trat ihre Mutter zu ihr. »Vielen Dank, Liebes, für den wunderschönen Tag. Ich bin so stolz auf dich.« Und sie gab ihrer erschrockenen Tochter einen Kuß. »Ich mag William sehr, und ich hoffe, daß du ihn mal mit nach Hause bringst. So, und jetzt muß ich unbedingt ins Bett, damit ich noch etwas Schlaf kriege und fit bin für all die Vergnügungen, mit denen du uns morgen beglücken willst. Komm Gerry, wir nehmen den Lift, die Treppen in den zweiten Stock sind genug Bewegung für mich. Darina, wenn wir das nächste Mal kommen, mußt du uns wirklich Zimmer auf dem ersten Stock geben.«

Als Darina den beiden nachblickte, zeigte sich auf ihrem Gesicht ein sonderbarer Ausdruck.

Am zweiten Weihnachtsfeiertag gegen zehn Uhr fanden sich die ersten Teilnehmer der Jagdgesellschaft ein, und bald parkten immer mehr Autos mit Anhängern für die Pferde am unteren Ende der Auffahrt und an der Straße, die zum Hotel führte. Die Pferde wurden zum Treffpunkt gebracht und gesattelt, die Anoraks gegen geknöpfte Reitjacken vertauscht und die schwarzen, harten Kappen festgezurrt.

Einige saßen bereits auf, Pferd und Reiter tadellos hergerichtet. Der große Rasen vor dem Hotel füllte sich allmählich mit Reitern und ihren Gefolgsleuten zu Fuß, die sich gutgelaunt grüßten und einander stöhnend ihre Geschichten vom übermäßigen Genuß des Weihnachtsessens und den üblichen familiären Zwistigkeiten erzählten. Vom Hof hinter dem Hotel erklang das Bellen der Jagdhunde.

Die Angestellten des Hotels zogen ihre Wellingtons an, mischten sich unter die Jagdgesellschaft und servierten Whisky und Portwein. »Das kostet uns ein Vermögen«, klagte Ulla.

»Schreiben Sie's als Werbekosten ab«, empfahl Darina und holte ein weiteres Tablett mit Fleischröllchen, die sie an diesem Morgen zubereitet hatte. Die Füllung war mit Pilzen, Kräutern und Knoblauch gewürzt, der Blätterteig goldbraun und knusprig.

Eine große Frau, deren breite Schultern ihr Barbour-Jackett spannten und die einen Tweedhut in ihr hübsches Gesicht gezogen hatte, trat zu ihr und machte ihr ein Kompliment. »Sie machen unserer Jagdgesellschaft wirklich alle Ehre.«

»Es ist schön, Sie hier zu haben, das bietet unseren Gästen mal ein bißchen Abwechslung.« Die meisten von ihnen standen vor dem Hotel und sahen zu, wie die Reiter letzte Vorbereitungen an ihren Pferden trafen, aufsaßen und den Tieren aufmunternde Klapse gaben. Die Jagdbegleiter plauderten munter weiter, als sei das Ganze eine Unterhaltungsshow, die nur zu ihrem Vergnügen veranstaltet wurde. Einige von ihnen hatten sich Regenmäntel vom Hotel ausgeborgt, und alle hielten ein Glas in der Hand.

»Ich glaube, wir kennen uns noch nicht«, sagte die stattliche Frau. »Mein Name ist Sarah Brownsword, mein Mann ist der Jagdherr.«

Darina sah sie interessiert an. »Ich freue mich, Ihre Bekanntschaft zu machen. Olivia kenne ich natürlich schon.«

»Natürlich«, meinte Olivias Mutter trocken. Sie sah zu ihrer Tochter hinüber, die auf einem großen Braunen mit knochigem Kopf und mächtigen Schultern saß. Das Fell des Tieres war glänzend, seine Mähne dunkel, der Schweif sorgfältig geflochten. Olivia selbst war ebenfalls sehr stilvoll zurechtgemacht. Ihre Reitpeitsche hatte sie mit einer goldenen Spange versehen, und ihre wilde Mähne war diesmal so gut gebändigt wie die ihres Pferdes und schaute zu einem dicken Zopf gebunden unter ihrem Reithut hervor.

»Sie ist sehr attraktiv.«

Ihre Mutter lächelte matt. »Kinder können einem manchmal mehr Kummer machen als Freude.«

Ann Lisle hätte ihr da ganz sicher zugestimmt.

Mrs. Brownsword wollte wissen, wie es mit dem Hotel stand, und Darina erklärte ihr die Situation.

»Aha«, meinte die Frau des Jagdherrn daraufhin, »dann wird Ulla Mason das Hotel wohl doch weiterführen?«

»Wieso, haben Sie gedacht, daß sie's nicht tun würde?«

»Ich hatte gehört, sie wolle verkaufen. Mein Mann hat jedenfalls so etwas in der Art gesagt.« Ihr Blick wanderte zurück zu ihrer Tochter, die sich gerade angeregt mit ihrem Vater unterhielt, der auf einem eleganten Rappen saß. Neben ihm, auf einem Pferd, das einen sehr geduldigen und umgänglichen Eindruck machte, war der wieselgesichtige Mann, den Darina während ihres Mittagessens mit William im Manor Park Hotel gesehen hatte. Olivia mußte gerade etwas ungemein Witziges gesagt haben, denn Michael Brownsword brüllte vor Lachen, warf seinen Kopf zurück, sein Adamsapfel hüpfte über dem hohen Kragen seiner Reitjacke auf und ab, und sein ganzer Körper bebte vor Vergnügen. Seinem Pferd schien das allerdings weniger zu gefallen, denn es fing an, unruhig zur Seite zu tänzeln, wobei es Olivias Braunen aus dem Weg stieß. Aber der Reiter hatte seinen Rappen sofort wieder unter Kontrolle.

»Ihr Mann und Ihre Tochter sehen einfach phantastisch aus!« Darinas Mutter war in ihren flotten weißen Gummistiefeln über den aufgewühlten Boden auf sie zugekommen und blieb nun stehen, ihre Tochter zugunsten der Frau des Jagdherrn völlig ignorierend.

Mrs. Brownsword grüßte sie mit einem Ausruf freudiger Überraschung, die beiden Frauen tauschten artige Wangenküsse und betrachteten gemeinsam Vater und Tochter.

»Michael ist völlig vernarrt in sie, war er immer schon, und sie kriegt alles von ihm, was sie will.«

»Ich bin sicher, Sie schaffen da den richtigen Ausgleich, nicht wahr, meine Liebe?«

»Schon, aber was kann man da heutzutage schon tun? Sie hat ihr eigenes, kleines Einkommen, und so habe ich keine wirkliche Kontrolle über sie. Wahrscheinlich sollte ich froh sein, daß sie nicht genug Geld verdient, jedenfalls nicht genug für ihren aufwendigen Lebensstil, um von zu Hause fortzugehen, bis sie einen reichen Ehemann findet.« Olivia konnte doch wohl nicht annehmen, daß Alex viel Geld hatte?

»Hat sie immer noch keinen richtigen Beruf?« hörte Darina ihre Mutter fragen. Sie reichte gerade wieder ein Tablett mit Fleischröllchen herum, aber die Stimmen der beiden Frauen drangen laut und vernehmlich an ihr Ohr.

»Oh, sie arbeitet ab und zu für eine Werbeagentur, und anscheinend macht sie das sehr gut, aber es ist nichts Ernsthaftes. Ich glaube, in letzter Zeit geht es ihr nicht besonders gut, sie sieht immer so schlecht aus, und außerdem hat sie einen ziemlich guten Job abgelehnt, der ihr kurz vor Weihnachten angeboten wurde.«

»Und Michael, wie geht es ihm? Benimmt er sich jetzt besser?« Wie gut Darina die spitzen Andeutungen kannte, mit denen ihre Mutter noch die beiläufigste Bemerkung unterlegen konnte.

»Aber, Ann, du weißt doch, das hat nie etwas bedeutet, und außerdem ist es erstaunlich, was für eine heilsame Wirkung so eine kleine Lektion in Beständigkeit und Loyalität haben kann. Nein, in dieser Richtung gibt es keinerlei Probleme mehr. Allerdings wundert es mich ein wenig, daß er so darauf besteht, die Jagdgesellschaft immer noch ausgerechnet hier stattfinden zu lassen.«

»Du meinst, sie war diejenige, welche? Nein! Ich hatte ja keine Ahnung!« Ann Lisle war offensichtlich in der Stimmung für einen ausgiebigen Klatsch, aber Mrs. Brownsword hatte sich einem Paar zugewandt, das in die obligaten grünen Reitjacken gekleidet war.

»Darf ich Ihnen die Howards vorstellen? Sie waren eine solche Hilfe für die Konservativen bei den letzten Wahlen.«

Darina hörte nichts mehr von dem weiteren Gespräch.

»Verdammt gute Fleischpastetchen haben Sie da gemacht. Wäre es sehr unverschämt, wenn ich mir noch eines nehme?« fragte ein Mann mit Gipsfuß, der sich auf einen Stock stützte.

»Bitte bedienen Sie sich, wir haben noch reichlich davon. Sind Sie ein Opfer der Jagd geworden?«

»Nein, nein, ich bin in einem Torbogen hängengeblieben,

habe mir den Fuß verrenkt und dabei die Sehnen wie ein Gummiband überdehnt.« Er drehte seinen Fuß probehalber leicht hin und her. »Dabei ist es jetzt schon viel besser. Habe letzte Woche versucht, den Arzt zu überreden, daß er den Gips abnimmt. Aber er wollte nicht – meinte, daß er ihn nur auf Kosten der Steuerzahler wieder anlegen müßte. Er sagt, das kostet hundert Pfund, und er wollte es nur machen, wenn ich eingewilligt hätte, privat zu zahlen! Schade, ich wäre gerne mitgeritten. Das Wetter ist lausig, aber die Jagd hätte mir gutgetan. Genau das richtige, um nach Weihnachten wieder einen klaren Kopf zu bekommen.«

Er hatte eine Hakennase und lustige dunkle Augen. »Guter Treffpunkt ist das hier«, sagte er, und aus seinem vollen Mund fielen ein paar Krümel zu Boden.

»Ja. Schön, daß Ulla doch noch eingewilligt hat, es hier stattfinden zu lassen.«

»Sie fand wohl, wir wären zuviel für sie?«

»Wahrscheinlich. Aber ich nehme an, es wäre ziemlich unangenehm für die Jagdgesellschaft gewesen, wenn sie bei ihrem Nein geblieben wäre?«

»Überhaupt nicht. Ich meine, dann hätten wir uns einfach etwas weiter unten an der Straße getroffen. Natürlich hätten wir dann diese netten Drinks und den Imbiß verpaßt, aber es hätte uns keine wirklichen Probleme bereitet.«

Darina starrte ihn verblüfft an. »Wirklich nicht?«

»Himmel, nein.«

Soviel zum Werbeeffekt, aber wenn das so war, wozu dann das ganze Theater?

In der Menge entstand eine plötzliche Unruhe, und die Pferde setzten sich in Trab.

»Ich denke, ich werde mich an Ihre Bar zurückziehen und noch ein Glas von diesem hervorragenden Whisky trinken.« Der Mann mit der Hakennase humpelte behende über das Rasenstück zum Hotel.

Wenigstens ein zahlender Gast. Darina verschenkte die letzten Fleischröllchen an ein Paar, das sich die Taschen damit für später füllte, und ging ebenfalls hinein. In der gutbesetzten Bar fand sie Ulla, die in bester Laune die Gäste unterhielt.

An diesem Tag servierten sie statt eines kompletten Mittagsmenüs nur ein paar Snacks an der Bar, weil sie sehen wollten, wie das bei den Leuten aus der Umgebung ankommen würde, und ob es sich lohnte, so etwas regelmäßig anzubieten. Die Hotelgäste waren ermuntert worden, auszugehen. Sie wurden mit einer Karte und einem Verzeichnis der Sehenswürdigkeiten versorgt sowie mit einer Liste von Pubs, in denen man an diesem Feiertag essen konnte. Sally und ihre Gehilfin waren damit beschäftigt, das Buffet für die abendliche Dinnerparty mit Tanz vorzubereiten. Sie hofften, daß neben den Hotelgästen auch viele andere kommen und sie an diesem Abend einen hübschen Profit machen würden.

Darina verließ die lärmende Gruppe in der Bar und traf in der Eingangshalle auf die Fairchilds, die sie um die Rechnung baten.

»Sie wollen doch nicht schon abreisen?«

»Wir glauben, es ist das beste«, sagte Arthur Fairchild. »Ich erwarte übrigens nicht, daß Sie uns die Vorauszahlung für diesen Abend zurückerstatten, denn ich weiß sehr gut, wie knapp Sie kalkulieren müssen.«

»Es hat einfach nicht funktioniert«, sagte seine Frau. Ihre großen blauen Augen blickten abwesend und leer.

»Ihre Rechnung ist in fünf Minuten fertig.« Darina ging ins Büro, wo sie Alex antraf, der für alle Zimmer die Telefongebühren und Getränke zusammenrechnete.

»Mr. und Mrs. Fairchild wollen abreisen und verlangen die Rechnung«, sagte sie zu ihm.

Er sah auf, wobei Darina bemerkte, wieviel kälter seine Augen als die seiner Mutter waren, und meinte gelassen: »Ist wahrscheinlich das beste.«

»Das hat Ihr Stiefvater auch gesagt.«

»Das muß man Arthur lassen: Er weiß wirklich, wie man mit Vivian umgehen muß und läßt die Leine immer hübsch kurz.«

»Verstehen Sie sich gut mit ihm?«

»Mit Arthur?« Er hatte das richtige Blatt Papier gefunden und begann, die Rechnung aufzustellen. Darina warf einen Blick in die Ecke, in der der Computer stand, und beschloß, sich im neuen Jahr jemanden zu suchen, der ihr erklären konnte, wie dieses Ding funktionierte. »Na ja, so einigermaßen.«

»Haben Sie nicht mal daran gedacht, ihn um ein Darlehen für ihre China-Reise zu bitten?«

Alex lachte kurz auf. »Meine liebe Darina, Arthur ist ein Geschäftsmann. Für ihn ist die Schriftstellerei etwas, das man in seiner Freizeit betreibt. Er mischt sich nicht in mein Leben ein, aber nur so lange, wie ich nicht von ihm erwarte, daß er auch nur irgendeine Form von Beitrag dazu leistet. Seine Gefühle für Vivian haben sich nie auf ihre Söhne erstreckt, und Max kennt er kaum.«

Darina ließ sich auf der Schreibtischkante nieder. »Warum haßt Max seine Mutter nur so? Das kann doch nicht allein daher kommen, daß sie seinem Vater untreu war. Schließlich hat sie das gleiche mit Tony gemacht, und Sie scheinen immer noch eine gewisse Verbundenheit mit ihr zu empfinden.

Alex ging die Getränkerechnung noch einmal durch, um zu überprüfen, ob er alles korrekt addiert hatte.

»Ja, aber ich, meine liebe Darina, habe meine Mutter auch nicht mit einem anderen Mann im Bett erwischt.«

»Und das ist Max passiert?«

Alex legte den Stift nieder und lehnte sich mit einem Seufzer in seinem Stuhl zurück. »Er und sein Vater waren losgezogen, um Vögel zu beobachten, was sie übrigens ziemlich häufig taten. Jedenfalls wollten sie den ganzen Tag ausbleiben, aber kurz nachdem sie aufgebrochen waren, hat sich Richard Saunders bei einem Sturz verletzt. Mit einiger Mühe schaffte er es, mit Max im Auto zurückzufahren, und als sie zu Hause ankamen, hat er ihn sofort ins Badezimmer geschickt, um einen Verband zu holen. Aber Max ist nie weiter als bis zum Schlafzimmer gekommen, wo sich Vivian gerade mit ihrem Major vergnügte.« Alex' Augen waren jetzt wie Splitter von einem Eisberg. »Er war erst sieben Jahre alt. Das schlimmste ist, daß er damals wohl kaum begriffen hat, was das alles bedeutete, aber als er älter wurde, haben sein Vater und seine Großmutter dafür gesorgt, daß er jedes schmutzige Detail erfuhr. Seither hat Vivian einfach keine Chance mehr bei ihm.« Mit diesen Worten stellte Alex die Rechnung fertig.

Darina wußte nichts, was sie hätte sagen können.

»So, da ist die Rechnung. Ist doch noch eine ziemlich hübsche Summe rausgekommen.« Alex reichte ihr das Papier; sie betrachtete es eine Weile unschlüssig, bevor sie ihn fragte: »Meinen Sie, wir sollten ihnen anbieten, das mit ihrer Anzahlung für heute abend zu verrechnen?«

»Seien Sie doch nicht albern«, gab Alex schroff zurück. »Arthur würde das nicht erwarten und es Ihnen auch nicht danken. Er würde es natürlich annehmen und sich dabei denken, daß sie in ein paar Monaten aus dem Geschäft sind. Schließlich können wir ihr Zimmer für diese Nacht doch nicht mehr vermieten, oder?«

Darina schüttelte den Kopf.

»Sagen Sie Vivian bitte, daß ich in ein paar Minuten komme, um mich zu verabschieden.«

Arthur Fairchild zahlte die Rechnung ohne zu zögern und nahm dann noch zwei Zwanzigpfundnoten aus seiner Brieftasche. »Für die Angestellten«, meinte er. Aber Darina gab ihm das Geld zurück. Ulla hatte ihr einmal Tony Masons Grundsatz erklärt, den sie jetzt beinahe wörtlich zitierte: »Wir erwarten und nehmen keine Trinkgelder. Unsere Angestellten bekommen einen ausreichenden Lohn, und wir ziehen es vor, daß sie genau wissen, was sie für ihre Arbeit erhalten.«

Er sah sie anerkennend an. »Das ist ein Grundsatz, den ich nur gutheißen kann. Wie übrigens das meiste von dem, was Sie hier tun. Wenn ich Ihnen allerdings noch einen Rat geben darf: Setzen Sie sich mit den Firmen und Geschäften der Umgebung in Verbindung und versuchen Sie, sie dafür zu gewinnen, Zusammenkünfte und kleine Konferenzen bei Ihnen zu organisieren. Es gibt viele Firmen, die einen Raum benötigen, um ihre Vertretersitzungen, eine Kundenpräsentation oder ein Treffen außerhalb des Büros abhalten zu können. Die Bibliothek würde sich zum Beispiel gut dafür eignen. Betonen Sie die Qualität Ihrer Küche und die Ruhe, die man hier hat. Und wenn Sie dann noch Faxgerät und Computer anbieten können, um so besser.«

Darina dankte ihm für seinen Rat und händigte ihm eine Quittung aus. Als Alex hinzutrat, um sich von seiner Mutter zu verabschieden, ging sie und brachte den Scheck ins Büro.

Als sie wieder in die Halle zurückkam, waren die Fairchilds fort, und Alex starrte gedankenverloren in das prasselnde Kaminfeuer.

»Was ist Ihre persönliche Ansicht über Vererbung?« fragte er sie.

»Sie meinen, ob die Kinder so werden wie ihre Eltern?« Darina setzte sich auf die geschnitzte Lehne eines der Holzsessel.

Alex nickte.

»Dazu kann ich nur sagen: Ich hoffe, daß ich nicht so bin wie meine Mutter.«

»Aber sie ist doch eine sehr charmante Frau!« rief er überrascht.

»Sie müssen ja nicht mit ihr leben. Jedenfalls wäre es mir lieber, wenn ich wäre wie mein Vater.« Sie dachte an all den Spaß, den sie mit ihrem Vater, einem Arzt, während der Schulferien hatte, wenn sie ihm eines von den undefinierbaren Mischmasch-Gerichten zum Mittagessen kochte, während Mrs. Lisle wieder mal einer ihrer zahlreichen Aktivitäten nachging.

»Und nach welchem Elternteil sind Sie geraten?«

Alex stöhnte: »Ich glaube, ich habe zu viel von Vivian in mir.«

»Spricht da der Schürzenjäger in Ihnen?«

»Ja, ich meine diese Unfähigkeit, eine ernste und dauerhafte Beziehung einzugehen. Sobald jemand anfängt, Besitzansprüche zu stellen, bin ich weg.«

»Ist das auch der Grund, warum sie gerne reisen?«

»Teilweise, nehme ich an. Es ist jedenfalls leichter, sich nicht zu binden, wenn man ständig unterwegs ist. Hier bin ich jetzt auch schon lange genug gewesen.« Er blickte sich in der holzgetäfelten Halle um, als ob sich plötzlich ein Gitter von der Decke herablassen und ihn einsperren könnte.

»Und trotzdem hatte ich neulich den Eindruck, daß Sie sehr wohl an Menschen interessiert sind. Wie können Sie da vermeiden, daß Sie sich binden?«

»Es stimmt schon, daß ich gerne herausfinde, was in den Leuten vorgeht, aber nur so lange, wie sie mir gegenüber keine Erwartungen haben. Ich will ein Zuschauer sein, kein Mitspieler.«

»Können Sie wirklich so durch's Leben gehen? Ich finde, das klingt entsetzlich leer.«

»Es ist das, was ich will«, versicherte Alex.

»Wollt ihr einen Drink?«, fragte Ulla in diesem Augenblick. Sie stand mit strahlendem Lächeln im Gang zur Bar. Ihr blaßgrünes Kleid aus einem weichen Stoff hatte einen tiefen Ausschnitt, der ihre Brüste wie prangende Frühlingsknospen aussehen ließ. Auf ihrem Gesicht lag ein zerstreutes Lächeln; sie sprach etwas undeutlich, was bewies, daß die Gäste in der Bar, die nun mit jeder Minute lauter wurden, der Hotelbesitzerin großzügig Drinks spendiert hatten.

»Ich sollte dich wohl besser ablösen«, meinte Alex, durchquerte die Eingangshalle und ging in die Bar.

Ulla ließ einen kleinen, ungemein grazlösen Schluckauf hören und rief fröhlich: »Oh je, jetzt hab' ich ihn verärgert.« Dann forderte sie Darina lächelnd auf: »Kommen Sie und leisten Sie uns Gesellschaft, wir amüsieren uns prächtig.«

Aber Darina antwortete, daß sie Sally versprochen hatte, in der Küche zu helfen.

Alle Gäste fanden, daß die Tanzveranstaltung am Abend des zweiten Weihnachtsfeiertags ein großer Erfolg war. Für Darina war es ein Alptraum.

Sie hatte vorgeschlagen, daß sich Ulla am Nachmittag etwas ausruhen solle, in der Hoffnung, daß sie davon wieder nüchtern werden würde; und tatsächlich erschien sie danach in bester Verfassung und in ein atemberaubendes Chiffon-Kleid gehüllt. Es war beinahe vollständig rückenfrei, und nur ein kleines Wunder hätte verhindert, daß bei der kleinsten Bewegung das Vorderteil, das bloß von einem schmalen Nackenband gehalten wurde, verrutschte. Sobald sie zu tanzen begann, wurde offensichtlich, daß dieses Wunder ausblieb. Ulla, strahlender Mittelpunkt der Party, bat einen Mann nach dem anderen zum Tanz, und alle willigten entzückt ein.

Ann Lisle ließ es sich nicht nehmen, ihre Tochter mehrmals auf Ullas schändliches Betragen aufmerksam zu machen und sie zu fragen, ob sie nicht einschreiten wolle.

Zuerst versuchte Darina, Ulla dazu zu bewegen, etwas bei der Arbeit mitzuhelfen. Aber als sie zum dritten Mal mit der Bemerkung fortgeschickt wurde, es sei viel besser, wenn sie es selbst erledigte, da sie alles so viel besser könne als sie, wurde ihr klar, daß es sinnlos war.

Es half auch nichts, daß William bald darauf mit seiner Assistentin erschien, die ein schlichtes, rotes Abendkleid trug, das ihr phantastisch gut stand. Ihr Haar schimmerte, ihre Augen leuchteten, und sie schien in so blendender Stimmung zu sein wie die Jäger an diesem Morgen. Darina hatte es so arrangiert, daß sie an ihrem eigenen Tisch neben Max saß. Zusammen mit William, den Chubbs und einem weiteren Ehepaar saßen sie mit acht Personen dort.

Max hatte seit der Abreise seiner Mutter kaum ein Wort gesprochen. Seine fröhliche Stimmung vom Vorabend war restlos verflogen. Von Ulla hatte er Alka Seltzer und mitfühlende Zuwendung, von Alex ein bißchen Zeit für einen kurzen Spaziergang und von Darina eine sachlich-freundliche Behandlung bekommen. Aber keine dieser Therapien hatte angeschlagen – er wirkte, als sei dieser Abend eine Art Prüfung, auf die er nicht vorbereitet war. Und wenn William Pat James als Tanzpartnerin für Max eingeladen hatte, schien er versäumt zu haben, ihr das klarzumachen: Sie belegte statt dessen den Sergeant mit Beschlag und beachtete den jungen Mann zu ihrer Linken kaum.

Die Sitzordnung war am frühen Nachmittag von Ulla und Darina festgelegt wurden. Sie beide und Alex fungierten an jeweils verschiedenen Tischen als Gastgeber.

Mit ein wenig List und Tücke hatte Darina ihre Mutter überredet, diese Funktion an einem der anderen Tische zu übernehmen, so daß ihr wenigstens deren bissige Bemerkungen erspart blieben – und ein Blick zum anderen Ende des Speisesaals zeigte ihr, daß Mrs. Lisle den Mittelpunkt in der Unterhaltung einer ausgelassenen Tischgesellschaft bildete, während der General einen zufrieden dreinblickenden Zuschauer abgab.

Verschiedene Hotelgäste hatten sich inzwischen miteinander angefreundet, und die Tischordnung war nicht weiter schwierig gewesen – bis auf das Problem, wo sie George Prendergast unterbringen sollten. Am Tag nach ihrer Konfrontation im Hof mußte Darina ein unangenehmes Gespräch mit ihm über sich ergehen lassen. Sie war in die

Bibliothek gegangen und hatte ihn dort, über seine Papiere gebeugt, gefunden. Er hatte sich sofort erhoben und sie angesprochen: »Miss Lisle, bitte, darf ich Ihnen ein paar Worte sagen?«

Sie zögerte.

»Ich weiß, was Sie denken müssen wegen des Videos, aber es war wirklich nicht so.« Er zog ein großes Taschentuch hervor und tupfte sich den Schweiß von der Stirn. »Die ganze Sache ist einfach aufgebauscht worden, verstehen Sie? Und ich wäre untröstlich, wenn ich durch mein harmloses Vergnügen eine von Ihren Angestellten belästigt haben sollte.«

Seine Hundeaugen blickten bittend zu ihr auf.

»Mr. Prendergast, ich denke, es ist das beste, wenn wir diese ganze peinliche Episode vergessen.«

Er zuckte zurück. »Aber Sie glauben mir doch, daß es nicht so war, wie Sie denken?«

»Ich ziehe es vor, gar nicht darüber nachzudenken«, sagte Darina abwehrend und verließ den Raum. Hinterher überlegte sie, ob sie ihm nicht irgendwie hätte nahelegen können, einen Psychiater aufzusuchen. Aber wahrscheinlich war es dafür bereits um Jahre zu spät. Sie mußten ihn so nehmen, wie er war – oder ihn loswerden.

Zu Weihnachten hatte Dawn eine riesige Konfektschachtel mit einer roten Schleife von dem alten Mann bekommen, und das schien sie beeindruckt zu haben. Auch Angela hatte eine erhalten, und Darina war nur froh, daß er so taktvoll gewesen war, nicht auch Ulla oder ihr selbst eine zu schenken.

Obwohl George Prendergast höflich mit den anderen Gästen geplaudert hatte, war es ihm nicht gelungen, Anschluß an eine der kleinen Gruppen zu finden, die sich inzwischen gebildet hatten. Enttäuscht war er am Weihnachtsabend recht früh auf sein Zimmer gegangen. Darina dachte nur ungern daran, welche Art von Unterhaltung er dort wohl gefunden hatte, trotzdem wünschte sie, er hätte ihr auch an diesem Abend gefrönt. Statt dessen hatte er einen Platz für die Dinnerparty reserviert und prompt die verlangte zusätzliche Zahlung dafür geleistet. Nach reiflicher Überlegung hatten sie und Ulla ihn zwischen zwei unverheiratete, ältere Damen plaziert.

Jetzt beobachtete Darina, wie er sich zuvorkommend zuerst mit der einen, dann mit der anderen seiner Tischnachbarinnen unterhielt. Auch die Gäste an diesem Tisch schienen den Abend zu genießen. Sie stand auf und überprüfte zum soundsovielten unnötigen Mal das Buffet. Sally hatte ein skandinavisches Smörgåsbord zubereitet, Ulla hatte ihr dabei mit Rat und Tat zur Seite gestanden, und Darina hatte ein paar eigene Rezepte beigesteuert, die sie vor ein paar Jahren von einem schwedischen Freund bekommen hatte.

Es gab Salzheringe und marinierte Fische mit verschiedenen Saucen und mit Dill gebeizten Lachs. Obwohl das Lachsgericht in den Restaurants schon beinahe zu einem Klischee geworden war, bestand Ulla darauf, daß es kein echtes, skandinavisches Smörgåsbord wäre, wenn es keinen Lachs gäbe. Außerdem hatten sie mild-aromatische, schwedische Sardellen für ein absolut unwiderstehliches Gratin verwendet, genannt ›Janssons Versuchung‹. Darina hatte gefragt, wer Jansson war, und warum er in Versuchung geführt werden mußte, aber das hatte Ulla auch nicht gewußt. Dann gab es noch Aal in Aspik und eine riesige Schüssel irischer Hummerkrabben in Schale mit verschiedenen hausgemachten Mayonnaisen, Fischfrikadellen in Weinsauce, winzige, heiße Fleischklößchen in einer Pilzsauce, ein mit Parmesan überbackenes Gratin aus Zunge, Pilzen, Zwiebeln und rotem Wermut und einen herzhaften Eintopf aus Lamm und Kohl, gewürzt mit Pfefferkörnern, ebenfalls eine von Ullas Spezialitäten.

Auch kalte Speisen wurden angeboten: Räucherschinken, mit Backpflaumen und Äpfeln gefüllte, saftige Schweinelendchen, die mit separat gerösteten Grieben, knusprig und weiß wie arktischer Schnee, bestreut waren, eine zarte Leberpastete lag neben geräucherter Gänsebrust, und dazwischen waren die Beilagen angerichtet – eingelegte rote Bete, verschiedene Salate, marinierte Pilze und glasierte Kartoffeln. In der Mitte thronte ein riesiger, dekorierter Schinken, umgeben von den besten Käsesorten aus der Gegend: Coleford blue, Capricorn-Ziegenkäse, der einem Brie ähnelte, ein vom Bauern gekaufter Cheddar aus Rohmilch und Hurston, der an der Grenze von Somerset und Devon nach einem schottischen Rezept zubereitet wurde – nebst allen möglichen Brotsorten, einschließlich Sallys Spezial-Haferplätzchen. Zum Nachtisch gab es verschiedene lockerleichte Mousse-Kreationen, einen Apfelkuchen, den man in Dänemark ›Bauernmädchen mit Schleier‹ nennt, schwedisches Mandel-Schokoladen-Konfekt in Form eines riesigen Herzens, das mit Mandelsplittern bestreut war, Schüsseln mit hausgemachter Eiscreme und einen schwedischen Reispudding, in dem sich eine süße Mandel verbarg, die ihrem Finder Glück bringen sollte. »Eigentlich müßte man auch eine Bittermandel hineingeben«, hatte Ulla bei ihrer Besprechung erklärt, »aber meine Mutter hat sie immer weggelassen, weil sie angeblich Pech bringt. Und heute kann man ohnehin keine Bittermandeln mehr kaufen.« Schließlich wurde das Bufett durch eine köstliche Auswahl von kleinen Kuchen, Törtchen, Wienerbröd und Blätterteiggebäck komplettiert.

Alles wurde mit großem Appetit verzehrt, und Darina brauchte die Gäste nicht erst aufzufordern, sich ein zweites oder sogar ein drittes Mal den Teller zu füllen. Dann wurden die großen Flügeltüren zwischen Speisesaal und Eingangshalle geöffnet, und dahinter, zwischen Weihnachtsbaum und Kamin, zeigte sich ein kleiner Tanzboden. Die Musikgruppe, die an einem Ende der Halle plaziert war, spielte abwechselnd altmodische Walzer und Quicksteps und moderne Melodien.

Darina hatte keinen Grund, eifersüchtig zu sein, daß William Pat James zum Tanz führte, denn schließlich hatte sie kaum Zeit, selbst mit ihm zu tanzen – und trotzdem gab es ihr den inzwischen schon vertrauten Stich. Konnte es sein, daß sie allmählich etwas besitzergreifend wurde? Sie dachte an Alex' Haß auf Frauen, die Ansprüche an ihn stellten, und obwohl sie genau wußte, daß William anders war, tat sie sich sicher keinen Gefallen damit, ihm offen seine Aufmerksamkeit einer attraktiven Kollegin gegenüber vorzuwerfen. Wenn bloß Max seine schlechte Laune aufgeben und sie zum Tanzen auffordern würde!

Aber Max blieb weiterhin trotzig schweigend am Tisch sitzen. Durch die geöffnete Tür konnten sie die Tänzer kurz vorbeikreisen sehen, bevor sie verschwanden und am anderen Ende der Halle wieder auftauchten. Und dann erschienen für einen kurzen Augenblick auch Ulla und Alex in der Türöffnung, wie auf einer Bühne. Es war ein ruhigeres Musikstück, zu dessen Klängen sie sich sanft miteinander hin und her wiegten. Sie sprachen nicht. Ullas Kopf lehnte an seiner Brust, und sein Kinn ruhte leicht auf ihren weißblonden Haaren. Seine durchdringenden, eisigen Augen waren beinahe geschlossen. Dann verschwand das Paar wieder und wurde von William und Pat abgelöst. Die Polizistin wirkte neben seiner Länge puppenhaft klein.

»Also los, Max«, sagte Darina entschlossen, »es wird Zeit, daß wir auch mal tanzen.« Sie gab ihm keine Gelegenheit, ihre Aufforderung abzulehnen. Sie waren beide gleich groß, und Max erwies sich, nachdem er seinen Widerstand einmal aufgegeben hatte, als ein mehr als passabler Tänzer. »Ich hätte nicht gedacht, daß man heutzutage noch richtig tanzen lernt«, meinte Darina, die bemerkte, daß sie mit den wenigen Tanzstunden in ihrem letzten Schuljahr entschieden im Nachteil war.

»Mein Großvater hat darauf bestanden. Er sagte immer, ein junger Mann muß tanzen, schießen, ein Essen bestellen und ein Taxi herbeiwinken können.«

»War Ihr Vater der gleichen Ansicht?«

»Er war ja meistens im Ausland. Ich habe nur die Sommerferien mit ihm verbracht und ansonsten bei meinen Großeltern gelebt – bis Alex mich zu ihm und Trudy eingeladen hat, und dann hat Ulla mich aufgenommen. Das war großartig, wir hatten viel Spaß, sind oft ausgegangen, und ich habe viele Leute kennengelernt. Und es war auch sehr schön, mit Alex zusammenzusein. Aber ich war immer noch oft bei meinen Großeltern, bis sie gestorben sind.«

»Wo haben sie gelebt?«

»Sie hatten ein großes Haus in Derbyshire. Es war sogar noch düsterer als das hier«, sagte er und blickte sich in der holzgetäfelten Halle um, »aber sie haben sich darin sehr wohlgefühlt.«

»Und was haben Sie dort gemacht?«

»Fischen und schießen gelernt, viel gelesen und Großmutters Geschichten gelauscht, wenn sie mir erzählte, wie Vater als kleiner Junge war.«

Das klang nach einem sehr einsamen Leben. »Und wenn Sie mit Ihrem Vater zusammen waren?«

»Es kam darauf an, wo er stationiert war: Zu Hause haben wir viel Zeit damit verbracht, Vögel zu beobachten, in Deutschland waren wir oft wandern und in Hong Kong segeln.«

»Haben Sie viele Freunde gewonnen?«

»Die Bekannten meines Vaters hatten alle Kinder, die sehr viel älter waren als ich, also gab es dazu kaum Gelegenheit.«

»Aber das Leben beim Militär hat Ihnen so gut gefallen, daß Sie jetzt ebenfalls zur Armee gehen wollen?«

Er führte geschickt ein paar komplizierte Tanzschritte durch, denen Darina nur mit Mühe folgen konnte, und antwortete: »Es bietet eine Menge von dem, was, wie ich glaube, gut für mich wäre.«

»Zum Beispiel?«

»Nun, da ist einmal die Disziplin. Für jede Aufgabe gibt es eine genau festgelegte Routine, und man weiß immer, wo man steht. Ich dachte früher, die Buchhalterei wäre auch so, aber sie bietet nicht annähernd soviel Abwechslung – die Arbeit ist schrecklich langweilig, während man beim Militär so viele verschiedene Sachen machen kann.«

War das die gleiche Rastlosigkeit, die auch Alex umtrieb?

»Was hält denn Ihr Bruder von diesem Berufswechsel?«

»Alex? Ich hatte noch gar nicht die Zeit, mit ihm darüber zu reden. Ich warte noch immer auf die richtige Gelegenheit, aber es gab ständig soviel zu tun, daß wir nicht dazu gekommen sind, uns etwas länger zu unterhalten. Allerdings glaube ich nicht, daß er über meine Pläne besonders erfreut sein wird – er hält nicht viel vom Militär. Trotzdem weiß ich, daß es das richtige für mich ist.«

»Spielt es denn eine Rolle, was er darüber denkt?«

Max' Gesicht verdüsterte sich. »Für mich schon. Er war immer sehr gut zu mir. Wissen Sie, ich habe lange darüber nachgedacht. Ich wollte meine eigene Entscheidung treffen, unbeeinflußt von ihm, aber als ich mich entschieden hatte, wollte ich es ihm so bald wie möglich erzählen. Ich hätte beinahe ...« Er machte eine kurze Pause, während er Darina in eine schwungvolle Drehung führte: »Ich hätte ihm beinahe einen Brief geschrieben. Aber dann dachte ich, es wäre besser, mit ihm persönlich zu reden. Und mit Ulla.«

»Verzeihung«, sagte William, der mit Pat James neben ihnen auftauchte. »Wenn du Zeit hast, mit Max zu tanzen, hast du auch Zeit, mit mir zu tanzen. Wie wär's mit einem Partnertausch?« Ohne die Zustimmung der anderen abzuwarten, übergab er mit einer leichten Drehung Pat in Max' Arme und nahm Darina in die seinen. »Ich fing schon an zu glauben, daß du mich unter Vorspiegelung falscher Tatsachen hierhergelockt hast«, sagte er lächelnd und fuhr fort: »Na komm, entspann dich, der Abend ist doch ein voller Erfolg. Und nach allem, was ich mitbekommen habe, gilt das für alle drei Weihnachtstage. Alle sind glücklich und zufrieden, also kannst du's auch sein.«

Darina sagte nichts, sondern konzentrierte sich darauf, seinen Tanzschritten zu folgen, die so geschickt waren wie die von Max, und spürte dabei, wie ihre Anspannung nachließ. »Hat dein Großvater auch darauf bestanden, daß du Gesellschaftstänze lernst?«

»Wie bitte?«

»Ach, nichts. Ich wollte dir nur ein Kompliment für dein tänzerisches Können machen.«

»Ich hatte mal eine Freundin, die leidenschaftlich gern tanzte. Wir haben es sogar bis zur Teilnahme an einem oder zwei Turnieren gebracht. Aber dann ist ihr klargeworden, daß ich nur ein Handikap für sie war, und sie hat mich für einen Kerl in ihrer Größe verlassen. Dazu muß ich noch sagen, daß sie einen Meter fünfundfünfzig groß war.«

Sie hatte ganz vergessen, wie angenehm Williams Gesellschaft sein konnte, und seine Geschichten über irgendwelche Ex-Freundinnen störten sie nicht im geringsten. Es war vielmehr die Art, wie sich Pat an ihn lehnte, als sie zum Tisch zurückkamen, die den kurzfristig besänftigten Teufel, der in ihrer Brustgegend hockte, wieder aufstachelte.

Max saß zusammengesunken in seinem Stuhl und bemerkte plötzlich, daß Ulla zur Abwechslung allein war. Sofort ging er zu ihr und bat sie um den nächsten Tanz.

Darina, die mit William und Pat James am Tisch zurückblieb, fragte, wie der Tag gelaufen sei.

»Sehr erfolgreich, eigentlich. Wir hatten einen richtigen Durchbruch in der Untersuchung unseres Falles. Sharons Handtasche ist nämlich gefunden worden.«

»Ich wußte gar nicht, daß sie verschwunden war.«

»Wir haben es auch nicht gerade an die große Glocke gehängt. Jedenfalls ist sie in London aufgetaucht. Ein Stadtstreicher hatte sie in einer seiner Plastiktüten. Man hat ihn am Weihnachtsabend wegen eines Gelegenheitsdiebstahls auf die Wache gebracht und seine Sachen durchsucht. Die Tasche war natürlich leer, aber sie konnte durch einen kleinen Aufkleber mit Sharon's Namen und Adresse in einer Seitentasche identifiziert werden.

»Hat der Mörder sie nach London gebracht?«

»Das können wir noch nicht sagen«, schaltete sich Pat James in die Unterhaltung ein. »Es könnte auch jemand gewesen sein, der auf dem Weg nach London war und sie nach dem Mord auf dem Rastplatz gefunden hat. Vielleicht ist sie dann verlorengegangen und hat ein paar Tage unbemerkt herumgelegen.«

»Wo und wann hat der Stadtstreicher sie denn gefunden?«

»Er sagt, er habe sie zwei Tage, bevor die Polizei ihn aufgegriffen hat, auf einem Komposthaufen im Hyde Park entdeckt«, antwortete William. »Wer weiß, wie lange sie dort gelegen hat? Die Kollegen aus London haben heute morgen bei uns angerufen und uns gebeten, Miss Fry zu informieren, daß ihre Handtasche gefunden wurde. Haben einen ziemlichen Schreck gekriegt, als sie erfuhren, daß sie Opfer eines Mordes geworden ist. Wir haben gleich einige unserer Ermittlungsleute nach London geschickt, um den Stadtstreicher zu vernehmen und die Tasche zurückzubringen.«

»Wenn bloß auch ihr Slip wieder aufgetaucht wäre«, sagte Pat, »dann wären wir jetzt schon viel weiter.«

»Was ist mit ihrem Slip?« erkundigte sich Darina.

»Nun ja, wir wollten auch das nicht unbedingt großartig publik machen« – in Williams Stimme lag ein leicht warnender Ton –, »aber als die Leiche gefunden wurde, trug sie keinen Schlüpfer.«

Kaum hatte er das gesagt, wußte Darina, daß diese Information eine ganz bestimmte Bedeutung für sie enthielt, aber der Abend hatte soviel Spannung und Aufregung verursacht, daß sie sich nicht konzentrieren konnte. Und sie hatte auch keine Gelegenheit mehr, weiter darüber nachzudenken.

Auf der Tanzfläche war ein Aufruhr entstanden. Die Leute hörten auf zu tanzen und blieben stehen. Die Musik spielte weiter, aber sie wurde von Olivias Stimme übertönt: »Du bist ein grausamer, grausamer Mann«, schrie sie. »Na gut, ich brauch' dich nicht. Aber eines Tages wirst du mich brauchen, und dann werde ich nicht da sein. Das schwör' ich dir! Ich hätte nie herkommen sollen, ich hätte mit Mummy und Daddy ins Manor Park gehen sollen.« Sie kam mit unsicheren Schritten in den Speisesaal, riß den Umhang, der zu ihrem tabakbraunen Taftkleid gehörte, von ihrem Stuhl, warf ihn sich mit zitternden Händen über die Schultern, nahm ihre Handtasche und lief hinaus.

Mrs. Johnson senior rümpfte die Nase und bemerkte laut vernehmlich: »Wenn das meine Tochter wäre, könnte sie jetzt was erleben, das kann ich Ihnen sagen.«

Leicht fanden die Tänzer wieder in ihre Bewegungen, und Alex kehrte mit einem wütenden Gesichtsausdruck zu Darinas Tisch zurück und ließ sich auf einen Stuhl fallen.

»Wollen Sie ihr nicht nachgehen und sehen, ob alles in Ordnung ist?«

»Das ist genau das, was sie will, aber sie findet auch allein nach Haus. Schließlich ist sie mit dem Auto da.«

»Sie wirkte aber sehr durcheinander.«

»Sie muß allmählich mal lernen, sich zu beherrschen und diese blödsinnige Vorstellung aufgeben, daß sie mich besitzt.«

»Und dir darf schließlich niemand mit irgendwelchen Ansprüchen kommen, stimmt's?« Max war mit Ulla an seiner Seite an den Tisch getreten. Ihre Augen glänzten fiebrig, durch das Tanzen war ihr Kleid verrutscht, und eine Brust war bereits beinahe den umhüllenden Falten des weichen Chiffons entkommen.

»Setz dich doch, meine liebe Stiefmutter, sonst fällst du noch aus deinem Kleid.« Alex hob die Hand und zog Ulla auf den Stuhl neben sich, die drohende Entblößung mit einer erstaunlich fürsorglichen Handbewegung verhindernd.

»Du bist ein Dreckskerl, Alex. Das Mädchen wollte doch nur mit dir reden, und du hast sie einfach abblitzen lassen.« Ullas Stimme klang allerdings nicht so zornig wie ihre Worte.

»Ein Tanzboden ist nicht der richtige Ort für eine Unterhaltung«, meinte er lässig.

Max ließ sich an Ullas freier Seite nieder. »Ich kann mir gar nicht erklären, was die Mädchen an dir finden, Alex. Du behandelst sie wie Dreck, und sie kommen jedesmal wieder, um sich noch mehr erniedrigen zu lassen.«

»Tja, daraus kannst du vielleicht noch was lernen, kleiner Bruder.«

»So, so, die Polizei im Hotel Morgan. Sind Sie hier auf der Suche nach weiteren Verdächtigen, Sergeant?«

Ohne daß es jemand von ihnen bemerkt hatte, war Adam Tennant eingetreten. Wie alle anderen Männer trug auch er an diesem Abend einen Smoking und hatte sich eine weiße Nelke ins Knopfloch gesteckt. Er rauchte eine Zigarre, und Darina konnte seinen Whiskyatem riechen, als er sich neben sie setzte. »Sie haben doch sicher nichts dagegen, wenn ich Ihnen ein bißchen Gesellschaft leiste, oder? Ich dachte, ich komme mal vorbei und sehe, wie's hier läuft. Bei mir sitzt bloß ein Haufen entsetzlich langweiliger Leute herum.« Seine Stimme klang gelassen, und er ließ seinen Blick gleichgültig durch den Raum wandern, aber Darina wußte, daß er trotz seiner jovialen Fassade alles messerscharf registrierte: den Tanzboden und die Musikgruppe, die angenehm lockere Stimmung unter den Gästen und die Reste des üppigen Buffets.

Ulla rückte sich in ihrem Stuhl zurecht und sagte mit herausforderndem Glitzern in den Augen: »Sie sind doch sicher nicht gekommen, um mir ein neues Angebot für das Hotel zu machen, oder?«

Sein Blick schärfte sich. »Mein ursprüngliches Angebot gilt immer noch.«

Sie stützte beide Ellbogen auf den Tisch, legte ihr Kinn in die Handflächen und beugte sich so vor, daß ihre Brüste gut sichtbar wurden. »Und wie wäre es, Adam, wenn Sie dieses Angebot ein wenig aufbessern würden?«

In seinem Gesicht regte sich kein Muskel, aber er ließ die Asche seiner Zigarre auf die rosafarbene Tischdecke fallen. Er wischte sie weg und sagte beiläufig: »Ich könnte die Summe um zehn Prozent erhöhen.«

Ulla sah ihn direkt an, und um ihre Lippen spielte ein berechnendes Lächeln. Darina bemerkte, wie Alex, der mit halbgeschlossenen Lidern neben ihr saß, nervös wurde. Er blickte auf die Zigarette in seinen Fingern, griff dann mit einer plötzlichen Bewegung zum Aschenbecher und drückte sie so heftig aus, daß es aussah, als versuche er, eine giftige Schlange im Sand zu zerquetschen. Darina wußte, wie er sich fühlte, denn auch in ihr war jeder Nerv gespannt, als sie auf Ullas Antwort wartete. Das war die letzte Runde. Sie spürte, daß es um eine Entscheidung ging, zu der die Besitzerin des Hotel Morgan, betrunken oder nicht, stehen würde.

Ulla lachte leise und lehnte sich in ihrem Stuhl zurück. Dann sah sie Adam Tennant herausfordernd an und schnippte mit den Fingern. »Das zu Ihren zehn Prozent.« Noch ein Schnippen. »Und das zu Ihrem Angebot. Ich verkaufe nicht. Ich werde niemals verkaufen. Darina und ich werden aus diesem Hotel etwas machen. Etwas, um das Sie uns beneiden werden, Adam Tennant. Ja, es wird Ihnen sicher nochmal sehr leid tun, daß Sie das Hotel Morgue nicht kaufen konnten.«

Sein Gesicht blieb völlig ausdruckslos. »Sie sind betrunken, meine liebe Ulla. Vielleicht werde ich mein Angebot noch einmal wiederholen, wenn Sie nüchtern sind.«

Ullas Gesicht nahm einen listigen Ausdruck an. Sie beugte sich vor und deutete mit dem Zeigefinger auf ihn. »Wissen Sie, was ich glaube? Ich glaube, Sie haben versucht, mich zu ruinieren, mich fertig zu machen. Das waren doch Sie, der mir Ken Farthing als Küchenchef geschickt hat, hab' ich recht? Sie wußten genau, daß er nichts taugt, daß er ein Schuß in den Ofen ist, und Sie haben gehofft, daß mir das den Rest geben würde, nicht wahr? Statt dessen aber habe ich Darina gefunden, und Sie können Ihr Angebot so oft wiederholen, wie Sie wollen – ich werde es niemals annehmen. Ich bin eine Hotelbesitzerin, und es macht mir Spaß, Hotelbesitzerin zu sein«, endete sie triumphierend und lehnte sich mit einem Ausdruck höchster Zufriedenheit zurück.

Adam Tennant öffnete den Mund, schien sich aber das, was er sagen wollte, noch einmal überlegt zu haben, und schloß ihn wieder.

Alex' Gesicht hatte sich zusehends verdüstert. Mit einer ruckartigen Bewegung stieß er den Aschenbecher von sich, sprang auf die Füße und sah auf seine Stiefmutter hinunter.

Ulla drehte sich um, blickte zu ihm auf und fragte sanft: »Ja, Alex, möchtest du etwas sagen?«

Sein Gesicht überkam ein krampfartiges Zucken, dann machte er auf dem Absatz kehrt und marschierte aus dem Speisesaal.

Auch Ulla erhob sich, trat einen Schritt vom Tisch zurück, blickte über die Schulter zu den anderen zurück und meinte: »Was für ein dummer Junge er ist. Ich gehe und sage ihm, daß alles gut werden wird.« Dann folgte sie ihm, und in dieser Nacht wurde keiner von beiden mehr gesehen.

Adam Tennant wandte sich an Darina. »Wenn Ulla wieder nüchtern ist, können Sie ihr ruhig sagen, daß ich nicht das geringste damit zu tun hatte, daß sie Ken Farthing eingestellt hat. Ich hatte keine Ahnung, daß er sich für einen Job hier beworben hat, denn wenn ich es gewußt hätte, hätte ich sie natürlich sofort vor ihm gewarnt. Mir zu unterstellen, daß ich mit solchen dummen Tricks arbeite, ist einfach lächerlich. Wie Sie wissen, habe ich ihr nur angeboten, dieses Hotel zu kaufen, um ihr zu helfen.«

Darina sah ihn schweigend an. Von seiner Zigarre fiel wieder Asche auf den Tisch, aber er ignorierte es und erwiderte ihren Blick. Seine Augen wirkten offen und ehrlich. Darina beschloß, die Frage, ob es sich bei der Einstellung von Ken Farthing möglicherweise um einen Sabotageakt seinerseits gehandelt hatte, auf eine spätere Gelegenheit zu verschieben, und bot ihm statt dessen einen Drink an.

»Ja, danke, sehr freundlich von Ihnen, ein Whisky wäre jetzt angenehm«, sagte er. Seine Stimme war so beherrscht wie die des Kapitäns auf der Brücke eines kleinen Schiffs, das sich gerade in den Fängen eines Unwetters bei Windstärke zehn befand.

William räusperte sich leicht und fragte im Plauderton: »Und wie gehen die Geschäfte im Manor Park? Hatten Sie schöne Weihnachten mit Ihren langweiligen Gästen?«

Adam knöpfte seine Smokingjacke auf, lehnte sich in seinem Stuhl zurück und erhob das Whiskyglas, das Darina vor ihn hingestellt hatte. »Danke der Nachfrage. Wir sind vollkommen ausgebucht. Als ich eben ging, war die Gesellschaft noch in vollem Gange.«

»Wie schön. Darina, ich finde, es ist an der Zeit, daß wir den Erfolg eures Weihnachtsfestes feiern. Hättest du eine Flasche Champagner auf Eis?«

»Das ist eine wunderbare Idee, William. Max, Sie wissen, wo der Champagner ist, würden Sie uns bitte eine Flasche bringen?«

Der schweigsame junge Mann ging hinaus und kam bald darauf mit einem silbernen Eisbehälter und der gekühlten Champagnerflasche zurück, um deren Hals er vorschriftsmäßig eine weiße Damastserviette gelegt hatte.

William führte eine lockere Konversation mit Adam Tennant. Während des ganzen Abends hatte er nur Mineralwasser getrunken, aber nun nippte er an seinem Champagnerglas. Irgendwann sagte er zu Adam: »Ich kann gut verstehen, warum es so angenehm ist, im Hotel zu wohnen. Da braucht man gar nicht erst aufzupassen, wieviel man getrunken hat, sondern muß am Ende des Abends nur die Treppenstufen bewältigen.«

Darina fragte sich, ob diese Äußerung wohl als diskreter Hinweis an den Hotelier gemeint war, auf seinen Alkoholkonsum zu achten, denn mittlerweile hätte es vollkommen genügt, ein Röhrchen in die Nähe seines Mundes zu bringen, um es grün anlaufen zu lassen. Sie konnte nur raten, wieviel er bereits getrunken hatte, bevor er bei ihnen ankam, und er schien noch lange nicht ans Aufhören zu denken.

»Kommen Sie, Pat, es ist Zeit zu gehen. Wir müssen morgen sehr früh mit der Arbeit anfangen«, sagte der Sergeant schließlich.

Darina wußte nicht, ob er es nur ermüdend fand, das Gespräch in Gang zu halten, oder ob ihn der ganze Abend langweilte. Eigentlich sollte sie sich bei ihm bedanken, aber sie war zu erschöpft. Und zu aufgewühlt. Mit einer gewissen Befriedigung weigerte sie sich, ihn die Rechnung für seine

Begleiterin zahlen zu lassen, sondern bestand darauf, beide einzuladen und nahm nur das Geld für die Flasche Champagner entgegen, die er bestellt hatte.

Dann begleitete sie das Paar zur Tür, darauf hoffend, daß Pat James so taktvoll sein würde, für ein paar Minuten auf die Toilette zu verschwinden, damit sie sich von William verabschieden könnte – doch vergeblich.

»Gute Nacht«, sagte die Polizistin, als sie bei der Tür ankamen. »Vielen Dank für den schönen Abend. Ich habe mich glänzend unterhalten.« Darina entschied, daß der Blick, den sie William in diesem Moment zuwarf, nur eindringlich genannt werden konnte.

»Schön, daß Sie da waren«, murmelte sie. Mehr als alles andere wünschte sie, daß William seine blöde Kollegin in einem Taxi nach Hause schicken und die Nacht mit ihr verbringen würde. Doch dann schloß sie die Tür hinter den beiden und begann, die schmutzigen Gläser aus der Halle zu bringen. Die letzte Serviererin war gegangen, die Küche tadellos aufgeräumt, der Speisesaal, bis auf die Gläser, ebenfalls, die Musikgruppe hatte aufgehört zu spielen und ihre Instrumente eingepackt. Aber im Salon und in der Halle hielten sich immer noch ein paar Gäste bei ihren Drinks auf, und es würde noch einige Anstrengung kosten, die Räume für den nächsten Morgen wieder herzurichten. Darina blickte sich um und seufzte. Eigentlich hätten Ulla und Alex ihr dabei helfen sollen – wo, zum Teufel, waren sie abgeblieben?

In diesem Augenblick wurde die Eingangstür aufgestoßen, und William kam herein. Er nahm sie in die Arme, vergrub seinen Kopf in ihren Haaren und flüsterte: »Ich konnte einfach so nicht gehen. Sie ist wirklich ein ziemlich intelligentes Mädchen und sehr gut in ihrem Job, aber nicht gerade die Hellste, wenn es um Liebende geht, die sich verabschieden wollen.« Darina verzieh Pat James alles, und fast hätte sie ihr sogar ein wenig leid getan. Während sie so umschlungen stehenblieben, schmolz sie fast dahin in seinen Armen.

»Kannst du nicht bleiben?« fragte sie schließlich.

»Ich gäbe alles drum, aber ich habe versprochen, Pat nach Hause zu bringen, und wir müssen morgen wirklich früh anfangen.« Er gab ihr einen letzten, langen Kuß, versprach, sie am nächsten Tag anzurufen, und ging endgültig.

Mit neuerwachter Energie machte sie sich wieder ans Aufräumen. Dabei traf sie auf Max, der im Speisesaal die leeren Gläser von den Tischen räumte. Adam Tennant saß immer noch an seinem Platz, aber inzwischen hatte sich der wieselgesichtige Mann zu ihm gesellt, den sie am Morgen neben dem Jagdherrn gesehen hatte. Er war einer der Gäste aus dem Ort. Als sie zu ihnen trat, brachen die beiden Männer sofort ihr Gespräch ab.

»Entschuldigen Sie, ich wollte nicht stören«, sagte sie, während sie die leeren Gläser auf ein Tablett stellte. Dann setzte sie hinzu: »Darf ich Ihnen noch etwas bringen?«

Adam Tennant musterte sie. »Kann man in diesem Hotel noch einen schwarzen Kaffee bekommen?«

»Kein Problem, Sir.«

Zwei Stunden später waren die letzten auswärtigen Gäste, einschließlich Adam, gegangen, alle anderen waren in ihren Betten, und Darina und Max hatten in den unteren Räumen wieder eine gewisse Ordnung hergestellt. Als sie damit fertig waren, sah der junge Mann vollkommen erschöpft aus.

»Möchten Sie vielleicht noch einen kleinen Schlummertrunk?« fragte ihn Darina.

Er schüttelte den Kopf.

»Ich weiß gar nicht, was ich ohne Sie gemacht hätte. Sie waren fabelhaft«, lobte sie ihn.

»Es macht mir Spaß, zu helfen. Da komme ich mir vor wie ein richtiges Mitglied des Teams, wie ein Teil der Familie.« Er warf ihr ein müdes Lächeln zu, in dem viel von dem Charme seiner Mutter lag.

Darina verschloß die Hintertür, und zusammen gingen sie über den Hof zum Nebengebäude. Obwohl laut Kalender Vollmond war, war es eine tiefschwarze Nacht, bewölkt und stürmisch. Es klang bedrohlich, wie der Wind durch die

Bäume pfiff, die blattlosen Zweige schüttelnd, und das Rascheln der immergrünen Büsche, das sich anhörte wie Papier, das nach einem langen Wochenende in einem verlassenen Vergnügungspark vom Wind aufgewirbelt wird. Darina war kein sonderlich schreckhafter Mensch, doch an diesem Abend war sie froh, auf ihrem kurzen Weg ins Nebengebäude einen Begleiter zu haben. Während unter ihren Füßen die Blätter raschelten, blies der Wind die Wolken davon, die den Mond verdeckt hatten, und für einen kurzen Augenblick war das Gelände in helles Licht getaucht.

Plötzlich blieb Max stehen, griff nach ihrem Arm und flüsterte: »Was war das?«

Auch Darina glaubte, etwas gesehen zu haben, eine Bewegung im Gebüsch. Sie sahen genauer hin. Nichts. Dann verschwand der Mond wieder, und die Nacht schien dunkler als zuvor.

»Kommen Sie«, drängte Darina. »Es wird Zeit, daß wir ins Bett gehen. Wir sehen ja schon Gespenster.«

In ihrem Zimmer angekommen, setzte sie sich hin und schrieb eine Idee nieder, die ihr an diesem Tag gekommen war. Dann zog sie sich aus und ging in das kleine Bad. Sie war gerade dabei, etwas Reinigungsmilch auf einen Wattebausch zu geben, als die Geräusche, die aus dem Zimmer nebenan drangen, sie mitten in der Bewegung innehalten ließen. George Prendergast hatte einen seiner Pornofilme laufen. Ein paar Sekunden lang sah sie förmlich rot vor Wut. Fast wäre sie auf den Flur gerannt und hätte an seine Tür getrommelt. Doch dann sah sie an ihrem nackten Körper hinab und lächelte grimmig. Das würde ihn nun wirklich auf Touren bringen! Sie kam zu dem Schluß, daß sie zu müde war, um etwas dagegen zu unternehmen, und wenn sie ihre Badezimmertür schloß, gäbe es sowieso nichts mehr, was sie noch wach halten könnte.

Und trotzdem konnte sie nicht gleich einschlafen, nachdem sie zu Bett gegangen war. In ihrem Kopf spulten sich die Ereignisse des Tages ab wie ein Film, dessen Bilder in schwindelerregendem Tempo kamen und gingen. Doch dann verlangsamten sie sich irgendwann und stoppten in der Szene, als die Mutter zum Abschied den Kopf ihrer Tochter zu sich herabzog, um ihr einen warmen Kuß auf die Stirn zu drücken.

»Vielen Dank, mein Liebling, für diesen wunderbaren Abend. Ich wünschte, dein Vater hätte auch dabeisein können, es hätte ihm soviel Freude gemacht.«

Ihre Mutter hatte fast nie über ihren Mann gesprochen. Es war, als hätte sie ihre Ehe vollkommen aus dem Gedächtnis gestrichen, kaum daß die Beerdigung vorüber war.

»Ihr beide habt euch ja so nahe gestanden«, fuhr sie jetzt fort, »manchmal war ich sogar fast ein bißchen eifersüchtig deswegen. Und als er gestorben war, hatte ich so gehofft, daß es mir irgendwie gelingen würde, seinen Platz einzunehmen. Ich weiß, das klingt dumm, wir beide sind schließlich sehr verschieden. Aber jetzt, nachdem ich dich hier erlebt habe, glaube ich, daß ich dich besser verstehen kann. Bleib nicht mehr so lange auf, du siehst sehr müde aus. Eine eigene Karriere ist ja ganz schön, aber ich rate dir, laß dir diesen William Pigram nicht durch die Finger schlüpfen. Männer wie er sind selten heutzutage, und es ist ja auch nicht gerade so, als hätten die Männer bei dir Schlange gestanden, um mit dir auszugehen.«

Darina hatte ihr mit einer Mischung aus vertrautem Ärger und einem neuen, freudigen Gefühl der Überraschung nachgeblickt, während sie, gefolgt vom General, durch die Halle ging.

Jetzt hörte sie wieder den wehmütigen Ton, der in der Stimme ihrer Mutter gelegen hatte, als sie über die Beziehung zwischen ihrem verstorbenen Mann und seiner Tochter sprach. War sie wirklich eifersüchtig gewesen? Sie, die geistreiche, charmante, anspruchsvolle und rastlose Ann Lisle? Und warum hatten sich dann sowohl der Ehemann als auch die Tochter ständig so hoffnungslos unzulänglich neben ihr gefühlt?

Und dann fiel ihr Vivian Fairchild wieder ein, die von ihren beiden Söhnen abgelehnt wurde. Ob sie wohl fand, daß das Leben sie ungerecht behandelte? Oder glaubte sie an die romantische Vorstellung einer Welt, in der sich schließlich alles zum Guten wenden würde? Und welche unmögliche Erwartung hatte sie überhaupt ins Hotel Morgue geführt?

Der Reigen der Bilder stand still, und Darina schlief endlich ein.

Die tägliche Einsatzbesprechung im Kommissariat war vorüber. Alle, die mit dem Mordfall Sharon Fry befaßt waren, hatten durch das Auftauchen der Handtasche des toten Mädchens neuen Antrieb bekommen. Nachdem es schon so ausgesehen hatte, als würde die Untersuchung aus Mangel an Anhaltspunkten in der sinnlosen Routine zäher Vernehmungen mehr oder weniger in Frage kommender Verdächtiger steckenbleiben, war nun auf einmal wieder Leben in den Fall gekommen.

»Bill und Pat, Sie kommen mit mir.« Inspektor Grant führte sie aus dem großen Konferenzraum, der rasch von den Polizisten und Beamten, die an der Besprechung teilgenommen hatten, geräumt wurde, in sein kleines, spärlich möbliertes Büro.

Grant warf eine Akte auf seinen Schreibtisch und setzte sich.

»Ich habe die Resultate von der gentechnischen Untersuchung bekommen.«

»Das ging aber schnell, für Weihnachten!«

»Es wurden die Mittel genehmigt, ein Außenlabor mit der Arbeit zu beauftragen.«

»Und?« drängte William.

»Ihr Verdächtiger, Adam Tennant, steckt bis zum Hals in der Sache.«

Eine etwas unpassende Formulierung, fand William. »Heißt das, er war der Vater des Kindes?«

»Richtig! Und er hatte Geschlechtsverkehr mit ihr, bevor sie starb.«

»Aha.«

»Sie scheinen nicht besonders überrascht zu sein?« bemerkte Pat James.

»Er hat uns in fast allen anderen Fragen belogen, deshalb schien es mir mehr als wahrscheinlich, daß er in dieser Sache ebenfalls nicht die Wahrheit gesagt hat.«

»Dann haben wir ihn also!« Pat und William sahen sich triumphierend an.

»Nicht ganz«, meinte Grant. »Sie hatte nämlich noch mit jemand anderem Geschlechtsverkehr.«

»Sind Sie sicher?«

»Ganz sicher. Es gibt keinen Zweifel.«

»Und wissen Sie auch, mit wem?«

»Nein.«

Die Polizisten bedachten ein paar Minuten schweigend die Bedeutung der Resultate aus der DNS-Analyse.

»Natürlich könnten wir ins Manor Park zurückgehen und Adam Tennant noch einmal vernehmen«, sagte William. »Nachdem er seine Aussage gemacht hatte, haben wir uns übrigens noch einmal mit seiner Frau unterhalten. Laut Rosemary Tennant ist er am fraglichen Abend gegen acht Uhr zurückgekehrt – sehr zu ihrer Überraschung, denn sie hatte erwartet, daß er bis spät in die Nacht ausbleiben würde, wie er das häufig zu tun pflegt. Danach haben sie sich aus der Hotelküche ein Essen in ihr Privathaus kommen lassen und sind gegen elf Uhr zu Bett gegangen. Allerdings haben sie getrennte Schlafzimmer, er könnte also noch einmal fortgegangen sein, ohne daß sie es bemerkt hätte. Außerdem haben wir inzwischen erfahren, daß das Hotel mit einer beträchtlichen Hypothek belastet und das Geschäft während der letzten sechs Monate ziemlich zurückgegangen ist, da in dieser Gegend einige neue Hotels eröffnet wurden. Deshalb müssen ihm allein die Kreditzinsen ziemlich zusetzen; in dieser Situation hätte Sharon Fry das bereits leckgeschlagene Boot unter Umständen gänzlich zum Kentern bringen können.« William machte eine Pause und fügte hinzu: »Rosemary Tennant wirkte auf mich wie eine Frau, die am Ende ihrer Geduld ist. Und die Nachricht von der Schwangerschaft des Mordopfers schien sie sehr aufgebracht zu haben.«

»Sie glauben also, es wäre möglich, daß er das Haus später noch einmal verlassen und Sharon Fry dann erwürgt hat?« Grants Frage klang skeptisch.

»Shirley, die mit ihr zusammen wohnte, sagt, daß sie an diesem Samstag abend mit Freunden ausgegangen und nicht vor drei Uhr morgens zurückgekommen sei. Sharon könnte also gut vor dieser Zeit nach Hause gekommen sein und dort Besuch von ihrem Mörder bekommen haben. Sie könnten dann noch einmal ausgegangen sein, oder er hat sie dort getötet und dann die Leiche weggeschafft. Das klingt vielleicht etwas weit hergeholt, aber es wäre eine Möglichkeit. Es könnte auch sein, daß der Geschlechtsverkehr erst dann stattgefunden hat, und damit hätte Tennant gewissermaßen die Wahrheit gesagt, als er behauptete, während des früheren Treffens nicht mit ihr geschlafen zu haben. Er ist ein ziemlich gerissener Bursche.« William dachte daran, daß ihn Adam Tennant gestern abend an ihrem Tisch an einen reinrassigen Perserkater, der sich unter ein paar gewöhnliche Hauskatzen gemischt hat, erinnert hatte. Unter seinem maßgeschneiderten Smoking hatte es gebrodelt und gebebt. Er hatte zu beherrscht gewirkt, und seine unterschwellige Nervosität war immer sichtbarer geworden, je mehr seine Selbstkontrolle durch den Alkohol geschwächt wurde.

Und warum war er überhaupt ins Hotel Morgan gekommen? Welche Absicht verbarg sich wirklich hinter seinem Besuch? War es lediglich Interesse an Ulla Mason, an ihrem Hotel, oder was war es? War es möglich, daß er tatsächlich den Trick benutzt hatte, Ken Farthing zu Ulla zu schicken, um sie zum Aufgeben zu zwingen? Aber in seiner angespannten finanziellen Lage konnte der Kauf des Hotels doch wohl kaum ein ernstgemeintes Vorhaben sein?

Dieses ganze verdammte Hotel Morgan hatte etwas, das William Unbehagen verursachte. Und Darina schien völlig darin aufzugehen. Es machte überhaupt keinen Spaß mehr, mit ihr zusammenzusein, ständig blickte sie sich prüfend um, ob die Gäste genug zu trinken hatten, ob das Essen richtig serviert wurde, ob ... es konnte irgendeine von tausend beliebigen Kleinigkeiten sein. Alles, was er wußte, war, daß ihre Aufmerksamkeit nicht ihm galt.

Letzte Nacht hatte sie so elegant ausgesehen in ihrem langen schwarzen Jerseykleid, von dessen seidig glänzendem Material sich ihre zarte Haut hellschimmernd abhob, und mit ihren blonden Haaren unter einem Netz, das mit schwarzen Seidenrosen besetzt war. Was geschah mit ihnen? Warum hatte er nicht über Nacht bleiben wollen? Ja, es ist wahr, sie hatte müde ausgesehen, aber der eigentliche Grund war das Hotel selbst. Es war William einfach unheimlich. Wäre das Hotel Morgan eine menschliche Person, hätte er ihr niemals ein Kind anvertrauen mögen. Und irgendwie hatte er das merkwürdige Gefühl, daß auch Darina unter diesem Dach nicht sicher war. Dabei sah es William gar nicht ähnlich, sich von der Atmosphäre eines Ortes so beeindrucken zu lassen, und er hatte gesehen, daß Darina alles tat, um dem Ambiente einen gewissen originellen Charme zu verleihen – trotzdem empfand er es immer noch als bedrückend. Also warum war Adam Tennant so interessiert daran?

Grant war gerade damit beschäftigt, noch einmal Sharon Frys Handtasche zu untersuchen. Er öffnete sie und drehte sie in den Händen, als sähe er sie zum ersten Mal. Auch William richtete seine Aufmerksamkeit erneut darauf. Aus schwarzem Leder und sehr teuer aussehend, paßte die Tasche kaum zu der Art von Kleidung, die das Opfer an dem Abend getragen hatte, als sie ihrem Mörder begegnet war. Zum einen hatte sie kurze Griffe – er hätte eher erwartet, daß Sharon eine Tasche trug, die man über die Schulter hängen kann. Dann hatte sie viele Seitentaschen, zwei offene außen und welche mit Reißverschluß innen. Eine wirklich elegante Handtasche also – Sharon hätte sich doch bestimmt viel eher eine ausgesucht, in die sie alles einfach hätte hineinwerfen können. Er dachte an ihr Zimmer in dem kleinen Haus, das sie mit Shirley bewohnt hatte: ein Durcheinander von Kleidungsstücken und Accessoires, die teuren mit der gleichen Nachlässigkeit behandelt wie die billigen. Sharon hatte sich ja vielleicht nach einem Leben in Luxus gesehnt, aber sie hatte offensichtlich keine Ahnung davon, wie man mit wertvollen Gegenständen umgeht. Pat James hatte beim Anblick von einem Paar Lacklederschuhen, das ihre Besitzerin ohne Schuhspanner achtlos in die hintere Ecke des Schranks geworfen hatte, mißbilligend den Kopf geschüttelt. Sie nahm sie heraus und strich mitleidig mit dem Finger über das zerkratzte Material. Er hätte sich nicht gewundert, wenn sie sie anprobiert hätte.

»Die Tasche wurde natürlich geplündert«, sagte Grant. »Kein Hinweis auf die Besitzerin, mit Ausnahme dieses kleinen Adreßaufklebers, den wir am Boden einer der Außentaschen hier gefunden haben.« Er betastete das feine Leder. »War es jetzt der Mörder, der alle Spuren beseitigen wollte, oder nur ein kleiner Dieb? Und wie ist die Tasche überhaupt nach London gekommen?«

»Das ist eine teure Handtasche«, meinte Pat James, »und ich vermute, daß ein Dieb versucht hätte, sie zu verkaufen, statt sie auf den Kompost zu werfen.«

Grant warf ihr plötzlich die Tasche zu. »Wie Sie sagen, Constable, sie war sehr teuer. Also, gehen Sie damit zum Hersteller und versuchen Sie herauszufinden, wo sie verkauft wurde und an wen.«

Pat verließ mit der Handtasche das Büro; William wollte gerade auf Adam Tennant zurückkommen, als das Telefon läutete.

Der Inspektor nahm den Hörer ab: »Grant! ... Was sagen

Sie da?« Der Inspektor hörte gespannt zu. Dann rief er: »Gut, wir sind schon auf dem Weg.«

Er legte wieder auf. »Unten ist ein Mann, der sagt, er hätte gesehen, wie das Opfer Samstag nacht in ein Auto gestiegen ist.«

James Dent war ein freundlicher, untersetzter Mittfünfziger. »Wir hatten es auf Video, wissen Sie? Ich meine, diese Sendung von der Polizei. Gestern abend wollten wir uns den BBC-Weihnachtsfilm ansehen. Am Tag davor hatten wir nämlich die Verwandten zu Besuch, und die hätten wohl nichts dagegen gehabt, ihn auch zu sehen, aber Sie wissen ja, was dann passiert.«

»Soweit ich das beurteilen kann, tun die Familien heutzutage sowieso nichts anderes mehr, als vor der Glotze zu sitzen«, knurrte Grant.

»Dann sind wir wohl eher etwas altmodisch.« James Dents Augen zwinkerten vergnügt.

William wünschte, er würde bald auf den Punkt kommen.

»Nicht, daß unsere Fernsehgewohnheiten so wichtig wären – ich wollte bloß erklären, warum ich die Sendung nicht schon vorher gesehen habe.«

»Sie meinen, die Rekonstruktion des Verbrechens?«

»Genau! Also, ich hab' das Videogerät eingeschaltet und festgestellt, daß die Kinder inzwischen ein anderes Band eingelegt hatten. Wahrscheinlich haben sie sich an dem Tag irgendwas angesehen, was sie vor Weihnachten aufgenommen hatten. Ich wollte es gerade herausnehmen, da sehe ich dieses Mädchen im rotgestreiften Anorak, mit den langen blonden Haaren und den langen Beinen. Die Aufnahme dauerte nur ein paar Minuten – die Kinder haben das Band entweder vor oder nach der Sendung, die sie sehen wollten, etwas länger laufen lassen, verstehen Sie?«

»Und Sie glauben, daß Sie das Mädchen erkannt haben?« half William nach.

»Ja, irgendwie schon. Dann kam dieser Polizeibeamte ins Bild, der sagte, falls jemand gesehen habe, daß dieses

Mädchen am Samstag abend in ein Auto eingestiegen, mit jemandem in ein Pub gekommen oder allein die Straße entlanggelaufen ist, dann solle man sich bei der Polizei melden, und plötzlich ist mir alles wieder eingefallen.«

»Was ist Ihnen eingefallen?«

Schließlich gab ihnen Dent alle Einzelheiten. Er war auf dem Heimweg, nachdem er seine Mutter nach Hause gefahren hatte, als seine Scheinwerfer plötzlich ein Mädchen in rotem Anorak erfaßten, das neben der Straße lief.

»Ich mußte richtig das Steuer herumreißen, um sie nicht zu überfahren. Sie winkte mit dem Daumen, aber ich nehme keine Anhalter mit. Das ist ja heutzutage viel zu gefährlich, oder? Aber bei ihr war das was anderes, sie sah so niedergeschlagen aus. Als ich sie ein Stück hinter mir gelassen hatte, dachte ich jedenfalls, ich sollte sie doch mitnehmen. Ein bißchen hat sie mich auch an meine Tochter Kate erinnert. Sie war natürlich etwas älter, aber sie hatte das gleiche blonde Haar und die langen Beine. Kate ist nämlich ihrer Mutter sehr ähnlich«, fügte er nach einem Blick auf die eigenen kurzen und kräftigen Gliedmaßen mit einem gewissen Stolz hinzu. »Also hab' ich angehalten, den Wagen gewendet und bin ein Stück zurückgefahren, dann kam es mir doch wieder ein bißchen gefährlich vor, und ich bin an den Straßenrand gefahren. Es dauerte nur ein paar Sekunden, dann ist sie im Scheinwerferlicht eines entgegenkommenden Wagens aufgetaucht. Sie hat sich herumgedreht und mit dem Daumen gewinkt, und das Auto ist stehengeblieben. Sie ist ihm ein kleines Stück entgegengerannt, dann sah es aus, als hätte sie es sich anders überlegt. Sie drehte sich um und ging wieder von dem Wagen weg. In dem Moment ist der Fahrer ausgestiegen und hat ihr nachgerufen, sie solle stehenbleiben.«

»Können Sie sich erinnern, was genau er gerufen hat?«

»Darüber hab' ich auch schon nachgedacht. Ich bin nicht sicher, es ging alles so schnell, aber ich glaube, er hat sie beim Namen gerufen, es klang wie Shirley, und da ist sie stehengeblieben und hat sich zu ihm umgedreht.«

»Hat sie etwas gesagt?«

»Ja, ich glaube, sie sagte ›Nein, ich will nicht‹, vielleicht auch ›Nein, das kannst du nicht‹. Ich bin ausgestiegen und wollte sie gerade rufen, um ihr zu zeigen, daß ich da war und daß sie keine Angst zu haben brauchte, aber plötzlich hat sie laut gelacht, ist zurück zu dem Wagen gelaufen und zusammen mit dem Mann eingestiegen. Also bin auch ich wieder eingestiegen und weitergefahren.«

Grant zeigte ihm ein Photo von Sharon Fry. »Ist das die Frau, die Sie gesehen haben?«

James Dent betrachtete das Bild sorgfältig. »Ich denke, ja. Sie hat jedenfalls ganz so ausgesehen.«

»Können Sie den Mann beschreiben?« fragte William.

»Ungefähr einen Meter achtzig groß, wahrscheinlich Mitte zwanzig, vielleicht auch etwas jünger, sehr helles Haar.«

»Wie hat er sich gegenüber dem Mädchen verhalten?«

»Ich habe nichts Ungewöhnliches in seinem Verhalten bemerkt.«

»Er wirkte also nicht erregt oder wütend?«

»Nein, wenn überhaupt, dann eher erfreut.«

»Konnten Sie die Automarke erkennen?«

»Ich glaube, es war ein Volvo. Ich konnte zwar nicht viel sehen, es war so dunkel, und das einzige Licht war das der Scheinwerfer, aber ich meine, daß ich diese schräge Chromstange gesehen habe, die sie quer über dem Kühlergrill haben.«

»Ist das Auto dann an Ihnen vorbeigefahren?«

»Nein, er wendete in einem Feldweg und fuhr in die andere Richtung.«

James Dent konnte ihnen keine weiteren Informationen geben. Er glaubte, daß der Mann Jeans und einen Anorak getragen hatte, aber er konnte es nicht beschwören. Er wußte nicht genau, um welches Modell es sich bei dem Auto handelte, er hatte nur gesehen, daß es ziemlich groß war, und meinte, es könnte ein Kombi gewesen sein; aber er war nicht einmal wirklich sicher, daß es ein Volvo war, und an die Nummer konnte er sich schon gar nicht erinnern. Das einzige, worüber er sich einigermaßen sicher war, war die Identität des Mädchens.

Sie überließen ihn einem Beamten, der nach seiner Personenbeschreibung ein Phantombild auf dem Computer anfertigte.

William ging mit Grant in den Einsatzraum, wo einige Schreibkräfte damit beschäftigt waren, die Berichte der Befragungen vom Vortag in den Zentralcomputer einzugeben, und trat vor die große Karte der Umgebung, die an einer Wand aufgehängt war.

Grant fand die Stelle, an der James Dent das Mädchen gesehen hatte, und markierte sie mit einem farbigen Kennzeichen.

»Knapp westlich von Bruton«, meinte William. »Ein ziemliches Stück vom Manor Park entfernt, aber nicht allzu weit von dem Pub, in dem sie mit Tennant war. Und in der Gegend gibt es auch ein paar hübsche stille Feldwege, ideal für Liebespärchen.«

»Der Rastplatz, an dem Sharons Leiche gefunden wurde, liegt an einer Straße, die zum Manor Park führt.« Grant summte unmelodisch, klopfte mit einem Bleistift gegen seine Zähne und studierte die Karte. »Sie wird gegen halb acht vom Pub abgeholt und dann ein paar Meilen von dort entfernt um zehn wieder gesehen. Zweieinhalb Stunden. Was hat sie in der Zeit gemacht?«

»Es scheint, als hätte sie den Mann, der sie vom Lokal abgeholt hat, gekannt, und daß sie über irgendwas in Streit geraten sind. Wenn sie zum Beispiel dort geparkt hätten«, William zeigte auf einen der Feldwege, »und sie wäre weggelaufen, hätte er ihr folgen und sie an der Stelle treffen können, an der James Dent die beiden gesehen hat.«

»Von der Entfernung her hätte er sie aber bereits früher einholen müssen.«

»Wenn sie ihren Schlüpfer zurückgelassen hat, kann man wohl davon ausgehen, daß er ebenfalls zuerst seine Kleidung etwas in Ordnung bringen mußte, bevor er weiterfahren konnte. Und wahrscheinlich mußte er den Wagen wenden, was in einem Feldweg und bei Dunkelheit auch nicht so leicht und schnell geht.«

»Also, sie versöhnt sich wieder mit ihm, die beiden fahren zusammen weiter, und dann beschließt er, sie zu erwürgen, um sie daran zu hindern, das zu tun, was auch immer sie ihm angedroht hatte, bevor sie weggelaufen ist. Könnte eine Möglichkeit sein.«

Grant ging zu einem der Beamten am Computer. »Überprüfen Sie doch bitte mal, ob eine der Beschreibungen der befragten Personen auf einen jungen Mann paßt, Mitte zwanzig, einen Meter achtzig groß und blond.«

Die beiden Polizisten blieben neben ihm stehen und sahen zu, wie die Texte über den Bildschirm liefen.

Soweit der Computer wußte, war man während der Ermittlungen zum Fall Sharon Fry niemandem begegnet, auf den die Beschreibung paßte. Ein paar Minuten später wußten sie auch, daß keiner der Angestellten des Manor Park Hotels einen Volvo besaß.

»Was ist mit den Hotelgästen?« schlug der Mann am Computer vor. »Von den meisten Stammgästen haben wir die Automarken und -nummern gespeichert.«

Er drückte mehrere Tasten, und auf dem Bildschirm erschienen die Namen von zwei Stammgästen des Manor Park, die einen Volvo fuhren.

»Wo wohnen sie? Haben wir uns schon mit ihnen in Verbindung gesetzt?«

Der Beamte las die Angaben vor: »Einer wohnt in Bath, die andere Adresse ist in Bristol.«

»Gut, dann ordne ich jetzt an, diese beiden Besitzer vordringlich zu befragen. Finden Sie heraus, wo sie an besagtem Samstag abend waren, ob es Zeugen dafür gibt, und ob sie in der Zeit bis Weihnachten in London waren.« Der Einsatzleiter begann, auf der großen Tafel, die an der Wand gegenüber der Karte hing, den derzeitigen Aufenthaltsort der für diesen Auftrag geeigneten Beamten festzustellen.

»Wie steht's mit den Restaurantgästen?« fragte William den Beamten am Computer.

»Wir sind gerade dabei, anhand der Telefonnummern ihre Adressen ausfindig zu machen. Wir haben also noch keine Angaben über ihre Fahrzeuge.«

»Und die Adressen aus der Umgebung von Bruton?«

Ein paar weitere Tastenfolgen erbrachten mehrere Möglichkeiten, einschließlich Tony Mason vom ungefähr sieben Meilen entfernten Hotel Morgan sowie dessen ständigen Bewohner, George Prendergast. Beide hatten mehrere Male im Manor Park-Restaurant gegessen.

Grant ordnete weitere Befragungen an. Tony Masons Name wurde aus dem Computer gelöscht, nachdem William den Inspektor informiert hatte, daß er verstorben sei.

Währenddessen kam der Beamte mit dem Phantombild des Autofahrers, von dem James Dent glaubte, daß er Sharon Fry in der Nacht, als sie umgebracht wurde, auf der Straße getroffen hatte. Als er das Bild vor Grant auf den Tisch legte, betrat Pat James den Raum, immer noch die Handtasche im Arm. Sofort wurde sie auf die Zeichnung aufmerksam und rief: »Das ist Max!«

»Max?« wiederholte Grant.

»Max Saunders, vom Hotel Morgan. Haben Sie ihn denn nicht erkannt, William?«

»Ja, da ist wohl eine gewisse Ähnlichkeit«, meinte der Sergeant vorsichtig.

»Würden Sie mir bitte erklären, wer dieser Mann ist?«

William setzte ihn rasch ins Bild. »Ungefähr zwei Wochen vor Weihnachten haben wir ihn und seinen Halbbruder während unserer Ermittlungen in einem Pub getroffen. Wir haben ihnen das Photo von Sharon gezeigt, aber beide behaupteten, das Mädchen nicht zu kennen. Max lebt in London, und ich glaube, er ist erst an jenem Tag hierher gekommen.«

»Das ist noch lange kein Grund, warum er nicht auch an

dem betreffenden Samstag hier gewesen sein könnte. Finden Sie seine Adresse heraus, fragen Sie in der Registratur nach eventuellen Vorstrafen und holen Sie ihn dann zu einer Vernehmung. In der Zwischenzeit werde ich den Chef veranlassen, eine Gegenüberstellung mit diesem James Dent zu organisieren.«

»Da ist noch eine Sache, Sir ...«, begann William, aber er kam nicht dazu, den Satz zu beenden, denn in diesem Augenblick rief der Einsatzleiter, der gerade einen Telefonanruf erhalten hatte, Grant zu sich und reichte ihm den Hörer.

»Die Anruferin hat nach Sergeant Pigram gefragt, Sir, aber ich denke, Sie sollten das Gespräch annehmen. Sie will einen Mord melden.«

William spürte ein Gefühl der Panik in sich aufsteigen.

Nach ein paar Worten legte Grant wieder auf und sah den Sergeant an. »Ihre kleine Freundin ist mal wieder in Schwierigkeiten«, sagte er. »Eine Frau wurde erwürgt aufgefunden, und zwar da, wo sie arbeitet – im Hotel Morgan.«

Sie drängten sich in dem kleinen Raum, der durch das große Doppelbett, das den meisten Platz einnahm, noch kleiner wirkte. Die Leiche lag auf dem Boden, nur mit einem durchsichtigen Negligé bekleidet, das von den ausgestreckten Gliedmaßen gerutscht war.

Das völlig zerwühlte Bett zeugte davon, daß die vergangene Nacht zumindest nur teilweise schlafend darin verbracht worden war.

Die Umgebung hätte sich nicht mehr von dem mit herabgefallenen Blättern und Abfall angefüllten Graben unterscheiden können, in dem man Sharon Fry gefunden hatte – und doch hatte der Zustand der Leiche eine starke Ähnlichkeit mit dem des ersten Mordopfers.

William zwang sich dazu, sie zu untersuchen. Die verrenkten Glieder und das verzerrte Gesicht erinnerten kaum mehr an die junge attraktive Frau, die er am Abend zuvor so ausgelassen tanzen und flirten gesehen hatte. Jetzt war ihr Gesicht vom Blutstau geschwollen, ihre Lippen und Ohren waren blau angelaufen.

Letzte Nacht hatte ihr Körper in dem Chiffonkleid ungemein verführerisch gewirkt, doch nun, fast unbekleidet, hatte er selbst für den empfänglichsten Betrachter jeden Reiz verloren. Sogar die blassen Brüste mit den zimtfarbenen Warzen, die sich so keck unter dem weichen Stoff abgezeichnet hatten, waren schlaff und formlos.

»Sie wurde natürlich erdrosselt«, sagte der Polizeiarzt, der neben der Leiche kniete. »Und zwar mit den Händen, man kann ganz deutlich die Abdrücke der Finger und der Daumen sehen.«

»Die ungefähre Todeszeit?« fragte Grant.

»Die übliche Frage«, seufzte der Arzt, aber er war darauf vorbereitet und antwortete: »Grob, ganz grob geschätzt, würde ich sagen, daß der Tod vor neun bis elf Stunden eingetreten ist.«

Es war jetzt kurz vor zwölf Uhr. William rechnete zurück. »Das heißt also, zwischen ein und drei Uhr morgens?«

»Wie gesagt: grob geschätzt.«

»Irgendwelche Spuren von Geschlechtsverkehr?« wollte der Inspektor wissen.

»Nichts, was auf eine Vergewaltigung hindeutet, aber Geschlechtsverkehr hat zweifellos stattgefunden.«

Grant wandte sich an Pat James. »Wie viele Gäste sind noch im Hotel?«

»Die meisten sind bereits heute morgen abgereist, nach dem Ende des Weihnachtsprogramms gestern nacht. Aber zwei Paare sind noch länger geblieben.« Sie sah in ihr Notizbuch. »Ein Mr. Chubb und Frau sowie die beiden älteren Damen Parker und Adamson. Ich habe sie gebeten, sich für uns zur Verfügung zu halten.«

»Dann nehmen Sie am besten zuerst von den Gästen eine vorläufige Aussage zu Protokoll und beginnen dann, das Hotelpersonal zu vernehmen. Ich habe veranlaßt, daß Sie Verstärkung bekommen – sie müßte bald hier sein. Und, Bill«, er wandte sich an den Sergeant, »Sie können sich die Geschichte von Miss Lisle erzählen lassen.«

William ließ Darina in dem kleinen Büro Platz nehmen. Sie trug ihr Haar zu einem dicken Zopf geflochten, den sie zu einer Schlaufe gebunden hatte. Die Frisur ließ ihr Gesicht nackt erscheinen und spannte die Haut an den Schläfen und über den Wangenknochen, was die Anzeichen von Erschöpfung noch verstärkte. Unter den grauen Augen lagen dunkle Ringe.

»Ich dachte, Ulla würde bloß ausschlafen«, begann sie. »Du hast ja selbst gesehen, wieviel sie gestern nacht getrunken hat. Wir haben es gerade so geschafft, ohne sie mit dem Frühstück und den Rechnungen fertigzuwerden – es gab also keinen Grund, sie zu stören, obwohl ein paar der Gäste bedauert haben, daß sie sich nicht von ihr verabschieden konnten. Die meisten waren bereits abgereist, als Dawn, das Zimmermädchen, vom Nebengebäude herübergerannt kam. Sie war ziemlich besorgt; ich dachte zuerst, Ulla könnte vielleicht eine Alkoholvergiftung haben – wir hatten erst neulich einen Gast, dem das passiert ist. Ich bin also rübergegangen, um nachzusehen.«

Darina schluckte schwer, dann stützte sie ihren linken Ellbogen auf die Tischplatte und lehnte ihren Kopf gegen die Fingerspitzen, mit denen sie die Haut preßte, als wolle sie damit die Anspannung lindern.

William wartete still.

»Sobald ich sie sah, wußte ich, daß sie tot war. Und daß ich die Polizei rufen mußte. Ich wollte eigentlich mit dir sprechen, aber sie haben mich zu Grant durchgestellt.« Sie versuchte, zu lächeln. »Er konnte es kaum glauben, daß ich mal wieder in einen Mordfall verwickelt bin. Wahrscheinlich ist er nie darüber hinweggekommen, daß ich herausgefunden habe, wer der Mörder meines Cousins war.«

»Mach dir mal keine Sorgen wegen Grant«, meinte William. »Laß uns nur nochmal alle Einzelheiten von gestern abend und heute morgen durchgehen, ja?«

Schritt für Schritt ließ er sie alle Ereignisse wiederholen. Als sie berichtete, wie sie mit Max über den Hof zum Nebengebäude gegangen war und dabei das Gefühl hatte, daß sich etwas in den Büschen bewegte, fragte er nach. »Es war nur so ein Gefühl«, wiederholte sie, »aber wir beide dachten, daß dort jemand gewesen sein könnte.«

»Und das war um zwei Uhr morgens?«

»Ungefähr, ja.«

»War es ein Mann oder eine Frau?«

»Ich habe keine Ahnung. Ich meine, wir hatten nur den Eindruck, daß sich da etwas bewegte.«

»Könnte es auch ein Tier gewesen sein?«

Sie zögerte. »Ich glaube nicht. Ich weiß, das klingt alles sehr unbestimmt, aber ich denke, es war ein Mensch.«

»Wir werden die Stelle untersuchen lassen. Wenn wirklich jemand da war, kann es gut sein, daß wir noch irgendwelche Spuren finden. Und was ist danach passiert?«

»Wir sind ins Nebengebäude gegangen.«

»War die Eingangstür verschlossen?«

»Nein. Die Zimmer sind alle verschließbar, aber die Eingangstür wird nur eingeklinkt.«

»Und dann?«

»Ich habe Max gute Nacht gesagt, und er ist auf sein Zimmer gegangen.«

»Wo liegt das?«

»Es ist das erste Zimmer rechts, wenn man hereinkommt.«

William sah das Innere des Nebengebäudes vor sich samt Ullas Wohnung, die wie ein Uhrturm mit Seitenflügeln über den renovierten Stallungen thronte. Man gelangte über eine Treppe dorthin, die vom zentral gelegenen Eingangsbereich nach oben führte. Zu beiden Seiten dieses Flures lagen Zimmer, die noch durch einen langen Korridor miteinander verbunden waren, der entlang der Hinterseite des Gebäudes verlief, so, wie auch in den ursprünglichen Pferdestallungen.

»Und dann bin ich in mein Zimmer gegangen«, fuhr Darina fort, »das zweite auf der linken Seite. Alex bewohnt das erste.« Plötzlich stockte ihr der Atem, und sie starrte ihn mit aufgerissenen Augen an.

»Was ist los?«

»Als ich ins Bad ging, dachte ich, ich würde George Prendergasts Video hören – sein Zimmer liegt neben meinem –, aber mir ist gerade klargeworden, daß die Dusche zwischen meinem und Alex' Zimmer liegt. Das heißt, die Geräusche, die ich gehört habe, müssen aus seinem Zimmer gekommen sein und nicht aus dem des alten Mannes.«

Offensichtlich war sie erschrocken über die Bedeutung dieser Tatsache.

»Was für eine Art Geräusch war das?«

Darina antwortete, indem sie kurz die Geschichte des pensionierten Staatsbeamten George Prendergast und seiner Pornofilme erzählte.

»Du meinst, du hast die Geräusche sexueller Handlungen gehört?«

Sie sah ihn tadelnd an. »Ich habe gehört, daß zwei Menschen miteinander geschlafen haben.«

William sann kurz darüber nach, wie der menschliche Verstand Informationen verarbeitet. Dieselben Geräusche konnten völlig verschieden interpretiert werden, einfach indem der Verstand seine Wahrnehmung der Geräuschquelle änderte. William beschloß, Darinas Korrektur ihrer Interpretation im Gedächtnis zu behalten.

»Und wer glaubst du, war in diesem Raum?« Er wußte, was sie dachte, aber er mußte hören, daß sie es selbst sagte, ohne daß er nachgeholfen hätte.

»Ulla natürlich!« Für sie war es ganz offensichtlich.

»Aber hat sie ihm nicht noch an diesem Abend erklärt, daß sie nicht daran dächte – zu tun, was er von ihr wollte –, nämlich das Hotel zu verkaufen. Und er hat sie daraufhin so angesehen, als ob er sie wirklich hassen würde.« William wartete gespannt, was sie dazu sagen würde.

»Ja, aber erinnerst du dich daran, daß sie sofort hinter ihm hergerannt ist? Die Atmosphäre zwischen den beiden war immer schon ziemlich aufgeladen.« Darina spann die Sache weiter, während sie sprach. »Mir ist schon vorher der Gedanke gekommen, daß einer der Gründe, warum Ulla nicht verkaufen wollte, der war, daß sie damit Alex hier behalten konnte – in ständiger Abhängigkeit von ihr.«

»Hätte er nicht woanders einen Job bekommen können?«

»Er machte keinerlei Anstalten, sich nach einem umzusehen. Er hat zwar immer betont, wie sehr er Ulla verabscheue, aber seit dem Tod seines Vaters hat er kaum jemals das Hotel verlassen.«

»Wahrscheinlich, um seine Interessen zu wahren?«

»Nein, er hat ein Buch geschrieben«, sagte sie langsam. »Vielleicht wußte er auch selbst nicht genau, warum er blieb. Möglicherweise brachte Ulla ihn letzte Nacht dazu, sich einzugestehen, wie sehr er sich zu ihr hingezogen fühlte. Und Anziehung muß nicht notwendigerweise etwas mit Zuneigung zu tun haben.«

William dachte daran, daß Ulla gestern nacht geradezu animalische Lust verkörpert hatte. Dann klappte er seinen Notizblock zu und sagte: »Komm mit, ich würde mir jetzt gern deine beiden Zimmer ansehen. Wo ist übrigens Alex? Wie hat er die Nachricht aufgenommen?«

»Er weiß es noch nicht. Er und Max sind ausgegangen, kurz bevor Dawn ins Hotel gerannt kam. Sie wollten einen langen Spaziergang machen. Ich hatte ihnen gesagt, daß ich sie eine Weile nicht bräuchte, und daß sie ein bißchen frische Luft vertragen könnten.«

»Wie wirkte Alex auf dich?« fragte William beiläufig, als sie sich auf den Weg zum Nebengebäude machten.

»Müde und verkatert, wie zu erwarten war. Max ebenfalls – und keiner von beiden war besonders gesprächig.«

»Was haben sie heute morgen gemacht?«

»Die übliche Routine: Heizkessel, Kaminfeuer, Tee, Frühstück, Rechnungen und das Gepäck.«

»Also keine Gelegenheit für einen kleinen Plausch?«

Darina nickte. Ihre Energie schien allmählich zu versiegen. Das dunkelblaue Kleid mit dem hohen Kragen und den langen Ärmeln hing ihr lose von den Schultern. Sie hatte abgenommen während der letzten Wochen. William spürte eine Welle von Zärtlichkeit und Liebe in sich aufsteigen, aber es war nicht der Moment dafür. Er drängte das Gefühl zurück und fuhr statt dessen mit seiner Befragung fort.

»Ist das die Stelle, wo du dachtest, jemanden gesehen zu haben?« Er zeigte auf die Büsche.

Darina rieb sich die Oberarme, um sie gegen die Kälte des Wintertages zu schützen, und er wünschte, er hätte darauf bestanden, daß sie einen Mantel anzog, bevor sie die Wärme des Hotels verlassen hatten. Sie nickte. »Ja, ungefähr da, wo das Buschwerk so dicht ist.«

Er machte sich eine Notiz und stellte fest, daß sich die Stelle näher am Hotel als am Nebengebäude befand.

Als sie ihren Weg über den Hof fortsetzten, begegneten sie einem empört dreinschauenden George Prendergast, der in Begleitung eines Polizisten auf sie zukam.

»Miss Lisle«, rief er, sobald er sie sah. »Das ist ein Skandal, man hat mich aus meinem Zimmer vertrieben, und ich will jetzt wissen, wie lange das dauern soll!«

Darina sah fragend zu William.

»Das kann ich nicht genau sagen«, antwortete er. »Wir haben hier die Ermittlungen in einem Mordfall durchzuführen.«

»Und das ist noch so eine schändliche Sache: Sie sagen, daß sie eine Aussage von mir wollen. Als ob ich auch nur das geringste mit Mrs. Masons Tod zu tun haben könnte!« Er schwoll an vor Zorn und Selbstgerechtigkeit.

»Das ist eine reine Formalität, Mr. Prendergast«, bemerkte Darina. »Und wir haben für Sie ein Zimmer im Hotel hergerichtet, da wir im Moment nicht mehr so viele Gäste haben.«

»Und wenn sich diese Sache herumspricht, werden Sie wohl auch so bald keine Gäste mehr bekommen«, meinte er gehässig, während er sich abwandte und weiterging.

»Ich fürchte, damit hat er recht«, bemerkte Darina traurig. »Ein Mord ist nicht gerade gut fürs Geschäft.«

Sie gingen an dem Polizisten vorbei, der den Eingang des Nebengebäudes für alle Unbefugten sperrte, und Darina ging voran zu ihrem Zimmer.

»Wie du siehst, ist es eine ziemlich spartanische Unterkunft. Da ist das Bad, es ist so klein, daß man sich kaum darin umdrehen kann. Aber ich verzichte gern auf eine Badewanne, weil das Wasser hier sowieso immer nur lauwarm ist.«

William betrat den winzigen, schachtelförmigen Raum, in dem man es irgendwie geschafft hatte, eine Dusche mit Plastikvorhang, eine Toilette und ein Waschbecken unterzubringen. Er klopfte an die Wand zum angrenzenden Zimmer, und sie kam ihm einigermaßen stabil vor. Dann kam er wieder heraus und klopfte an die Wand zu dem Raum, der auf der anderen Seite lag. Diese schien merklich dünner zu sein.

»Gut, jetzt laß uns in Alex' Zimmer gehen.«

Es war sauber und ordentlich aufgeräumt, bis auf das Bett, das ebenso wie Darinas ungemacht war. Dawn, das Zimmermädchen, mußte in Ullas Wohnung mit der Arbeit begonnen haben. William betrachtete die leicht eingedrückte Bettwäsche. »Die Leute von der Spurensicherung werden das hier alles untersuchen, aber wenn in diesem Bett eine heiße Liebesnacht stattgefunden haben soll, gebe ich meine Dienstmarke zurück.«

Darina schwieg.

Alex' Duschbad war identisch mit dem angrenzenden, die beiden Toiletten waren mit dem Rücken zueinander installiert. Darüber befand sich jeweils ein Gitter, hinter dem zweifellos der Lüftungsschacht lag.

»Bitte geh doch noch mal in deine Dusche und sag mir, ob du mich hören kannst«, bat William.

Er stellte sich in Alex' Schlafzimmer und erwog kurz, ob er den Versuch machen sollte, die Geräusche eines Liebesakts zu imitieren, beschloß dann aber, mit der Poesie vorliebzunehmen und rezitierte laut und lebhaft eines seiner Lieblingsgedichte von Yeats. Anschließend schlug er mit der Faust gegen die Wand von Darinas Bad, woraufhin er ein paar dumpfe Schläge als Antwort erhielt. Dann ging er wieder in Darinas Zimmer.

»Ich habe kaum etwas gehört«, sagte sie. »Bloß so eine Art

leises Gemurmel. Natürlich waren die Geräusche letzte Nacht anders, aber vor allem waren sie viel deutlicher.«

William betrat noch einmal ihr Bad. Als er die Duschkabine untersuchte, beiläufig registrierend, daß sich der Plastikvorhang von den Haken löste, hörte er, wie eine Tür geöffnet wurde, und Grants Stimme sagte: »Wir brauchen auch die Fingerabdrücke im Bad und dann die übliche Durchsuchung. Abgesehen von dieser alten Flasche Aftershave sieht es nicht so aus, als wäre es regelmäßig von einem Mann benutzt worden, aber schließlich gibt es auch welche, die ihr eigenes Rasierzeug mitbringen.«

Es gab eine kurze Pause, dann folgte, weniger deutlich, aber immer noch gut hörbar, eine andere Stimme: »Wir sind jetzt mit den Aufnahmen von der Leiche fertig, Sir.«

»Gut«, das war wieder Grant. »Ist der Pathologe schon eingetroffen?« Es gab ein klickendes Geräusch, wie von einer sich schließenden Tür, und dann hörten sie nichts mehr.

»Ulla muß ihre Badezimmertür offen gelassen haben«, sagte Darina.

»Vielleicht als indirekte Beleuchtungsquelle«, ergänzte er und versuchte, die aufsteigende Erinnerung an ein Hotelzimmer im Lake District zu verdrängen.

Einen Augenblick später sagte Darina: »Natürlich, vielleicht war es gar nicht Alex, den ich gehört habe.« William ließ das unkommentiert.

Sie überlegte wieder eine Weile und fragte dann: »Weißt du, wann sie gestorben ist?«

Er wiederholte die Vermutung des Polizeiarztes und fragte seinerseits, wann genau sie die Geräusche gehört habe.

»Wie gesagt, Max und ich sind ungefähr um zwei Uhr hergekommen. Ich habe dann noch etwas aufgeschrieben, bevor ich ins Bad ging. Mir ist nämlich eingefallen, daß man mit diesem Hotel eine Marktlücke füllen könnte, indem man Ferien für Familien mit kleinen Kindern anbietet. Wußtest du, daß die von vielen Hotels gar nicht aufgenommen werden? Tony Mason zum Beispiel meinte, Kinder würden nur die anderen Gäste stören. Aber während unseres Weihnachtsfestes ist mir aufgefallen, daß etwas fehlt ohne Kinder, die aufgeregt ihre Geschenke vom Weihnachtsmann auspacken. Nicht jeder will darauf verzichten. Wir könnten also einen Raum als Spielzimmer einrichten und jemanden für die Betreuung der Kinder engagieren, damit sich ihre Eltern in aller Ruhe erholen können. Und dann könnten wir auch spezielle Kindermenüs anbieten.« Darina blinzelte unruhig. »Es ist so schwer zu begreifen, daß es jetzt nicht mehr möglich sein soll, all das mit Ulla zu besprechen. Jedenfalls war das die Idee, die ich hatte – und dann habe ich noch einige andere Sachen aufgeschrieben, um sie nicht wieder zu vergessen, zur Organisation und zum Essen, und außerdem hat es mir geholfen, mich ein wenig zu entspannen. Ich nehme an, es muß so zwanzig nach zwei oder halb drei gewesen sein, als ich mich auszog und ins Bad ging, aber ich kann es nicht mit Sicherheit sagen. Vielleicht war es etwas früher, vielleicht ein wenig später.«

Sie setzte sich auf das ungemachte Bett und sah aus dem Fenster. »Wenn Max und ich wirklich jemanden in den Büschen gesehen haben – könnte dieser Jemand auf dem Weg zu Ulla gewesen sein?«

»Glaubst du denn, der Mann hätte genug Zeit gehabt, nach oben zu laufen, Ulla zu begrüßen, mit ihr ins Bett zu gehen und, verzeih den Ausdruck, alles in die richtige Position zu bringen – und all das, bevor du ins Bad gegangen bist?«

Darina blickte zweifelnd drein. Dann sagte sie: »Wenn sie eine Verabredung hatten, hätte sie gleich bereit sein können ... Wie wär's mit Adam Tennant?«

»Hast du gesehen, wann er gegangen ist?«

»Ich habe ihn gegen ein Uhr zur Tür gebracht und ihm gesagt, es wäre Zeit für ihn, in sein eigenes Hotel zurückzukehren. Ich dachte, er würde bleiben wollen, um darauf zu warten, daß Ulla wieder auftauchte, aber er ist widerspruchslos gegangen. Ob er wohl auf die verabredete Zeit für ein Rendezvous gewartet hat? Aber das war eine Stunde, bevor Max und ich über den Hof gegangen sind.«

»Dacht' ich mir's doch, daß ich deine Stimme gehört habe, Bill.« Grant stand in der Tür zu Darinas Zimmer. »Ich habe Neuigkeiten für dich. Gerade hat mich der Einsatzleiter angerufen, um mir mitzuteilen, daß dein Hauptverdächtiger im Mordfall Sharon Fry gegen drei Uhr morgens auf der Strecke zwischen hier und dem Manor Park von einer Polizeistreife angehalten wurde und einen Alkoholtest machen mußte. Ich denke, wir sollten hinüberfahren und ihn vernehmen, meinst du nicht?«

Detective Constable Pat James nahm mit aller Sorgfalt die Aussagen der verbliebenen vier Hotelgäste auf, aber es erwies sich, daß sie keine brauchbaren Informationen mitzuteilen hatten.
Sie nahm eine vorläufige Aussage des Zimmermädchens zu Protokoll, das die Leiche gefunden hatte, wobei sie Dawns holprige Erzählung in Sätze faßte, die einen einigermaßen logischen Zusammenhang ergaben. Grant und William würden sie später noch einmal bezüglich der Einzelheiten befragen.

Sie ließ sich auch die Aussagen der anderen Zimmermädchen geben, die im Hotel arbeiteten – sie waren ebenso knapp und unergiebig.

Als sie auf der Suche nach der nächsten Person auf ihrer Liste durch das Hotel ging, fiel ihr Blick zufällig durch eines der Fenster, und sie sah William und Darina Lisle, die auf das Nebengebäude zugingen. Sie beobachtete, wie sie bei den Büschen stehenblieben und dort etwas zu suchen schienen. Pats Blick blieb an ihrem Kollegen haften, der mit dem Rücken zu ihr stand, und sie bemerkte an seiner Haltung, wie sehr er darum bemüht war, die junge Frau an seiner Seite nicht zu berühren. Die kleine Illusion, der sie sich während der letzten Tage hingegeben hatte, begann zu verblassen.

Eigentlich wußte sie bereits seit dem gestrigen Abend, daß es hoffnungslos war. Sie war auch nicht besonders stolz darauf, wie sie sich verhalten hatte, aber offenbar war sie unfähig gewesen, sich zu bremsen.

Sobald man ihr Max vorgestellt hatte, war ihr klar, daß man sie als seine Partnerin auserkoren hatte. Er war ihr nicht unsympathisch, eigentlich hatte sie ihn sogar schon beim ersten Mal, als sie ihn in diesem Pub gesehen hatte, recht interessant gefunden. Seine Augen waren blau und aufrichtig, und sein Gesicht war offen wie bei diesen ehrlichen und anständigen Helden, die man manchmal in alten Filmen sah. Alles in allem war er wirklich attraktiv – und im Gegensatz zu seinem Bruder fehlte ihm jeglicher Zynismus. Aber sie kannte solche jungen Männer, die behütet aufgewachsen waren und nun keine Ahnung hatten, wie das Leben der restlichen fünfundneunzig Prozent der Bevölkerung aussah. Und meistens bildeten sie sich aus irgendeinem Grunde dann noch ein, ein besonders schweres Schicksal zu haben, anstatt zu begreifen, wie privilegiert sie tatsächlich waren.

Außerdem schien Max auch nicht im geringsten an ihr interessiert zu sein, und nur seine guten Manieren hatten ihn veranlaßt, überhaupt ein paar Worte mit ihr zu wechseln. Trotzdem hätte sie den kurzen Tanz mit ihm genießen können, wenn nicht ihre ganze Aufmerksamkeit ihrem Kollegen und seiner hochgewachsenen Partnerin gegolten hätte. Nein, sie hatte sich nicht gerade vorbildlich benommen – allerdings auch nicht annähernd so schamlos wie diese hübsche skandinavische Frau, die später tot in ihrem Schlafzimmer aufgefunden wurde. Im Vergleich dazu konnte man an ihrem Verhalten ja wohl kaum Anstoß nehmen. Aber warum hatte William ihr nicht erklärt, warum er sie eingeladen hatte? Statt dessen hatte er sie ein paar Stunden lang glauben lassen, daß ... Sie wandte sich vom Fenster ab, ging zurück nach unten und fand den Weg in die Küche.

Eine kleine, kräftige Frau in blaukarierten Hosen und einer weißen Jacke, deren Haare unter einem weißen, leinenen Kopftuch verborgen waren, stand an einer der Arbeitsflächen und schnitt Gemüse. Sie grüßte die Polizistin freundlich und bot ihr Tee und Kaffee an. Während sie den Kaffee zubereitete, erfuhr Pat, daß es sich bei der jungen Frau um die Köchin, Sally Griffiths, handelte, und daß ihr Zimmer ebenfalls im Nebengebäude lag. Aber sie war am Abend gegen elf Uhr völlig erschöpft zu Bett gegangen, war sofort eingeschlafen und erst am nächsten Morgen wieder aufgewacht. Auch auf ihrem Weg ins Hotel hatte sie nichts Ungewöhnliches bemerkt, und sie hatte gerade in der Küche mit der Arbeit begonnen, als Dawn völlig aufgelöst ins Hotel gerannt kam.

Sally Griffiths war bestürzt, aber nicht sehr erschüttert. »Ich habe Ulla nicht besonders gut gekannt, es war Darina, die mich herkommen ließ, um hier zu arbeiten. Jetzt frage ich mich natürlich, was daraus wird. Dieses Hotel scheint seinen Köchen nicht gerade Glück zu bringen. Übrigens, der Koch, den sie vor mir hatten, ist gestern abend hier gewesen.«

Pat James sah verblüfft auf. »Sie meinen Ken Farthing?«

»Ist das sein Name? Einer, der aussieht, als wäre er mit dem Gesicht gegen eine Betonwand gelaufen? Jedenfalls hat er mir erzählt, daß er die letzte Zeit in London verbracht habe, aber es habe ihm dort nicht gefallen.«

»Wieso, was ist passiert?« Pat James bemühte sich angestrengt, ihre Aufregung zu verbergen. Das war der Mann, der auch im Manor Park gearbeitet und eine kurze Affäre mit Sharon gehabt hatte!

Shirley hatte Pat und William davon erzählt: »Sie kannte ihn von früher, weil sie aus dem gleichen Dorf kamen. Er hat ihr gottweißwas erzählt – was für ein berühmter Koch er bald wäre, und daß er seine eigene Fernsehsendung bekäme. Bei seinem Aussehen wäre mir ja alles vergangen, aber Sharon fand ihn toll und hat schon davon geträumt, mit ihm zusammen ein Gourmetrestaurant zu führen. Das war allerdings, bevor sie herausfand, daß er es wahrscheinlich nie zu etwas Besserem als einem schmuddeligen Imbiß bringen würde;

und kaum war er gefeuert, hat sie ihn fallenlassen wie eine heiße Kartoffel und wollte nichts mehr mit ihm zu tun haben.«

William hatte sie gefragt, ob Ken Sharon daraufhin bedroht hätte.

Shirley schaute zweifelnd. »Er ist einmal abends vorbeigekommen und wollte Sharon allein sprechen. Es folgte eine ziemliche Brüllerei, aber sie ist ganz ruhig geblieben und meinte hinterher bloß, das sei nun mal seine Art, und sie habe ihm klargemacht, daß es zwischen ihnen endgültig vorbei sei.«

Soweit Shirley wußte, hatte er Sharon seither nicht wieder belästigt.

Nun wollte Pat von Sally Griffiths wissen, was am Abend zuvor geschehen war.

Ken Farthing war zur Hintertür hereingekommen. Als Angela, die kleine Kellnerin, mit einem Tablett in die Küche kam, hatte er kurz mit ihr gesprochen. Danach hatte er Sally gefragt, ob sie für ihn Arbeit in der Küche habe.

»Er tat mir irgendwie leid, er sah so niedergeschlagen aus. Aber abgesehen von der Tatsache, daß wir eigentlich niemanden brauchten, hat er auch noch seine kleinen Schiebereien hier abgezogen.«

»Welche Schiebereien?«

»Ich habe Ulla und Darina gleich gesagt, ich hätte den Eindruck, daß er weniger Fleisch erhalten habe, als er bestellt hatte und sich dann den Differenzbetrag mit dem Lieferanten geteilt. Als ich neulich dort anrief, um die Weihnachtsbestellung aufzugeben, haben sie mir tatsächlich das gleiche angeboten, und zwar auf eine ganz indirekte Art – wenn ich nicht gewußt hätte, um was es ging, wäre es mir gar nicht aufgefallen. Ich habe ihnen also gesagt, daß ich da nicht mitspielen würde, und habe es sofort Ulla erzählt; das sind so die Sachen, auf die man aufpassen muß, sonst kann man eine ganze Menge Geld verlieren.«

»Jedenfalls, gerade, als ich ihm sagte, daß seine Jobsuche bei uns aussichtslos sei, kam Ulla in die Küche, die, kaum daß sie ihn sah, explodierte und ihn anschrie, daß sie, wenn er sich noch einmal hier blicken ließe, sofort die Polizei rufen würde. Da wurde er ganz blaß und hat ein Gesicht gemacht, gegen das sein vorheriges geradezu attraktiv war. Aber anscheinend hat Ullas Wutanfall seinen Zweck erreicht, denn er ist, ohne ein weiteres Wort zu verlieren, gegangen.«

»Wissen Sie, wohin?«

»Keine Ahnung. Fragen Sie Angela, sie schien recht gut mit ihm befreundet zu sein.«

Die Serviererin hatte ihren freien Tag. Anscheinend erwarteten sie im Hotelrestaurant keine Gäste zum Mittagessen, und alles, was Sally zu kochen hatte, war das Essen für die Angestellten und den Dauergast.

Dabei fiel Pat ein, daß sie noch keine Aussage von George Prendergast aufgenommen hatte. Er war aus seinem Zimmer im Nebengebäude ausquartiert worden und hatte sich nun mit einem Stapel maschinengeschriebener Manuskriptseiten in der Bibliothek niedergelassen, wo Pat ihn über seine Arbeit gebeugt antraf. Er war auf eine salbungsvolle Art kooperativ und versicherte, daß er sich glücklich schätze, der Polizei bei ihren Ermittlungen behilflich sein zu können. Schließlich kenne er sich in behördlichen Angelegenheiten gut aus – wisse der Constable eigentlich, daß er zu seiner Zeit ein namhafter Regierungsbeamter gewesen sei? Nein? Aber vielleicht würde es sie interessieren, sich einmal von seinen Erlebnissen erzählen zu lassen?

Behutsam steuerte ihn Pat zu der Frage nach seinen Erlebnissen in der vergangenen Nacht.

»Lassen Sie mich nachdenken«, sagte er, faltete seine kleinen weißen Hände über seinem gewölbten Bauch und lehnte sich im Stuhl zurück. »Ich glaube, ich bin gegen Mitternacht zu Bett gegangen. War das nicht ein wunderbarer Abend? Ich habe dieses Weihnachtsfest so genossen! Letztes Jahr haben die Masons ja kein großes Fest veranstaltet, da waren sie noch mitten in den Renovierungsarbeiten. Sie wissen ja gar nicht, wie sehr sie dieses Haus verändert haben!

Es war vorher so gewöhnlich, allerdings auch gemütlich, und ich fand es noch aus einer Reihe von anderen Gründen recht angenehm. Seither sind die Preise hier ziemlich in die Höhe gegangen, aber ich finde, die zusätzlichen Ausgaben lohnen sich.«

Pat brachte ihn zum gestrigen Abend zurück, indem sie ihn fragte, ob er etwas gehört habe, nachdem er zu Bett gegangen sei.

George Prendergast behauptete, den Schlaf der Gerechten geschlafen zu haben. »Wie ein Baby, falls Babys gerecht sind. Wann beginnen wir eigentlich, Sünden auf uns zu laden? Man sollte ja meinen, ich hätte inzwischen genug davon begangen, um mir den Schlaf überhaupt unmöglich zu machen«, er kicherte anzüglich, »aber ich habe trotzdem tief und fest geschlafen. Um sieben Uhr, zu meiner üblichen Zeit, bin ich aufgewacht. Ich pflege mir dann gleich eine Tasse Tee zu machen, deshalb habe ich einen elektrischen Wasserkessel und eine Schachtel mit Lapsang Souchong Teebeuteln auf meinem Zimmer. Es geht doch nichts über diesen herb-aromatischen Geschmack, um den Tag zu beginnen. Allerdings muß man mit den Teebeuteln etwas großzügiger sein. Ich verwende zwei für eine große Tasse und lasse den Tee fünf Minuten ziehen, bevor ich die Milch dazugebe. Die nehme ich mir jeden Abend aus der Küche mit und bewahre sie in einer kleinen Thermoskanne auf. Tja, man lernt solche kleinen Tricks, die einen so großen Unterschied für den eigenen Komfort machen. Obwohl ich schon sagen muß, daß ich in vielerlei Hinsicht die Dienstwohnung vermisse, die ich bewohnte, wenn ich in der Stadt war.«

»In welcher Stadt?« fragte Pat.

Er war schockiert über ihre Frage. »London natürlich, meine Liebe.«

Natürlich. Wo sonst? Und doch mußte es ja wohl auch Regierungsbeamte geben, die in Bristol, Bath, Exeter und sogar in Manchester oder Edinburgh tätig waren. Warum meinten diese Leute immer nur London, wenn sie von ›der

Stadt‹ sprachen? Und warum kam sich Pat dabei so provinziell vor?

»Sind Sie immer noch oft in London?«

»Nein, nicht oft. Aber ab und zu treffe ich mich mit meinen alten Kameraden im Club, oder ich besuche ein Musical und mache ein paar Einkäufe.«

»Wann sind Sie das letzte Mal dort gewesen?«

»Das letzte Mal? Ich glaube, das war drei Wochen vor Weihnachten. Ja, ungefähr um diese Zeit.«

Das war alles, was Pat von George Prendergast erfuhr. Der Mord mußte stattgefunden haben, ohne daß er in irgendeiner Weise sein Bewußtsein berührt hatte.

Am Nachmittag kehrten Grant und William von Adam Tennants Vernehmung zurück.

»Er behauptet«, begann William, Pat zu berichten, als sie sich mit einem Teetablett im Salon des Hotels niedergelassen hatten, »in seinem Auto ein Nickerchen gemacht zu haben, weil er hoffte, er würde dadurch wieder etwas nüchterner werden. Nach ungefähr einer Stunde, sagt er, sei er aufgewacht und habe pinkeln müssen, also sei er ausgestiegen und habe sich an einen Busch gestellt. Dann habe er gehört, wie jemand aus der Hintertür des Hotels kam – wir nehmen an, das waren Darina und Max –, und sich tiefer in die Büsche geschlagen. Nachdem er sich erleichtert habe, sei er zurück in sein Auto gestiegen, habe dort noch ein bißchen gedöst und sich dann auf den Heimweg gemacht, wo er das Pech hatte, Sergeant Pocock über den Weg zu fahren, der ihn wegen Trunkenheit am Steuer anhielt. Pocock hat mir erzählt, Tennant sei mehr auf dem Grasstreifen als auf der Straße gefahren – und das auch noch im Zickzackkurs. Der Alkoholtest war jedenfalls reine Formalität. Wir haben einen Fußabdruck unter den Büschen gefunden, der zu einem seiner Schuhe paßt, aber ansonsten gibt es nichts, was seine Geschichte bestätigen könnte.«

»Also«, warf Grant ein, »jetzt ist er in zwei Mordfälle verwickelt, und das kann ja wohl kein Zufall mehr sein. Aber selbst, als wir ihm sagten, die Resultate der gentechnischen Untersuchung hätten zweifelsfrei ergeben, daß er der Vater von Sharons Kind sei und daß er in der Nacht, als sie starb, Geschlechtsverkehr mit ihr hatte, ist er bei seiner Geschichte geblieben. Nur daß er dann meinte, er hätte vergessen, daß sie miteinander geschlafen haben, bevor sie ins Pub gefahren sind. Als ob man sowas vergessen könnte!«

»Können wir den Fall auf Indizienbeweisen aufbauen?« fragte Pat.

»Schwierig«, antwortete Grant.

»Und sind beide Verbrechen von der gleichen Person verübt worden?« fragte sie weiter.

»Der Pathologe glaubt, ja. Nach seiner vorläufigen Untersuchung hält er die Art der Verletzungen für identisch. Es wäre allerdings interessant zu wissen, ob die DNS-Analyse zum gleichen Resultat kommt. Wenn sich die Jungs vom Labor nur ein wenig beeilen würden! So wie es aussieht, müssen wir noch mindestens drei Wochen auf die Ergebnisse warten.«

»Wäre es vielleicht möglich, daß es sich um einen Fall von Nachahmungstäter handelt?« meinte William.

»Möglich schon«, antwortete Grant, »aber ich halte es nicht für sehr wahrscheinlich. Der Mord weist nicht genug charakteristische Merkmale auf.«

Pat kritzelte Figuren in ihr Notizbuch. »Und was glauben Sie, ist das Motiv für diesen zweiten Mord?«

»Bill, was denkst du?«

»Vielleicht wollte sie jemand aus dem Weg haben.«

»Du meinst, wegen des Hotels?«

»Könnte sein. Aber irgendwie habe ich den Eindruck, daß mehr dahintersteckt. Vielleicht hat sie jemanden so lange gereizt, bis er die Kontrolle verloren hat. Dasselbe könnte auch mit Sharon passiert sein. Möglicherweise war keiner der beiden Frauen bewußt, mit wem sie es zu tun hatte.«

»Du meinst, ein Perverser?« fragte Grant skeptisch.

»Beide Morde scheinen nicht von langer Hand geplant worden zu sein. Vielmehr weist alles auf einen spontanen

Gewaltakt hin, vielleicht nach einer intensiven sexuellen Handlung.«

»Es ist wohl noch zu früh, um etwas über diesen Mord zu sagen, aber der Mörder von Sharon Fry, wer immer es war, hat verdammtes Glück gehabt, daß er keinerlei Spuren hinterließ, die uns auf seine Fährte hätten bringen können«, klagte der Inspektor. »Hoffentlich kriegen wir wenigstens ein paar brauchbare Hinweise von den Fingerabdrücken in Ulla Masons Wohnung.«

»Das Auto von Alex Mason, der Volvo, der in der Garage gestanden hat, könnte uns vielleicht im Fall Sharon Fry weiterhelfen«, sagte William bedächtig.

»Klingt eigentlich unwahrscheinlich, aber mittlerweile scheinen mir die Verbindungen zwischen diesem Hotel und dem ersten Mord über einen Zufall hinauszugehen«, brummte Grant.

Pat fügte noch ein paar Schnörkel an ihre Kritzelei, während sie scharf nachdachte. »Meinen Sie, das Auftauchen von Ken Farthing könnte von Bedeutung sein?«

»Bis jetzt haben wir nichts, um ihn mit dem Mord an Sharon Fry in Verbindung zu bringen. Jedenfalls war er bestimmt nicht der Autofahrer, der sie bei Bruton auf der Straße getroffen hat. Auf der anderen Seite wäre es natürlich möglich, daß dieser Mann sie wohlbehalten nach Hause gebracht hat, und Farthing ist dann später noch zu ihr gekommen.«

»Ebenso möglich wie bei Adam Tennant«, sagte William.

Grant öffnete den Mund, um etwas zu erwidern, aber in diesem Moment klopfte ein Polizist an die Tür und meldete, daß Alex und Max von ihrem Spaziergang zurück seien.

Alex wußte, daß alles zu Ende war, als er die Streifenwagen vor dem Hotel Morgan sah.

Er und Max hatten einen schönen Spaziergang am Fluß entlang gemacht. Die Sonne hatte geschienen, und die Luft war frisch und klar gewesen. Sie hatten ein gutes Gespräch gehabt, und Alex freundete sich mit dem Gedanken an, daß die Armee vielleicht doch das richtige für seinen Bruder wäre. Er brauchte einen festen Platz und feste Regeln, nach denen er leben konnte, und das Militär würde ihm genau das geben. Außerdem hätte er viele Möglichkeiten, Sport zu treiben und zu reisen. Und er würde junge Männer kennenlernen, die so waren wie er; das würde ihm helfen, Freunde zu finden. Alex selbst konnte sich ja kaum ein langweiligeres Leben vorstellen, aber schließlich war Max ganz anders als er.

Ein uniformierter Polizist führte sie in den Salon, wo William und die hübsche Polizistin mit einem älteren Mann saßen, der sich als Inspektor Grant vorstellte und die beiden Brüder voller Verblüffung anstarrte. Dann wandte er sich an den Sergeant und zischte: »Warum, zum Teufel, haben Sie oder Pat mir nicht gesagt, daß es hier zwei Männer gibt, die so aussehen wie der auf unserem Phantombild?«

»Tut mir leid, Sir, ich wollte es gerade erwähnen, als der Anruf mit der Meldung des Mordes ankam, und seither hatte ich keine Gelegenheit mehr dazu. Und Pat war gestern abend Max' Tanzpartnerin, deshalb ist er ihr sicher zuerst eingefallen.«

»Man kann ja nicht gerade sagen, daß sie sich zum Verwechseln ähnlich sehen, aber doch ähnlich genug, um uns Probleme zu machen.«

»Das dachte ich mir auch.«

Es ergab keinen Sinn für Alex, aber dann bat der Inspektor ihn und Max, Platz zu nehmen, und teilte ihnen die Nachricht vom Mord an Ulla mit.

Alex war sich nicht bewußt, wie er selbst reagierte – alles, was er bemerkte, war Max, der aufsprang und kreidebleich geworden war.

»Ulla?« schrie er. »Nein, nicht Ulla! Das ist nicht wahr!« Das Schweigen der anderen mußte eine Art Bestätigung für ihn sein, denn nun erschütterte ein heftiges Schluchzen seinen ganzen Körper.

Alex legte ihm eine Hand auf die Schulter und drückte ihn in einen Sessel. Max verbarg sein Gesicht in den Händen und murmelte Unverständliches. Dann trat die Polizistin an ihn heran und reichte ihm eine Tasse heißen Tee. Alex dachte, wie fatal das Ganze für Max sein mußte. Ulla hätte..., er verdrängte den Gedanken daran, was Ulla hätte sein können, aber sie hatte Licht und Wärme in das Leben seines jüngeren Bruders gebracht. Wo sollte er jetzt eine neue Ersatzmutter finden?

Der Inspektor wartete, bis das Schluchzen nachgelassen hatte, und sagte dann: »Ich muß Sie beide bitten, mit zum Revier zu kommen und sich zu einer Gegenüberstellung zur Verfügung zu stellen. Außerdem haben wir einige Fragen an Sie.«

Der erste Teil dieser Ankündigung war ein Schock für Alex, denn eine Gegenüberstellung konnte nur bedeuten, daß es einen Zeugen gab. Aber einen Zeugen für was? Er dachte rasch nach. Wäre es ratsam, zumindest teilweise die Wahrheit zu sagen?

»Und dann brauchen wir noch gewisse Proben für eine DNS-Analyse von Ihnen.«

»Können wir die verweigern?« fragte Alex vorsichtig.

»Ja, das können Sie«, antwortete William und beugte sich in seinem Sessel vor. »Das würde bedeuten, daß wir uns eine Verfügung vom Polizeichef besorgen müßten, was das Ganze nur verzögern würde. Oder wir können Ihnen sagen, daß wir die Absicht haben, eine Haarprobe zu nehmen. Eine wie diese ...« Seine Hand schoß plötzlich nach vorn und riß mit einem schnellen und erstaunlich schmerzhaften Ruck ein paar Haare von Alex' Kopf.

»Es tut mir leid«, sagte William trocken, während er die Haare mit Wurzeln sorgfältig in einem kleinen Plastikbeutel verstaute, »aber wir können uns eine solche Verzögerung einfach nicht leisten.« Dann wandte er sich an Max. »Werden Sie sich weigern?« Der junge Mann schüttelte den Kopf. Er sah vollkommen durcheinander aus.

»Max«, rief Alex, und sein Bruder drehte sich zu ihm um und sah ihn mit diesen strahlend blauen Augen an, die so sehr seinen eigenen glichen. »Bevor sie anfangen, uns zu verhören, müssen sie uns unsere Rechte vorlesen. Und die beinhalten auch, daß wir nicht verpflichtet sind, auszusagen. Du mußt also nichts sagen, wenn du nicht willst. Und außerdem können wir einen Rechtsanwalt hinzuziehen.«

Die blauen, weit aufgerissenen Augen starrten ihn verwirrt an. »Aber ich habe doch nichts zu verbergen.«

»Dann haben Sie auch nichts zu befürchten«, sagte Grant munter.

Auf dem Revier wurden ihnen die Fingerabdrücke abgenommen, sie wurden photographiert und voneinander getrennt. Dann, nach einer scheinbar endlos langen Zeit des Wartens, brachte man sie wieder zusammen, aber nur, um sie sich in eine Reihe mit vierzehn anderen jungen Männern stellen zu lassen, alle ungefähr einen Meter achtzig groß, blond und sportlich gekleidet, die meisten in Jeans und

Anorak. Man gab Alex und Max die Gelegenheit, gegen die Auswahl der jungen Männer Einspruch zu erheben, aber Alex fiel kein triftiger Grund dafür ein – und Max, wie es schien, ebenfalls nicht. Dann erlaubte man ihnen, sich auszusuchen, wo sie sich hinstellen wollten. Alex wählte eine Position an dritter Stelle, zwischen einem Burschen, der das gleiche Paar Jeans trug wie er selbst, und einem, dessen blondes Haar mehr oder weniger die gleiche Länge hatte wie seines. Er beobachtete, wie Max einen Platz am anderen Ende der Reihe fand.

Ein älterer Polizeibeamter, den Alex nicht kannte, führte einen kleinen stämmigen Mann herein und verlas eine Stelle aus dessen Aussage. Daraus ging hervor, daß dieser Mann in der Nacht, in der Sharon Fry ermordet wurde, jemanden, dessen Beschreibung sowohl auf Alex als auch auf Max paßte, gesehen hatte, der das Mädchen ungefähr um halb elf westlich von Bruton auf der Straße getroffen und in seinem Auto mitgenommen hatte. Alex atmete tief und langsam durch.

Anschließend ging der Mann die Reihe entlang und sah sich jedes Gesicht ganz genau an. Vor Alex blieb er kurz stehen, dann ging er weiter. Als er bei Max ankam, blickte er leicht amüsiert zu dessen Halbbruder zurück und ging dann weiter. Als er das Ende der Reihe erreicht hatte, machte er kehrt und wiederholte seine Überprüfung in umgekehrter Richtung. Diesmal blieb er vor einem jungen Mann mit glatten blonden Haaren, die ihm in die Stirn fielen, stehen. Dann kehrte er zu seinem Ausgangspunkt zurück und sah sich von dort alle der Reihe nach noch einmal an, wobei er seinen Blick zuerst auf Alex, dann auf Max und dann auf dem anderen jungen Mann, vor dem er stehengeblieben war, ruhen ließ. Schließlich drehte er sich zu dem Polizisten um und schüttelte leicht den Kopf. Sein Gesicht sagte alles: Er war sich nicht sicher.

Die Teilnehmer der Gegenüberstellung wurden entlassen, und wieder trennte man die Brüder voneinander. Alex konnte nur vermuten, daß man zuerst Max verhörte, während er selbst in cinen kleinen, nur mit einem Stuhl und einem Tisch möblierten Raum geführt wurde, in dem er einem Wachtmeister und seinen eigenen Gedanken überlassen blieb.

Stunden später, so schien es ihm jedenfalls, wurde er in einen anderen Raum gebracht. Er bemerkte das dunkle Licht und Schall schluckende Material, mit dem die Wände wie in einem Studio ausgekleidet waren, und hörte aufmerksam zu, während ihm die Prozedur der Aufnahme des Verhörs von Grant erklärt wurde, der zwei Kassetten aus einer neuen Packung nahm und sie in einen Recorder mit Doppelspeicher einlegte. Nach der Vernehmung, so wurde ihm gesagt, würde man das eine als Arbeitsband verwenden und das andere, das als Nachweis der Echtheit des ersten diene, in seiner Anwesenheit versiegeln und anschließend sicher aufbewahren. Als die Vernehmung begann, eingeleitet durch Angabe des Datums, der Uhrzeit und der Teilnehmer, beobachtete Alex, wie sich die kleinen Spulen des Aufnahmegerätes drehten. Er hatte überlegt, ob er einen Rechtsanwalt verlangen sollte, aber der einzige, den er kannte, war der renommierte Anwalt seines Vaters in London, und Alex konnte sich nicht vorstellen, daß der, zweifellos noch in schlechter Laune von den ausgiebigen Weihnachtsfeiern, begeistert zusagen würde, die weite Strecke zu fahren, um einen jungen Mann, der keinen Pfennig Geld besaß, über seine Rechte während einer polizeilichen Vernehmung aufzuklären. Schließlich war er sehr wohl imstande, selber seine Rechte wahrzunehmen – oder vielleicht nicht?

Die Gegenüberstellung hatte ihm einen Hinweis gegeben auf das, was kommen mußte, aber aus irgendeinem Grund erwartete er immer noch, daß sie ihn über Ulla und die Ereignisse der letzten Nacht vernehmen würden. Als sie begannen, ihm Fragen zu stellen bezüglich der Nacht, in der Sharon Fry ermordet wurde, wußte Alex, daß er wirklich in Schwierigkeiten war.

Sie wollten von ihm wissen, was er an diesem Abend gemacht habe.

Er nahm sich Zeit, zu überlegen, fragte noch einmal nach, um welches Datum es sich handelte, und antwortete schließlich: »Ich nehme an, daß ich gearbeitet habe.«

»Angela, die Serviererin, hat ausgesagt, es sei Ihr freier Abend gewesen.« In Williams Stimme lag ein warnender Ton.

»Dann bin ich sicher in dem einen oder anderen Pub gewesen.«

»Sie hatten keine Verabredung?«

»Möglich, ich weiß nicht mehr genau, es ist schon so lange her.«

»Nicht so lange, als daß Sie sich nicht mehr erinnern könnten, denke ich.« Grant war barsch.

Dann legten sie los. Angenommen, er hätte Sharon Fry vom Pub abgeholt, wäre mit ihr an irgendeinen ruhigen Ort gefahren und wegen der Vaterschaft des Kindes, das sie erwartete, in Streit geraten; sie wäre aus dem Auto gesprungen und weggelaufen; er wäre ihr daraufhin in seinem Wagen gefolgt, hätte sie eingeholt, und sie wäre wieder eingestiegen, um sich von ihm nach Hause bringen zu lassen. Er aber hätte an dem Rastplatz gehalten, sie hätten sich wieder gestritten, und sie hätte ihm gedroht. Dann hätte er die Kontrolle verloren, sie erwürgt und die Leiche anschließend in den Graben geworfen.

Alex leugnete alles standhaft. Aber sogar während er jede ihrer Vermutungen abstritt, erzitterte er innerlich bei dem Gedanken daran, wie gut sie die ganze Geschichte herausgearbeitet hatten. Es gab nicht viel, was die Polizei nicht wußte. Aber sie hatten keine Beweise. Das konnte nicht sein, denn sonst hätten sie ihn bereits verhaftet. Sein großes Glück war, daß der stämmige Mann nicht imstande gewesen war, den Autofahrer, den er gesehen hatte, zu identifizieren. Alex segnete die Ähnlichkeit zwischen ihm und seinem Bruder und die Anwesenheit des anderen jungen Mannes mit dem glatten blonden Haar. Nein, die Polizei konnte ihm nichts beweisen – und diese Überzeugung bestärkte ihn noch in seinem Entschluß, nichts zuzugeben.

Die Stunden vergingen, Kaffee wurde gebracht, Jacketts wurden ausgezogen, Krawatten gelockert und Fragen neu formuliert. Alex spürte, wie ihn bei der ständigen Wiederholung der vertrauten Ereignisse ein lähmendes Gefühl beschlich, aber auch das brachte ihn nicht dazu, auch nur einen einzigen ihrer Anklagepunkte zuzugeben oder ihnen ein alternatives Szenario für die Mordnacht anzubieten.

Schließlich wandten sich die Polizisten dem Mord an Ulla Mason zu.

Hier schienen sie sich auf sichererem Grund zu bewegen, denn sie hatten mehr Fakten, nach denen sie ihn befragen konnten. Sie forderten ihn auf, ihnen ganz genau zu sagen, was geschehen war, nachdem er letzte Nacht den Tisch im Speisesaal verlassen hatte. Hatte Ulla ihn gefunden? Was hatte sie gesagt? Was hatte er gesagt? Was war dann passiert?

Inzwischen war er sehr müde. Die Ereignisse der letzten vierundzwanzig Stunden waren körperlich sehr strapaziös gewesen, und nun forderte auch die geistige Anstrengung, die er seit seiner Ankunft im Kommissariat hatte aufbieten müssen, ihren Tribut. Zuerst parierte er all ihre Fragen, erzählte ihnen, Ulla habe ihm lediglich mitgeteilt, daß sie noch einmal über den Verkauf des Hotels nachdenken wolle, dann sei er ins Bett gegangen und habe bis zum nächsten Morgen durchgeschlafen.

Wieder und wieder gingen sie ihre Fragen mit ihm durch, formulierten sie anders und befaßten sich mit den Einzelheiten aus verschiedenen Blickwinkeln. Obwohl er wußte, wie wichtig es war, daß er sich genau an das erinnerte, was er vorher gesagt hatte, ertappten sie ihn mehr als einmal bei widersprüchlichen Aussagen.

Er brauste auf und beschuldigte sie, ihn absichtlich zu verwirren. Dann appellierte er an William als seinen Freund. Aber William war kein Freund mehr, er war nur noch der Polizist, der einen Mordfall aufzuklären hatte.

»Hören Sie zu, Alex«, sagte er zu ihm, als das Verhör kurz unterbrochen wurde, »wir schicken Ihre Haare zu einer gentechnischen Untersuchung ins Labor, und das Resultat wird dann mit dem DNS-Code der Spermaspuren verglichen, die man am Opfer gefunden hat. Dann werden wir ohne den geringsten Zweifel wissen, ob Sie letzte Nacht Geschlechtsverkehr mit Ulla hatten oder nicht. Ich empfehle Ihnen deshalb in Ihrem eigenen Interesse, uns jetzt die Wahrheit zu sagen.«

Alex starrte ihn an, während ihm allmählich die volle Bedeutung einer DNS-Analyse klar wurde. Welche Spuren hatten sie bei Sharon Fry gefunden? Und wie standen da die Chancen einer Entdeckung?

Vielleicht war die Zeit gekommen, um ein wenig von der Wahrheit preiszugeben.

»Na gut, ich werde Ihnen jetzt ganz genau erzählen, was passiert ist.« Er machte eine Pause, und während er sich alles rasch noch einmal durch den Kopf gehen ließ, erinnerte er sich mit absoluter Klarheit an die vergangene Nacht – doch so distanziert, als würde er alles durch das andere Ende eines Fernglases betrachten. Dann stieg das lebhafte Bild von Ulla in ihrem Chiffon-Kleid in ihm auf, und er schloß kurz die Augen. »Sie war so unglaublich aufreizend«, sagte er und sah die beiden Männer vor ihm direkt an. »Nachdem ich aus dem Speisesaal gelaufen war, hat sie mich im hinteren Flur eingeholt und sich genau vor mich gestellt. Dabei wiegte sie sich leicht in den Hüften, so daß dieses verdammte Kleid ständig verrutschte. Dann hat sie einfach die Arme nach mir ausgestreckt und mich zu sich herangezogen.« Alex schloß wieder die Augen, um den Anblick der Polizisten wegzuschieben. »Sie war wie eine von diesen dunklen Likörpralinen, bitter auf den ersten Biß, und plötzlich ist der Mund voll süßer, feuriger Flüssigkeit. Es war völlig klar, was danach kommen würde.«

Einen Moment lang war es still im Raum.

Dann fragte William: »Sie sind also in ihre Wohnung gegangen?«

Alex öffnete die Augen. »Sie können sich gar nicht vorstellen, was für eine Nacht ich mit dieser Frau hatte. Sie war überwältigend, einzigartig. Ich hatte vollkommen vergessen, daß sie Daddys Frau gewesen war.« Sein Mund verzog sich zu einer bitteren Grimasse. »Dabei wäre es wahrscheinlich besser gewesen, wenn ich mich daran erinnert hätte.«

»Sie sind nicht der erste Mann, der sich in seine Stiefmutter verliebt«, meinte Grant trocken.

»Und seit Phädra ist die Sache immer ziemlich katastrophal ausgegangen.«

»Ist das der Grund, warum Sie so lange im Ausland waren?« fragte William.

»Ja, wahrscheinlich. Wissen Sie, bis letzte Nacht habe ich ehrlich geglaubt, ich könne sie nicht ausstehen, und Daddy habe Trudys Andenken in den Schmutz gezogen, als er Ulla geheiratet hat – dabei wollte ich bloß die ganze Zeit über nicht wahrhaben, daß ich selbst Ulla begehrte!« Er verzehrte sich beinahe vor Verachtung über sich selbst.

»Ich nehme an, Sie wollen uns damit sagen, daß Sie sie nicht erwürgt haben?« Grant lehnte sich in seinem Stuhl zurück, kippte ihn nach hinten und klopfte mit einem Bleistift gegen seine Zähne. Unter den Augen der beiden Polizisten lagen tiefe Schatten, aber plötzlich war jede Müdigkeit von ihnen abgefallen – sie waren so hellwach bei der Sache wie Jagdhunde auf den Fersen eines Fuchses, dessen Geschwindigkeit und Energie erlahmte.

Alex sah auf die kleinen Spulen, die sich immer noch munter weiterdrehten. »Ja. Und das ist die Wahrheit.« Er machte eine kleine Pause, um eine gewisse Spannung aufzubauen.

»Wir müssen ungefähr zwei Stunden zusammengewesen sein. Wir schliefen miteinander, sind ein wenig eingenickt, haben uns wieder geliebt, und dann ist Ulla eingeschlafen. Aber ich mußte mal und bin auf die Toilette gegangen.«

»Und die Badezimmertür stand die ganze Zeit offen, richtig?« unterbrach William.

»Ja, woher wissen Sie das?«

»Spielt keine Rolle. Fahren Sie fort.«

»Wir haben das Licht im Badezimmer angemacht und die Tür halboffen stehen lassen, so daß wir nur ein gedämpftes Licht im Schlafzimmer hatten. Jedenfalls, als ich gepinkelt hatte, dachte ich mir, ich sollte auch duschen. Ich wollte mich frisch und sauber machen und wie ein neuer Mann zu Ulla zurückkehren. Verstehen Sie?« Er sah, daß wenigstens William verstand. »Also habe ich geduscht. Oh Gott, ich habe mich einfach großartig gefühlt, das Blut prickelte in meinen Adern, das Wasser trommelte mir auf den Rücken – und es war zur Abwechslung sogar einmal richtig heiß. Ich fühlte mich wie ein junger Gott, wie ein sagenhafter Held, der für seine Geliebte in die Schlacht zieht. Ich habe sogar gesungen, der Himmel weiß was. In der Dusche stand eine Flasche Shampoo, also habe ich mir auch die Haare gewaschen. Dann habe ich mich abgetrocknet und etwas von Daddys Aftershave benutzt, das noch im Badezimmerschrank stand. Zumindest nehme ich an, daß es das von Daddy war«, fügte er trocken hinzu. »Anschließend habe ich mich noch eingeölt, mir ein Handtuch um die Hüften gebunden und bin ins Schlafzimmer zurückgekehrt.« Einen Moment lang konnte er nicht weitersprechen.

Dann schluckte er schwer. »Als erstes ist mir aufgefallen, daß das Deckenlicht brannte. Das Zimmer war hell, viel zu hell, überhaupt kein romantisches Dämmerlicht mehr. Dann ...« Er stockte wieder.

»Dann?« wiederholte William.

Alex fuhr sich mit der Hand durchs Haar. Das war der schwierige Teil. »Dann habe ich sie dort auf dem Boden liegen sehen – tot.«

»Sie meinen ...«, sagte Grant langsam, »Sie wollen damit sagen, daß jemand hereingekommen ist und sie erwürgt hat, während Sie unter der Dusche waren?«

»Ja, so muß es gewesen sein.«

»Neben dem Bett stand doch ein Telefon, haben Sie nicht daran gedacht, einen Arzt oder die Polizei zu rufen?«

»Ach, hören Sie doch auf. Was hätten Sie denn an meiner Stelle getan? Die Frau war tot, daran gab es absolut keinen Zweifel. Und wie hätte das ausgesehen? Alle wußten doch, daß wir uns wegen des Hotels in den Haaren lagen. Also hätte jeder geglaubt, ich wäre mit ihr ins Bett gegangen, um sie zu überreden, ihre Meinung zu ändern. Und als sie sich weigerte, hätte ich sie in einem Anfall blinder Wut erdrosselt.«

Er sah, wie der Inspektor und der Sergeant einen Blick wechselten.

»Ich dachte, niemand würde darauf kommen, daß wir miteinander geschlafen haben, und wenn ich nichts sagen und nur meine Sachen nehmen und gehen würde, würde es so aussehen, als sei es der Mörder gewesen, der mit ihr ins Bett gegangen ist. Oder sonst jemand. Es war ja nicht so, daß Mangel an Kandidaten geherrscht hätte. Die meisten Männer, die gestern im Hotel waren, hätten doch sonst was drum gegeben, sich in dieses Bett legen zu können. An eine DNS-Analyse habe ich allerdings nicht gedacht.«

»Und am nächsten Morgen?« fragte William.

»Am nächsten Morgen?« Einen Augenblick lang wußte er nicht, worauf der Sergeant hinauswollte.

»Warum sind Sie mit Max am nächsten Morgen verschwunden?«

»Ich habe es nicht mehr ausgehalten zu warten, bis man ihre Leiche gefunden haben würde. Nachdem ich mein morgendliches Arbeitspensum erledigt hatte, habe ich Max deshalb vorgeschlagen, einen Spaziergang zu machen; ich glaube, ich wollte ihm den Schock ersparen. Er hätte sie möglicherweise unbedingt noch einmal sehen wollen. Ulla hat ihm so viel bedeutet.«

»Ist Ihr Bruder eigentlich diesen Monat schon einmal hier gewesen, um Sie zu besuchen?« warf Grant ein.

Alex starrte ihn nur an. War das eine neue Taktik? »Max ist seit ein paar Monaten nicht mehr hier gewesen, bis er ungefähr acht oder zehn Tage vor Weihnachten kam. Er hatte zuviel zu tun.«

»Sie haben ihn also in der Nacht, als Sharon Fry umgebracht wurde, nicht gesehen?«

»Max? Natürlich nicht. Er war in London.«

»Wissen Sie das ganz sicher?«

»Natürlich nicht. Normalerweise bemühe ich ja nicht gern die Bibel, aber in diesem Zusammenhang möchte ich schon sagen, daß ich nicht meines Bruders Hüter bin und ganz besonders nicht der meines Halbbruders.«

»Hat er Sharon Fry gekannt?«

»Woher, zum Teufel, soll ich wissen, ob er sie gekannt hat?« gab er wütend zurück.

Aber das war noch nicht das Ende. Die beiden Polizeibeamten gingen die Morde noch einmal vor- und rückwärts durch, und wie beim Stricken nahmen sie dabei den Faden auf und fügten ihn zu einem Muster, das sich mit jedem neuen Durchgang wieder veränderte.

Es wurden noch mehr Verpackungen mit Kassetten geöffnet, und bald stapelten sich die etikettierten Bänder auf dem Tisch. Alex spürte, wie er die Orientierung verlor und allmählich nicht mehr wußte, was er ihnen erzählt hatte und was nicht.

Von da an weigerte er sich, auch nur noch eine einzige Frage zu beantworten.

Und dabei blieb er.

Einen Tag, nachdem Ullas Leiche gefunden worden war, traf sich Darina mit einem Immobilienmakler, der sich auf Hotels spezialisiert hatte. Sie hatte seinen Namen in einer Fachzeitschrift für das Gastronomie- und Hotelgewerbe entdeckt, ihn angerufen und gebeten, sie so bald wie möglich aufzusuchen. Er kam am nächsten Morgen.

Es schien ihr ein vernünftiger Schritt zu sein. Alex würde das Hotel sicherlich verkaufen wollen; wenn sie seinen ungefähren Preis kennen würde, wüßte sie, ob ihr Traum, aus dem Hotel Morgan etwas zu machen, auf das sie stolz sein könnte, realisierbar wäre oder nicht.

Der Makler war ein kleiner, eine geschäftige Energie verbreitender Mann, der ihr sofort Vertrauen einflößte. Er kam gleich zur Sache und fragte sie nach dem Umsatz und den Vorausbuchungen, worauf sie ihm die Zahlen vom Vorjahr und ein paar Reservierungen für Frühjahr und Sommer zeigen konnte, hauptsächlich Wiederholungsbesuche von Gästen aus dem letzten Jahr. Er sah ihre Kalkulation durch und befaßte sich dann mit dem Umsatz des Restaurants. Anschließend zeigte sie ihm den Grundriß des Hotelgebäudes sowie Tonys Renovierungspläne. Dann führte sie ihn durchs ganze Haus, einschließlich der baufälligen elisabethanischen Halle.

Schließlich wollte er noch die Nebengebäude und das Grundstück sehen. Darina erklärte, daß sie ihm das Innere der ehemaligen Stallungen nicht zeigen könne; daraufhin sah er es sich von außen an und besichtigte dann mit ihr den Rest des Anwesens.

»Was ist mit einer Baugenehmigung?« fragte er.

»Mrs. Mason sagte mir, es wäre möglich, eine Genehmigung für einen Anbau am Hotel oder für den Umbau des Nebengebäudes zu erhalten, aber sie hatte sie noch nicht beantragt.«

»Und wie wäre es, wenn man einen Teil des Grundstücks für die Bebauung mit Wohnhäusern verkauft? Gäbe es dafür eine Möglichkeit?«

»Nein, anscheinend ist dies keine Gegend, die als Erschließungsgebiet vorgesehen ist.«

Auf diesen Gedanken waren auch schon die Masons gekommen, denn der Verkauf eines Teils vom Grund und Boden hätte ihnen etwas Kapital eingebracht, das sie gut für ihr Renovierungsvorhaben hätten nutzen können. Als sie sich unmittelbar nach dem Kauf des Hotels danach erkundigt hatten, war ihnen gesagt worden, daß sie darauf nicht zu hoffen brauchten. »Mrs. Mason sagte, einige Dorfbewohner hätten bereits versucht, Bauplatz zu schaffen, aber es sei nie genehmigt worden.«

»Schade, das Feld hier liegt nah genug am Ort, um eine ideale Wohngegend abzugeben, wenn man eine Bebauung zuließe; und der Zubringer von der A37 bietet die perfekte Verkehrsanbindung. Aber vielleicht gibt es doch noch eine Chance, wissen Sie, Somerset wächst so rapide, daß sie die geplanten Erschließungsgebiete schon wieder erweitern müssen.«

Sie gingen auf das betreffende Feld zu, das sich für eine Bebauung eignen würde. Es erstreckte sich über ungefähr eineinhalb Hektar und lag hinter einem Bereich, der einmal als Gartenanlage des Hotels gedient hatte und nun verwilderte. Ein verfallener Grenzzaun trennte ihn von dem Feld, das regelmäßig an einen der Bauern aus dem Dorf vermietet wurde, um das Vieh darauf zu weiden. Eine dichte Hecke mit ein paar großen Bäumen dazwischen begrenzte die anderen Seiten des Feldes. Dahinter konnte man die Dächer einiger Bungalows erkennen, die am Rand des kleinen Dorfes gebaut worden waren. In früheren Zeiten war das Hotel sicher der Sitz der hiesigen Gutsherren gewesen. Darina fand, daß die Bebauung eine natürliche Erweiterungsmöglichkeit für den Ort wäre, und wenn man auf der anderen Seite des Grabens ebenfalls eine abschirmende Hecke pflanzen würde, könnten die Häuser auch kaum die Atmosphäre eines ruhigen Landhotels stören.

Auf dem Rückweg erklärte ihr der Makler interessante Einzelheiten, wie den derzeitigen Preis pro Gästezimmer, die Auswirkungen der Gemeindesteuer, die Attraktivität eines Landbesitzes, die Überschwemmung des Marktes mit Hotels im Landhausstil, das Vergrößerungspotential dieses Hauses, die Möglichkeit, es an eine Hotelkette zu verkaufen sowie ein paar persönliche Überlegungen und Faktoren, die man beachten sollte. Schließlich nannte er Darina eine Zahl, von der er meinte, daß sie ungefähr die Summe repräsentiere, die man als den derzeitigen Verkaufspreis veranschlagen könne. »Aber es hängt sehr von der jeweiligen Situation am Markt ab, und die ist derzeit ein wenig unsicher. Ich glaube allerdings nicht, daß ich mit dieser Summe allzu weit danebenliege, und ich wüßte auch ein paar potentielle Interessenten, falls Mr. Mason das Hotel auf den Markt bringen will. Sie sollten sich jedoch vorher nach einer Bauerlaubnis für dieses Feld erkundigen – falls die nämlich erteilt wird, könnte sich der Preis für den Besitz leicht verdoppeln.«

Darina erklärte ihm ihre Situation, und er versicherte ihr, daß er gerne ihre Interessen vertreten wollte, falls sie sich entschließen würde, ein Kaufangebot zu machen.

Vor dem Hotel verabschiedeten sie sich. Darina blieb einen Moment lang stehen und sah auf seine Visitenkarte in ihrer Hand, während der Makler in seinen Wagen stieg. In ihrem Kopf ratterten die Zahlen wie in einer Rechenmaschine. Sie nahm den Betrag, den der Makler ihr genannt hatte, rechnete die 75000 Pfund dazu – laut Chris Chubb der Preis für eine neue Zentralheizung –, plus die Kosten für die Renovierung der ehemaligen Stallungen und die Einrichtung der Gästezimmer im ersten Stock des Hotels. Alles zusammen ergab eine beängstigende Summe. Überdies nagte in ihrem Hinterkopf der Gedanke, daß die Baubehörde möglicherweise den Grundpreis noch einmal dramatisch in die Höhe treiben würde. Natürlich könnte sie das Hotel zu seinem derzeitigen Schätzwert erwerben; wenn sie dann das Feld zur Bebauung verkaufen könnte, wäre sie imstande, das Finanzierungsproblem mit einem einzigen Schlag zu lösen. Aber das konnte sie Alex nicht antun – obwohl es sicher andere gab, die das bedenkenlos machen würden. Ganz neue Perspektiven hatten sich mit diesen Überlegungen eröffnet.

Darina blickte dem Wagen des Maklers nach, als er die Auffahrt hinabfuhr, und ging dann um das Hotel herum zum Nebengebäude. Sie wollte ein paar Notizen aus ihrem Zimmer holen, falls die Polizei sie hineinließ.

Als sie über den Hof ging, sah sie den Holzstoß. Weder Alex noch Max waren da, um das Holz zu hacken oder die Kaminfeuer zu entzünden. Mit Letzteren hatte sie sich an diesem Morgen allein abgemüht, nachdem es ihr gelungen war, den Heizkessel in Gang zu setzen – dankbar, daß sich nur noch George Prendergast im Hotel aufhielt.

Wie lange würde die Polizei die beiden Brüder noch vernehmen? Sie weigerte sich, den Gedanken zuzulassen, daß einer von beiden ein Mörder sein könnte. Ihr Blick fiel auf die Mülltonnen, die nach der letzten Leerung unordentlich zurückgestellt worden waren. Plötzlich öffnete sich eine kleine Tür in ihrer Erinnerung, und sie sah wieder den Schlüpfer aus einer der Tonnen hängen, der George Prendergasts Aufmerksamkeit so gefesselt hatte – den Schlüpfer, den Max in Alex' Auto gefunden hatte.

Und dann fügte sich alles zusammen. Es war Pat gewesen,

die vor zwei Abenden gesagt hatte: Alles, was die Polizei jetzt noch finden müsse, sei Sharon Frys Slip. Warum war er ihr da nicht eingefallen? War es eine unbewußte Weigerung, seine Bedeutung zu begreifen? Dann fragte sie sich, warum sie ohne einen Beweis gleich an das Schlimmste dachte. Es gab schließlich immer noch die Möglichkeit, daß das Wäschestück Olivia gehörte.

Darina vergaß ihre Notizen, ging zurück ins Hotel, setzte sich ins Büro und betrachtete nachdenklich das Telefon.

Sollte sie gleich die Polizei anrufen? Oder zuerst bei Olivia nachfragen?

Sie fand die Nummer der Brownswords im Telefonbuch, griff nach dem Hörer und zögerte wieder. Die unverblümte Frage, ob das Mädchen einen Schlüpfer in Alex' Auto vergessen habe, würde ihr sicher nichts als eine ausweichende Antwort einbringen.

Sie holte eine Straßenkarte und ihre Autoschlüssel, sagte Sally, daß sie nicht mit dem Mittagessen auf sie warten solle, und fuhr davon, resolut die Meute von Journalisten abweisend, die sich vor dem Eingang versammelt hatte.

Northwood Hall war ein imposantes viktorianisches Landhaus, umgeben von makellosen Rasenflächen, gepflegten Sträuchern und vielen verschiedenen Bäumen. Darina fragte sich, wer wohl für die Gartenpflege verantwortlich war. Sie parkte vor dem Haus und klingelte an der Tür. Olivia selbst öffnete. »Hallo«, sagte sie so enttäuscht, als habe sie jemand anderen erwartet. »Was machen Sie denn hier?«

»Ich wollte Ihnen mitteilen, daß Alex in Untersuchungshaft ist«, antwortete Darina.

Das Mädchen hob erschrocken eine Hand an den Mund. »Nein!« stöhnte sie.

»Im Zusammenhang mit dem Mord an Ulla. Sie wissen doch, daß man sie gestern erdrosselt aufgefunden hat?«

»Ja, ich habe es durchs Fernsehen erfahren. Sie haben ihn aber doch nicht verhaftet, oder?« Sie klang entsetzt, aber nicht wirklich überrascht.

Darina zögerte. »Könnte ich vielleicht einen Moment hereinkommen?« fragte sie.

»Wenn Sie wollen«, meinte Olivia ungnädig und trat zur Seite. »Aber dann müssen Sie mir auch alles über Alex erzählen.« Sie ging voran durch eine mit Antiquitäten möblierte Eingangshalle in den hinteren Salon, in dem einige Sofas standen. Sie waren mit dunklen indischen Stoffen behängt, die über und über mit Hundehaaren bedeckt waren. Überall lagen Zeitschriften und Zeitungen verstreut, ein paar davon mit den Schlagzeilen des Mordes. In einer Ecke thronte ein riesiger Fernseher. Die restlichen Möbel waren schwere, spätviktorianische Stücke, die mit einem unordentlichen Sammelsurium von Ziergegenständen, Bilderrahmen, Büchern und Porzellanfiguren von Hunden und Pferden vollgestellt waren. An den Wänden hingen Drucke mit Jagdmotiven, die man scheinbar völlig wahllos zusammengestellt hatte. Ein großer Holzofen spendete Wärme.

Olivia durchquerte den Raum, öffnete die Ofentür und warf einen frischen Holzscheit hinein. Dann wickelte sie sich in ihre lange Strickjacke, sank in eine Sofaecke und zog ihre Beine hoch. Unter dem schwarzen, viel zu großen Cardigan trug sie eine zerbeulte graue Flanellhose und einen weiten braunen Rollkragenpullover. Ihr Haar konnte ein paar kräftige Bürstenstriche vertragen, es sah aus, als habe sich Staub auf seinen kupferroten Glanz gelegt.

»Und jetzt erzählen Sie mir, was mit Alex passiert ist.«

»Da gibt's nicht viel zu erzählen. Die Polizei hat ihn und Max gestern mit aufs Revier genommen, um sie zu vernehmen. Ich denke, daß sie sie bald entlassen werden, und daß es nur deshalb so lange gedauert hat, weil Alex und Max Ulla besser kannten als sonstjemand und sie deshalb eine Menge nützlicher Informationen für die Polizei haben müssen.« Darina versuchte, möglichst zuversichtlich und sachlich zu klingen.

Olivia sagte nichts. Ihre Augen waren müde und hatten dunkle Ringe. Ihr Gesicht war blaß und ungeschminkt. Ohne ihre Kriegsbemalung und die elegante Kleidung sah sie gewöhnlich aus, man würde sie sicher keines zweiten Blickes würdigen. »Es wäre übrigens möglich, daß die Polizei auch von Ihnen eine Aussage über das braucht, was vorletzte Nacht auf unserem Fest passiert ist«, fügte Darina hinzu.

»Nicht gerade die tollste Party, die ich in letzter Zeit erlebt habe.« Olivia nahm ein Päckchen Zigaretten vom Sofatisch. Sie schüttelte eine heraus, zündete sie mit einem goldenen Feuerzeug an und inhalierte tief. Dann hielt sie die Zigarette zwischen ihren Fingern und sah dem zartblauen Rauch nach, der von der langsam wachsenden Asche aufstieg. »Ich weiß nicht, was passiert ist, nachdem ich gegangen bin, obwohl ich es mir vorstellen kann. Ulla hat ihn schließlich schon den ganzen Abend mit den Augen verschlungen.«

Sie nahm wieder einen tiefen Zug und blies den Rauch gegen die Decke. Dann blinzelte sie und meinte: »Er ist ein richtiger Scheißkerl, stimmt's?«

Darina schwieg.

»Er hat die ganze Zeit nur mit mir gespielt, und ich hab' geglaubt, daß wir es geschafft hätten, aus unserer Beziehung etwas Besonderes zu machen.« Wieder zog sie an der Zigarette, dann schnippte sie die Asche in eine leere Kaffeetasse, die auf dem Tisch vor ihr stand. »Ich weiß nicht, ab wann es schiefgelaufen ist. Wir haben uns so gut verstanden am Anfang. Sogar, als ich all diese Gerüchte über die anderen Mädchen hörte, habe ich immer noch gedacht, ich wäre die einzige, die ihm was bedeutet. Aber er ist einfach nur ein Scheißkerl.«

»Sie sind schwanger, nicht wahr?« fragte Darina leise.

Olivia sah blinzelnd zu ihr hin, dann wandte sie das Gesicht ab, blickte zuerst zu den Bildern an der Wand, dann in die andere Ecke zum Ofen; eine Antwort erübrigte sich.

»Haben Sie es Alex gesagt?«

Das Mädchen drückte mit einer heftigen Bewegung die Zigarette aus und fuhr sich mit der Hand durch das zerzauste Haar.

»Nicht direkt. Ich habe es nur angedeutet, und das hat schon gereicht. Alex meinte sofort, er würde es nicht zulassen, daß eine Frau ihm so etwas antut ...« Sie klopfte eine neue Zigarette aus dem Päckchen, beugte sich vor, zündete sie an, kauerte sich wieder in ihre Sofaecke und wickelte die Strickjacke noch enger um sich. »Er war so kalt. Seine Augen waren wie der Himmel im Winter, eine Art gefrorenes Blau, aber darunter schäumte er vor Wut. Ich hatte das Gefühl, daß er gleich explodieren würde. Und ich hatte Angst. Das war, als ich vom Tanzen weggelaufen bin.« Sie zog rasch an der Zigarette. »Seither habe ich immer noch Angst. Und als ich dann von dem Mord hörte, wußte ich nicht, was ich glauben sollte.«

»Sie glauben, Alex könnte sie umgebracht haben?«

Eine Träne floß aus Olivias linkem Augenwinkel, und ihre Nase fing an zu laufen. Sie schniefte und griff hinter sich nach einem Päckchen mit Papiertaschentüchern. »Er hat mich angesehen, als ob er mich am liebsten umbringen würde.«

»Das ist ja wohl kaum dasselbe«, murmelte Darina.

Olivia schneuzte sich kräftig.

»Haben Sie Ihren Eltern erzählt, daß Sie schwanger sind?«

Olivia schüttelte den Kopf und zog ein neues Taschentuch aus dem Päckchen.

»Und was wollen Sie jetzt machen?«

»Ich weiß es nicht.« Die Worte kamen im Flüsterton, unterbrochen von einem Schlucken.

»Oh Gott, es ist alles so ein schreckliches Chaos. Als ich es erfuhr, habe ich mich zuerst beinahe gefreut. Ich dachte: Jetzt muß er mich heiraten! Und wenn Daddy das Hotel übernehmen würde, hätten wir ein bißchen Geld und könnten uns ein hübsches Haus kaufen.«

»Was meinen Sie damit?« fragte Darina mit scharfer Stimme. »Welches Hotel?«

Olivia hörte auf zu heulen. Sie sah erschrocken aus. »Hab' ich das gesagt?« flüsterte sie. »Ich habe nur gemeint, daß er denkt: Wenn Alex das Hotel verkaufen würde, hätte er genug

Geld. Daddy weiß ja, daß ich ihn heiraten will, und daß das nicht geht, wenn Alex kein Geld hat. Und er selbst kann mir keines geben – jedenfalls nicht im Moment.«

»Aber das klingt alles nicht unbedingt so, als ob Alex überhaupt heiraten will«, sagte Darina unbarmherzig.

»Aber er muß, er muß einfach! Ich kann dieses Baby nicht allein großziehen. Und ich will auch keine Abtreibung. Ich hatte doch schon eine, und ich habe mich hinterher ganz schrecklich gefühlt. Ich war monatelang depressiv. Sie haben gesagt, man hätte mir nie erlauben dürfen, es abzutreiben.« Ihre Augen standen wie dunkle Höhlen in ihrem bleichen Gesicht. All ihre Haltung, ihre Eleganz und Gewandtheit waren verschwunden. Sie war nur noch ein furchtbar ängstliches kleines Mädchen, das nicht wußte, was es tun sollte. »Herrgott, was für ein Schwein er ist.« Sie warf den Kopf zurück und starrte zur Decke hinauf.

»Aber wenn Sie nicht die Pille genommen haben, warum haben Sie ihn nichts benutzen lassen?«

Olivia warf ihr einen bösen Blick zu und sagte nichts.

»Ach übrigens«, Darina griff in ihre Jackentasche, »haben Sie den zufällig verloren?« Sie zog den Damenslip hervor und warf ihn lässig auf den Tisch zwischen den beiden Sofas.

Olivia sah kurz auf das Wäschestück, ohne daß sich eine Gefühlsregung in ihrem Gesicht zeigte.

»Ich trage nur französische Designerwäsche«, sagte sie dann.

Darina griff nach dem billigen Slip und stopfte ihn wieder in ihre Tasche. »Na gut, wenn das so ist, kann es Ihrer ja wohl nicht sein«, meinte sie.

»Hören Sie«, brauste Olivia plötzlich auf. »Was, zum Teufel, soll das? Wie kommen Sie darauf, daß das meiner ist?«

»Ich wollte nur etwas klären«, antwortete Darina vollkommen aufrichtig. »Hat sich die Polizei eigentlich schon bei Ihrem Vater gemeldet?«

»Nein, ich glaube nicht.« Plötzlich weiteten sich Olivias Augen. »Worauf wollen Sie hinaus? Sie glauben doch nicht etwa, daß er etwas mit dem Tod von Ulla Mason zu tun haben könnte, oder? Diese Geschichte zwischen den beiden ist doch schon seit Monaten vorbei.« Nach diesen Worten hielt sie erschrocken die Luft an und schlug sich mit der Hand auf den Mund.

»Seien Sie unbesorgt«, bemerkte Darina trocken. »Ich bin sicher, es ist nur eine Formalität.«

»Das wird Mummy ganz und gar nicht gefallen.« Olivia drückte die zweite Zigarette neben der ersten aus. »Sie führt hier das Regiment, wissen Sie. Aber Daddy und ich halten immer zusammen.«

»Wird sie Ihnen nicht helfen?«

»Wenn ich's ihr sage, wird sie sich irgendwas unglaublich Vernünftiges ausdenken, alles bestens organisieren und es mir dann die nächsten zehn Jahre vorhalten.«

Darina beobachtete, wie die zitternden Hände eine dritte Zigarette aus der Schachtel schüttelten und es dann nicht schafften, sie anzuzünden.

Nach dem vierten vergeblichen Versuch beugte sich Darina vor, nahm dem Mädchen das Feuerzeug aus der Hand und gab ihr Feuer.

»Danke.« Olivia strich sich eine fettige Haarsträhne aus dem Gesicht und lehnte sich wieder in ihre Sofaecke zurück. »Ich schätze, ich sollte jetzt soviel reiten, wie ich kann, und das Beste hoffen.«

Darina nahm Olivias saloppe Überlegung ohne Kommentar entgegen und erhob sich, um zu gehen. Als sie in die Eingangshalle kamen, wurde die Tür geöffnet, und herein trat Major Brownsword, gefolgt von zwei anderen Männern. Olivias Vater lachte.

»Er wird verkaufen, daran gibt es überhaupt keinen Zweifel. Bis der neue Strukturplan allgemein bekannt ist, sollten wir's bereits besitzen, und ...« Er erblickte Darina und hielt abrupt inne.

Sie sah die drei der Reihe nach an: den Major, Adam Tennant und den Mann mit dem Wieselgesicht.

»Ich würde mich an Ihrer Stelle nicht zu früh freuen«, sagte sie mit zuckersüßer Stimme, verabschiedete sich von Olivia und ging hinaus, tiefes Schweigen hinter sich lassend.

Darina fuhr direkt zum Kommissariat und fragte nach Sergeant Pigram. Er war unabkömmlich. Statt dessen kam Pat James herunter und führte sie zu einer Reihe kleiner, aber ordentlicher Büros, in denen die Kriminalpolizei arbeitete.

»Haben Sie uns etwas mitzuteilen?« fragte die Polizistin, während sie hinter dem Schreibtisch Platz nahm und Darina einen Stuhl zuwies. Sie hätte in Worten nicht deutlicher ausdrücken können, was ihre Haltung verriet, nämlich, daß Darina eine äußerst beschäftigte Abteilung bei der Arbeit störte. Der Constable fühlte sich offenbar ganz zu Hause und sehr selbstsicher.

Darina zögerte. Es war schwierig, den Anfang zu finden bei dieser kühlen, energischen Frau. Sie betrachtete eingehend das dunkle, glänzende Haar, das dezente Make-up, das schlichte Strickkleid mit Weste und die braunen Augen. Braune Augen, die trotz ihrer warmen Farbe kalt vor Feindseligkeit waren.

Diese junge Frau arbeitete vielleicht nicht gerade mit Olivias Tricks und Kniffen, aber sie war offensichtlich ebenso entschlossen, den Mann, den sie wollte, zu bekommen.

»Ich nehme an, Sie sind nicht zum Zeitvertreib hierhergekommen. Sie müssen nämlich wissen, daß wir gerade mitten in der Untersuchung eines Mordfalles stecken.«

Darina hörte sich tief Luft holen. Dann entspannte sie sich. Ein Teil von ihr sympathisierte mit der anderen Frau und konnte deren Gefühle gut verstehen. »Ich bin gekommen, weil ich eine Information für Sie habe«, sagte sie ruhig.

»Eine Information?« Pat hob fragend eine Augenbraue.

»Ich weiß, daß Alex und Max hier sind, und daß Sie sie gerade vernehmen. Und ich denke, ich kann Ihnen dabei helfen.«

»Sie sind also auch an Alex interessiert? Diese blauen Augen scheinen ja ziemlich viele der hiesigen Frauen bezaubert zu haben.«

Darinas Sympathie für die junge Frau begann, sich zu verflüchtigen. Pat James war mehr als schwierig und alles andere als hilfreich. Es war das erste Anzeichen mangelnder Professionalität, das ihr an der jungen Polizistin auffiel, und es zeigte nur, wie sehr sie ihren Gefühlen für den Sergeant erlaubt hatte, ihre Arbeit zu bestimmen.

Und welche Gefühle hatte er sich erlaubt? In ihr krampfte sich etwas schmerzhaft zusammen. Darina fragte sich, ob sie nicht den größten Fehler ihres Lebens begangen hatte. Williams Liebe schien ihr so sicher zu sein, etwas, auf das sie sich verlassen konnte und das immer auf sie warten würde, solange es ihr paßte. War er es leid geworden zu warten?

Dann zwang sie ihre Gedanken, sich wieder auf den Grund ihres Besuches zu konzentrieren, denn diese Sache durfte auf keinen Fall länger aufgeschoben werden.

»Es geht um ...«, begann sie und unterbrach sich wieder, als William und Grant das Büro betraten. Beide sahen erschöpft aus.

»Ach, Pat«, sagte der Inspektor, »wie sind Sie mit der Handtasche weitergekommen? Haben wir schon die Ergebnisse von den Befragungen in London?«

Die junge Frau erhob sich. »Wir haben Besuch, Sir.«

»Liebling!« William war entzückt, sie zu sehen. Grant offenbar weniger. Er grüßte sie mit einem knappen Kopfnicken und fragte Pat noch einmal nach ihren Informationen.

Die Polizistin zuckte ganz leicht mit den Schultern. »Ich habe mich mit der Herstellerfirma der Handtasche in Verbindung gesetzt, und sie haben mir eine Liste von Geschäften gegeben. Eines davon ist in Bath, und ich bin gleich mit der Handtasche dorthin gegangen. Sie haben sie als die identifiziert, die sie Mr. Tennant verkauft haben.«

»Keine große Überraschung«, grunzte der Inspektor. »Und London?«

»Die Ermittlungsbeamten sind gerade zurückgekommen. Max Saunders' Alibi für den fraglichen Samstag abend wurde bestätigt. Er war bis kurz vor acht Uhr in einem Pub in Chelsea.«

»Das bedeutet, er konnte kaum um halb acht vor unserem Pub gewesen sein«, sagte Grant langsam.

»Nein, Sir.«

Der Inspektor richtete seine Aufmerksamkeit auf Darina. »Und was führt Sie zu uns, wenn ich fragen darf?«

Darina antwortete: »Ich glaube, ich habe eine wichtige Information für Sie.«

»Sie glauben? Wissen Sie es nicht?« Er sah auf seine Armbanduhr und seufzte. »Uns bleibt nur noch wenig Zeit mit den beiden, bevor die vierundzwanzig Stunden um sind und wir entscheiden müssen, ob es für eine Verhaftung reicht oder ob wir sie gehen lassen. Ich muß noch eine Sitzung mit Mason haben, er hält uns hin, das weiß ich. Was wir brauchen, ist ein neuer Blickwinkel, irgendeine andere Taktik, mit der wir ihn kriegen können. Constable, setzen Sie sich mit einem von der Ermittlungsgruppe zusammen und versuchen Sie, so viele Verbindungen wie möglich zwischen dem Fall Sharon Fry und diesem hier zu finden – zum Beispiel Gäste, die beide Hotels besucht haben; Hotelpersonal, das in beiden Häusern gearbeitet haben könnte, Lieferanten – überprüfen Sie einfach alles mit einem gemeinsamen Nenner, was Ihnen einfällt.«

Pat James verließ das Büro, ohne sich noch einmal umzusehen.

»Miss Lisle«, fuhr Grant fort. »Ich bekomme jedesmal dieses unangenehme Gefühl im Bauch, wenn Sie mir sagen, daß Sie glauben, Sie hätten eine wichtige Information. Also geben Sie sie, was immer es ist, besser an Bill hier weiter.«

Nachdem Grant gegangen war, setzte sich William hinter den Schreibtisch und strich sich mit einer Hand über das müde Gesicht. Dann warf er ihr ein mattes Lächeln zu. »Ich freue mich schrecklich, dich zu sehen und würde am liebsten nur so dasitzen und ein bißchen plaudern, aber ich muß dich leider bitten, mir so rasch wie möglich deine Information mitzuteilen. Wir sind in einer wirklich kritischen Phase.«

»Du siehst furchtbar aus. Was hast du denn gemacht?«

»Wir haben Alex und Max abwechselnd verhört, und als wir aufhören mußten, haben wir den größten Teil der Nacht damit verbracht, alle Indizien noch einmal durchzugehen, um etwas zu finden, womit wir Alex festnageln könnten.«

»Heißt das, daß ihr nicht viel erreicht habt?«

Er seufzte: »Uns ist klar, daß Alex mehr weiß, als er sagt. Max hat jede Frage offen beantwortet, und seine Aussage über das, was er an dem betreffenden Samstag abend gemacht hat, scheint der Wahrheit zu entsprechen. Aber seit ein paar Stunden weigert sich Alex, auch nur noch eine einzige Frage zu beantworten. Ich weiß, daß er etwas mit diesem Mord an Sharon Fry zu tun hat, das sagt mir mein Gefühl, aber ich habe nichts, rein gar nichts, um es zu beweisen.«

Darina unterdrückte eine sarkastische Bemerkung über Polizisten, die mal behauptet haben, niemals nach dem Gefühl zu gehen, und begann statt dessen mit ihrer Geschichte.

William lauschte aufmerksam, während sie ihm ihre Theorie vortrug. »Sobald Olivia mir sagte, daß der Slip nicht ihr gehöre, schien alles schrecklich klar zu sein«, sagte sie abschließend.

»Aber das Beweisstück ist verschwunden?«

»Vermutlich liegt es auf irgendeiner Müllhalde vergraben. Wenn ich bloß wüßte, wo.«

»Keine Chance, es herauszufinden. Also müssen wir sehen, wie weit wir ohne das richtige Wäschestück kommen. Zumindest haben wir jetzt einen neuen Anhaltspunkt, mit dem wir weitermachen können. Ich bring' dich nach draußen.« Er erhob sich von seinem Sitz.

Darina stand ebenfalls auf, blieb aber stehen, wo sie war. »Ich würde lieber warten.«

»Es kann aber noch lange dauern.«

»Das macht nichts.«

Er lächelte sein warmes, ganz besonderes Lächeln. »Mußt du nicht zurück ins Hotel?«

Sie schüttelte den Kopf. Ihr fehlten die Worte.

»Also gut.«

Er brachte sie nach unten und ließ sie allein in einem kahlen Raum, in dem nur ein Tisch und ein Stuhl standen.

Darina setzte sich, dann erhob sie sich wieder und ging nervös auf und ab. Das war kein Wartezimmer, in dem sie zur Ablenkung in Zeitschriften hätte blättern können. Also konnte sie nichts weiter tun, als alles, was sie über die beiden Mordfälle wußte, wieder und wieder in Gedanken durchzugehen. Ob die Information, die sie William mitgeteilt hatte, wohl den Durchbruch bedeutete? Ein Teil von ihr hoffte inständig, daß es sich als falsche Spur erweisen würde, daß sie ein Kartenhaus errichtet hatte, und daß ein einziges Wort von Alex die ganze Konstruktion zum Einsturz bringen würde.

Und neben all den Gedanken, die ihr durch den Kopf schwirrten, war sie sich bewußt, daß sie immer noch Williams Berührung auf der Haut spürte. Wenn der Fall gelöst wäre, wäre er dann frei, um mehr Zeit mit ihr zu verbringen? Würde er das wollen? Und wenn ja, was genau waren ihre Gefühle?

Scheinbar völlig zusammenhanglos fiel Darina plötzlich der Abschied von ihrer Mutter am vorherigen Morgen ein. Ann Lisle hatte mit einem interessierten und abschätzenden Blick die Eingangshalle des Hotel Morgan betrachtet, hatte einen flüchtigen Blick auf ihre Rechnung geworfen, ihr Scheckheft aus der Tasche gezogen und den Betrag mit einer schwungvollen Unterschrift beglichen.

»Es wird mir Freude machen, mitzuerleben, wie du dieses Haus führen wirst, mein Liebling. Ich sehe schon, daß du etwas daraus machen wirst, das ich guten Gewissens meinen Freunden empfehlen kann. Gerry und ich werden allen, die wir kennen, sagen, daß sie auf einen Besuch hierherkommen sollen, nicht wahr Gerry?« Der General hatte zustimmend gebrummt, während er ihr seinen Scheck reichte. »Es wird mir großen Spaß machen, euch dabei zu helfen, bekannt zu werden.« Und ihre Hilfe war nicht geringzuschätzen. Ann Lisle kannte die wichtigsten Leute der Grafschaft, war im Vorstand etlicher Organisationen, die für ihre wohltätigen Zwecke regelmäßig Essen, Abendgesellschaften und Bälle veranstalteten, und konnte daher gut die Werbetrommel für das Hotel rühren.

Darina war ihr dankbar, und das sagte sie ihr auch, worauf das Gesicht ihrer Mutter so strahlte, wie sie es selten gesehen hatte. »Ja wirklich, es wird schön sein, einen kleinen Beitrag zu deiner Arbeit leisten zu können. So, und jetzt kommen Sie, Gerry. Wenn wir es noch zu diesem Mittagessen ins Schloßrestaurant in Taunton schaffen wollen, das Sie mir versprochen haben, dann sollten wir uns ein bißchen beeilen. Wir müssen nämlich zuerst noch unser Gepäck zu Hause abladen. Auf Wiedersehen, mein Liebling, sag' Mrs. Mason, daß es uns leid tut, daß wir uns nicht persönlich von ihr verabschieden konnten. Obwohl ich kaum überrascht bin, daß sie heute morgen noch nicht aufgetaucht ist«, fügte sie spitz hinzu. »Wenn sie deine Partnerin werden soll, dann wirst du darauf aufpassen müssen, daß sie nicht so viel trinkt.«

Darina hatte nach Max gerufen, damit er ihr Gepäck zum Wagen trug, und zugesehen, wie ihre Mutter und der General das Hotel verließen, zum ersten Mal in ihrem Leben eine gewisse Verbundenheit empfindend mit der Frau, die sie geboren hatte. Und auch ein gewisses Schuldgefühl. Vielleicht hatte der General ja doch mehr Menschenkenntnis, als sie gedacht hatte.

Schließlich stieg man heutzutage in der Armee nicht mehr zu so hohem Rang auf ohne ein gewisses Maß an Intelligenz und die Fähigkeit, einen Charakter zu beurteilen. Aber konnte es wirklich so sein, daß sie selbst ihre Mutter aus ihrem Leben ausgeschlossen hatte, statt umgekehrt?

Sie dachte daran, daß Beziehungen doch immer eine sehr wechselseitige Angelegenheit waren. Ihre Mutter hatte den langen Prozeß des Auseinanderlebens sicher in Gang gesetzt, und als ihr klar wurde, daß sie fast keine Rolle mehr im Leben ihrer Tochter spielte, war es zu spät. Darina hatte nie daran gedacht, ihre Mutter in ihre Aktivitäten einzubeziehen. Und doch gab es da vielleicht etwas zwischen ihnen, das sich retten ließe, wenn sich beide wirklich bemühten. Es würde nicht einfach sein, denn die alten Rollenmuster würden sich nur allzu leicht wieder einspielen. Aber es wäre der Mühe wert, wenn sie dadurch eine Mutter wiederfände.

Darina sann darüber nach, wie stark es die Menschen voneinander entfremdete, wenn sie nicht mehr miteinander kommunizierten – wie leicht es war, sich von denen zu entfernen, die man liebte, und wie wichtig, sich nicht gegenseitig auszuschließen.

Wie ein schnellaufendes Rad kreisten die Gedanken in ihrem Kopf, während sie allein in dem leeren Zimmer wartete.

Endlich kam William zurück.

»Er weiß, daß du hier bist, und sagt, er würde uns alles erzählen, aber nur, wenn du dabei bist. Kommst du?«

Wortlos erhob sie sich und folgte ihm in die Stille des Vernehmungszimmers, wo der Frager und der Befragte neben ein paar Aufnahmegeräten saßen.

Sein Haar fiel ihm in die Stirn, die bleich vor Erschöpfung war, das strahlende Blau seiner Augen war stumpf geworden.

Grant saß auf der anderen Seite des Tisches. Als Darina eintrat, sah er kurz auf und vermerkte ihre Anwesenheit auf dem Band.

William brachte ihr einen Stuhl.

Darina blickte auf die zusammengesunkene Gestalt. »Hallo«, sagte sie mit sanfter Stimme. »Möchten Sie mir etwas erzählen?«

Er hob den Kopf und sah sie an. »Sie sind nicht so wie die anderen, oder?«

»Nicht so wie wer?«

»Wie diese Schlampen!« Seine Stimme wurde schrill vor Haß.

»Was haben die Ihnen denn getan?« fragte Darina. Die beiden Polizisten neben ihr verhielten sich still.

»Sie haben mich verraten, meinen Bruder verraten. Sie haben es nicht verdient, zu leben. Und ich habe es für meinen Vater getan. *Er* hätte sie umbringen sollen.« Er verfiel in Schweigen.

Darina ergriff seine Hand und hielt sie, während sie wartete.

Nach einer Weile sagte er: »Ich war so aufgeregt an diesem Abend. Ich hatte mich entschieden, was ich machen wollte, herausgefunden, was der richtige Weg für mich war. Es war, als ob mir ein Zentnergewicht von den Schultern gefallen wäre. Ich wußte, daß es die richtige Entscheidung war. Ich bin ins Pub gegangen, hab' ein paar Freunde getroffen und ein oder zwei Bier getrunken. Aber es war nicht dasselbe, als wenn ich es mit meinem Bruder geteilt hätte, und mit ...« Er stockte kurz und fuhr fort, »... mit Ulla. Ich kam zu dem Schluß, daß es noch früh genug sei, um herzufahren, die Nacht hier zu verbringen und dann am Sonntag abend zurückzukehren. Ich habe die A303 verlassen, um die Abkürzung durch Bruton zu nehmen, das geht schneller. Und kurz hinter Bruton habe ich sie gesehen. Ich meine, Sharon Fry. Ich habe sie mal vor ein paar Monaten mit Alex im Pub getroffen, und wir drei haben dann den Abend miteinander verbracht. Sie war sehr hübsch und hatte wunderschöne lange Beine. Aber sie hat mich nicht mal beachtet, sie war bloß an Alex interessiert. Jedenfalls, plötzlich war sie da, ist einfach die Straße entlanggelaufen und hat den Daumen rausgestreckt, um ein Auto anzuhalten. Ich habe gebremst und sie gerufen. Zuerst hat sie mich nur angeschrien, eine obszöne Geste gemacht und ist weitergelaufen. Ich bin dann ausgestiegen und ihr nachgegangen, und da hat sie mich erkannt. Vorher hat sie nämlich geglaubt, ich wäre Alex, verstehen Sie? Unsere Autos sind sehr ähnlich, beides Volvos, und in der Dunkelheit hat sie uns verwechselt. Jedenfalls hat sie mir erzählt, sie hätte sich mit Alex gestritten, und ich habe ihr angeboten, sie nach Hause zu fahren. Na ja, es war ja kein großer Umweg, und ich konnte sie doch nicht so in der Dunkelheit stehenlassen.«

Max wandte sich nun lebhaft Darina zu, ganz in seine Geschichte vertieft. »Sie fing an, mir zu erzählen, was für ein Dreckskerl er sei. Ich weiß ja, wie Alex manchmal mit den Mädchen ist, und am Anfang war ich ganz verständnisvoll. Dann hab' ich diesen Rastplatz gesehen und vorgeschlagen, daß wir kurz dort halten, weil ich es schwierig fand, zu fahren und mich gleichzeitig auf unser Gespräch zu konzentrieren. Inzwischen war ich auch schon ziemlich müde.« Er seufzte. »Also habe ich angehalten, und sie hat weitergeredet. Eine Zeitlang habe ich gar nicht richtig hingehört. Das Mondlicht lag auf ihrem Gesicht, und ihr Haar schimmerte wie Sonnenstrahlen auf einem Wasserfall. Es hat mich daran erinnert, wie meine Mutter aussah, bevor, bevor ...« Er brach ab.

Niemand sprach ein Wort.

Er nahm den Faden wieder auf. »Dann wurde mir klar, daß sie immer noch über Alex sprach. Sie sagte, sie hätte ihm erzählt, daß sie schwanger sei, und er hätte nichts mit dem Baby zu tun haben wollen.«

Seine Stimme wurde laut vor Empörung. »Sie sagte, mein Bruder hätte sie verführt, und daß er meinte, sie würde bloß zum Ficken taugen, und daß er sie sogar an diesem Abend in seinem Auto gefickt hätte, aber er würde sich weigern, das einzig Anständige zu tun. Dieses Wort hat sie dauernd wiederholt. Ich wollte ihr sagen, daß mein Bruder sie genauso behandelt habe, wie sie es verdiene, aber dann dachte ich, ich sollte ihr noch deutlicher machen, daß ich genau wußte, was für eine sie war. Ich wollte einfach sicher sein, daß sie es kapierte.« Er sah Darina mit einem gewissen Stolz an. »Ich sagte ihr also, wie hübsch ich sie fände, und daß sie mich total erregen würde und hab' sie gefragt, wenn sie meinem Bruder schon erlauben würde, sie ... na ja, ob sie es mir auch erlauben würde?«

Röte stieg in sein Gesicht, und mit heiserer Stimme fuhr Max fort: »Und da hat sie mich angelächelt und gesagt, daß sie keinen Slip anhätte, den hätte sie wohl in Alex' Auto gelassen. Sie hat meine Hand genommen und sie unter ihren Rock geführt. Dann hab' ich plötzlich meine Mutter in ihrem Gesicht gesehen und gemerkt, daß meine Hände um ihren Hals lagen – dann hab' ich nur noch rot gesehen.«

»Hinterher«, seine Stimme wurde ganz sachlich, »war ich nicht sicher, was ich als nächstes tun sollte. Und dann ist mir eingefallen, was mein Vater an meiner Stelle gemacht hätte. Die einfachste Lösung ist auch die beste, hat er immer gesagt, man solle die Dinge nie unnötig komplizieren. Also habe ich sie in den Graben hinter dem Rastplatz geworfen und bin zurück nach London gefahren. Ich wußte, daß mich niemand mit ihr in Verbindung bringen würde.«

Das nun folgende Schweigen wurde nur durch das leise Surren der Kassettenspulen unterbrochen.

Dann fragte Darina vorsichtig: »Und was war mit Ulla? Ich dachte, sie hätten sie geliebt?«

Die blauen Augen blickten sie freimütig an. »Das habe ich auch. Ich habe sie so geliebt wie meine Mutter – nein, nicht so wie meine Mutter. Aber ich habe beide so sehr geliebt. Und sie waren beide nichts als Huren. Ich war zu jung, um meine Mutter zu töten, und mein Vater wollte es nicht tun. Er hat mir nur immer und immer wieder gesagt, was für eine schlechte Frau sie sei, und wie schlimm das sei, was sie getan habe, daß ich niemals so werden dürfe wie der Mann, mit dem ich sie gesehen habe, und daß ich nie, niemals etwas mit Frauen zu tun haben dürfe, die so seien wie sie. Aber er hat sie nicht getötet.« Seine letzten Worte klangen verwundert. »Als mir plötzlich klar wurde, daß Ulla genauso war, ist das gleiche passiert wie vorher – irgend etwas in mir hat ausgesetzt.«

»Was hat Sie veranlaßt, auf ihr Zimmer zu gehen?« fragte Darina, ohne William anzusehen, aus Angst, daß sie Max damit ablenken und seinen Redefluß stoppen könnte. Sie konnte nur hoffen, daß sie mit dieser Frage auf dem richtigen Weg war.

»Ich konnte nicht schlafen. Ich wollte mit Alex reden, denn ich wußte, daß er unglücklich war. Ich dachte, er ist vielleicht auch noch wach, und so bin ich auf sein Zimmer gegangen. Er war nicht da. Dann bin ich in sein Badezimmer gegangen, um die Toilette zu benutzen, und habe diese Geräusche gehört, sie waren so ... beunruhigend. Ich lauschte eine Weile. Und dann wußte ich plötzlich, was da vor sich ging.« Sein Gesicht und seine Stimme verzerrten sich. »Aber ich konnte es nicht glauben. Ich dachte, es müsse ein Alptraum sein. Ich setzte mich auf das Bett von Alex und versuchte, an etwas anderes zu denken. Aber es hatte keinen Zweck. Alles, woran ich denken konnte, war die Ursache dieser Geräusche. Und dann mußte ich hingehen und es sehen. Ich mußte es mit meinen eigenen Augen sehen.

Ich bin die Treppe hinaufgegangen. Ihre Wohnung war nicht abgeschlossen. Ich hatte angenommen, sie wäre es, dann hätte ich sicher die Tür eingetreten. Aber sie war unverschlossen. Eigentlich merkwürdig.« Er dachte einen Moment lang darüber nach und fuhr dann fort: »Ich muß ein Geräusch gemacht haben, denn als ich ins Wohnzimmer trat, öffnete sich die Schlafzimmertür – und da stand sie, in einem durchsichtigen Negligé, in dem sie so gut wie nackt war. Ich glaube, sie wollte, daß ich sie so sehe. Daß ich ihre vollen Brüste sehe. Ich habe mich an ihr vorbei ins Schlafzimmer gedrängt. Ich dachte, ich würde Alex in ihrem Bett finden, so wie damals diesen anderen Mann«, er schloß kurz die Augen, »aber das Zimmer war leer. Einen Moment lang war ich unendlich erleichtert und dachte, ich müsse mich getäuscht haben. Aber dann trat sie hinter mich und sagte, Alex sei im Badezimmer, und ich müsse jetzt gehen. Dann meinte sie noch, wir könnten am nächsten Morgen miteinander reden. Dabei legte sie eine Hand auf meinen Arm, das Negligé öffnete sich, und sie sagte: ›Max, mein Liebling.‹« Seine Stimme brach, und der weit geöffnete Mund verzerrte sich zu einer Grimasse. »Plötzlich waren meine Hände um ihren Hals, genau wie bei Sharon.« Er stieß ein ersticktes Schluchzen aus.

Ein paar Minuten herrschte Schweigen.

»Und was ist dann passiert?« fragte Darina.

Max hielt den Atem an und sah verwirrt auf. »Ich weiß es nicht. Ich weiß nur, daß ich plötzlich wieder in meinem Zimmer war. Ich dachte, ich hätte das alles bloß geträumt, bin ins Bett gegangen und am nächsten Morgen aufgewacht, als wäre nichts geschehen. Als der Inspektor dann sagte, daß sie tot sei, konnte ich es zuerst gar nicht glauben.

»Sie haben mir so viele Fragen gestellt, aber irgendwie hielt ich es für besser, ihnen nichts über Sharon und Ulla zu sagen. Ich war sicher, daß sie es nicht verstehen würden. Aber ich glaube, Sie können es, Sie waren immer so nett zu mir. Sie sind nicht so wie all die anderen.« Er seufzte tief, schloß die Augen und lehnte sich in seinem Stuhl zurück.

Die kleinen Spulen hörten auf, sich zu drehen.

Viel später fuhr William Darina und Alex zurück zum Hotel Morgan.

Zuvor war die Polizei mit Max Saunders wieder und wieder seine Aussage durchgegangen, hatte Details überprüft und die Lücken geschlossen. Max war von einer unerschöpflichen Höflichkeit und Hilfsbereitschaft gewesen, obwohl seine Augen vor Müdigkeit in tiefen Höhlen lagen, jeder Ausdruck in ihnen war erloschen. Er zeigte keinerlei Reue.

Ja, er hatte Sharons Slip im Wagen von Alex gefunden. »Ich wußte, daß es ihrer sein mußte, sie hatte mir ja gesagt, daß sie ihn dort vergessen hatte. Alex hat ihn sicher nicht bemerkt, denn sonst hätte er ihn weggeworfen. Ich dachte daran, den Slip mit nach London zu nehmen, um ihn dort loszuwerden – wie ich es mit der Handtasche gemacht habe, die ich in meinem Wagen fand, nachdem ich aus Somerset zurückgekommen war. Vorher habe ich sie ausgeleert und den Inhalt Stück für Stück auf verschiedene Mülleimer verteilt. Die Handtasche selbst wollte ich nicht wegwerfen, sie sah zu gut aus, und jemand hätte Verdacht schöpfen können. Schließlich beschloß ich, sie irgendwo im Hyde Park zu verstecken, wo sie niemand finden konnte. Aber es waren zu viele Leute dort, sie hätten sich sicher gefragt, was ich da mache. Dann habe ich diesen Komposthaufen gesehen und beschlossen, sie einfach dort liegen zu lassen. Es hätte mir ja sowieso niemand auf die Spur kommen können, denn ich habe meine Fingerabdrücke sorgfältig abgewischt.« Aber er hatte den winzigen Adreßaufkleber übersehen, der in einer der Seitentaschen versteckt war.

»Und ich habe hinterher mein Auto gründlich gereinigt«, fügte er hinzu. »Vater wäre stolz auf mich, ich hab' an alles gedacht.«

»War das der Grund, warum Sie angeboten haben, auch das Auto von Alex zu säubern?« fragte Darina.

»Nein, das war ja das Komische, ich dachte bloß, ich würde ihm damit eine Freude machen, und außerdem hasse ich Unordnung. Jedenfalls, erst als ich den Slip dort gefunden habe, ist mir eingefallen, daß er dadurch in Mordverdacht geraten könnte. Als ich nämlich an diesem Abend im Pub hörte, wie er dem Sergeant erzählte, er hätte Sharon nicht gekannt, da wußte ich, er hatte Angst, nicht beweisen zu können, daß er sie nicht umgebracht hat.

Ich habe also überlegt, wie ich den Slip loswerden könnte, ohne Verdacht zu erregen. Dann ist mir wieder eingefallen, was mein Vater gesagt hat, daß nämlich die einfachste Lösung immer die beste sei, und so habe ich ihn einfach in eine der Mülltonnen des Hotels geworfen.«

Und das war dann so ungefähr alles.

Nachdem Max in eine Zelle gebracht worden war, wurde Alex hereingeführt und gebeten, ihnen seine Version der Geschichte zu erzählen. Er hatte die Nachricht von Max' Verhaftung sehr ruhig aufgenommen. »Der arme Hund«, hatte er gesagt und dann eine ganze Weile geschwiegen.

Schließlich erzählte er ihnen alles von seinem Treffen mit Sharon in der Nacht, bevor sie ermordet wurde. »Sie hat mich von einem Pub aus im Hotel angerufen. Sie klang, als wäre sie völlig aus dem Häuschen. Eigentlich hatte ich an diesem Abend ja eine Verabredung mit Olivia, aber die ist mir allmählich zu besitzergreifend geworden, und deshalb dachte ich, es würde ihr ganz guttun, wenn ich sie mal wegen einer anderen versetze.«

»Wie lange haben Sie Sharon Fry gekannt?« fragte Grant.

»Mmh, ein paar Monate. Max und ich sind mal eines Abends von Pub zu Pub gezogen, und da haben wir sie kennengelernt. Ich hatte ja immer schon eine Schwäche für Blondinen, und ihre Beine waren wirklich sensationell. Zuerst habe ich versucht, Max und sie zusammenzubringen, ich wollte ihm in dieser Hinsicht immer auf die Sprünge helfen. Weil sein verfluchter Vater ihm nämlich diese merkwürdige puritanische Ethik eingepflanzt hat, gefielen ihm immer nur diese bescheidenen, unscheinbaren Mauerblümchen, die immer alles verstecken, was sie zu bieten haben. Ich wäre nicht überrascht, wenn er noch unberührt wäre und geschworen hätte, es bis zu seiner Heirat zu bleiben. Deshalb fand ich, er solle sich mal ein bißchen gehen lassen und ein paar kleine Affären haben, dann würde er das Leben sicher viel leichter nehmen. Allerdings wurde bald offensichtlich, daß Max zu jung für sie war, und sie sich nur für mich interessierte – so habe ich mich mit ihr für ihren nächsten freien Abend verabredet. Himmel nochmal, wir hatten ein paar schöne Stunden miteinander.« Ein erinnerungsträchtiges Lächeln huschte flüchtig über sein Gesicht. »Sie war äußerst amüsant und sexuell eine phantastische Nummer. Außerdem dachte ich, sie wäre so wie ich und wollte nur ihren Spaß. Ich wußte, daß sie berechnend, ehrgeizig und auf einen reichen Mann aus war. Ich habe ihr sofort gesagt, daß ich kein Geld habe, und dachte, sie würde mich als ihren kleinen Freizeitproleten betrachten, als eine Art Erholung von der ständigen Jagd nach einer guten Partie. Meistens habe ich sie mit dem Auto abgeholt, dann sind wir an einen ruhigen Platz gefahren, haben getrunken, was ich an Bier oder Wein aus dem Hotel mitgebracht habe, und haben uns ein bißchen vergnügt.« Er machte eine Pause. »Sie hat übrigens ein paar außerordentlich originelle Positionen in diesem Auto erfunden.«

»Und was ist an dem fraglichen Abend passiert?« fragte William sachlich.

»Ich habe sie vor dem Pub abgeholt. Sie vergaß, was immer

sie so in Aufregung versetzt hatte, und war bald in Höchstform – geil wie sonstwas, sie hat mich kaum richtig fahren lassen. Aber obwohl wir beide es kaum noch aushielten vor Ungeduld, hab' ich drauf bestanden, von der Straße runterzufahren.« Alex zögerte kurz und fuhr dann fort: »Jedenfalls bin ich dann in eine kleine Seitenstraße abgebogen, die ich kannte, und zuerst lief alles wie gewohnt. Dann sagte sie mir plötzlich, sie wäre schwanger. So ein Miststück, dabei hat sie mir erzählt, sie würde die Pille nehmen.«

»Sie haben kein Präservativ verwendet?«

»Schätze, das hätte ich wohl besser tun sollen, sie war leicht genug zu haben, um ein gewisses Risiko darzustellen. Aber ich hasse diese Dinger und war froh, daß ich mir nach Amerika darüber keine Gedanken mehr zu machen brauchte. Wußten Sie, daß die Frauen dort drüben zuerst wissen wollen, ob man einen Aids-Test gemacht hat, bevor sie mit einem ins Bett gehen? Irgendwie hatte ich das Gefühl, daß man hier auf dem Land ziemlich sicher sei. Nun, wir sind ja alle auf die eine oder andere Art verrückt. Aber ich bin nicht verrückt genug, um mir eine Vaterschaftsklage anhängen zu lassen.«

»Was haben Sie ihr geantwortet?«

»Ich hab' ihr gesagt, sie könne damit machen, was sie wolle; sie könne mich unmöglich davon überzeugen, daß das Kind von mir sei – und selbst wenn, ich hätte kein Geld und würde jede Verantwortung ablehnen.«

»Und wie hat sie darauf reagiert?« Williams Stimme war vollkommen neutral.

»Sie fing an zu toben. Dabei hat sich herausgestellt, daß sie mir nie geglaubt hat, als ich ihr sagte, ich hätte kein Geld. Und da sie nun wußte, der Himmel weiß woher, daß Tennant ein Kaufangebot für das Hotel gemacht hat, dachte sie, ich müßte jetzt förmlich in Geld schwimmen. Sie hat mich angeschrien, ich würde sie wie ein Stück Dreck behandeln, ist aus dem Wagen gesprungen und rief, sie wolle mich nie wiedersehen – gut, das konnte mir nur recht sein.«

»Und da haben Sie sie einfach gehen lassen?«

»Nicht ganz, ich bin ihr nachgelaufen. Was ein wenig schwierig war, weil mich meine Hosen zu Fall brachten, als ich aussteigen wollte; ich hatte nämlich ganz vergessen, daß sie mir noch um die Knöchel hingen. Dann habe ich sie eingeholt und versucht, sie zu überreden, wieder ins Auto zu kommen, aber sie hat mich nur angefaucht, ich solle ihr nicht zu nahe kommen. Außerdem würde ich ihr ja wohl etwas mehr Respekt schulden. Respekt! Ich dachte mir, sie müsse sich ein wenig abkühlen, und ein kleiner Spaziergang würde ihr vermutlich ganz gut tun. Also bin ich allein wieder zurück zum Auto gegangen, hab' mich reingesetzt und den Wein ausgetrunken, den ich mitgebracht hatte. Ich habe wirklich erwartet, daß sie bald zurückkommen und mich bitten würde, sie nach Hause zu fahren. Aber nach etwa zwanzig Minuten dachte ich, es wäre wohl besser, wenn ich ihr hinterherfahren würde. Also habe ich den Wagen gewendet und bin auf der Straße in die Richtung gefahren, in die sie gegangen sein mußte. Da ich sie jedoch nirgends finden konnte, bin ich zurückgefahren und habe es in der anderen Richtung versucht; als ich auch hier kein Glück hatte, habe ich mir gedacht, daß sie wohl jemand im Auto mitgenommen haben müsse, und bin nach Hause gefahren.«

Er grübelte ein paar Sekunden. Dann sah er William an.

»Als Sie mir im Pub dieses Photo von ihr gezeigt und gesagt haben, sie sei umgebracht worden, war es, als hätte sich bei mir plötzlich der Autopilot eingeschaltet. Ich habe mich selbst sagen hören, daß ich sie nicht kenne, ohne daß ich auch nur eine Sekunde nachgedacht hätte. Ich hatte ganz vergessen, daß Max ihr ja auch einmal begegnet war. Als er ebenfalls leugnete, sie gekannt zu haben, ist es ist mir sofort wieder eingefallen, aber ich dachte, er würde einfach meinem Beispiel folgen. So wie er es immer getan hat.« Zum ersten Mal zeigte sich in seinem Gesicht ein Ausdruck von tiefem Schmerz.

»Ich bin ihm kein guter Bruder gewesen. Sobald sein Vater gestorben war, hätte ich dafür sorgen sollen, daß er einen Psychiater aufsucht – vorher hätte es überhaupt keinen Zweck gehabt, der alte Herr wollte einfach nichts davon wissen.«

»Sie glaubten, er hatte psychische Probleme?«

»Ich dachte, jeder Junge, der seine Mutter mit ihrem Geliebten im Bett erwischt und anschließend von einem notorischen Militaristen und zwei viktorianischen Museumsstücken aufgezogen wird, brauche ein bißchen Hilfe, um sich im Leben zurechtzufinden. Ich habe versucht zu tun, was ich konnte, indem ich ihm gezeigt habe, wie ein normales Familienleben aussehen kann.« Er überlegte einen Moment. »Vielleicht wäre ja alles ganz anders gekommen, wenn Trudy nicht gestorben wäre; oder wenn ich öfter zu Hause gewesen wäre und versucht hätte, ihm Freundschaft und wirkliches Verständnis entgegenzubringen, statt immer nur den großen Bruder zu spielen, mit dem man eine Menge Spaß haben kann.« Er schüttelte verzweifelt den Kopf und schwieg.

Dann fragte er: »Wie geht es nun weiter?«

Grant antwortete: »Wir müssen jetzt das gesamte Beweismaterial zusammentragen und versuchen, es vor Gericht möglichst hieb- und stichfest zu präsentieren. Ich gehe mal davon aus, daß der Anwalt Ihres Bruders auf ›nicht schuldig‹ plädieren wird.«

»Aber er hat doch gestanden«, warf Darina überrascht ein.

Grant sah sie mit einem spöttischen Lächeln an. »Die Geschworenen haben schon genug Geschichten darüber gehört, wie solche Geständnisse auf die eine oder andere Art von der Polizei erzwungen wurden, um dem Anwalt Glauben zu schenken, wenn er behauptet, daß das nicht viel Gewicht haben muß.«

»Aber es wird doch wohl kaum zu einem Prozeß kommen, der Junge ist eindeutig krank«, protestierte Alex.

»Es liegt nicht bei uns, das zu entscheiden«, sagte William. »Und es ist nicht so einfach zu beweisen, daß jemand verhandlungsunfähig ist.«

»Vielleicht erbringt die gerichtsmedizinische Untersuchung seines Autos etwas. Die Tests haben bereits gezeigt, daß es sich bei den Hautpartikeln unter Sharon Frys Fingernägeln nicht um ihre eigenen handelt, weitere Tests könnten also durchaus beweisen, daß sie von Max Saunders stammen. Und dafür müßte die Verteidigung erstmal eine plausible Erklärung liefern. Außerdem ist es möglich, daß wir ähnliche Spuren unter Ulla Masons Fingernägeln finden, obwohl der Angeklagte keine sichtbaren Kratzer aufwies.«

»Schade, daß der Mann, der gesehen hat, daß das Opfer kurz hinter Bruton im Auto mitgenommen wurde, den Fahrer nicht eindeutig identifizieren konnte«, bedauerte William.

»Als ich von der Gegenüberstellung hörte, dachte ich schon, das wär' das Ende«, sagte Alex. »Wie hätte ich beweisen sollen, daß ich Sharon nicht mehr auf der Straße angetroffen hatte, wenn der Mann behauptet hätte, mich wiederzuerkennen? Zuerst war ich froh, daß Max und ich uns so ähnlich sehen. Aber dann begann ich nachzudenken, und die ganze Zeit, während Sie mich verhört haben, sind mir diese merkwürdigen Sachen über Max durch den Kopf gegangen. Und da wurde mir klar, daß alles, was ich Ihnen erzähle, entweder ihn oder mich selbst belasten würde.«

Dann gab es nur noch ein paar Formalitäten zu erledigen. Alex rief den Anwalt seines Vaters an und bat ihn, Max' Verteidigung zu übernehmen. Darina fand sich in dem kleinen Raum wieder, in dem sie zuvor gewartet hatte, ihr Kopf war nun frei von allen Gedanken und Überlegungen, während Grant und William die Verhaftung von Max durchführten und Alex aus der Untersuchungshaft entließen.

Endlich wurde es dem Sergeant erlaubt, die beiden zurückzufahren.

»Kommen Sie doch noch mit hinein«, bot Alex an, während William den Bentley vor dem Hotel Morgan parkte.

»Sie haben nicht zufällig noch etwas Eßbares im Haus?« fragte William, als sie die Eingangshalle betraten. »Ich weiß noch, daß ich es heute morgen geschafft habe, mich zu rasieren, aber ich kann mich nicht erinnern, wann ich zuletzt gegessen habe.«

»Endlich mal ein polizeiliches Anliegen, das ich voll unterstützen kann«, meinte Alex. »Man kann nicht gerade behaupten, daß Sie Ihre ›Gäste‹ überfüttern.«

Darina führte sie in die Küche. Es war schon später Abend, und Sally war bereits seit langem fort. Darina sah im Kühlschrank nach und fand ein paar Hühnerbrüste und etwas Schinken. Während sie eine Mahlzeit improvisierte, brachte Alex eine Flasche Whisky und ein paar Gläser und schenkte ihnen allen großzügig ein.

»Das können wir jetzt gebrauchen«, meinte er.

Es gab nichts, worauf man hätte anstoßen können. Die Lösung des Mordfalls hatte keine Befriedigung, sondern nur Kummer gebracht; es war, als würde der Geist der armen Ulla im Raum schweben, rastlos und unglücklich.

Alex nahm einen tiefen Schluck. »Was ich immer noch nicht verstehe, ... oh mein Gott, das ist ja wie in einem schlechten Krimi, aber ich muß die Frage trotzdem stellen: Darina, als Sie gesehen haben, wie Max diesen Slip in meinem Auto fand – was hat Sie darauf gebracht, daß er es war, der Sharon umgebracht hat, und nicht ich?«

Darina wendete die mit Schinkenspeck umwickelten Hühnerbrüste in der Pfanne und begann, die Salatsauce zuzubereiten.

»Ich habe gleich bemerkt, daß Max irgendwie besorgt war wegen des Slips, und das fand ich ein wenig rätselhaft. Aber erst lange, nachdem ich gehört hatte, daß die Polizei nach Sharon Frys Slip suchte, habe ich zwei und zwei zusammengezählt und bin darauf gekommen, daß ihm klar gewesen sein mußte, was für ein wichtiges Beweisstück er da in Händen hielt. Woher aber wußte er das? Denn zu diesem Zeitpunkt konnten nur die Polizei und der Mörder wissen, daß das Wäschestück überhaupt fehlte. Wenn Max nichts über den Mord gewußt hätte, dann hätte er doch sicher, ebenso wie ich, gedacht, daß der Slip Olivia gehörte, und seinen Bruder damit aufgezogen oder ihn einfach zurückgegeben. Das wäre die natürlichste Reaktion gewesen.« Sie befühlte kurz mit dem Finger eine der Hühnerbrüste, um zu sehen, ob das Fleisch gut sei.

»Dann ist mir noch etwas aufgefallen. Als Max mir erzählte, daß er am liebsten sofort mit Alex und Ulla über seine Entscheidung, zur Armee zu gehen, gesprochen hätte, begann er, einen Satz zu formulieren, den er dann aber nach den ersten Worten wieder abbrach und anders fortsetzte. Ich hielt es für möglich, daß er ursprünglich sagen wollte, daß er auch tatsächlich hierher gefahren ist, um die Sache mit Ihnen zu besprechen. Wie aber, wenn das in der Nacht gewesen wäre, in der Sharon umgebracht wurde?

Was mich außerdem stutzig machte, waren seine Beziehungen zu seiner Mutter und zu Ulla. Sie waren einfach nicht normal. Er hatte jedes Gefühl für seine Mutter unterdrückt und statt dessen aus Ulla eine engelsgleiche Überfrau gemacht, so eine Art Mutter-Kamerad-Traumfrau-Geliebte in Personalunion. Niemand hätte diesem Idealbild gerecht werden können. Es war also nur eine Frage der Zeit, bis sie ihn auf die eine oder andere Weise desillusionierte, und ich konnte mir nicht vorstellen, daß er das verkraften würde. Also habe ich mich gefragt, was passiert wäre, wenn er in der Nacht nach der Weihnachtsfeier gesehen hätte, wie Alex aus ihrem Zimmer kam, und begriffen hätte, daß sie miteinander geschlafen haben – ich konnte mir gut vorstellen, daß das möglicherweise eine Kurzschlußhandlung bei ihm ausgelöst hätte.«

Sie drehte sich um und sah Alex direkt an. »Jedenfalls war ich sicher, daß Sie nicht der Mörder sein konnten.«

Er hob sein Glas und prostete ihr zu. »Ich danke für Ihr Vertrauen.«

»Das brauchen Sie nicht. Der Grund war nämlich nicht der, daß ich es Ihnen nicht zugetraut hätte, sondern weil es keine plausible Erklärung gibt für die Tatsache, daß Ulla ihr Negligé angezogen hat, bevor sie ermordet wurde, außer der, daß jemand überraschenderweise ins Zimmer gekommen war.«

»Der Gedanke ist uns auch schon gekommen«, sagte William ruhig.

»Aufgrund der Art und Weise, wie Sie mich vernommen haben, war ich davon überzeugt, daß Sie mich für den Mörder halten.« Alex schenkte sich nach, während die anderen beiden ihre Gläser noch nicht einmal zur Hälfte ausgetrunken hatten.

»Uns war nur klar, daß Sie uns hinhalten wollten und deshalb lange nicht alles erzählt haben, was Sie wußten«, meinte der Sergeant versöhnlich.

Darina legte die Hühnerbrüste auf eine Servierplatte, mischte den Salat, holte die aufgewärmten Teller und Besteck und deckte den Tisch.

Eine Weile aßen sie schweigend. Dann seufzte William zufrieden und fragte Alex, was er nun mit dem Hotel vorhabe.

»Verkaufen natürlich. Wie sieht's aus, Darina – wollen Sie's haben?«

»Ich glaube nicht, daß ich mir das leisten kann«, sagte sie ruhig und spürte Williams Blick auf sich ruhen. »Es ist nämlich wahrscheinlich wesentlich mehr wert, als Sie denken.«

Sie erzählte Alex von ihrer Unterhaltung mit dem Immobilienmakler und von Major Brownswords Bemerkung. »Ich nehme an, er hat da ein kleines Konsortium zusammengebracht. Das Wieselgesicht ist der Vorsitzende der örtlichen Baubehörde. An dem Tag, als ich zum ersten Mal hier war, hat er mit einem anderen Gemeinderatsmitglied im Restaurant zu Mittag gegessen.« Sie wandte sich an William: »Erinnerst du dich an den Mann mit dem Geschwür hinterm Ohr? Er saß mit Adam Tennant zusammen, an dem Abend, als wir im Manor Park waren, und Wieselgesicht ist Mitglied in Major Brownswords Jagdgesellschaft. Sie alle kennen sich ganz gut.

Ich glaube, im neuen Strukturplan wird dieses Dorf als Erschließungsgebiet ausgewiesen, was bedeutet, daß das große Feld hinter dem Hotel zur Bebauung freigegeben wird. Wenn also der Makler, mit dem ich gesprochen habe, recht behält, könnte sich der Verkaufswert des Hotels gut und gerne verdoppeln. Zwar kann keines der Gemeinderatsmitglieder selbst ein Kaufangebot machen, ohne in den Verdacht zu geraten, Insiderinformationen zu mißbrauchen, aber es wäre ganz natürlich, wenn Adam das Hotel kaufen würde. Sein einziges Problem ist das Kapital, und das sollen wohl die anderen beiden zur Verfügung stellen. Ich bin sicher, sie haben ganz ausgezeichnete Bankverbindungen.

Der Plan war wahrscheinlich, daß Adam Tennant das Hotel Morgan zu seinem derzeitigen Marktpreis kauft – oder sogar zu einem geringeren, wenn möglich, denn, wie der Makler mir sagte, war das Angebot, das er Ulla gemacht hat, nicht besonders großzügig –, und zwar, bevor der neue Strukturplan für diese Gegend veröffentlicht wird. Auf diese Weise hätten sie dann einen Teil vom Grund und Boden für eine Bebauung verkaufen können und damit den Kaufpreis wieder hereinbekommen – oder vielleicht noch etwas mehr. Dann hätte Adam die Umgestaltung des Hotels in Angriff genommen. Wir haben bei unserem ersten Treffen kurz über diese Möglichkeit gesprochen, und er sagte, er würde einen kompetenten Hotelmanager einsetzen, ihm sechs Monate Zeit geben, um daraus ein erstklassiges Haus zu machen, und es dann mit Gewinn weiterverkaufen. Damit hätten sich für alle Beteiligten ihre Investitionen doppelt und dreifach rentiert.«

»Sie meinen«, sagte Alex bedächtig, »ich habe Chancen, daß mir dieser Kasten doch noch eine Menge Geld einbringt?«

»Es sieht ganz so aus.«

»Aber«, warf William ein, »Sie können doch sicher das Land separat verkaufen und Darina das Hotel überlassen?«

Darina verspürte eine freudige Überraschung bei seinen Worten.

»Natürlich. Was halten Sie davon, Darina?«

Sie schüttelte den Kopf, ohne William anzusehen. »Nein, danke. Ich weiß Ihr Angebot zu schätzen, aber – es geht nicht.«

»Ich kann's Ihnen nicht verdenken, ich glaube auch nicht, daß ich es noch einen Tag länger in diesem Haus aushalte. Es hat das Leben meines Vaters gekostet und, in gewisser Weise, auch das von Ulla. Hotel Morgue ist eben doch der einzig richtige Name dafür.«

»Da ist übrigens noch etwas, das ich Ihnen sagen sollte«, meinte Darina nach einer Weile. »Major Brownsword hat anscheinend vor, Ihnen seinen Anteil zu überlassen, damit Sie Olivia heiraten können.«

Alex setzte sich kerzengerade auf. »Was, zum Teufel, soll denn das heißen?«

»Olivia liebt Sie, aber sie weiß, daß Sie kein Geld haben.«

Er lachte kurz auf. »Und es würde sicher mehr als einen Anteil vom Profit kosten, Olivias Lebensstil zu finanzieren.«

»Wissen Sie, daß sie schwanger ist?«

»Sie meinen, es ist wahr? Verdammt nochmal, diese verfluchten Frauen! Ich dachte, sie würde es nur mal probieren – nach Sharon habe ich natürlich besonders empfindlich darauf reagiert.«

»Was werden Sie jetzt tun?«

Alex warf seine Gabel auf den Tisch und griff wieder nach dem Whiskyglas. »Ich werde sie jedenfalls ganz sicher nicht heiraten. Und das ist sowohl zu ihrem als auch zu meinem Besten. Können Sie sich vorstellen, was für ein seelisches Wrack sie nach ein paar Jahren Ehe mit mir wäre?« Er seufzte tief. »Ich nehme an, ich muß eine gewisse Verantwortung für das Kind übernehmen. Wenigstens bin ich jetzt in der Lage, ihm etwas Unterstützung zukommen zu lassen.«

»Die Unterstützung sollte sich aber nicht aufs Geld beschränken«, bemerkte William. »Glauben Sie nicht, Sie könnten einfach einen Scheck ausschreiben und ansonsten so tun, als gäbe es dieses Kind nicht. Kinder brauchen ihre Eltern – und zwar beide.«

Die eisblauen Augen blickten über den Tisch. Zum ersten Mal bemerkte Darina einen Ausdruck von Unsicherheit in ihnen. »Sie halten mich für einen Scheißkerl, stimmt's? Und Sie haben recht. Aber ich nehme an, daß ich der Verantwortung nicht ewig aus dem Weg gehen kann.« Er schob seinen Teller von sich, ohne daß er seine Mahlzeit beendet hätte. »Tut mir leid, Darina, aber ich habe keinen Appetit mehr. Ich werde auf mein Zimmer gehen. Bedienen Sie sich, wenn Sie noch was trinken wollen. Ich habe die Schlüssel steckenlassen.« Er nahm sein Glas und die Whiskyflasche, die inzwischen halbleer war, und ging.

»Wie großzügig von ihm, uns die Bar zu überlassen«, kommentierte William trocken.

Darina schwieg und versuchte, sich mit der Tatsache vertraut zu machen, daß sie nichts mehr mit dem Hotel Morgan zu tun hatte. Die Schlüssel zur Bar und auch alles andere gehörte nun Alex. Sie hatte eine Weile die Hotelbesitzerin gespielt, und das Spiel war vorbei.

»Miss Lisle, sind Sie da?«

George Prendergast stand in der Tür, eine falsch geknöpfte Strickjacke hing über seiner zerknitterten Hose.

»Ich würde gern wissen, was jetzt aus dem Hotel wird. Werden Sie es weiterhin führen, jetzt, da Mrs. Mason tot ist?«

Darina sah ihn direkt an und entschied, daß es da noch eine Sache gab, die sie erledigen mußte, bevor sie die Zügel endgültig aus der Hand gab. »Im Moment, Mr. Prendergast, habe ich tatsächlich die Verantwortung für dieses Haus, und ich muß Ihnen mitteilen, daß Sie hier nicht länger erwünscht sind. Bitte sehen Sie sich nach einer anderen Unterkunft um. Wir geben Ihnen vierundzwanzig Stunden, um etwas Entsprechendes zu finden.«

»Vierundzwanzig Stunden?« stotterte er. »Aber das ist ungeheuerlich. Unmöglich. Das hier ist mein Zuhause.«

»Nicht mehr, Mr. Prendergast.« Darina hielt seinem Blick stand und beobachtete mit Befriedigung sein wachsendes Unbehagen. Aber als er den Kopf abwandte, mit der Hand über den Mund rieb, sich dann umdrehte und gegen den Türrahmen stieß, bevor er aus dem Zimmer stolperte, empfand sie Mitleid. Fast hätte sie ihn zurückgerufen, doch dann fiel ihr ein, wie er Dawn allmorgendlich mit seinen Videos belästigt hatte und über Angela hergefallen war. Danach konnte sie ohne große Mühe ihren Impuls unterdrücken, George Prendergast zu erklären, er könne doch bleiben.

»Kaffee?« wandte sie sich munter an William. Er nickte. »Und ein Brandy wäre wohl auch nicht schlecht. Würdest du bitte eine Flasche aus der Bar holen? Ich möchte lieber hierbleiben, um nicht das Risiko einzugehen, nochmal dem alten Prendergast zu begegnen.«

»Bist du wirklich sicher, daß du nicht versuchen solltest, das Hotel zu kaufen?« fragte er eine Weile später, als sie ihren Kaffee tranken und dazu Courvoisier nippten.

Sie nickte.

»Hast du ein anderes Hotel in Aussicht?«

»Du meinst, das Manor Park vielleicht?« gab sie mit einem Kichern zurück. Dann schüttelte sie den Kopf. »Ich habe den Traum vom eigenen Hotel nicht gerade aufgegeben, aber ich glaube, daß es im Moment etwas Lohnenderes gibt, in das ich meine Energie investieren sollte.«

Er hob den Blick von der nachdenklichen Betrachtung des Kognaks in seinem Glas. »Und darf ich fragen, was?«

»Sag mir zuerst, was du für Constable James empfindest.«

»Pat? Was, zum Teufel, meinst du denn damit?« Seine grenzenlose Verblüffung gab ihr alle Beruhigung, die sie brauchte. »Du bist doch wohl nicht eifersüchtig, oder?«

»Ich bin nur etwas verunsichert, weil ich während der letzten vier Wochen so wenig von dir gesehen habe«, sagte sie entschuldigend. »Und bevor du noch etwas sagst, möchte ich auch gleich zugeben, daß das nicht allein deine Schuld war.«

Er nahm ihre Hand, küßte sie zart auf die Innenfläche und faltete dann ihre Finger darüber. »Willst du damit sagen, daß du mich heiratest?«

Sie streichelte seine Wange mit der anderen Hand. »Nein, mein Liebling. Es bleibt bei dem, was ich dir bei unserem Mittagessen hier erklärt habe. Ich bin noch nicht so weit, mich endgültig zu binden. Aber ich möchte soviel Zeit mit dir verbringen, wie ich kann. Kürzlich habe ich einen Brief von dem Verleger meines Cousins erhalten. Anscheinend ist nach seinem Tod die Nachfrage nach seinen Kochbüchern enorm gestiegen, und der Verlag hat vor, ein oder zwei seiner früheren Bücher neu aufzulegen. Sie haben vorgeschlagen, daß ich sie überarbeiten und aktualisieren solle, und ich dachte, ich könnte diesen Auftrag annehmen, bei meiner Mutter wohnen und hier arbeiten.«

Sein Mund verzog sich. »Für einen winzigen, köstlichen Augenblick dachte ich schon, du würdest zu mir ziehen. Aber ich hätte wissen müssen, daß du schon ein anderes Projekt geplant hast.«

Sie blickte ihm fest in die Augen. »Du solltest nicht versuchen, mich zu drängen.«

Er seufzte: »Das ist ziemlich schwierig, besonders, wenn du so aussiehst wie heute abend.«

Sie beugte sich vor, küßte ihn sanft auf den Mund, widerstand seinem Versuch, daraus eine leidenschaftliche Umarmung zu machen und sagte: »Ich habe eine bessere Idee. Was hältst du davon, wenn wir den Rest der Flasche mit auf mein Zimmer nehmen?«

Er erhob sich prompt. »Ich habe schon nicht mehr damit gerechnet, daß du mich fragst.«

»Doch, das hast du, sonst hättest du nie Alkohol mit mir getrunken.«

Er stöhnte. »Und wie kann ich jemals deinen detektivischen Spürsinn bändigen?«

Sie lachte. »Jeder Versuch in diese Richtung ist zum Scheitern verurteilt. Ich denke, du wirst einfach damit leben müssen.«

Sie drückte ihm die Kognakflasche in die Hand und nahm die beiden Gläser. Während sie ihm voran durch die Küche und den Korridor entlang in die Hotelhalle ging, drehte sie die Lichter aus. Dann verschloß sie die schwere Eingangstür, und schließlich gingen sie zusammen die Treppe hinauf. Das Hotel Morgue war geschlossen.

ECON KRIMI

Margaret Maron
Schritte am Strand
TB 25120-1

Nach »Schleichendes Gift« und »Die Schatten des Südens« nun ein dritter spannender Deborah-Knott-Krimi von Margaret Maron.

Das erholsame Wochenende der Richterin Deborah Knott ist vorbei, als sie die Leiche eines Fischers findet. Konfrontiert mit dem Konflikt zwischen Dorfbewohnern und den neureichen Wochenendtouristen, die die Küste als ihre Spielwiese und persönliche Goldmine betrachten, erkennt Deborah, daß der Tod des Fischers mit den nahenden Veränderungen in Verbindung steht. Doch nicht nur das Leben der Dorfgemeinschaft, der Seetaucher und der Wasserschildkröten ist in Gefahr, sondern auch ihr eigenes ...

»Margaret Maron ist eine der besten Autorinnen im Krimigeschäft. Lesen Sie sie! Das ist ein Befehl.«
Elizabeth Peters

K 015

ECON TASCHENBÜCHER

ECON

ECON KRIMI

Michael Dibdin
Schmutzige Tricks
TB 25143-0

Dennis und Karen führen ein Leben mit Stil – bis Karen eines Tages einen ihrer Dinnergäste in der Küche verführt. Die Kette der Ereignisse, die damit ins Rollen kommt, führt schließlich zu rücksichtslosem Mord…

»Eine tödlich komische schwarze Komödie über Ehebruch.«
The Observer

»Ein äußerst böses Buch, das gleichzeitig ungemein komisch ist.«
Der Tagesspiegel

K 016

ECON TASCHENBÜCHER ECON

ECON KRIMI

Imogen Parker
Mordstheater
TB 25116-3

Sophie Fitt hat beschlossen, ihr Leben zu ändern. Nach ihren Studium war sie wie alle überzeugt davon, daß das Wichtigste im Leben die Karriere und ein Anspruch auf einen Dienstwagen sei, doch nun hat sie ihren Job bei einer Bank gekündigt und ist unterwegs nach London. Da ihre Auftritte als »Eine-Frau-Kabarett« nicht genügend Geld abwerfen, nimmt sie einen Job als Sekretärin bei der exzentrischen Theateragentln Agatha Brown an. Alles läuft gut, bis Agatha plötzlich stirbt, an einer Kombination von Alkohol und Schmerzmitteln. Sophie glaubt nicht an Selbstmord …

»Verführerisch, voller überraschender Wendungen und reizvoller Erotik. *Mordstheater* bedient sich des Genres Krimi und gibt ihm einen neuen und ursprünglichen Dreh, ist flüssig, realistisch und voller Überraschungen bis zur letzten Seite.«

Joan Smith

K 022

ECON TASCHENBÜCHER ECON